ILS ÉTAIENT DIX

ŒUVRES DE H. G. KONSALIK

DANS PRESSES POCKET :

Le médecin de Stalingrad
Bataillon disciplinaire
Natacha
La maison des visages perdus
Le retour tragique
La route sanglante
Symphonie russe
Le dernier prisonnier
Le cœur de la VIe armée
Nuits d'amour dans la Taïga
Ils sont tombés du ciel
Dans un monde inconnu
Médecin des esprits perdus
Les fruits sauvages de la nuit
Noces de sang à Prague
Le destin prête aux pauvres
Je guérirai les incurables
Beaucoup de mères s'appellent Anita
Amour et sable chaud
Manœuvre d'automne
Le médecin du désert
La fille du diable
Le cœur triomphant
La clinique des cœurs perdus
Les marques de l'amour
Jusqu'au bout de l'amour
Je réclame la peine de mort
Le défi des hommes
Le canal silencieux
L'enfer vert
L'homme au visage d'ange
Une déesse ne pleure pas
Le médecin de la vallée
L'ange des oubliés
La menace
Le fils du soleil
La route infernale
Laska
Folles vacances
Ausweiss pour la nuit
Deux filles en liberté
La grande peur venue du ciel
Un été pas comme les autres
Alarme
Un heureux mariage

HEINZ G. KONSALIK

ILS ÉTAIENT DIX

roman

PRESSES DE LA CITÉ

Le titre original de ce livre :
SIE WAREN ZEHN
Traduit de l'allemand par Caroline Caillé

ISBN 2-266-01134-0

LISTE DES PERSONNAGES

Peter Radek, 25 ans (Piotr Mironovitch Sepkin)	Lieutenant
Berno von Ranowski, 24 ans (Ivan Petrovitch Bunurian)	Lieutenant
Elmar Solbreit, 22 ans (Luka Ivanovitch Petrovski)	Sous-lieutenant
Venno Freiherr von Baldenow, 26 ans (Leonid Germanovitch Duskov)	Capitaine
Johann Poltmann, 21 ans (Fjedor Pantelijevitch Ivanov)	Sous-lieutenant
Detlev Adler, 25 ans (Alexander Nikolajevitch Kraskin)	Lieutenant
Asgard Kuehenberg, 28 ans (Kyrill Semjonovitch Boranov)	Capitaine
Dietrich Semper, 22 ans (Sergeij Andrejevitch Tarski)	Sous-lieutenant
Bodo von Labitz, 31 ans (Pavel Fedorovitch Sassonov)	Commandant

Alexander Dallburg, 20 ans	Aspirant
(Nikolai Antonovitch Plejin)	
Larissa Alexandrovna Chrulankova, 22 ans	Tracteuriste
Lyra Pavlovna Sharenkova, 20 ans	Receveuse de tramway
Anja Ivanovna Pleskina, 29 ans	Médecin
Ljudmila Dragonovna Tscherskassja, 26 ans	Lieutenant de la milice féminine
Wanda Semjonovna Haller, 23 ans	Maçon
Jelena Lukanovna Puschkina, 19 ans	Secrétaire au Kremlin
Igor Vladimironovitch Smolka, 40 ans	Colonel de l'Armée Rouge
Jefim Grigorjevitch Radovski, 52 ans	Représentant de l'Armée Rouge auprès de Staline
Vladimir Leontinovitch Plesikovski	
Nikolai Iljitch Tabun	
Anton Wasiljevitch Nuraschvili	
Staline	

1

PERSONNE ne vint les chercher, car personne ne les attendait.

Après le passage de la frontière et les derniers contrôles des Vopos, ils s'étaient retrouvés dans le train interzone, debout à la fenêtre du dernier wagon, contemplant sans un mot les terres fertiles qui défilaient à vive allure, les villages coquets, les routes bien entretenues et les voitures aux couleurs étincelantes qui semblaient par moments se lancer dans une course avec le train.

Un homme d'âge plus que respectable parcourait le couloir en levant les bras au ciel. Et de pousser la porte de chaque compartiment pour clamer son enthousiasme :

— Nous sommes en Allemagne ! Nous sommes en Allemagne ! Ça y est, mes amis, enfin nous y sommes !

Il serrait dans ses bras quiconque se trouvait sur son chemin et l'embrassait sur les deux joues. Epuisé, il finit par s'adosser à une fenêtre du couloir, et il se mit à pleurer en silence.

Ils avaient quitté Moscou quatre jours plus tôt. Mais avant le départ ils avaient dû subir l'ultime épreuve que tous appréhendaient. La scène s'était déroulée dans le camp où avaient été rassemblés tous ceux qui constituaient cette bande d' « abominables crétins », comme on les appelait. Ils étaient venus de tous les horizons, avec femmes et enfants, portant des valises, des cartons, des sacs, et ils s'étaient retrouvés, massés devant les baraquements. Ils étaient vingt-sept hommes avec leurs femmes, cinquante-trois enfants et seize vieillards, qui regardaient le camarade commissaire et l'écoutaient en silence.

— Ah, vous voilà ! brama le gros homme qui avait pour nom Kyrill Abramovitch Konopjev. Durant combien d'années la Russie vous a-t-elle nourris ? Pendant combien de temps est-elle restée votre mère patrie ? N'avez-vous pas reçu tout ce qu'un être humain peut souhaiter ? N'appartenez-vous pas à l'Etat le plus puissant du monde ? Existe-t-il un pays sur notre planète qui offre autant de sécurité que l'Union Soviétique ? Pourtant... pourtant vous avez décidé de partir ! De partir pour l'Ouest, pour un Etat capitaliste ! Tout à coup vous vous avisez que vous êtes allemands ! Des Allemands !

Ayant craché ce dernier mot avec répugnance, Konopjev se mit à aller et venir en haletant, comme s'il passait en revue la troupe des candidats à l'exil. Il s'arrêta devant chacun pour le scruter de ses yeux porcins.

— Qu'est-ce que vous attendez de l'Occident ? Qu'y trouverez-vous de mieux que chez nous ? Nous avons été les premiers à conquérir l'espace, nous sommes à la pointe de la technique, nous occupons la première place aussi bien dans le domaine de la médecine que dans ceux de la cybernétique, des mathématiques, de l'agriculture. Qui possède les meilleurs joueurs d'échecs du monde ? Les meilleurs gymnastes ? L'armée la plus puissante ? Et je pourrais sans difficulté poursuivre cette énumération jusqu'à demain ! Mais avec vous, à quoi bon ? Vous êtes là avec vos paquets et vos balluchons en train de vous dire : Laissons-le donc s'époumoner... Nous, nous sommes allemands !

Balançant un coup de pied contre une valise, Konopjev émit un rire sardonique. Son cœur surmené d'obèse lui interdisait les longs discours qui l'exténuaient.

— C'est donc tout ce que vous emportez de la Russie ? Une honte !

Pendant une heure il continua à cracher son mépris. Peine perdue, aucun des membres du groupe, pas plus les enfants que les adultes, ne manifesta la moindre réaction. Alors les émigrants commencèrent à défiler dans le bureau pour recevoir les derniers papiers officiels.

Libres ?

Pas aux yeux de Konopjev, qui se trouvait maintenant installé derrière des piles de dossiers.

— Vous voilà ! s'exclama-t-il quand un homme grisonnant, de taille moyenne, prit place devant le bureau et tendit son visa.

Konopjev leva les yeux et le regard des deux hommes se croisa. Puis Konopjev se tourna vers les deux femmes qui se tenaient aux côtés de l'émigrant. La plus jeune était sa fille.

— Vous êtes pourtant un homme intelligent, Kyrill Semjonovitch Boranov. Expliquez-moi un peu pourquoi au bout de trente-quatre ans vous voulez soudain redevenir allemand.

— J'ai toujours été allemand, Kyrill Abramovitch... — L'homme tapota son papier de l'index. — C'est écrit noir sur blanc : Je m'appelle Asgard Kuehenberg. Né à Livland. Dans le domaine de Thernauen. Capitaine de la Wehrmacht !

— Je sais, je sais.

Konopjev grimaça comme s'il venait d'avaler une rasade d'huile rance.

— Votre dossier a abouti entre mes mains à la suite de votre stupide requête. Résultat, je vous le demande un peu ? Dix ans de Sibérie ! Libéré au bout de trois ans grâce à l'intervention du gouvernement ouest-allemand. Mais vous avez tout de même vécu chez nous pendant trente-quatre ans, comme un Russe à part entière, et vous avez eu la vie douce. Vous occupiez même un poste important dans les transports urbains. Je n'arrive pas à comprendre pourquoi au bout de ces trente-quatre ans il a pu vous venir à l'idée de reprendre votre ancienne nationalité et de demander votre rapatriement.

— Le mal du pays, camarade...

— Le... quoi ?

— Le mal du pays. Personne n'est pourtant mieux placé qu'un Russe pour le comprendre.

— Votre femme, Lyra Pavlovna, est russe !

Konopjev dévisagea la femme qui se serrait contre son mari. Elle portait une robe de coton toute simple, des chaussures d'été modernes, mais pas de bas. Elle était mince et malgré quelques cheveux blancs, elle ne paraissait pas ses cinquante-quatre ans.

— Et votre fille, Tamara Kyrillovna... elle aussi est russe !

Cette fois le regard de Konopjev se posa sur une jeune femme élancée, plus grande même que son père, svelte et tout à fait ravissante. Une taille excessivement fine que deux mains viriles pouvaient enlacer. Des seins ronds haut placés. De longues jambes galbées.

— Une honte ! brama Konopjev. Comment d'ailleurs le gouvernement ouest-allemand a-t-il pu s'intéresser encore à votre existence ?

— C'est une longue histoire, camarade.

— Je vous le demande solennellement, Kyrill Semjonovitch Boranov : Est-ce que vous ne voulez pas renoncer à l'émigration ?

— Non.

— Je pose la même question aux deux femmes russes qui vous accompagnent : Voulez-vous réellement quitter votre pays à jamais ? Etes-vous réellement décidées à ne plus jamais revoir la mère-patrie ?

Konopjev marqua une pause, grattant frénétiquement son crâne dégarni. Les deux femmes le regardèrent sans manifester ni l'une ni l'autre les réactions qu'il guettait. Elles ne fondirent pas en larmes, ne se tordirent pas les mains. Elles conservèrent un visage impassible.

— C'est mon mari, déclara Lyra Pavlovna d'un ton ferme. Où qu'il aille, je le suivrai !

— C'est mon père, renchérit Tamara Kyrillovna avec la même gravité. Tout ce qu'il fait est bien.

— Vous leur tenez la bride serrée ! constata Konopjev en commençant à rassembler les documents à signer. Quel travail avez-vous l'intention de faire en Allemagne ?

— Je ne sais pas.

— Vous croyez peut-être que là-bas les transports urbains n'attendent que vous ?

— Non.

— Alors vous envisagez peut-être de redevenir officier ?

— Je suis trop vieux pour cela.

— Bien sûr que vous êtes trop vieux ! Trop vieux pour tout ! Trop vieux surtout pour émigrer ! Ici, en Union Soviétique, vous auriez connu une vieillesse paisible. A l'Ouest, tout le monde vous regardera comme un intrus, un sinistre abruti qui, au bout de trente-quatre ans, se souvient brusquement qu'il est allemand ! — Konopjev se pencha légèrement en avant, les bajoues tremblotantes. — On vous regardera comme un lépreux, Kyrill Semjonovitch ! A l'Ouest, dans ce monde doré, personne n'aura de cœur pour un misérable comme vous. Celui qui n'a plus sa place sur le marché du travail ne vaut guère mieux qu'un déchet ! Il n'y est de liberté que sous la surveillance et l'autorité de l'Etat. Je sais ce que vous pensez. Je le lis dans vos yeux. Tout comme ici... C'est cela ?

— Je n'ai rien dit de tel et je vous laisse la responsabilité de ces propos, camarade Konopjev ! riposta prudemment Kuehenberg.

— Nous sommes entre nous ! Je vous le demande : Qu'y a-t-il de mieux à l'Ouest ? Croyez-vous qu'on vous versera une pension d'officier ?

— On verra.

— Vous allez en voir, oui ! Mais ce qui vous apparaîtra en premier, c'est la monstrueuse erreur que vous avez commise en quittant la Russie. Il ne vous est donc jamais arrivé de vous sentir bien chez nous ?

Kuehenberg hocha la tête et attira sa femme et sa fille contre lui.

— J'aime la Russie, déclara-t-il. Il m'est vraiment pénible de quitter ce pays.

— Eh bien, alors ? haleta Konopjev. Vous êtes un malade, camarade. Un malade mental.

— Dans la vie il arrive un moment où l'on a envie d'être ce que l'on est. Mais la plupart des gens gardent leurs désirs enfouis et continuent sur la voie tracée. Pour ma part j'ai la possibilité de redevenir allemand. Devrais-je la laisser échapper ?

Konopjev assena un coup de tampon rageur sur un papier qui portait déjà plusieurs cachets.

— Vous savez ce que c'est ?

— Un cachet.

— Votre mort en tant que Russe ! Désormais vous n'êtes plus rien ! Un coup de tampon a suffi pour vous éliminer. Il n'existe plus de Kyrill Semjonovitch Boranov ! A présent vous n'êtes plus rien, vous et votre famille ! Tous réduits à néant, zéro !

Konopjev tendit une série de documents à Kuehenberg.
— Comment vous sentez-vous maintenant ?
— Plutôt misérable, je l'avoue... Est-ce que nous en avons terminé avec les formalités ?
— Oui.
— Quand pourrons-nous partir ?
— Demain matin. De la gare de Leningrad. Quai 3. Le dernier wagon sera réservé aux émigrants allemands ! Ce sera un aller sans retour.
— J'en suis conscient.
— Qu'est-ce que vous attendez pour filer ! N'hésitez pas à cracher une dernière fois sur cette Russie que vous prétendez aimer. Ce qui me console c'est qu'à l'Ouest, c'est vous qui allez être couvert de boue jusqu'à la fin de vos jours !

***

Il y avait quatre jours de cela.
Pour l'heure ils filaient sur Bebra où leur wagon serait rattaché à un train pour Göttingen. Le vieillard à la fenêtre, un paysan nommé Herbert Zimmermann qui avait lutté pendant sept ans avant d'obtenir son visa d'émigrant, continuait à pleurer. Il n'arrivait tout simplement pas à réaliser qu'il allait enfin retrouver ce pays que les Zimmermann n'avaient pas revu depuis tout juste un siècle. Kuehenberg, lui aussi, restait debout à la fenêtre de son compartiment, contemplant avec fascination le paysage qui défilait sous ses yeux.
— Il est beau, ton pays..., dit Lyra Pavlovna au bout d'un long moment.
En même temps elle quêta l'approbation de sa fille. Tamara acquiesça et désigna une voiture qui, après avoir roulé le long de la voie ferrée pendant un court instant, disparut dans un virage.
— Une voiture jaune ! Vous vous rendez compte ! Toute jaune !
— Un wagon postal, dit Kuehenberg en se frottant les yeux. Cela n'a pas changé. Le jaune a toujours été la couleur de la poste...
Des cars stationnaient devant la gare.

Deux infirmières de la Croix-Rouge, un infirmier, un policier et un civil, qui se présenta comme un représentant de la direction du camp, conduisirent le groupe à la station des cars et l'accompagnèrent au baraquement. Les véhicules s'arrêtèrent devant le bureau de l'administration. Alors l'infirmier, un homme jeune et enjoué qui avait pris place à côté de Kuehenberg, annonça d'une voix triomphante :

— Nous y voilà enfin ! Bravo et bienvenue parmi nous !

Et ils se retrouvèrent sous un soleil aussi ardent que dans la banlieue de Moscou, où l'air embaumait les fleurs et les fruits dont Kyrill Semjonovitch appréciait tant le parfum quand, par beau temps, il se promenait dans son jardinet pour arroser les plantations.

— Des baraques, dit Lyra Pavlovna.

Elle parlait allemand, d'une voix rauque, en roulant fortement les R.

— Qui a parlé de liberté ? Encore ces baraques, comme à Kolposcheva.

Kolposcheva, camp de travail établi en Sibérie sur les rives de l'Obi. Ville concentrationnaire, ville de morts vivants. Qui était envoyé à Kolposcheva sombrait à jamais dans l'oubli.

Kuehenberg sortit ses bagages du car, trois cartons, les valises et un sac de toile. Il déposa le tout devant les femmes, puis il prit le visage de Lyra entre ses mains.

— Juste quelques jours, Lyranja, murmura-t-il.

Dans un soudain accès de tendresse il lui caressa les joues, effleura ses paupières d'un baiser.

— Rappelle-toi les paroles de Konopjev : nous ne sommes rien, nous sommes réduits à zéro. C'est faux. Ici, au contraire, nous allons retrouver une identité. Nous allons bientôt repartir. Il faut d'abord que nous expliquions où nous avons l'intention de nous rendre. Nous ne resterons pas plus de quelques jours, sûrement pas.

Un autre représentant de la direction leur adressa une brève allocution. Ils avaient déjà parcouru une longue et pénible route ? Sans doute. Mais d'autres étapes et autant de nouvelles épreuves les attendaient sur un chemin difficile, car bien qu'ils fussent allemands, ils arrivaient maintenant en terre inconnue, dans un pays fondamentalement différent de la Russie. Mais que nul ne s'en effraie, tout serait mis en œuvre pour faciliter la réinsertion des émigrants.

Ensuite on répartit les logements. Deux chambres avec douche furent attribuées aux Kuehenberg. Le camp était presque vide, la majorité des baraques fermée. Le temps des immenses cohortes d'émigrants était révolu ; ce flot humain tendait maintenant à se tarir.

Le dîner eut lieu dans la cuisine commune. Il se composa de goulasch avec des nouilles, suivi d'un pudding à la vanille arrosé de jus de framboise. Une fois rassasiés, ils déambulèrent à travers le baraquement abandonné, puis, au coucher du soleil, s'installèrent sur un banc devant les parterres de fleurs qui agrémentaient la place principale. Quand le ciel s'assombrit, ils regagnèrent leurs chambres et commencèrent à déballer leurs affaires. La première valise contenait des vêtements et un nécessaire de toilette. Tamara fut la première à passer sous la douche. Kuehenberg lui succéda. Il se savonna abondamment et attendit que Lyra vienne prendre le relais. Elle conserve un corps superbe, songea-t-il. Elle pourrait encore rivaliser avec les plus jeunes. Une peau lisse, des seins fermes, pas un atome de graisse superflue. Trente-quatre ans que nous sommes mariés. Dieu, que le temps avait passé ! Et je l'aime comme au premier jour. Pas une heure en sa compagnie qui me laisse des regrets. Mais elle... a-t-elle toujours été heureuse avec moi ? Ainsi lorsqu'elle a appris, horrible vérité, qu'elle avait épousé un Allemand. Ainsi lorsqu'elle accoucha de Tamara dont la naissance faillit bien lui coûter la vie. Vinrent ensuite ma nostalgie de l'Allemagne, les requêtes officielles, les interrogatoires, les peines de prison, la violence, les condamnations, les années en Sibérie, la grâce, puis encore des requêtes, de nouvelles menaces, de nouveaux interrogatoires, jusqu'à cette conclusion tant espérée : « Fort bien. Vous pouvez retourner en Allemagne. » Aujourd'hui la première étape d'une vie nouvelle. Une baraque semblable aux autres, et derrière les grilles du camp tout un monde inconnu qu'il faudrait conquérir. Un univers à explorer, totalement étranger même s'il avait pour nom « Patrie ». Lyranja... tout ce que je t'ai fait subir en trente-quatre ans...

Il l'attira sous la douche, la serra contre lui et l'embrassa.

Son corps nu épousa le sien. L'eau ruisselait, aspergeait le sol.

— Kyrilluschka, qu'est-ce que tu fais ? murmura-t-elle en s'agrippant à lui comme si elle craignait de glisser. Tu es fou ! Si Tamara entrait ! Une vieille barbe comme toi ! Lâche-moi ! Je te dis de me lâcher ! Nous allons tout inonder ! Et il faudra que tu paies les réparations. Kyrill... nous n'avons plus vingt ans.

Avec des rires étouffés elle se prêta à ses caresses, soupira comme au temps de sa prime jeunesse lorsqu'il pétrit ses seins et en mordilla les pointes qui se durcirent. Lorsque ses caresses se firent plus insistantes et qu'il la poussa contre le mur, elle eut un réflexe d'ultime résistance.

— Tu es complètement fou !...

Elle le repoussa vivement, lui jeta une serviette et sortit de la douche en toute hâte, sans même prendre le temps de s'essuyer. Une fois sèche, elle s'allongea sur le lit où elle attendit, avec un regard trahissant son impatience, que son mari la rejoigne.

— J'ai l'impression de me retrouver des années en arrière, murmura-t-elle d'une voix oppressée lorsqu'il fut près d'elle. Es-tu heureux ?

— Je t'aime, Lyraschka. Je t'aime davantage d'année en année. Je...

Il enfouit son visage dans ses cheveux et se tut. Il éprouva à la posséder un plaisir aussi intense que trente-quatre ans auparavant lorsqu'elle s'était donnée à lui sur l'herbe, dans les collines à la sortie de Moscou, sous un ciel serein, au milieu du gazouillis des oiseaux.

Si elle avait refusé de me suivre, je serais resté à Moscou, songea-t-il. En même temps il sentit ses lèvres sur son épaule et le long de son cou. Mais elle n'avait jamais protesté. Elle a approuvé ma conduite ; à ses yeux tout ce que je faisais était bien. Elle ne s'est jamais plainte, ne m'a jamais adressé de reproches, ne m'a jamais opposé de résistance. Sans doute n'ai-je pas toujours été parfait. Mais jamais elle n'a eu un regard désapprobateur. Elle était de ces femmes qui continuent à admirer leur mari même lorsqu'elles le voient abattu et désemparé.

Ils reprirent une douche, puis rouvrirent la porte et se couchèrent. Tout était silencieux alentour — beaucoup plus qu'à Moscou dans leur ancienne maisonnette ; là-bas tout était prétexte à des fêtes dans le voisinage. Beaucoup plus silencieux que dans le camp de Kolposcheva où, la nuit venue, les baraques s'emplissaient de bruits étouffés, bruits de pleurs, de gémissements, de prières balbutiées, de plaintes et de sanglots. Il régnait ici un silence oppressant.

— Notre première nuit en Allemagne, dit Lyra Pavlovna. C'est drôle, Kyrill, cela fait une curieuse impression de s'entendre respirer.

— Cela aussi changera quand nous aurons quitté le camp. Dehors le monde est bruyant.

— Plus bruyant qu'en Russie ?

— Beaucoup plus. Par comparaison, la Russie ressemble à une église déserte.

— Comment le sais-tu ?

— J'imagine. Rien que le trafic dans les rues !

— Est-ce que nous habiterons dans une grande ville, ljubimez (chéri) ?

— Je ne sais pas.

— Tu as demandé Cologne. C'est une grande ville ?

— Très grande.

— Plus que Moscou ?

— Non, beaucoup plus petite...

— Alors qu'est-ce que tu appelles grand ?

— A l'échelle allemande, Cologne est une grande ville.

— Parce que en Allemagne tout est plus petit qu'en Russie ?

Logique désarmante. Kuehenberg réfléchit et sourit dans l'obscurité.

— En Allemagne, beaucoup de choses sont effectivement plus petites qu'en Russie.

— Alors pourquoi l'Allemagne serait-elle tellement supérieure à la Russie ?

— Qui prétend cela ?

— Tout le monde. L'Amérique, l'Allemagne, la France... tout vaudrait mieux que la Russie ! Tout serait plus grand.

— Ce n'est pas une question de superficie.

Il laissa échapper un bâillement.

— Dors, Lyranja.

— Bonne nuit, souffla-t-elle d'une voix enfantine. Je vais rêver de ton pays.

Au cours de la nuit la porte s'ouvrit tout doucement et Tamara pénétra furtivement dans la chambre. Comme autrefois, lorsqu'elle était encore une enfant, elle se glissa dans le lit de sa mère.

— J'ai peur, mamuschka, chuchota-t-elle. J'ai peur de tous ces inconnus et de ce monde étranger qui nous attend.

— Moi aussi, dotschaska (ma petite fille), murmura Lyra Pavlovna. Mais tais-toi et ne le montre pas ! Sois courageuse et gaie. C'est la patrie de ton père... il faut le respecter...

***

La première journée fut en grande partie occupée par les formalités administratives. Il fallut remplir de longs questionnaires, se faire photographier pour les cartes d'identité, et prendre les dispositions nécessaires à la poursuite du voyage. La plupart des émigrants eurent la partie plus facile que les Kuehenberg. Tantôt ils avaient des parents disposés à les recevoir, tantôt ils étaient aptes à être embauchés dans une exploitation agricole où ils réussiraient peu à peu à s'intégrer. D'autres pouvaient être employés dans des fabriques, se recycler, et dès lors trouver leur place sur le marché du travail. L'Etat devait les aider pendant une période déterminée, jusqu'à ce que la réinsertion de ces nouveaux citoyens allemands soit supposée totale.

Il en alla tout différemment dans le cas d'Asgard Kuehenberg.

Il fut convoqué en dernier dans le service administratif, mais au lieu de lui faire subir les diverses formalités d'usage, on l'introduisit immédiatement dans un bureau où un homme l'attendait. Ce dernier était d'âge moyen et portait un complet gris clair d'une coupe sobre et élégante. Le front haut, le regard inquisiteur, il arborait des cheveux bruns nettement plus longs que les autres fonctionnaires. A peine Kuehenberg fut-il entré qu'il se leva d'un bond et s'inclina légèrement.

— Heinz Wildeshagen. Heureux de vous rencontrer. Comment vous sentez-vous ?

— Bien, répondit prudemment Kuehenberg.

D'un coup d'œil il pesa la situation. Ils étaient seuls dans la pièce. Sur le bureau, un dossier mince, à côté de la table une serviette diplomatique noire. En dépit de la chaleur écrasante, la fenêtre donnant sur le camp était fermée et les rideaux tirés. La pénombre atténuait agréablement la froideur et l'austérité du mobilier. Heinz Wildeshagen désigna une chaise devant le bureau.

— Asseyons-nous, voulez-vous...

— Si c'est nécessaire...

Kuehenberg obtempéra. Ce fut alors que son regard tomba sur la chemise du dossier. Il put lire sans peine : OIES SAUVAGES — 1944. A cela s'ajoutait une bande diagonale : Affaire confidentielle.

— Mon Dieu ! soupira Kuehenberg. Est-ce vraiment indispensable ? D'où sortez-vous cela ?

Heinz Wildeshagen se laissa tomber sur sa chaise et posa les mains à plat sur le document.

— Ignorez-vous que les dossiers de Canaris ont été transportés en lieu sûr et qu'on les a retrouvés après la guerre ? Après l'exécution de l'amiral, les nouveaux chefs de la défense, Kaltenbrunner et Schellenberg, se sont empressés de récupérer tous les documents. Avec l'arrivée des SS le vent a tourné, mais ce n'était pas un vent plus favorable. Il est vrai que vous n'avez pas vécu cette période.

— Mais nous en avons suffisamment entendu parler. Kuehenberg s'installa plus confortablement sur son siège. Wildeshagen lui offrit une cigarette qu'il accepta. Il tira plusieurs bouffées en silence. Il lui fallait s'habituer à l'arôme douceâtre offrant un contraste insolite et vigoureux avec le goût âcre du tabac dont il avait disposé en Russie. Puis, pointant le bout incandescent de la cigarette sur le dossier :

— A quoi bon tout cela ? Au bout de trente-quatre ans ! A présent l'affaire est close.

— Le dossier « Oies sauvages » faisait partie des documents qui sont tombés entre les mains des Américains. Quand en R.F.A. le « service Gehlen » a commencé son travail, il nous est d'abord parvenu un dossier photocopié, puis l'original. Le général Gehlen... vous le connaissez ?

— Vaguement. Nous n'entretenions pratiquement

aucun rapport avec les sections qu'il commandait. Nous formions un commando spécial.

— C'est en effet ce qui ressort de ces documents. En revanche, nous ignorons par qui et comment l'opération a été montée. Pas la moindre information à ce sujet. Le service de renseignements a poursuivi ses recherches pendant des années. En vain. Nous n'avons retrouvé aucun document en dehors de ces trois feuillets portant la mention « Oies sauvages ».

— C'est qu'il n'en existe pas d'autres.

Kuehenberg écrasa lentement son mégot dans le cendrier.

— Que contient ce dossier ?

— Tout d'abord une liste de dix noms. Une seconde liste portant les noms de villes ou de contrées russes. Un document émanant du quartier général du Führer et signé du feld-maréchal Keitel. Une seule phrase y figure : « Le Führer a donné son accord à l'opération. » Pas un mot de plus.

— Mais pas un mot de trop, cela suffisait. Et maintenant, que cherchez-vous à savoir au bout de trente-quatre ans ?

— Je suis comme vous-même à l'époque, monsieur Kuehenberg : capitaine.

Wildeshagen tendit le dossier à son interlocuteur, mais Kuehenberg ne bougea pas.

— J'appartiens à l'état-major du service de renseignements. Tout le déroulement de la Seconde Guerre mondiale est l'objet de recherches extrêmement approfondies et minutieuses. A l'heure actuelle il n'existe pratiquement plus de questions sans réponses ni de mystères à élucider. Une seule lacune : une affaire particulièrement ténébreuse qu'il vous appartient d'éclaircir. Je veux parler naturellement de ces fameuses « Oies sauvages ».

— Voilà qui est fort joliment exprimé, monsieur Wildeshagen. — Kuehenberg esquissa un faible sourire et ajouta : — Je me réjouis que l'on ignore tout de cette affaire. N'essayez pas d'éclaircir les ténèbres.

Sur ces mots il se leva, mais Wildeshagen ne suivit pas son exemple.

— Capitaine...

— Pardon ? Je porte depuis des années le nom de Kyrill Semjonovitch Boranov. Voilà tout juste cinq jours que je m'entends de nouveau appeler Asgard Kuehenberg. Cependant, je ne possède pas encore de carte d'identité et je n'ai toujours pas retrouvé officiellement la nationalité allemande. Actuellement je ne suis qu'un fantôme, rien d'autre.

— Veuillez me considérer comme le porte-parole du gouvernement si je vous affirme qu'en Allemagne vous êtes toujours resté le capitaine Asgard Kuehenberg. Même disparu, vous avez continué à vivre dans ce dossier. Vous... et les neuf autres officiers. Vous seul savez ce qu'ils sont devenus. Que signifiait cette appellation d' « Oies sauvages » ?

— Eh bien, les oies appartiennent à l'ordre des palmipèdes. Ce sont des oiseaux qui se nourrissent de végétaux qu'ils arrachent avec leur bec. Il convient de distinguer entre la bernacle, familière des régions polaires pendant la saison d'été, l'oie bridée, chère à nos amis les Chinois, et l'oie cendrée qu'une chanson a rendue célèbre dans toute l'Allemagne. Voyez-vous... la guerre a fait de nous des ornithologues éclairés. Pour ma part, je suis incollable sur les oies.

Wildeshagen eut un sourire crispé.

— Félicitations ! Mais vous ne convaincrez personne que dix officiers allemands ont été envoyés en Russie avec l'assentiment de Hitler uniquement pour s'initier à l'élevage des oies.

— Où est-il mentionné dans votre dossier que dix officiers allemands ont été expédiés en Russie ?

— Monsieur Kuehenberg, ce dossier est passé entre les mains des experts les plus éminents. Sur la liste des lieux géographiques figurent exclusivement les noms de localités se regroupant autour de Moscou. Aujourd'hui, vous voilà de retour en Allemagne, seul ou dernier rescapé des dix officiers disparus. Vous arrivez tout droit de Moscou. Or il est clair, même si l'on ne dispose d'aucune indication précise, que le commando « Oies sauvages » devait mener une action centrée sur Moscou. Pourtant les chercheurs et historiens soviétiques eux-mêmes ne mentionnent aucune opération de l'armée allemande dans la région de Moscou.

Le général Gehlen, qui compta parmi les intimes de Canaris, ignore également tout de l'affaire, qui demeure par conséquent un mystère.

— Voilà qui me rassure. Cependant... est-ce que dans ces conditions on envisage de me renvoyer en Russie ? Je suis revenu tourmenté par le mal du pays... non pour me replonger au bout de trente-quatre ans dans un passé qu'il est préférable d'oublier. Suis-je autorisé à poursuivre mon voyage ?

— Voyons, capitaine ! Quand bon vous semblera ! Vous êtes un homme libre. Vous n'êtes plus en Russie.

— Je commence à me demander si je risque d'en tirer quelque avantage. Oublions les « Oies sauvages », voulez-vous ?

— Je n'ai fait que remplir ma mission.

A son tour Wildeshagen se leva et rangea le dossier dans sa serviette noire pourvue d'une serrure codée.

— Quels sont vos projets, monsieur Kuehenberg ?

— Je n'en ai aucun.

— Vous avez demandé votre transfert à Cologne...

— Il fallait bien que je mentionne un nom quelconque. Je me suis décidé pour Cologne parce qu'un de mes bons amis d'autrefois en était originaire. Nous appartenions à la même classe, et il était le seul à dire Iénéral pour général.

— Le lieutenant Willy Hecht.

— A moi de vous féliciter ! On ne saurait être mieux informé. Il s'agit en effet de Willy Hecht. Savez-vous par hasard s'il a survécu à la guerre ?

— Désolé, répondit Wildeshagen avec un haussement d'épaules fataliste. Une fois à Cologne... où allez-vous loger ?

— Quelle question ! Je croyais être un homme libre !

— Pure sollicitude de ma part, capitaine...

— Mais nom d'un chien, je vous répète que je suis Asgard Kuehenberg et rien d'autre. Le capitaine a disparu quelque part en Russie depuis 1944.

— Plus précisément à Moscou.

— J'admire votre obstination. Mais ne comprenez-vous pas que je n'aspire qu'à une seule chose : finir mes jours en paix ?

— Bien sûr... — Wildeshagen sortit une enveloppe de sa

poche et la tendit à Kuehenberg. — Pour vous, précisa-t-il comme ce dernier hésitait. Ce n'est pas une enveloppe piégée, mais la meilleure façon qu'ont trouvée vos anciens amis officiers de vous souhaiter la bienvenue.

— Fichtre !

— Ils vous offrent un séjour d'un mois à l'Hôtel Blum à Cologne, et ajoutent un carnet de chèques correspondant à un compte de 5 000 marks.

— Mais... qu'est-ce que vous attendez de moi ?

— Avez-vous du liquide ?

Un sourire éclaira le visage de Kuehenberg.

— Et comment ! Une pleine bouteille de vodka !

— Il est quasi miraculeux que vous n'ayez pas perdu le sens de l'humour !

— Pourquoi donc ? Nous nous sommes toujours beaucoup amusés avec nos voisins et amis. Nous avons mené une vie plaisante. Les Russes sont des gens joyeux. Si vous les entendiez chanter et si vous les voyiez danser ! Ils y mettent tout leur cœur.

Kuehenberg ouvrit la porte.

— Je partirai donc demain pour Cologne.

— Comme il vous plaira, monsieur Kuehenberg.

— Où se trouve l'Hôtel Blum ?

— Juste en face de la cathédrale. C'est le meilleur hôtel de la ville.

Kuehenberg éclata de rire.

— De quel œil va-t-on nous regarder quand nous allons défiler entre les marbres et les boiseries avec nos malheureux oripeaux !

— Vous êtes annoncés. Cela dit, si vous n'y voyez pas d'inconvénient, je vous accompagnerai.

— Volontiers.

Soudain Kuehenberg tourna vers Wildeshagen un regard implorant.

— Peut-être pourriez-vous m'aider. Ma femme et ma fille... Ce premier contact avec l'Ouest va leur causer un choc.

— Pas à vous ?

— Pour moi non plus ce ne sera pas facile. — Kuehenberg posa la main sur l'épaule de Wildeshagen. — Soyez là pour nous guider au moment où nous effectuerons nos premiers pas !

*
* *

Au grand dam de Tamara, éblouie par les wagons resplendissants accrochés à la locomotive électrique au profil aérodynamique, ils ne prirent pas le train pour se rendre à Cologne.

Lorsque Kyrill Semjonovitch, qui avait désormais repris le prénom d'Asgard, revint à la fin de son entretien, ce fut pour déclarer :

— Mes chéries, une voiture va nous emmener à Cologne. Nous sommes invités.

— Par qui ? s'enquit Lyra Pavlovna, non sans réticence. Personne ne nous connaît !

— Il s'agit d'un officier, mon ange.

— On ne te laissera donc jamais en paix ! Qu'est-ce qu'il te veut ?

— Ces messieurs s'intéressent aux oies sauvages.

— Et qu'as-tu répondu, papuschka ?

— Je me suis permis de donner à mon interlocuteur quelques notions élémentaires d'ornithologie. Résultat : nous sommes attendus dans le meilleur hôtel de Cologne en tant qu'invités d'une association d'anciens officiers. Pendant les premières semaines nous serons en quelque sorte les hôtes du gouvernement. Tout cela sous le couvert d'une prétendue camaraderie, qui dissimule en fait une curiosité dévorante. Depuis trente-quatre ans ces messieurs sont obsédés par une seule et même question : Qu'est-ce que les « Oies sauvages » ?

— Tu vas le leur expliquer ?

— Que non !

— Dans ce cas ils risquent de faire grise mine.

— Nous verrons bien.

— Nous ne pourrons plus jamais retourner en Russie, Kyrill Semjonovitch.

— Nous trouverons bien un coin de terre où vivre en paix.

Kuehenberg attira sa femme contre lui et caressa doucement ses cheveux ondulés et soyeux.

— Tu as peur ? demanda Kuehenberg.

Lyra Pavlovna acquiesça. Encore des officiers, songea-t-elle. Elle avait déjà vécu vingt-huit ans dans l'angoisse que l'on découvre la véritable identité de Kyrill Semjonovitch, jusqu'au jour où il l'avait avouée de lui-même. Dès lors les tortures avaient commencé. Interrogatoires, menaces, interminables séjours dans les caves du K.G.B., et toujours un inépuisable feu roulant de questions. Un général en personne se déplaça à plusieurs reprises. Il arrivait du Kremlin dans une limousine noire pour répéter inlassablement :

— Expliquez-nous les détails de votre organisation ! Car vous en avez indubitablement conservé un souvenir précis, n'est-ce pas ? Bien sûr cet épisode appartient désormais à l'histoire et il en va d'un intérêt purement scientifique. Nous vous demandons simplement de combler une lacune. Votre rapport restera enfermé en lieu sûr, dans les archives du Kremlin. Vous n'avez rien à craindre. C'était la guerre, qu'y pouvons-nous ? Nous avons tous combattu pour notre patrie.

Il avait fini par échouer dans un camp de travail sibérien. Là tout Russe à l'idéologie défaillante était transformé en citoyen soviétique pur et orthodoxe. Mais Kyrill Semjonovitch ne s'effondra pas. Au fil des années passées sur les rives de l'Obi, sa voix ne fit que s'affermir. Et de déclarer inlassablement : « Je suis Allemand. Je m'appelle Asgard Kuehenberg. Je demande, j'exige mon rapatriement. Je n'ai aucune dette envers la Russie. Je me suis toujours conduit en honnête citoyen. J'ai une femme, un enfant, une petite maison près de Moscou. Je suis inspecteur du réseau urbain dans la première circonscription de Moscou. Mon réseau de tramways est exemplaire, camarades ! De ceux que l'on se plaît à faire admirer aux touristes ! Leur propreté est étincelante, les receveurs y portent un uniforme toujours correct et seyant. Moi-même je me suis toujours conduit comme un citoyen modèle... pendant plus de trente ans ! Mais à présent je veux reprendre la nationalité allemande ! »

— Qu'est-ce qu'ils peuvent te faire ?, interrogea Lyra tout en bouclant la première valise.

Tamara avait déjà sorti les autres bagages, dont le sac en

toile contenant des coussins garnis de duvet d'oie. Car ils avaient élevé des oies dans leur jardin. Quatre, en permanence, depuis dix-sept ans. En Allemagne... pouvait-on élever des oies ?

— Ils ne me feront rien du tout, Lyranja, dit Kuehenberg en nouant sa cravate. Nous recevrons beaucoup de visites, voilà tout. Des gens excessivement polis, sinon franchement obséquieux. Ils auront tous quelque chose à offrir : une bonne situation, de l'argent, la garantie d'une retraite paisible. Les reporters des plus grands journaux et magazines vont accourir... et ils nous mettront sous le nez des monceaux de billets. Et de susurrer : « Mon cher Kuehenberg, vous n'avez pas le droit de garder plus longtemps le silence. Vous êtes dans l'obligation morale d'expliquer au monde entier ce qu'était le commando des " Oies sauvages " ! »

— Tu le leur diras ?

— Non.

— Même s'ils te proposent tellement d'argent ?

— Suis-je vénal, Lyranja ? Ai-je jamais été à vendre ?

— Mais avons-nous jamais été aussi pauvres, Kyrill ?

— Cela ne durera pas, tu peux me croire.

— Je te crois, ljubimez...

— Tu es une femme merveilleuse.

De nouveau il l'embrassa. Et Tamara, quand elle rentra dans la chambre, de toussoter discrètement pour rappeler ses parents à la réalité.

— Une voiture vient d'arriver ! annonça-t-elle. Et quelle voiture ! Je n'en ai jamais vu de pareilles que dans les journaux. Nous allons vraiment y monter ? Viens voir, papuschka !

Kuehenberg alla se poster à la fenêtre. La voiture qui les attendait était, comme prévu, la Mercedes de Wildeshagen. La carrosserie noire étincelait sous le soleil. A l'intérieur des coussins rembourrés sous une housse gris foncé. Des appuis-tête à l'avant comme à l'arrière. Plusieurs longues antennes indiquaient que la voiture était équipée de la radio ainsi que du téléphone.

Wildeshagen ouvrit le coffre et chargea lui-même les bagages des Kuehenberg : les valises de skaï, deux cartons et le sac en toile de jute. Ayant terminé, il s'épongea le front, et desserra légèrement son nœud de cravate. En ce début d'été la chaleur était déjà écrasante : 26 degrés à l'ombre. Il faudrait qu'il pleuve, surtout dans les régions du Rhin et de la Moselle. La chaleur conjuguée à l'humidité garantirait un vin de toute première qualité.

En dépit de ses vingt-huit ans, Tamara avait le regard fiévreux d'une enfant émerveillée.

— C'est une Mercedes, Tamarenka, expliqua Kuehenberg en enfilant sa veste. Elle va nous emmener à Cologne. Par l'autoroute nous y serons en quelques heures.

— La petite ville de Cologne...

— Tu risques d'être fort surprise, et même de recevoir un choc. Moi aussi du reste.

Kuehenberg pensa aux 5 000 marks déposés à son compte. Je les rembourserai, se promit-il. Je ne suis pas revenu pour me faire entretenir. Si j'accepte de l'argent, c'est uniquement à titre de prêt. Je suis en bonne santé, je suis encore capable de travailler. Je l'ai suffisamment prouvé, pour la plus vive satisfaction de l'administration soviétique. Dès que j'aurai tous les papiers nécessaires, je retrousserai mes manches. Et Tamara ? Elle a une formation de coiffeuse professionnelle, et elle n'aura pas de difficulté à trouver une situation.

Quand Lyra Pavlovna et Tamara montèrent dans la Mercedes, ce fut à peine si elles osèrent s'asseoir sur la banquette moelleuse. Kuehenberg s'installa à l'avant à côté de Wildeshagen et boucla la ceinture de sécurité. Le moteur démarra dans un ronronnement quasi imperceptible.

— Nous pouvons partir comme cela... sans formalités ? s'inquiéta Kuehenberg.

— Toutes les formalités nécessaires ont été accomplies, monsieur Kuehenberg.

— J'aurais tout de même voulu saluer le directeur du camp.

— Est-ce bien nécessaire ? D'une part il est occupé, d'autre part il ne vous connaît pas.

— Hmm...

A l'exemple de Wildeshagen, Kuehenberg desserra son nœud de cravate.

— A partir de maintenant je suis donc libre de faire ce que je veux ?

— En effet.

— Dans ce cas je vous demanderai une chose : quand nous serons sur l'autoroute, roulez lentement et arrêtez-vous sur un parking, n'importe où pourvu qu'il y ait du monde.

Wildeshagen acquiesça sans dissimuler son étonnement. Quelques minutes plus tard ils atteignirent l'autoroute pour Kassel. Comme promis la puissante voiture se traîna lourdement sur la voie de droite. Des colonnes d'automobiles la doublaient, aussi bien que des poids lourds, des camions-citernes. Souvent les occupants des petites cylindrées les dévisageaient au passage avec curiosité.

— Stop ! lança bientôt Kuehenberg en apercevant un panneau qui indiquait l'entrée d'une aire de stationnement. Pouvons-nous nous arrêter et prendre un peu l'air ?

— Bien entendu.

Docilement, Wildeshagen gara la Mercedes sur le parking. Dans la forêt alentour des oiseaux chantaient. L'air embaumait l'humus. Installés autour de tables en pierre, des automobilistes avaient déballé leurs provisions. Il y avait là des familles entières avec des enfants turbulents et rieurs. Quatre poids lourds stationnaient non loin de la bretelle de sortie.

— Des gens de toutes classes, c'est parfait, commenta Kuehenberg en descendant résolument.

Perplexe, Wildeshagen se décida à le suivre.

Kuehenberg desserra davantage son nœud de cravate et défit les deux premiers boutons de sa chemise.

— J'ai lu quelque part que Schmidt, Kohl et Scheel sont les hommes politiques qui jouissent de la meilleure cote de popularité. Votre ministre des Finances se nomme Apel, c'est bien cela ?

— Actuellement il est ministre de la Défense.

— Encore mieux !

Mains dans les poches, Kuehenberg approcha nonchalamment des tables, tandis que Wildeshagen, au comble du désarroi, s'efforçait désespérément de deviner ses intentions.

Tout se passa très vite et de façon totalement inopinée.

Kuehenberg salua d'un signe de tête un groupe d'automobilistes attablés.

— C'est bon ?

Sa voix résonna dans tout le parking.

Visiblement intrigués, les interpellés se contentèrent d'acquiescer. Le vieux doit avoir un coup dans l'aile, pensèrent-ils. La bière par cette chaleur, ça ne pardonne pas. Un homme leva son gobelet de café en direction de Kuehenberg et fit le geste de trinquer.

Alors ce dernier de lancer d'une voix tonitruante :

— Le chancelier Schmidt n'est qu'un enfoiré !

Silence. Kuehenberg attendit, guettant une réaction sur les visages tournés vers lui. Il repoussa Wildeshagen qui tentait, en guise d'avertissement, de le tirer par sa veste. Quelques hommes sourirent, des femmes se mirent à glousser.

— Kohl est un abruti ! Le plus sinistre abruti !

Pas de réponse. A présent les femmes riaient à gorge déployée tandis que les hommes affichaient un sourire éberlué. Kuehenberg s'épongea le front. Il ruisselait de sueur.

— Strauss est une grande gueule immonde ! Et Apel ! Un escroc qui ne pense qu'à vous dévaliser ! Les politiciens sont tous des pourris. De franches crapules, voilà qui nous gouverne !

Un homme leva son gobelet et se mit à rire sans retenue.

— A ta santé, papa ! Un petit coup de tord-boyaux ? Je t'apporte ça tout de suite. Cela te rafraîchira la mémoire : tu as oublié pas mal de noms !

Le public jubilait. Kuehenberg repoussa de nouveau Wildeshagen qui cherchait à le retenir, et il se rua vers les chauffeurs de poids lourds.

— Vous entendez ? hurla-t-il. Vous êtes assis bien tranquillement à vous goinfrer ! Et pendant ce temps-là votre gouvernement patauge dans la boue ! On ne cesse de vous berner pour mieux vous exploiter. On vous traite comme des prostituées ! Et vous vous laissez gruger par cette bande d'infâmes crapules !

L'un des chauffeurs alla chercher une canette de bière dans la cabine de son poids lourd, la décapsula et la tendit à Kuehenberg.

— Bois plutôt un coup, papa ! Et ne t'emballe pas

comme ça ! Garde tes salades, va, le soleil brille ! Ne t'en fais donc pas, bois un coup !

Kuehenberg saisit la bouteille et en but la moitié au goulot. Ensuite il la rendit au chauffeur en déclarant d'un ton paisible :

— Merci. C'est bien le meilleur coup que j'aie bu depuis trente-quatre ans.

Sur ces mots, il regagna lentement la voiture. Wildeshagen était blême. Quant à Lyra Pavlovna et Tamara, elles le regardèrent comme un aliéné, sans doute incurable mais inoffensif.

Kuehenberg s'épongea le front derechef et remonta son nœud de cravate.

— C'était nécessaire ! dit-il. Pouvez-vous comprendre cela, Wildeshagen ?

—Je crains que non.

— Comment pourriez-vous ! En 1944 je n'aurais jamais pu me conduire comme je viens de le faire. Troubler l'ordre public ? C'était la condamnation sans appel, l'exécution. Pendant les trente-quatre années qui ont suivi, même scénario. Les espions du N.K.V.D. et plus tard du K.G.B. fourmillaient, il y avait partout des oreilles qui traînaient, partout un « camarade » prêt à dénoncer le supposé dissident : « Lui, là-bas, il a tenu des propos défaitistes ! Vite, qu'on le bâillonne, il faut le museler ! » Partout des fanions, des drapeaux, des banderoles, d'immenses affiches... Maintenant ? Personne ne bondit sur moi, personne ne m'empêche de m'exprimer. Personne ne me jette en prison. Au lieu de se ruer sur moi, ils m'écoutent en riant. Les fourgons de police ? Je n'en vois aucun arriver. Je peux hurler tout ce que bon me semble, dénoncer à haute voix la corruption du gouvernement, sans qu'il m'arrive rien. Même si c'est moi qui me trompe... personne ne réagit. Seigneur... Je suis vraiment dans un autre monde ! C'est cela, voyez-vous, que je voulais constater, que je voulais sentir par moi-même. Wildeshagen, comprenez-vous maintenant ce qu'un tel moment représente pour moi ? J'ai perçu le souffle de la liberté. JE SUIS UN HOMME LIBRE !

Sans attendre la réponse de Wildeshagen, Kuehenberg reprit sa place et boucla la ceinture de sécurité.

— Accélérez si vous voulez, dit-il quand ils eurent

rejoint l'autoroute. Roulez aussi vite que vous le désirez ! Je me sens comme un oiseau libéré de sa cage.

Wildeshagen garda le silence. L'aiguille du compteur s'arrêta sur 180 km/h. Un appel de phares et la voie se libérait.

Il est russe avant d'être allemand, songea Wildeshagen. Il est vrai qu'il avait vingt-huit ans lorsqu'il est parti pour la Russie. Il en a maintenant soixante-deux. C'est en Russie qu'il a passé la plus grande partie de sa vie. Il pense russe, il sent russe, il voit russe, il agit russe. Il ne croit qu'au palpable, au tangible.

Sans doute, il éprouvera beaucoup de difficulté à s'acclimater. Ce qu'il entend actuellement par liberté n'a jamais existé... et n'existera jamais.

Jusqu'à Cologne, tous restèrent passablement laconiques. Ils se contentèrent d'admirer le paysage, la campagne qu'ils traversaient, les villages en bordure de l'autoroute, les carrosseries élégantes des voitures, les monceaux de sucreries et de bibelots superflus dans les stations-service. Ce qui les fascina le plus fut la carte du restaurant où ils s'arrêtèrent.

— On peut vraiment goûter tout cela ?, murmura Tamara comme si cette question elle-même risquait de paraître osée.

— Tu peux choisir ce que tu veux, dit Kuehenberg.

— Et je n'aurai pas besoin de faire la queue ?

— Tu vois, on te sert à table.

— De la viande autant que je veux ?

— A t'en faire éclater !

— Mais, papuschka, nous sommes au paradis !

— Je ne sais pas.

Kuehenberg se tourna vers Wildeshagen.

— Avez-vous l'impression d'être au paradis ?

— Hélas, pas le moins du monde.

— On finit sans doute par être blasé.

Kuehenberg but une bière bien fraîche et dégusta une côte de porc accompagnée de pommes de terre frites et de chou-fleur. De son côté Tamara engloutit un énorme steak. Quant à Lyra Pavlovna, elle savoura religieusement une énorme roulade farcie. C'est Noël, songea-t-elle. Noël toute l'année. Jusqu'au cœur de l'été. Dieu te bénisse, Kyrill Semjonovitch.

— Après tout, déclara Kuehenberg, il n'est pas impossible que je m'acclimate plus rapidement que certains le prévoient.

***

Tout se passa comme l'avait annoncé Wildeshagen.

A l'Hôtel Blum on leur réserva un accueil discret et des plus courtois. Nul ne se gaussa de leur sac en toile de jute, de leurs valises en skaï, de leurs vêtements bon marché ou du complet élimé de Kuehenberg. L'un des directeurs tint à les accompagner lui-même au premier étage où il leur montra leurs chambres. Alors Lyra Pavlovna se rappela une visite à Tsarskoïe Selo, la résidence d'été des tsars, près de Leningrad.

Lyra Pavlovna attendit qu'on les laisse seuls pour palper timidement le revêtement mural. Kuehenberg observa son geste avec étonnement.

— Qu'y a-t-il, Lyranja ?

— De la soie ! Comme dans la résidence du tsar ! Et le lustre ! En cristal ! Et les meubles ! Est-ce qu'un tsar a habité ici autrefois ?

— J'en doute. C'est un hôtel normal, rien d'autre.

— Normal ?

— Mais oui.

— Et ce sont nos chambres ?

— Comme tu vois.

— Il doit y avoir une confusion, Kyrill Semjonovitch.

Au bout d'une heure, Lyra Pavlovna fut obligée d'admettre qu'elle n'était pas le jouet d'une simple erreur. Alors elle prit un bain dans la baignoire de marbre rose, passa sa robe du dimanche, se brossa les cheveux et se coiffa comme à l'accoutumée. Ensuite elle rejoignit Tamara dans la chambre voisine. Plus expéditive, celle-ci avait terminé sa toilette depuis quelques instants. Elle aussi avait revêtu sa plus belle robe. Confortablement installée dans un fauteuil, elle gardait les yeux obstinément fixés sur la porte.

— Il va venir tout de suite, confia-t-elle.

— Qui va venir ?

— Un serveur. Tu vois le téléphone là-bas ? Eh bien, j'ai décroché et aussitôt quelqu'un m'a demandé : « Désirez-vous quelque chose, Madame ? » J'ai répondu : « Oui. Voulez-vous m'apporter un samovar ! » J'ai hâte de voir si ça marche, mamuschka...

— Quelle stupide gamine ! Commander un samovar à Cologne ! Nous allons être la risée de l'hôtel ! Ton père va rougir de honte !

Comme on frappait à la porte, elle tressaillit.

— Les voilà ! Tu vas voir comme ils vont se moquer de toi ! chuchota Lyra, qui trouva pourtant le courage de lancer à haute voix : Oui, entrez !

Un serveur entra en poussant devant lui une table roulante.

— Votre samovar, Madame.

Etait-ce possible ? Un authentique samovar en cuivre ! Un samovar étincelant...

— Je me suis permis d'ajouter quelques pâtisseries.

Figées sur leur siège, Lyra et Tamara regardèrent le serveur disposer des tasses sur une table où trônait un somptueux bouquet, cadeau de bienvenue émanant de la direction.

— Comme au cinéma, murmura Tamara, une fois seule avec sa mère. Il suffit de faire un vœu pour qu'un magicien l'exauce.

Le lendemain Wildeshagen vint chercher Kuehenberg sitôt après le petit déjeuner. Sa femme l'accompagnait, car pour sa part elle devait s'occuper des dames. Au programme de la journée : visite de la cathédrale et shopping dans les rues commerçantes.

— Quel programme, en effet ! commenta Kuehenberg. Et nous, qu'allons-nous faire pendant ce temps ?

— Nous partons pour Bonn.

— En abandonnant ces dames ? Pour quelle raison ?

— Nous aussi, nous allons faire un peu de tourisme.

— Que voulez-vous me montrer de particulier ?

— Le ministère de la Défense.

Sur le parvis de la cathédrale en contrebas, une armée de pigeons, picoraient sans relâche les graines que leur jetaient les passants.

— Et si je préférais aller faire des achats avec ma femme et ma fille ?

— On vous attend à Bonn, monsieur Kuehenberg.

— Je suis libre, ne l'oubliez pas !

— Je vous prie simplement de m'accompagner. Je vous en prie instamment.

— Qui vous a chargé de cette nouvelle mission ?

— L'état-major de l'armée.

— S'il le faut ! admit Kuehenberg avec un soupir de résignation. Ce ne sera jamais qu'un mauvais moment à passer. Il y a une chose que l'on apprend en Russie, Wildeshagen : le fatalisme. Une fois que vous avez acquis cette attitude, plus rien ne peut vous ébranler.

Tandis que Mme Wildeshagen préparait avec sollicitude Lyra Pavlovna et Tamara au spectacle et aux expériences qui les attendaient, Wildeshagen et Kuehenberg montèrent dans la Mercedes. Ils n'entrèrent pas dans Bonn, mais s'engagèrent sur le boulevard périphérique et gagnèrent la colline où était établi le ministère de la Défense. Wildeshagen avait placé son laissez-passer en évidence contre le pare-brise, de sorte qu'ils purent franchir successivement trois barrières sans subir les contrôles d'usage. Ils s'arrêtèrent dans une sorte de cour intérieure.

— Vous êtes bien installés, constata Kuehenberg. De l'air, du soleil... que demander de mieux ? Les bureaux de Berlin inspiraient plutôt la morosité. Il suffisait d'y pénétrer pour avoir la gorge serrée. Fini de rire ! Au fond, c'était peut-être ce qui manquait le plus à l'époque : on avait si rarement l'occasion de s'amuser.

Wildeshagen consulta sa montre.

— Nous sommes en retard de dix minutes.

— Moi, j'ai tout mon temps, répliqua Kuehenberg avec un sourire narquois. Si on désire me parler, mieux vaut ne pas être à une minute près. Comme disent les chasseurs en Sibérie : Un ours est capable de courir pendant trois jours... donc il faut que toi, tu sois capable de courir pendant quatre.

L'atmosphère n'avait pas changé : longues enfilades de couloirs, succession interminable de portes, officiers de tous grades sortant des bureaux d'où émanaient des bribes de conversation... Ils s'arrêtèrent devant une porte anonyme sur laquelle figurait pour toute indication : S'adresser au bureau 1012.

Pourtant Wildeshagen négligea de se faire annoncer. Il frappa, poussa la porte et adressa un signe de tête à Kuehenberg.

— Vous pouvez entrer.

— Et vous ?

— J'attendrai dehors.

— Mais qui suis-je censé rencontrer ?

— Un général.

— Et si je refuse d'entrer ?

— Nul ne peut vous y contraindre, affirma Wildeshagen avec un sourire crispé. Vous êtes un homme libre.

— Dans ce cas, d'accord !

Kuehenberg pénétra résolument dans la pièce, mais il ne put réprimer un léger tressaillement quand il entendit la porte se refermer derrière lui. Le bureau était spacieux et ensoleillé. Sur l'un des murs un portrait de Scheel. Juste en face de l'entrée, une photo encadrée et passablement jaunie de l'amiral Canaris. Des sièges étaient groupés autour d'une table ronde. Sur cette table, un service à café et un réchaud, des cigares et des cigarettes, un lourd cendrier de bronze, enfin une bouteille de cognac français avec deux verres ballons.

Un homme en civil, et non en uniforme comme s'y attendait Kuehenberg, se leva et vint vers lui, bras tendus.

— Asgard, vieux frère ! Je commence à croire aux miracles ! Te retrouver après tant d'années ! Ma parole, te voilà tout grisonnant ! Et est-ce que par hasard tu te serais tassé avec l'âge ? Dans mon souvenir je te voyais plus grand.

— Non, ce n'est pas possible !

Kuehenberg s'arrêta net.

— N'approche pas ! Laisse-moi te regarder. Si tu es bien celui que je pense, tu t'es empâté, mon cher. Où est l'Apollon de jadis ? Dis voir... « Général » !

— Iénéral...

— Willy Hecht ! Willy !

Les deux hommes tombèrent dans les bras l'un de l'autre, s'étreignirent, puis approchèrent de la table bras dessus bras dessous.

— Un cognac s'impose ! affirma Willy Hecht. Eh oui...

Me voilà « iénéral », et pourtant c'est un mot que je n'arrive toujours pas à prononcer correctement. Assieds-toi, vieux frère. Quand je pense... Nous ne nous sommes pas revus depuis combien de temps ?

— Trente-sept ans, Willy.

Kuehenberg prit le verre de cognac et en huma le parfum.

— La même marque qu'autrefois ?

— En ton honneur, Asgard !

S'étant octroyé une bonne rasade d'alcool, Willy Hecht se laissa choir dans son fauteuil.

— Tu te rappelles le bon vieux temps ? Moi en tout cas je ne suis pas près d'oublier. Si je pouvais revenir en arrière !

— Et moi donc ! Pourtant nous étions d'une inconscience et d'une intrépidité confinant à la crétinerie ! Nous gobions tous les boniments et nous foncions tête baissée, prêts à mourir pour une gigantesque supercherie.

— Avec le recul il est facile de philosopher. A l'époque, nous n'étions que des gamins. Mais des gamins qui avaient réellement le sens de l'amitié. Alors que de nos jours... On ne pense plus qu'à faire carrière. L'année prochaine je prends ma retraite. J'aurai le temps de baguenauder, de planter des roses dans mon jardin, de me prélasser au soleil... Je ne t'ai même pas dit merci...

— Pour quoi ?

— D'avoir choisi Cologne.

— J'ai pensé à toi. Mais, à vrai dire, mon choix est aussi le fait du hasard. Mes autres amis étaient tous originaires de la Baltique.

— Vous étiez dix, n'est-ce pas ?

— Tu ne vas pas t'y mettre, toi aussi !

— Je sais que tu es chatouilleux sur ce chapitre.

— Dixit Wildeshagen ?

— Hmm... Wildeshagen est un brave type. Café ?

— Volontiers.

— Ainsi tu ne veux pas en parler ?

— Non.

— Tu es pourtant le seul qui puisse résoudre cette dernière énigme. Le service de renseignements américain n'est pas encore au courant de ton retour. Mais si le bruit se répand, tu n'auras plus une minute de répit. On soupçonne en haut lieu que l'opération « Oies sauvages » a été d'une importance historique capitale.

— Pour être plus précis, disons qu'elle aurait pu le devenir.

Kuehenberg but son café et grignota un biscuit. Un sablé. Comme ceux que confectionnait sa grand-mère. Alors des souvenirs d'enfance affluèrent. Il revit la terrasse donnant sur le parc, avec ses élégantes colonnades. La haie avec ses quatre boules soigneusement taillées. Le chemin de gravillons qui menait à l'écurie. Mlle Selma, avec ses tabliers de dentelle et ses coiffes amidonnées.

1938. Livland. Un coin de paradis à l'abri de toute menace. « Guerre » était un mot éliminé du vocabulaire.

— Nous connaissons les opérations « Adler », « Barbarossa », « Siegfried »... Toutes portent un nom et nous sommes bien documentés.

— Mais on oublie qu'elles ont coûté des milliers de morts. Des millions peut-être.

— L'opération « Oies sauvages » a été plus restreinte, n'est-ce pas ?

— Nous étions dix.

— Cela, nous le savons. Ce que nous ignorons, c'est le but de l'opération, les objectifs du commando.

Sur ces mots, Willy Hecht exhiba le dossier déjà familier à Kuehenberg.

— Tu veux lire ?

— Inutile. J'y trouverai dix noms, une liste de lieux géographiques et l'autorisation officielle du Führer.

— Dix localités encerclant Moscou. Cela donne à penser, non ?

— Pense ce que tu veux, Willy !

— Les dossiers vous concernant ont disparu. Tous les dix.

— Je sais.

— Dix officiers allemands chargés d'une mission spéciale ne sont jamais réapparus. Dès lors où sont-ils passés ? Et est-ce qu'ils sont encore en vie ? On a essayé par tous les moyens de sonder les Russes. En vain. Pas un qui n'ait joué les sourds-muets.

— Et me voilà de retour...

— Une véritable résurrection, on peut le dire ! Le dernier survivant…

— Erreur ! Nous sommes encore quatre.

— Asgard !

Willy Hecht saisit son verre de cognac d'une main tremblante.

— Et tu m'annonces cela sans émotion, comme une nouvelle anodine ! Quatre sont encore en vie ?

— En effet.

— En Russie ?

— Trois seulement vivent en Russie. Le quatrième se trouve ici même.

— Seigneur ! Et pourquoi n'ont-ils pas suivi ton exemple ?

— Ils sont heureux en Russie.

— Des officiers allemands ?

— Mis à part toute considération politique, la Russie est un pays où l'on peut encore vivre près de la nature. Ici, en Allemagne, as-tu jamais éprouvé un tel sentiment ?

Le général Hecht ouvrit le dossier.

— Ainsi quatre sont encore vivants, dit-il d'une voix oppressée. Qui sont-ils ?

— Les oies sauvages sont devenues de braves oies domestiques, Willy. Cesse de me questionner, il est inutile d'insister. Continuons à boire tranquillement café et cognac et raconte-moi plutôt comment tu vas, toi.

Le général sortit un second dossier du tiroir secret de son bureau et le déposa sur la table devant les tasses à café. La chemise en était blanche avec une croix rouge. Lèvres pincées, Kuehenberg se renversa en arrière.

— Tu sais ce que c'est ?

— Je m'en doute.

— Tous les comptes rendus des recherches effectuées par la Croix-Rouge allemande. Le premier remonte à 1946, soit à trente-deux ans. Pourtant les recherches se poursuivent et l'on continue à espérer. Depuis trente-deux ans, Asgard ! Combien de mères, de pères, de frères, de sœurs, de femmes et d'enfants qui se répètent opiniâtrement : Disparu ne signifie pas mort. Disparu… cela signifie qu'il reste un espoir. Une disparition n'est pas forcément définitive.

Le général Hecht ouvrit le dossier. Il contenait des lettres, des formulaires, des questionnaires, encore des lettres, les unes manuscrites, les autres dactylographiées. Des photos aussi, qui représentaient des hommes jeunes et souriants. Des visages heureux, quasi juvéniles, des visages rayonnants. Une enveloppe aussi renfermait une longue mèche de cheveux blonds.

Kuehenberg détourna les yeux quand Hecht déposa la mèche de cheveux sur la table.

— La mère qui nous l'a envoyée écrivait : « Peut-être cette mèche de cheveux pourra-t-elle vous aider. Je l'ai coupée moi-même avant que mon fils reparte pour la Russie. Il avait alors vingt et un ans et venait d'être nommé sous-lieutenant. Il était fier de ses boucles blondes. Et puis il se montrait toujours si gai. Il est probable que ses camarades n'ont pas oublié ses cheveux et son rire clair... »

— Johann Poltmann, dit Kuehenberg d'une voix sourde. Le 3 juin 1944, il a pris le nom de Fjedor Pantelijevitch Ivanov. Marié avec Wanda Semjonovna Haller, chef d'une brigade de femmes de ménage...

Le général Hecht agita la longue mèche blonde au-dessus du verre de Kuehenberg.

— Toujours résolu à te taire, Asgard ? interrogea-t-il à mi-voix. Aujourd'hui sa mère est âgée de soixante-dix-neuf ans. Elle vit dans un hospice de vieillards aux environs de Brême. Et elle continue d'espérer. Chaque année elle adresse une nouvelle demande à la Croix-Rouge. Et les recherches se poursuivent... inlassablement. Tu es le seul qui puisse fournir des renseignements. Asgard... tu n'as pas le droit de te taire ! Veux-tu lire les lettres ?

— Oui.

Kuehenberg saisit la mèche de cheveux entre le pouce et l'index pour la replacer dans l'enveloppe. Johann Poltmann et sa tignasse toute bouclée. Il avait failli pleurer lorsqu'il lui avait fallu se faire couper les cheveux à ras. Le sacrifice terminé, il avait récupéré toutes ses boucles et les avait fourrées dans un sac en plastique qu'il avait envoyé à sa mère. Apparemment celle-ci n'avait jamais reçu le paquet puisqu'elle ne mentionnait que la mèche coupée par ses propres soins. Le dernier souvenir de son fils...

— Et moi, est-ce que quelqu'un me recherche ? demanda Kuehenberg en refermant le dossier.

— Non. Tu es le seul qui n'aie plus de parents. Thernauen a été occupé par des blindés soviétiques, la propriété saccagée et tous les habitants massacrés. Il était trop tard pour fuir. Thernauen aurait dû être évacué depuis longtemps.

— Mon père était inconscient. Il persistait à considérer nos voisins russes comme d'excellents amis. Effectivement beaucoup fréquentaient la maison, c'était des allées et venues perpétuelles. Dans ces conditions mon père s'imaginait que le domaine serait épargné. Une zone neutre en quelque sorte. Il avait la candeur d'un missionnaire.

Kuehenberg leva son verre.

— Encore un cognac, veux-tu ! Tu me laisses un peu de temps ?

— Tu acceptes de révéler la vérité ?

— En tout cas, je vais essayer. Mais pas pour vous et vos satanées archives ! Uniquement pour ces familles qui continuent à se ronger d'angoisse. Est-ce que la femme de Bodo von Labitz a survécu ?

— Oui. Elle habite Vienne.

— Remariée ?

— Non. Elle espère encore...

— A l'époque il venait juste de fêter la naissance de leur premier enfant.

— Je sais, un garçon. William Heiko von Labitz. Il est avocat à Vienne. Sa mère vit avec lui.

— Je vais essayer de raconter par écrit ce qu'ont été les « Oies sauvages », de les faire revivre sur le papier. Mais que ceci soit bien clair, Willy : ensuite je ne veux plus jamais en entendre parler. Si je suis revenu en Allemagne, c'est uniquement parce que j'avais le mal du pays... Qui lira ce récit ?

— Il ne circulera que dans un cercle restreint. Cela, je te le promets.

— Je te l'ai dit, trois d'entre nous sont actuellement installés en Russie où ils ont fondé un foyer. Ils sont devenus d'honnêtes et paisibles citoyens.

— Personne ne découvrira leur identité. Parole d'honneur.

— Il faut d'abord que je lise ces lettres, dit Kuehenberg en s'emparant à nouveau du dossier de la Croix-Rouge. — Il ajouta : — Autant te prévenir tout de suite : vous risquez d'être déçus. L'opération « Oies sauvages » a sûrement été la plus démente et la plus désespérée de toute la guerre. Avec le recul je me demande comment dix officiers ont pu accepter d'y participer. Mais qu'est-ce qui était normal et anormal en 1944 ? Nous étions si jeunes et si naïfs...

2

RADEK Peter, 25 ans, lieutenant.

LA 3e compagnie s'était retranchée au nord de Pskov. Les hommes se terraient dans des trous disséminés, reliés entre eux par des tranchées peu profondes qu'il fallait parcourir en courbant le dos, tels des lapins fuyant les chasseurs. Cent neuf hommes s'efforçaient de survivre, crottés de la tête aux pieds, crevant de faim et luttant pour ne pas succomber à la fatigue. Au nord, l'offensive de l'armée russe sur un front allant de Leningrad à Velikié Louki s'était interrompue, mais plus au sud, dans la région où la XVIe armée faisait face aux troupes du général Popov, les soldats traversaient un enfer. Les blindés soviétiques, auxquels les Allemands ne pouvaient opposer que les lance-fusées antichars, détruisaient les abris précaires. Les soldats n'avaient alors d'autre ressource que de tenter une fuite désespérée. Jeu d'une terrifiante cruauté : on laisse les fuyards prendre un peu d'avance, on tire quelques rafales mais en manquant délibérément la cible, puis, quand la victime n'a plus la force de courir et qu'elle commence à vaciller, on consent à l'achever.

Au nord, même climat d'horreur. Mais, tout à coup, les Russes se conduisirent comme s'ils avaient besoin de récupérer après la formidable percée des troupes du général Merezkov dans le front s'étendant de Leningrad au Tchoudsk. Dès lors un espoir insensé s'empara des soldats allemands.

La tactique des « coups d'épingle » faisait ses preuves. Sur tout le front, qui était qualifié de « paisible » dans les rapports quotidiennement rédigés par le haut commandement de la Wehrmacht, les morts étaient devenues anonymes. Après le mouvement de repli des troupes allemandes lors de l'offensive soviétique du 14 janvier au 1er mars 1944, on dressa le bilan suivant :

1re compagnie — 1 mort, deux blessés.

3e compagnie — 3 morts. Pas de blessé.

4e compagnie — Aucune perte.

Dans la 2e compagnie, aucune perte non plus. Mais un bombardement avait entraîné la destruction totale de la cuisine et des stocks.

Un front « paisible » donc. Juste de temps en temps le « moulin à café » qui bourdonnait au-dessus des abris allemands, un avion de reconnaissance blindé ne craignant pas de voler à si basse altitude que l'on pouvait apercevoir les pilotes. Les soldats tiraient sur lui avec toutes les armes à leur disposition, des mitrailleuses aussi bien que des canons légers. Mais l'appareil poursuivait sa route comme un insecte gigantesque, mais un insecte invulnérable.

Avec le temps on finit par s'y habituer au point de noter sa défection avec un certain regret, quand une journée se passait sans que l'on entende son bourdonnement familier. Le lendemain lorsqu'il surgissait dans le ciel, on allait jusqu'à lui adresser de grands signes. Ainsi jusqu'au jour où les Soviets cessèrent de jouer et lâchèrent des bombes.

Le lieutenant Radek était exténué. Dès le matin, courbé en deux, il était parti dans les tranchées pour n'en revenir qu'à la tombée de la nuit après être passé d'abri en abri.

— Nous risquons tous d'y passer d'un moment à l'autre ! avait affirmé l'adjudant-chef Hagemüller. Tenez, mon lieutenant, vous allez voir.

Il plaça un casque au bout d'un bâton et l'éleva au-dessus du trou. Aussitôt une balle siffla, le casque vola et retomba au bord du trou.

— Vous voyez ça ! Ces salopards sont de vrais tireurs

d'élite ! Nous avons essayé de les rendre dingues. Tous ceux qui avaient une boîte de conserve l'ont jetée en l'air. Incroyable de voir comme ces fumiers sont têtus ! Sans compter qu'ils ne manquent pas de munitions. C'est bien simple, ils tirent sur tout ce qui bouge !

Le lieutenant Radek examina le trou rond percé dans le casque.

— Il faudrait savoir où ils se planquent...

— Quelque part dans le coin. On n'en sait trop rien. Justement je me suis dit que je pourrais constituer une patrouille. Si les gars du groupe III et du groupe VI nous protégeaient avec les mitrailleuses... Trois ou quatre charges concentrées et le tour est joué...

— Hagemüller..., soupira tristement Radek.

L'adjudant hocha la tête, résigné. Bien sûr, bien sûr, toujours le même refrain depuis des semaines.

— Je sais, chef ! N'utiliser les grenades qu'en cas d'extrême nécessité. Pas de mitrailleuse sauf en cas d'offensive ennemie. On se demande ce qui nous reste.

— Ce n'est pas de moi qu'émanent ces ordres. Et ce n'est pas moi non plus qui suis responsable de l'armement et du ravitaillement !

— Bref, continuons à nous aplatir comme des crêpes ! Si au moins nous pouvions profiter de la nuit pour creuser un peu plus profond...

— Dans deux jours nous entamerons un mouvement de repli.

— C'est long, deux jours.

Dans chaque abri où il passa, le lieutenant Radek apprit la même information : dix heures plus tôt de nouvelles troupes ennemies avaient remplacé les précédentes. Les soldats allemands devaient maintenant faire face à un régiment sibérien composé de tireurs d'élite, tous parfaitement sûrs d'eux et reposés, au point que la nuit ils se permettaient même de chanter.

— Ces fumiers ! s'exclama le caporal Emil Happes. Ils se font griller de la viande ! Vous ne sentez pas ? Et pendant ce temps-là on n'a même pas un os à ronger !

Le soir, quand il regagna son abri, Radek jeta rageusement son casque. Le sergent Lehmann le salua, à la façon d'une sentinelle à l'entrée d'une caserne.

Radek se laissa choir sur son lit, constitué de planches reposant sur deux poutrelles.

— Nous avons deux blessés, et mes hommes commencent à prendre racine dans leurs trous. Eh bien, ils vont m'entendre !

Il décrocha le téléphone de campagne, pour annoncer après un instant d'attente :

— Ici Radek ! Passez-moi le commandant. Que je... quoi ? Comment cela, immédiatement ? Est-ce que vous avez perdu la tête ? Et de qui vient cet ordre ? Du G.Q.G. Est-ce qu'ils se rendent compte ? Bien, bien... j'arrive !

Ayant raccroché, Radek repêcha son casque du bout du pied. Dehors il entendit des coups de feu. Des cris, des insultes.

— Lehmann !

— Mon lieutenant ?

— Le commandant se languit de moi. Je serai de retour demain à l'aube. S'il se passe quelque chose, vous savez où appeler.

Radek repartit. Tantôt il marchait plié en deux, tantôt il lui fallait ramper. Passées les collines, il put se risquer à l'air libre. Le sergent-major Ratterfeld attendait déjà son supérieur.

— Le plein est fait, annonça-t-il en désignant une VW en partie décarcassée.

— Vous êtes au courant de quelque chose, Ratterfeld ? demanda Radek en s'installant au volant. Vous avez toujours une oreille qui traîne...

— Tout ce que je sais, c'est qu'une dépêche est arrivée du Q.G.

— Qui me concerne personnellement ?

— Il semblerait.

— Comme si le Q.G. s'inquiétait de mon sort !

— Apparemment, en tout cas, c'est urgent.

— Cela doit être une erreur.

Pourtant ce n'était pas une erreur. Le commandant Sauer, qui attendait Radek au poste de commandement du bataillon, le toisa longuement en secouant la tête.

— Avant de vous rendre à Berlin il faudra au moins faire nettoyer votre uniforme.

— Cette boue est de la boue russe imprégnée de sang, mon commandant.

Radek posa son casque sur une chaise.

— Je suppose que vous plaisantiez en parlant de Berlin...

— Moi-même j'ai d'abord cru à une plaisanterie. — Sur ces mots, le commandant Sauer saisit un papier et chaussa ses lunettes. — J'ai pris toute la conversation en sténo. Ecoutez cela, Radek : « Ici Vangenheim. Commandant Sauer ? Bonjour. Comment cela se passe chez vous ? Un vaste merdier, je sais. »

— Passionnant, jeta Radek.

Sauer hocha la tête.

— Patience, écoutez plutôt la suite : « Je vais être bref. Nous venons de recevoir un message du G.Q.G., transmis par le haut commandement de l'armée. Urgent ! Le lieutenant Peter Radek doit immédiatement quitter le front pour se rendre à Eberswalde. Que la division lui procure les papiers nécessaires. Les moyens de transport les plus rapides seront à la disposition du lieutenant Radek. L'escadre II tient un avion prêt à décoller. Nous attendons son arrivée à Eberswalde dans les plus brefs délais. Personnellement je n'ai rien à ajouter, car nous-même ignorons ce que signifie cet ordre du G.Q.G. »

Le commandant laissa tomber le papier.

— Eh bien, Radek, qu'en dites-vous ?

— Rien. Je suis stupéfait.

— Vous n'êtes pas le seul. Vous n'auriez pas un oncle qui ferait partie du G.Q.G. ?

— Je suis le seul officier de la famille.

— Ma foi...

Sauer remplit deux verres de vin bon marché.

— Eberswalde, en plus !

— Qu'est-ce qu'il y a de spécial à Eberswalde ?

— C'est là-bas qu'est établie l'école de cavalerie du Brandebourg.

— Mais je n'ai jamais nourri l'ambition de devenir un bon cavalier. Il doit tout de même y avoir une confusion, ce n'est pas possible !

— Pour plus de sûreté, Vangenheim a aussi mentionné

votre date de naissance. Elle est exacte. Vous êtes bien né à Riga ?

— Effectivement.

— Alors pas d'erreur.

Les deux officiers trinquèrent.

— Le G.Q.G., notre mère à tous, vous réclame ! dit Sauer. On veut peut-être faire de vous un parfait cosaque. Ne riez pas, on en a vu d'autres ! A votre santé, Radek ! N'oubliez pas de m'envoyer une carte postale et essayez de ne pas vous arracher toute la peau des fesses !

Radek ne toucha pas à son verre.

— Et la 3e compagnie ? s'inquiéta-t-il. Qui va en prendre le commandement ?

— Je vais envoyer le lieutenant Heinz.

— Il est trop jeune, il n'a aucune expérience du front. Il a juste passé quelques mois en France.

— Pour quelques jours il se débrouillera. A la fin de la semaine la compagnie doit commencer à se replier. L'essentiel est qu'il soit capable de vivre à plat ventre.

Dès le lendemain le lieutenant Peter Radek se présentait devant le colonel Vangenheim. Une voiture le conduisit aussitôt à l'escadre II. L'affaire devait effectivement être urgente. Cependant personne ne savait ce que le G.Q.G. pouvait bien attendre d'un simple lieutenant.

A 14 h 20 un Fokker décolla et s'éleva dans le ciel serein. Cap sur Berlin. Radek se trouvait seul à bord avec le pilote.

A 14 h 37 l'adjudant-chef Hagemüller annonça depuis la ligne principale de résistance :

— Le lieutenant Heinz vient de tomber. Une balle dans la tête. Ces fumiers de tireurs sibériens...

Une journée calme sur un front « paisible ».

Von RANOWSKI Berno, 24 ans, lieutenant.

Leur campement était établi dans une forêt au sud d'Orcha. Les rails de la voie ferrée toute proche luisaient sous le clair de lune. Cette ligne de chemin de fer était la seule qui reliait Brest-Litovsk à Moscou en passant par Minsk, Borissov, Orcha et Smolensk. De plus elle longeait la route qui constituait la voie de communication la plus importante de la Russie centrale. Route et voie ferrée représentaient ainsi les deux artères par lesquelles affluait le ravitaillement destiné aux troupes allemandes. C'était par là que passaient les vivres, les munitions, les armes, les blindés, les camions-ateliers, les pièces de rechange. C'était par ces voies que les permissionnaires regagnaient leur foyer ou rejoignaient leur régiment, par ces voies qu'arrivaient les jeunes recrues au terme d'un entraînement accéléré et intensif.

Sans cette route et sans cette voie ferrée, les divisions allemandes seraient bientôt réduites à néant. Jour et nuit c'était un défilé quasi ininterrompu de trains et de camions. Tant que le sang de la guerre circulait à travers ces deux artères, les soldats allemands recevaient l'énergie vitale nécessaire à la poursuite du combat.

Dans la région d'Orcha-Borissov, où arrivait le ravitaillement des troupes allemandes et où chaque village proche de la voie ferrée avait été transformé en gigantesque entrepôt, le général Shankowski avait patiemment formé un régiment de combattants invisibles et terriblement efficaces. Les officiers ? On eût dit des paysans à la peau tannée rompus aux travaux des champs, ou encore de misérables badernes inaptes au combat. En fait, ces hommes entraînés, après avoir sauté de nuit en parachute, s'étaient discrètement infiltrés dans la région et avaient très vite rassemblé autour d'eux la population. Hommes et femmes étaient initiés par petits groupes au maniement des armes. Ils apprenaient à poser des mines, à fabriquer des bombes à l'aide de bouteilles, de poudre et de mèches. Ils découvraient l'art du camouflage au moyen d'herbe et de branchages. Ils creusaient des souterrains leur permettant de disparaître en un clin d'œil. Ils s'exerçaient à lancer le couteau, étaient capables d'étrangler un ennemi en quelques secondes au moyen d'un fil métallique, ou encore l'attaquaient par derrière avec une agilité féline pour lui trancher la gorge. Une section spéciale était composée de femmes et d'adolescentes à qui l'on avait appris qu'il n'y avait plus de honte à se coucher derrière les buissons en compagnie d'un Allemand.

— Vous vous sacrifiez pour votre patrie, ne l'oubliez

jamais ! déclaraient les instructeurs du général Shankowski aux femmes qui les écoutaient, médusées. Ensuite vous pourrez toujours vous laver de cette souillure. Si votre corps s'en trouve sali, votre âme pure n'en sera pas atteinte. Que représente le sacrifice qui vous est demandé... quand vos frères sont en train d'offrir leur vie ? Tout ce qui arrête et paralyse l'ennemi est une victoire pour la Russie ! Pendant que vous vous dévouerez ainsi pour la cause du peuple, vos frères, vos maris, n'écoutant que leur courage, pourront accomplir des actions décisives...

Ainsi dans les marais de la Bérézina, entre Slobodka et Denissowitschi, Sutoki et Roudnia, de même que plus à l'est entre Babinitschi et Tatarssk, une petite armée de militants civils s'était constituée, que le général Shankowski nommait avec fierté son « front de libération patriotique ». Les Allemands voyaient ces combattants d'un tout autre œil. Pour eux les partisans représentaient une menace permanente. Ils étaient l'ennemi invisible donnant la mort sans bruit. L'attaquant toujours prêt à bondir sournoisement.

Entre soldats allemands et partisans la guerre était sans merci. Dans ce combat, impossible de localiser et d'identifier l'ennemi avec certitude. Partout la mort rôdait, perpétuellement aux aguets.

— Au cours des deux derniers mois nous avons enregistré 2 359 actes de sabotage et attentats, déclara le commandant von Habner.

C'était un homme jovial qui, ne pouvant monter au front en raison de son âge, s'était vu confier la surveillance de la voie Orcha-Borissov. Pourtant, dans la situation actuelle, il aurait volontiers échangé sa place contre un poste de commandement sur la ligne principale de résistance. Sa mission était d'autant moins enviable qu'il disposait de moyens terriblement limités. Sous ses ordres un bataillon de Bulgares et trois compagnies de soldats allemands issus de divers régiments et constituant les « unités de convalescents ». Dans ces unités, des blessés légers qui avaient eu la malchance de n'être pas assez gravement atteints pour être autorisés à regagner leur foyer, mais avaient pu être soignés à l'infirmerie d'Orcha. A ces effectifs s'ajoutaient environ trois cents volontaires, des Russes acceptant de travailler pour l'armée allemande en échange d'un bol de soupe et d'un quignon de pain. Ils abattaient tout le sale boulot sans se plaindre, réparaient les rails, remblayaient, construisaient de nouveaux bunkers le long de la voie ferrée, édifiaient des clôtures, fabriquaient des chevaux de frise, minaient les remblais, mais en même temps s'empressaient d'indiquer aux partisans à quels endroits étaient dissimulées les mines.

— 2 359 ! répéta le commandant von Habner en promenant une règle sur la carte fixée au mur de la salle de classe.

Cependant à cent kilomètres à l'est, presque à l'insu des patrouilles allemandes, toute une fraction de l'armée soviétique s'était mise en marche. Au total 132 divisions, 62 brigades, 2 divisions blindées et une flotte aérienne. Venue de la taïga sibérienne et des steppes de l'Asie cette immense marée humaine affluait vers l'ouest.

Massacrez l'ennemi allemand ! Traquez-le comme du gibier ! Ouvrez le feu, tirez sans répit ! Si vaillants soient-ils, les soldats du Führer ne résisteront pas à un tel assaut.

— L'activité des partisans s'accroît de jour en jour, constata le commandant von Habner en désignant du bout de sa règle la voie ferrée qui figurait sur la carte. Cela concorde avec les observations les plus récentes : les Soviets concentrent leurs troupes entre Narwa et Kolomea. Du golfe de Finlande à la frontière roumaine, partout le même merdier ! Mais passons. Dans l'immédiat ce qui nous intéresse avant tout c'est encore et toujours la voie ferrée. L'activité accrue que déploient les partisans doit nous inciter à redoubler de vigilance. Il se prépare sans aucun doute une opération de grande envergure. Il est urgent de nettoyer la région, de la passer au peigne fin. Il faut débusquer les partisans par une action massive à laquelle participeront trois bataillons. La technique sera celle de la battue : encerclement d'un territoire et exploration systématique, mètre par mètre. Tout individu armé sera abattu sur-le-champ. Tous les suspects seront transportés à Goloschewka où un camp a été aménagé. C'est là qu'auront lieu les interrogatoires. Messieurs, l'heure est venue où chacun de nous doit se battre pour sa propre survie...

Ce fut ainsi qu'ils se retrouvèrent en pleine nuit, à plat ventre près de la voie ferrée. Immobiles, camouflés par des branchages, ils scrutaient les alentours. Ils s'étaient répartis en groupes de quatre et s'étaient disséminés de telle sorte que les partisans, s'ils devaient surgir, puissent sortir de la forêt sans se douter de rien. On attendrait qu'ils aient atteint la voie ferrée pour ouvrir le feu de tous côtés. Le piège était tendu. Impossible à présent de se dérober.

A la tête d'un groupe de quatre hommes, le lieutenant Berno von Ranowski avait choisi un poste d'observation à l'écart de sa compagnie. La nuit était chaude, le ciel nuageux, la lune cernée d'un halo argenté. Il y avait deux jours qu'ils poursuivaient la battue, et ils étaient bredouilles. Dans les fermes ils n'avaient rencontré que des femmes et des enfants. Sitôt qu'elles apercevaient les soldats allemands, les femmes courbaient le dos craintivement et, à grand renfort de gestes, elles affirmaient avec véhémence qu'on ne trouverait ni poules ni cochons.

— Où sont les hommes ? avait demandé Ranowski.

— Morts !

Les enfants s'étaient mis à pleurer.

— Tous partis... Nous, rien savoir... Plus d'hommes... Nous toutes seules... Faim...

Toutes les tentatives d'interrogatoires avaient échoué.

— Les voilà ! chuchota soudain le sergent Meier. — Et d'ajouter à l'oreille de Ranowski : — A votre droite, mon lieutenant... Ces ombres, là-bas... Vous les voyez ? A la lisière de la forêt...

Ranowski scruta l'obscurité dans la direction indiquée. D'abord il ne vit rien. Puis il distingua des ombres en mouvement. Elles se faufilaient lentement, prudemment, évitant le champ éclairé par la lune.

— Préparez les balles traçantes ! chuchota à son tour Ranowski.

— C'est fait, mon lieutenant.

— D'abord les laisser approcher de la voie ferrée !

De vagues silhouettes continuaient à sortir de la forêt et se glissaient vers la voie. Bientôt des silhouettes plus petites, tels des fantômes nains, se profilèrent à côté des précédentes, et l'on distingua aussi de longues jupes agitées par la brise.

— Des femmes et des enfants ! murmura Ranowski d'une voix rauque. Meier, pas question de balles traçantes !

— Ce sont des partisans !

— Des femmes, Meier ! Et des enfants en bas âge ! Vous voudriez tirer sur des enfants ?

— C'est ignoble, mon lieutenant ! Ces charognes emmènent les enfants justement pour se protéger. Elles savent ce qu'elles font, elles ne courent pas grand risque : on ne tire pas sur des enfants. Et pendant que les enfants les encerclent, elles installent les charges explosives entre les rails. Vous n'êtes ici que depuis un mois, mon lieutenant. Vous n'avez pas encore l'habitude de leurs procédés. Moi, voilà un an que je me bats contre les partisans. Je connais tous leurs trucs ! Celui-là est le plus infâme. Utiliser les enfants comme bouclier !

— Je ne peux pas donner l'ordre de tirer ! Je ne peux pas et je ne pourrai jamais.

— Alors capturons au moins les femmes. Celles qui transportent des explosifs se retrouveront de toute façon à Goloschewka. Cela ne nous concernera plus. Moi en tout cas je m'en lave les mains.

— Et les enfants ? Qu'est-ce qui arrive aux enfants ?

— Aucune idée...

— Vraiment ?

— Parole d'honneur, mon lieutenant ! On prétend qu'ils sont envoyés en Allemagne. Surtout les adolescents de dix à quatorze ans. Enfin, tous ceux qui sont capables d'abattre leur part de boulot.

— C'est faux, Meier !

— C'est ce qu'on prétend, moi je n'affirme rien.

Sur ces mots, le sergent Meier se prépara à bondir.

— On y va ?

— Non !

A présent les femmes et les enfants traversaient la voie ferrée. Déjà le groupe s'éloignait des soldats allemands aux aguets. Un sous-officier du groupe voisin approcha de Ranowski en rampant.

— Mon lieutenant... Ils sont là ! Qu'est-ce qu'on attend pour tirer ?

— Ce sont des femmes et des enfants !

— Et alors ? Si c'est notre ravitaillement qui saute...

— Rassemblement !

Les femmes et les enfants avaient déjà disparu dans l'obscurité.

— Comment réagiriez-vous si quelqu'un tirait sur votre mère ?

Totalement déconcerté, le sous-officier repartit en rampant. Une demi-heure plus tard, la compagnie regagnait Orcha à bord des camions.

Le lendemain le commandant von Habner reçut parmi les rapports de tous les officiers celui du lieutenant von Ranowski.

« Rien à signaler dans la zone contrôlée. Dans les parcelles VII-IX : vingt-neuf habitations. Uniquement des femmes et des enfants. Pas d'armes. Rien n'indique la présence de partisans. »

— Curieux ! commenta le commandant von Habner pendant la conférence de la mi-journée. Il faut croire que vous n'avez pas choisi le meilleur poste d'observation, Ranowski. La nuit dernière dans votre secteur, les rails ont été déboulonnés à quatre endroits. A 3 h 25 un train de marchandises a déraillé. Dieu soit loué, on signale uniquement des dommages matériels. Il a suffi d'une heure pour libérer la voie.

A 14 heures le commandant convoqua de nouveau le lieutenant von Ranowski.

— Etes-vous prêt à partir ?

— Comment cela ?

On ne décide pas des sanctions aussi vite, pensa Ranowski. L'accusé est d'abord longuement interrogé. A plus forte raison s'il s'agit d'un officier.

— Vous vous envolez dès aujourd'hui pour Berlin. Ordre du G.Q.G.

— Berlin ? Mais qu'est-ce que j'ai à voir avec le G.Q.G. ?

— Comment le saurais-je, lieutenant ? On précise que vous devrez vous présenter à l'école de cavalerie d'Eberswalde.

— Mais je sais déjà monter à cheval ! Sans compter que l'importance de la cavalerie en 1944... Ce n'est tout de même pas avec des chevaux que nous allons gagner la guerre !

— Vous ferez part de vos réflexions au G.Q.G. ! Vous êtes rappelé d'urgence. Alors ne perdez pas de temps !

Revoir Berlin, c'était revoir Lili, songea soudain le jeune lieutenant avec ravissement. Quelle somptueuse fête en perspective. Six mois qu'il n'avait pas touché une femme...

Espoir chimérique.

Le lieutenant Berno von Ranowski ne devait jamais revoir Berlin.

SOLBREIT Elmar, 22 ans, sous-lieutenant.

Il était crotté de la tête aux pieds. Son uniforme était couvert d'algues et de boue séchée. De l'eau clapotait dans ses bottes. La glaise lui donnait un teint grisâtre ; en même temps il avait les joues mouchetées de vert. Exténué, il s'écroula à même la terre, jeta sa mitraillette, arracha son casque. Ses cheveux blonds coupés court semblaient enduits de colle séchée.

Les soldats qui étaient revenus avec lui n'avaient pas meilleure allure. Des spectres surgis de quelque ténébreux purgatoire.

— Le plus infâme merdier que l'on puisse imaginer ! soupira Solbreit.

Il retira ses bottes détrempées qu'il balança de telle sorte qu'elles allèrent rejoindre la mitraillette. Dans le camp de la 7e compagnie on était habitué à ce genre d'irruptions. Les patrouilles revenaient toujours des marais en aussi piteux état. Le sergent-major Maritzka hurla que l'on apporte du thé avec de la vodka. Le capitaine Voggenreiter sortit de sa hutte en roseaux, sur laquelle on avait même installé un nid afin de perfectionner encore le camouflage, et il vint s'accroupir à côté du jeune lieutenant. Deux hommes apportèrent un seau d'eau et lavèrent le visage de Solbreit. Quand ils remportèrent le seau, il était plein d'eau bourbeuse. Ayant regagné leurs abris en titubant, les autres soldats se déshabillèrent et se placèrent sous les arrosoirs reliés par une corde. C'était là un système de douche, sinon très ingénieux, du moins efficace. Une jeune recrue ne cessait de courir avec des seaux pour remplir les arrosoirs au fur et à mesure qu'ils se vidaient. Un fumet réjouissant leur parvenait : de la soupe aux pois avec du lard. Il en avait été fait selon les ordres du capitaine Voggenreiter :

— Si les gars reviennent, qu'ils aient droit à un menu de fête !

Il avait insisté sur le SI. Nul ici n'ignorait la signification de ce conditionnel. Chaque soldat, qui s'enfonçait dans les marécages pour débusquer les partisans et s'efforcer de ramener un prisonnier, pouvait trembler et faire sa prière sans s'attirer les quolibets de ses compagnons.

L'ennemi pouvait se tapir n'importe où. Il risquait de surgir à tous moments là où personne ne l'attendait. Il n'était pas rare qu'il jaillisse des plus inaccessibles marécages, ces régions qui semblaient pourtant interdire toute vie humaine tant le sol y était bourbeux. Seuls habitants de ces marécages : des millions d'oiseaux, aussi bien des canards sauvages que des faisans, des grues et des perdrix. La guerre ne les dérangeait pas et ils restaient indifférents à ce gigantesque carnage. Ici les bruits étaient assourdis et les grenades s'enfonçaient dans la vase avant d'exploser.

Ici pas de chars ni d'artillerie, mais un combat d'homme à homme. Les marais formaient un pays d'une étendue équivalente à celle de la Prusse, et l'ennemi pouvait se cacher n'importe où dans cette forêt de joncs et de roseaux, de saules et de peupliers, de genêts et de fougères géantes.

Le lieutenant Solbreit s'essuya à l'aide d'un torchon. Bien qu'il ait utilisé tout un seau d'eau pour se laver le visage, il subsista des traces de glaise sur le torchon. Il voulut se lever, mais le capitaine Voggenreiter l'en empêcha ; d'une pression sur les épaules il l'obligea à rester assis.

— Ne bougez pas, Solbreit. De toute façon vos jambes seraient incapables de vous porter. Dites-moi plutôt quelles informations vous nous rapportez.

— Aucun contact avec l'ennemi ni aucune perte en hommes.

Solbreit s'empara du gobelet en fer-blanc, rempli de thé et de vodka, qu'on lui tendait. En ayant vidé le contenu d'un seul trait, il lâcha un rot puissant.

— Pardon, mon capitaine !

— Signe de bonne volonté, affirma Voggenreiter en riant. Le groupe de choc de la 2e compagnie est également de retour. J'ai parlé avec Leifheim. Même résultat. Aucun contact avec l'ennemi. Des coups de couteau dans l'eau ! Il n'empêche qu'ils sont bien là, toujours prêts à surgir quand on s'y attend le moins. Mais, nom de Dieu, où peuvent-ils bien se planquer ?

Solbreit s'allongea sur le dos. Dormir ! Fermer les yeux, ne plus rien entendre, sombrer dans le sommeil...

— Nous avons trouvé un cadavre.

— Un Russe ?

— Comment savoir ? Le gars était complètement à poil. Déjà en état de décomposition avancée. Il s'était peut-être fait descendre depuis trois semaines, un mois. Les Russes lui avaient fait bouffer ses couilles.

— Pardon ?

— Je ne peux pas m'exprimer plus clairement, mon capitaine.

Solbreit leva la tête pour boire les quelques gouttes qui restaient au fond du gobelet.

— Seppl, tu as mis combien de vodka dans ce thé ? Pas vrai... je suis complètement rond...

— Moitié moitié... comme vous avez l'habitude de le boire.

— Pas à la fin d'une journée comme celle-ci, bougre d'âne !

— Moi, j'ai une information à vous communiquer, intervint le capitaine Voggenreiter.

— Mon capitaine... Je suis mort... et complètement bourré.

— C'est bien le moment ! Vous devez vous présenter ce soir même à l'état-major de la division.

— Pas question..., marmonna Solbreit en fermant les yeux. Demain...

— Le G.Q.G. vous demande !

— Parfois vous êtes vraiment un rigolo, mon capitaine.

— J'ai reçu l'appel de la division il y a trois heures. Le lieutenant Solbreit doit se rendre à Berlin d'urgence. D'urgence, vous entendez ?

— Vous avez dit Berlin ?

— Exact.

Solbreit leva la tête. Les hommes de son groupe de choc, qui ne s'étaient pas rhabillés après leur douche, préparaient leur gamelle. De la soupe au lard !

— Tout ce qu'on vous a dit, c'est que j'étais convoqué à Berlin ?

— De là vous devrez gagner immédiatement Eberswalde.
— Eberswalde ? Vous connaissez, vous ?
— Moi, non. Mais le général de division, lui, connaît. Il voulait savoir si vous aviez demandé votre affectation à un régiment de cavalerie. C'est le cas ?
— Jamais de la vie. — Solbreit se redressa péniblement, s'assit et huma le fumet de la soupe. — C'est une erreur. Seppl, ma gamelle de soupe ! Et sans vodka, espèce de bourrique !
— Tout de suite, mon lieutenant !

Ce n'était pas une erreur. Le soir, le lieutenant Elmar Solbreit se présenta à l'état-major de la division. Une voiture l'emmena aussitôt à Bobruïsk, et de là il s'envola vers l'ouest.
— Vous y comprenez quelque chose ? demanda-t-il au pilote, jeune lieutenant comme lui-même.
— Ordre du G.Q.G...
— Vous plaisantez ! Qu'est-ce que le haut commandement de la Wehrmacht pourrait vouloir d'un minable petit sous-lieutenant ?
— En période de guerre tout est possible.
— C'est vous qui le dites.
Solbreit se carra dans son siège et étendit les jambes autant que le permettait l'exiguïté de la cabine.
— Excusez-moi, mon pote, mais il serait temps que je m'offre une petite ronflette. Larguez-moi quand nous serons au-dessus d'Eberswalde. Le crottin de cheval amortira le choc.

Von BALDENOW, Baron Venno, 26 ans, capitaine.

Ce fut un été splendide.
La végétation était luxuriante, aucune brise ne balayait les herbes hautes, les rares averses demeuraient brèves. La moisson serait exceptionnelle, dépassant toutes les espérances. L'intendant prévoyait déjà un véritable record : une surabondance et de foin, et de betteraves, et de luzerne, et de trèfle... De l'avoine à profusion, quantité de blé et de

maïs ! Pareille manne promettait des vaches résistantes, des chevaux vigoureux, des porcs bien gras, des poules et des œufs plus que l'on ne pouvait en rêver. C'était surtout l'annonce de rentrées d'argent mirifiques dans les caisses du domaine de Neu-Nomme.

Le voyageur quittant Tallinn, appelée aussi Reval, en direction du sud, découvre la campagne florissante et ensoleillée de l'Estonie. Il lui suffit alors de suivre le cours de la Brigitt pour que sa route le conduise jusque dans le domaine de Neu-Nomme. Au bout d'une allée bordée d'ormes qui se dressent comme des soldats au garde-à-vous, il découvre une blanche demeure précédée d'une terrasse à laquelle on accède par un large et majestueux perron. A gauche, le haras avec les différents enclos, le parc réservé aux poulains, la prairie des étalons, l'enclos des juments, le manège au sol sablonneux. A droite, champs et forêts s'étendent jusqu'à la rivière. Légèrement à l'écart de la demeure principale, les granges et les étables aux toits de tuiles rouge vif, les bureaux de l'intendance, les dépendances, les ateliers, les hangars, un château d'eau, une forge.

Tout un univers à part. Un petit paradis. Deux siècles plus tôt, seule la steppe occupait ces terres arides dévastées par les ouragans qui soufflaient de la mer. Les premiers colons à s'installer sur les rives de la Brigitt, avec l'assentiment du tsar, furent des paysans originaires du Mecklembourg et de la Poméranie. Parmi eux, le fils cadet d'un gentilhomme campagnard, le baron von Baldenow.

A présent son portrait était accroché dans le hall de la demeure. Un homme au regard sévère avec de longs favoris. Des yeux bleus, trahissant une vigilance de tout instant que le portraitiste avait su exprimer. Le baron continuait à surveiller sa famille. Son regard était présent, quel que fût l'angle sous lequel on admirait le tableau.

Il fallait profiter des beaux jours.

Tous les paysans participaient à la fenaison. De l'aide était venue des fermes voisines. Pour récompenser les bonnes volontés, Johannes von Baldenow avait promis de donner une fête qui serait l'occasion de faire rôtir un bœuf à la broche. En l'été 1944 un bœuf entier, alors que depuis cinq ans la guerre faisait rage ! Il y aurait aussi du vin, de la musique et des danses. Sans compter les servantes peu farouches, nues sous leurs longues jupes colorées.

Venno, le fils aîné, avait obtenu un congé bienvenu. Trois semaines de permission, après qu'il s'était vu décerner la Croix de Fer.

Le capitaine Venno von Baldenow, commandant le 2e régiment de cavalerie, avait accompli l'exploit de repousser l'assaut d'une colonne de blindés soviétiques au nord de Kichinev, avec seulement sept hommes et un canon léger. Son nom avait été mentionné dans le rapport à l'état-major, de sorte qu'il caressait maintenant l'espoir d'obtenir la Croix de Chevalier — ce qui eût été tout naturel aux yeux de son père. Il avait pourtant conscience de ne pas avoir cédé au goût de l'héroïsme. Seule l'avait poussé l'énergie du désespoir. En face les blindés soviétiques, derrière le Prut, ce fleuve que seul un pont vétuste, menaçant de s'effondrer, permettait de traverser. Dès lors impossible de battre en retraite.

Il n'était donc pas question d'héroïsme, mais tout bonnement de survie, quand, voyant surgir les T 34 du général Tolbouchin, Venno von Baldenow s'était tourné vers ses hommes exténués pour leur adresser ce discours :

— Les enfants, si vous voulez un jour déguster les bons petits plats mijotés par votre mère tout en savourant une bière allemande bien fraîche... tenez bon ! Ne pensez à rien ! Chargez, tirez, chargez, tirez ! Ou les Russkoffs finissent par opérer une conversion, ou nous sautons. Il n'y a pas le choix.

Les « enfants » avaient acquiescé. Le chef savait leur parler. Même en face de ces géants dont les chaînes d'acier grondaient. Les chars arrivaient seuls, sans infanterie. En fait l'ennemi tentait une expérience : il s'agissait de voir comment les Allemands se comporteraient tandis que les T 34 traversaient la région. Ils étaient de toute façon en terre reconquise, et si la grande offensive n'avait pas encore été lancée, c'était uniquement parce que Staline avait ordonné le renforcement des troupes sur le front ouest.

Et de charger et de tirer sur les T 34. Le canon rougeoyait. Les grenades ennemies explosaient sur la colline derrière laquelle s'était abritée la petite troupe. Des gerbes de terre jaillissaient dans le ciel serein. Des trous se creusaient au point que la colline ressembla bientôt à une meule de gruyère. Les éclats de grenade sifflaient, rasaient les buissons et la cime des arbres. Dans cet enfer, les sept hommes accroupis auprès du capitaine von Baldenow ne pensaient à rien d'autre que tirer sans répit sur les chars soviétiques. Venno von Baldenow visait la cible, réglait l'angle de tir et hurlait ses ordres.

Chaque fois que des flammes s'élevaient ou qu'une tourelle explosait, les sept hommes et leur capitaine poussaient un cri de victoire, et ils chargeaient, tiraient encore.

A la sixième perte, les Soviétiques stoppèrent leur avancée. La longue colonne de blindés s'arrêta sur le champ de bataille afin d'opérer un tir concentré sur la colline. Ils ne réussirent qu'à creuser de nouveaux trous dans la « meule de gruyère ».

— Allez-y, les enfants ! hurla Baldenow. Est-ce que ce ne sont pas des cibles idéales ? Le troisième sur la droite !

A la neuvième explosion, les chars soviétiques opérèrent une conversion. Ils firent demi-tour dans un grondement assourdissant. Incrédules, les huit Allemands regardèrent ces monstres d'acier battre en retraite, jusqu'à ce qu'ils aient disparu dans un nuage de poussière.

Juste un canon léger et pas plus de huit hommes avaient repoussé une puissante colonne de blindés.

La tension retomba en une seconde et les hommes se mirent à trembler de joie. Levant les bras au ciel, poussant des cris de victoire, ils se lancèrent dans une sarabande endiablée autour du canon. Et de sauter, et de s'enlacer, pour finalement s'arrêter devant Baldenow en clamant :

— Félicitations, mon capitaine !

Alors ils se jetèrent sur leur chef et l'embrassèrent sur les deux joues, telle une équipe de football en délire. Au diable les convenances ! Avec le capitaine von Baldenow on pouvait se permettre de tels débordements. Cet homme-là n'avait rien d'un cul-de-jatte, et s'il portait l'uniforme, ce n'était pas pour arborer ses épaulettes argentées.

Où était donc l'héroïsme aux yeux de ces huit rescapés ?

Venno von Baldenow était résolu à profiter au maximum de ses trois semaines de permission. Durant les quinze derniers jours, depuis son retour au domaine, il avait successivement honoré et comblé de ravissement la jeune baronne von Ebenhausen, la plus jeune fille de son voisin von Riguldi, ainsi que la veuve du baron von Soulepp, sans toutefois leur laisser le moindre espoir de renouer « officiellement » à la fin de la guerre. Il venait chercher ces dames à cheval, les mettait en selle et partait au galop à travers champs. Quand il avait trouvé un endroit à la fois ensoleillé et suffisamment à l'abri de tout regard indiscret, il mettait pied à terre, et, tandis que ses fidèles chiens de chasse, compagnons de toutes ses promenades, montaient la garde, il faisait à la dame enchantée la démonstration de son indéfectible virilité.

Ce furent à Neu-Nomme de superbes journées d'été.

Ce jour-là Venno avait accompagné les paysans aux champs. Torse nu sur le chariot, ses muscles puissants jouant sous sa peau, il aidait au chargement des bottes de foin, que les femmes en jupons multicolores hissaient à l'aide des fourches. Les yeux des filles brillaient quand elles le regardaient. Mais le « jeune seigneur » était encore inaccessible. Respectueux des convenances, il ne fréquentait que les baronnes. Actuellement du moins il s'en contentait. Mais une fois la guerre terminée, Venno, fidèle à la tradition des Baldenow, aurait tout loisir de courir d'autres jupons.

Le chariot était chargé aux trois quarts, quand le soldat de première classe, Hans Briszliszyk, traversa le champ au galop. D'une main il agitait un papier. Briszliszyk était l'ordonnance du capitaine von Baldenow. Il n'était certes pas très instruit, mais il était capable d'un dévouement exemplaire. De plus il comptait parmi les huit « héros » qui avaient fait reculer les T 34 soviétiques.

— Quand tout sera fini, avait-il déclaré, je m'installerai comme plombier. Le plomb, ça me connaît et ce n'est pas ce qui me manque...

— Un télégramme, mon capitaine ! cria Briszliszky en serrant la bride de son cheval en sueur. Il vient juste d'arriver. Urgent !

Venno s'agenouilla sur le tas de foin, tandis que les filles se groupaient curieusement autour du cheval fougueux.

— On me remet une nouvelle décoration ?

— Ce n'est pas cela, mon capitaine. Il faut que vous partiez pour Berlin.

— Serait-ce le Führer en personne qui me demande ?

— Vous devez vous présenter demain matin à Eberswalde...

— Où ?

— A l'école de cavalerie d'Eberswalde.

— Ils sont complètement cinglés ou quoi ? Ils pissaient encore dans leur froc que je savais déjà monter à cheval.

— Ce sont les ordres, mon capitaine.

— Je descends.

Il s'avéra que le télégramme venait effectivement de Berlin. Johannes von Baldenow père avait déjà questionné les employés du bureau de poste local.

Un télégramme du G.Q.G. ! Les dieux appelaient Venno von Baldenow en leur olympe.

— Mon fils, cela signifie que l'on s'apprête à te nommer au grand état-major. Je ne vois pas d'autre interprétation. Si le G.Q.G. lui-même... Toute la famille te bénit, mon enfant !

— La famille ferait mieux de songer à quitter Neu-Nomme pendant qu'il en est encore temps, répliqua Venno, et une fois de plus il relut le télégramme. A la fin de la récolte, disparaissez ! Nous ne résisterons plus longtemps aux forces des Soviets.

— Tu as bien fait reculer trente blindés à toi tout seul !

— Pas à moi seul et uniquement parce que la chance était avec nous. Père, je te supplie de m'écouter ! En cas d'invasion russe, tu n'as aucune chance de t'en tirer. Neuf armées soviétiques sont établies au nord en face de nos lignes. Pour les combattre nous ne disposons en tout et pour tout que de deux armées, la XVIIIe et la XVIe armée. Les hommes sont à bout de forces...

— Mon enfant, quel langage dans la bouche d'un Baldenow ! Le Führer sait ce qu'il fait. Nos fortifications...

— Elles ne résisteront pas une journée ! Père, je t'en supplie en notre nom à tous : filez pendant qu'il en est encore temps. Le jour où tu verras arriver les blindés soviétiques, il sera trop tard.

Le lendemain matin, Venno von Baldenow s'envola pour Berlin. Le télégramme du G.Q.G. tenait lieu à la fois de titre de transport et d'ordre de marche.

L'école de cavalerie d'Eberswalde, songea Venno, tandis

qu'il survolait le golfe de Riga. A ses pieds les terres fécondes s'étendaient à perte de vue. Les lacs scintillaient sous le soleil, tels des disques d'argent sur un écrin d'émeraude. Quel magnifique pays, se dit-il. Pourvu que père parvienne à sauver Neu-Nomme. Espérons que nous tiendrons tête aux Russes. Espérons...

Venno von Baldenow ne revit jamais ni son père ni le domaine de Neu-Nomme.

POLTMANN Johann, 21 ans, sous-lieutenant.

Sans doute existe-t-il de plus beaux endroits que Moghilev. Mais, aux yeux du lieutenant Poltmann, il n'existait pas un hôpital de campagne où l'on pût rencontrer d'aussi belles infirmières.

Il avait déjà été blessé trois fois, mais jamais assez grièvement pour justifier son rapatriement. Les médecins militaires entre les mains desquels il se retrouva — dans des postes de secours d'abord, à l'hôpital de campagne ensuite —, ayant examiné consciencieusement ses blessures, secouèrent la tête avec regret.

— Toujours rien, mon pauvre ami ! Simple égratignure. A part la fesse légèrement endommagée, rien à signaler. Quelques centimètres plus haut, et vous étiez bon. Mais là... D'ici une semaine, vous serez libre de faire admirer votre cicatrice à qui voudra bien se pencher sur votre cas.

A l'hôpital de Moghilev, auprès des actrices venues se produire pour remonter le moral des soldats, comme auprès des assistantes du service des transmissions travaillant dans les différents états-majors et au central téléphonique de Moghilev, le lieutenant Poltmann était célèbre pour ses aventures amoureuses.

Le secret de ses succès féminins résidait dans ses cheveux. Là se trouvait la clé de l'énigme. Non qu'à l'image de Samson il en tirât sa force. Mais il possédait des cheveux blonds soyeux, si clairs qu'ils en paraissaient presque blancs, et dont les gracieuses ondulations naturelles émerveillaient son entourage. Pas une femme qui n'ait désiré y enfouir ses mains avec volupté. En pleine extase, elles ne s'agrippaient pas à ses épaules, ne lui lacéraient pas le dos, n'enlaçaient pas ses hanches de leurs jambes... non : elles plongeaient leurs mains avec ivresse dans ses boucles blondes.

— Il se la coule douce !, constataient avec envie ses camarades officiers. Il lui suffit de retirer sa casquette et le tour est joué !

De tous les hôpitaux de campagne, celui de Moghilev était le plus réputé pour ses infirmières. Elles se répartissaient en deux catégories : d'une part les « vieilles chouettes » qui travaillaient depuis des mois et que plus rien ne pouvait émouvoir en dépit des astuces perpétuellement renouvelées pour glisser une main sous leur blouse ; d'autre part les aides soignantes, des gamines en cours d'apprentissage qui venaient juste de subir leur « baptême du feu ». Du jour au lendemain elles se voyaient effectivement obligées de combattre les flammes les plus ardentes.

Les principes moraux de ces charmantes idéalistes avaient tendance à faiblir devant les boucles blondes du lieutenant Poltmann. Aussi, quand ce dernier, après cinq jours d'immobilisation sur le ventre, put reprendre des positions normales, se livra-t-il à une tournée d'inspection dans tout l'hôpital pour faire tranquillement son choix. Parmi les élues, une gracieuse petite brunette au postérieur insolent, dont le seul défaut provenait de son abominable accent. Or elle devenait loquace dans les moments décisifs, ce qui, hélas, annihilait le délicieux effet de ses caresses éperdues.

La deuxième favorite s'appelait Elfriede. Elle possédait de jolies jambes, quoique excessivement musclées, et ses seins menaçaient en permanence de faire sauter les boutons de sa blouse. Pas un regard masculin qui ne brillât de convoitise lorsqu'elle arpentait les couloirs de l'hôpital de sa démarche martiale. A Moghilev on n'était pas loin de considérer la conquête d'une telle proie comme un exploit sportif.

La concurrence ne manqua pas d'âpreté. Tous tentèrent leur chance, du médecin-chef, gynécologue dans le civil, au brancardier Hubert Sinckel, qui avait la réputation de porter, sous peine d'accident, des caleçons renforcés. Et chacun de déployer mille et un charmes, joints à autant d'astuces.

Tous échouèrent lamentablement devant une Elfriede drapée dans sa dignité. Jusqu'au jour où le lieutenant Johann Poltmann fut admis à l'hôpital, affligé qu'il était d'une blessure passablement grotesque. Les plus anciens flairèrent immédiatement le danger. On chercha même à dissuader le séducteur potentiel. Songerait-il à s'attaquer à une proie comme Elfriede, sachant qu'il n'y avait pas moins de quatre-vingt-dix-huit superbes créatures à rôder dans les parages ?

Poltmann promit de ne rien tenter. Pourtant au bout de cinq jours, quand il put à nouveau se lever, Elfriede fut la première qu'il rencontra — par hasard, il est vrai, alors qu'il portait une chemise à la lingerie.

— C'est naturel, lieutenant ? s'enquit alors Elfriede.

— Quoi donc ?

— Votre couleur de cheveux ! Ou alors vous vous décolorez...

— Au front, entre deux explosions d'obus ?

— Question stupide, excusez-moi.

Elfriede esquissa un sourire confus dans lequel se devinait une tendresse refoulée.

— Je peux ?

— Quoi donc ?

Désolé, les copains, mais je n'y peux rien, songea Poltmann. Nul ne peut lutter contre le destin.

— Toucher...

— Toucher quoi ?

— Vos cheveux, bien sûr !

— Si cela peut vous faire plaisir...

Comme Poltmann baissait docilement la tête, Elfriede caressa des deux mains les soyeuses boucles blondes. Alors sa respiration se fit haletante, et ce détail ne put échapper à Poltmann dont la position offrait une vue plongeante dans le décolleté de la dame. Quand elle se risqua à enfouir une main dans ses cheveux, il sentit ses doigts trembler.

— Merci, dit-elle d'une voix étranglée. — Et elle s'empressa d'ajouter : — N'oubliez pas de donner votre chemise sale, lieutenant.

Poltmann quitta la lingerie en proie à des sentiments fort troublants.

Le soir il choisit avec soin un poème d'Hölderlin, qu'il

transcrivit avec non moins d'application. Il plia le papier, le rangea dans une enveloppe, coupa une de ses boucles qui rejoignit le poème, et cacheta l'enveloppe qu'il glissa, la nuit venue sous la porte de la salle de garde. Il s'était renseigné : Elfriede était de service de 4 heures du matin jusqu'à midi.

Le résultat dépassa toute espérance.

Dès son premier jour de congé, Elfriede donna rendez-vous à Poltmann dans une grange sur la rive du Dniepr, et, sans perdre de temps en vains discours, tombant à la renverse sur un tas de foin, ils s'aimèrent avec une folle ardeur.

— Je ne me sépare plus de cette mèche de cheveux, affirma Elfriede.

Elle ne mentait pas : après avoir lié les cheveux avec du fil à coudre, elle s'en était fait un pendentif accroché au bout d'une chaînette en argent.

— Comme cela tu restes toujours près de moi. A chaque mouvement je sens cette caresse sur mes seins. Je pense à toi du matin au soir. A en devenir folle.

L'idylle ne dura pas plus de cinq jours. Le médecin-chef convoqua alors le lieutenant Johann Poltmann dans son bureau, et avec la grotesque dignité d'un coq en furie :

— Dans la vie tout se paie ! Fini pour vous de jouer les étalons, lieutenant.

— Mais je...

— Epargnez-moi vos explications, lieutenant ! Bien que je m'abstienne d'y participer, je connais les règles du jeu. Vous avez gagné, lieutenant Soleil. Vous savez que l'on vous a surnommé ainsi ?

— Oui. Malheureusement je n'y peux rien...

Le docteur Berckmann agita ostensiblement un papier. Il s'agissait d'un télégramme.

— Vous nous quittez immédiatement, lieutenant. Ordre de Berlin. Plus précisément du G.Q.G. ! Un avion va vous transporter de Moghilev à Minsk. De là un Fokker vous conduira à Eberswalde. Il faut croire que l'affaire est des plus urgentes...

— Ce n'est pas possible, protesta Poltmann en fixant le médecin avec une hébétude doublée d'incrédulité.

Berlin. Le G.Q.G. Eberswalde. A n'y rien comprendre.

— Le G.Q.G. a peut-être l'intention d'utiliser tactiquement vos charmantes boucles blondes, ironisa le docteur Beckmann. On murmure tant de choses à propos d'armes secrètes...

Poltmann s'arracha un sourire amer. Il s'empressa de terminer sa cigarette et de prendre congé. Dans le bureau voisin, le secrétaire du médecin-chef confirma la nouvelle :

— Vous partez ce soir, mon lieutenant. Mais sachez que les veuves éplorées ne sont pas admises à l'aéroport de Moghilev...

ADLER Detlev, 25 ans, lieutenant.

A côté de la guerre dévastatrice, il existe une guerre « en sourdine ».

La seconde était celle qui se déroulait en Norvège, surtout dans les fjords de la côte sud. Certes les Russes avaient effectué une percée dans l'océan Glacial. Ils avaient tenté de conquérir Petsamo, et, par des assauts sans grande envergure, ils continuaient à troubler la tranquillité de Kirkenes. Mais la XXe armée, commandée par le général Rendulic, contrôlait parfaitement la situation. Aucun bouleversement dramatique n'était à craindre. La Norvège et l'ensemble du frond nord ne constituaient pas une cible de quelque intérêt stratégique pour l'armée russe. La Norvège demeurerait en quelque sorte le parent pauvre de la guerre.

De-ci, de-là quelques explosions dans les fjords, mais uniquement dans la mesure où les bombardiers anglais tenaient à signaler leur présence. C'était à Narvik, Namsos, Trondheim, Andalsnes et Bergen que se déclenchait le plus fréquemment le rugissement des sirènes. Mais nul carnage, la guerre ne sévissait pas dans toute son horreur. Du moins pas au début de juin 1944. Dans le fjord de Sauda, quiconque se prélassait au soleil, pêchait et jouissait de la douceur du jour, ne cessait de remercier le ciel de n'avoir pas été envoyé en Russie, en Italie, ou sur le front sud-est pour combattre les partisans yougoslaves. Sur toute la France flottait l'odeur de la poudre. En Angleterre on ne savait trop ce qui se tramait.

Le lieutenant Adler, pour sa part, ne s'en préoccupait nullement.

Il dirigeait le service de transmissions établi à Sauda, tâche peu prenante et sans grand risque. Il n'avait rien d'un fervent de la pêche. Il n'était pas non plus chasseur. La plupart du temps il préférait s'allonger sur un petit alpage, entièrement nu sous le soleil de juin, car le fjord de Sauda était assez abrité pour qu'il y règne une température clémente. Un combiné radio-électrophone à portée de la main, il écoutait la musique diffusée par l'émetteur d'Oslo.

A l'heure des discours politiques et des comptes rendus de guerre, il coupait tout bonnement la radio pour mettre un disque. « Coppélia » ou « le Lac des cygnes » ne cessaient de le ravir. De même il oubliait totalement qu'il était couché sur un alpage norvégien lorsqu'il entendait le concerto pour piano n° 1 de Beethoven. Interprétation de l'orchestre Philharmonique de Berlin sous la direction de Furtwängler. Au piano, Wilhelm Kempff. Alors le lieutenant Detlev Adler redevenait cet adolescent qui n'avait rêvé que de consacrer sa vie à la musique, jusqu'au jour où il s'était vu contraint d'endosser l'uniforme.

Detlev Adler devint un excellent officier. Les décorations qu'il avait reçues témoignaient de ses mérites. Il n'avait jamais été blessé. Pas la moindre égratignure. En France il était resté le seul survivant d'un commando de choc, et aujourd'hui encore il se demandait comment il avait pu non seulement sauver sa peau mais s'en sortir indemne.

Detlev Adler ne passait pas inaperçu. Sa taille — 1,84 m — était plus que respectable. Quant à son visage anguleux, il se signalait entre autres par ses hautes pommettes.

— Tu as tout l'air d'un parfait Russkoff, lui avait un jour déclaré un de ses camarades.

Le fjord de Sauda : merveille de la nature d'une ineffable splendeur, avec ses reflets d'argent balayant les flots, ses verts pâturages, ses sentiers escarpés, ses sombres forêts de sapins.

La guerre était bien loin.

Ce matin-là un opérateur-radio, qui avait le grade d'adjudant-chef, grimpa le chemin rocailleux menant à l'alpage où son supérieur, nu sous le soleil, se délectait en écoutant « Madame Butterfly » de Puccini.

Dans l'armée, un lieutenant a beau se trouver nu comme un ver, il n'en demeure pas moins un chef. Aussi le sergent Kreutzer le salua-t-il fort dignement en claquant les talons, pour annoncer ensuite d'un ton monocorde :

— Un message de la Kommandantur de Bergen. Le lieutenant Adler doit se présenter immédiatement à Oslo.

— A croire qu'à Bergen ils passent leur temps à se cuiter ! commenta Adler.

Il s'étira paresseusement, croisa les mains sous sa nuque et cligna des yeux sous le soleil. Désemparé, le sergent Kreutzer se trémoussait, osant à peine baisser les yeux sur son supérieur qu'il surprenait en flagrant délit de délicieux farniente.

— Quand j'ai demandé la raison de cette convocation, je me suis fait insulter comme un malpropre. L'ordre émane, paraît-il, du commandant en chef à Oslo.

— Comment ? Que me veut Oslo ?

— On vous demande de vous présenter d'urgence. Vous partirez immédiatement pour Berlin. De là on vous conduira directement à Eberswalde. A l'école de cavalerie d'Eberswalde...

— Décidément ils picolent trop ! — Adler se redressa paresseusement. — Moi qui me suis si bien habitué à la montagne ! Me retrouver sur un canasson ?! Je n'ai jamais démandé à être muté dans la cavalerie. Il faudrait d'abord que j'accepte, et il n'en est pas question ! Transmettez ma réponse, Kreutzer. Dites que le lieutenant Adler refuse d'apprendre à monter à cheval alors qu'il n'a jamais demandé sa mutation dans la cavalerie.

Le sergent Kreutzer se gratta le nez avec perplexité. C'était bien là une réaction typique de son supérieur. Pourtant, dans le cas présent, il semblait impossible de tergiverser.

— Je n'ai pas encore parlé de la seconde partie du communiqué. Il paraît que dorénavant le service de transmissions de Sauda sera placé sous le commandement du lieutenant Henrici. Or le lieutenant Henrici a déjà quitté Bergen et il est en route pour Sauda. La jeep pourra ramener le lieutenant Adler à Bergen. De là son transport est déjà assuré...

— Ma parole, ils ont tous reçu une balle dans la tête et ils ne s'en remettent pas !

Adler retira le disque et se leva. Gagnant l'extrémité du plateau, il aperçut ses hommes en train de se baigner dans l'eau du fjord.

— Bon, soupira Adler, d'accord pour aller faire un tour à Oslo. Les ordres sont les ordres. Mais il n'est pas question que j'aille faire le clown sur un canasson. Attendez-vous à me voir revenir, Kreutzer. Le lieutenant Henrici n'a même pas besoin de déballer son paquetage.

Le lieutenant Adler était prêt quand la jeep transportant le jeune lieutenant Henrici arriva à Sauda. Il emportait son électrophone et ses disques.

— Allez vous baigner, camarade, dit-il à Henrici. Faites-vous bronzer, vous êtes blanc comme un cachet d'aspirine. Pêchez le saumon, promenez-vous en bateau. Mais inutile de courir le jupon, vous vous essouffleriez pour rien. Vous avez trois jours pour vous refaire une santé. Inutile de vous tracasser, vous pouvez vous fier à l'efficacité du sergent Kreutzer. Et de toute façon je serai de retour dès lundi... Vous vous rendez compte ? On voudrait que j'apprenne à monter à cheval ! Pas de quoi se marrer ?

Trois jours plus tard il n'avait pas reparu. A la vérité ses hommes ne le revirent jamais.

KUEHENBERG, Asgard, 28 ans, capitaine.

Le domaine de Thernauen est situé au cœur de la Livonie, au sud du Tirse, entre Jaunpiebalga, Liezere et Skujene. Un petit lac presque rond fait partie de la propriété, qui comporte également d'immenses étendues de forêt ainsi que des terres fécondes. On s'y consacre pour une large part à l'élevage d'une race de chevaux qui eût enchanté les chevaliers de l'ancien temps.

La demeure des maîtres n'appartenait pas à ces fastueux manoirs édifiés aux alentours de la Baltique. Pas de château qui se dressât orgueilleusement, symbole de richesse et de toute-puissance. Pas de ces forteresses où l'on entre sur la pointe des pieds et où l'on ne s'adresse aux seigneurs qu'à la troisième personne.

Le manoir de Thernauen était resté tel que les ancêtres de la famille l'avait fait construire deux cent cinquante ans auparavant. Une maison très simple entourée de dépendances au toit de chaume, étables et granges, ateliers et remises. En somme un lieu qui suscitait une impression de paix et de sécurité.

Elmfried Kuehenberg était heureux : son fils Asgard, le valeureux capitaine qui avait combattu sur le front russe près d'Orgajew dans le sud de l'Ukraine, était venu en permission. Ce congé lui avait été accordé après la remise de la croix d'Or, que les soldats, au diable le respect, avaient baptisée l' « œuf au plat ». Cette décoration n'étant décernée qu'en récompense de mérites personnels, elle était la plus convoitée par la majorité des officiers. Or Asgard Kuehenberg avait reçu le fameux « œuf au plat » des mains du général en chef Schörner, qui lui avait également accordé trois semaines de permission.

— Dans quelle région habitez-vous ? avait-il demandé à Kuehenberg.

— En Livonie, mon général. Au nord de Dünaburg.

Alors le général Schörner avait vigoureusement serré la main du capitaine Kuehenberg, avec pour seul commentaire :

— Revenez-nous en forme, capitaine.

Ayant chaleureusement remercié, Kuehenberg était parti sans s'attarder. Ce que le général Schörner avait préféré taire, il pouvait le deviner sans difficulté : la situation de l'armée allemande était désastreuse. A tout instant les Russes risquaient de lancer leur ultime et irrésistible offensive. Ce serait, de mémoire d'homme, le plus puissant rassemblement de troupes, le plus redoutable assaut d'artillerie et de blindés.

Asgard Kuehenberg était arrivé au domaine de Thernauen, bien décidé à profiter au mieux de sa permission. Il n'avait nulle intention de paresser, voire simplement de se reposer. Néanmoins il n'entendait pas tenir des conférences auprès de ses amis et relations.

En dépit de ses fermes résolutions, Asgard Kuehenberg passa tout de même une journée entière à rendre des visites de politesse aux grands propriétaires terriens de Livonie. Et de serrer des mains, et de poser pour les photos, et de faire valser ces dames. Il lui fallut aussi accepter les hommages de la domesticité. Selon l'usage ancien, les vieux paysans russes lui baisèrent la main et formulèrent des vœux de bonheur et de prospérité.

— Sur ce, père, la corvée est terminée ! décréta Asgard Kuehenberg de retour à Thernauen.

Comme pour entériner ces paroles, il alla prendre une bouteille de vin rouge ainsi que deux verres finement ciselés. Père et fils s'installèrent près de la cheminée, qui demeurait l'endroit préféré d'Elmfried Kuehenberg, même lorsque à la belle saison aucun feu n'y était allumé. Tous deux burent le premier verre en silence. Asgard avait retiré son uniforme. A présent sa décoration ne faisait que le gêner. Fini le temps des démonstrations de bravoure ; s'il fallait lutter, c'était dorénavant pour survivre, rien que survivre.

— Je sais ce que tu veux me dire, attaqua Elmfried Kuehenberg. La situation est inquiétante.

— Désastreuse, père.

— Le Führer sait ce qu'il fait !

— Père ! s'exclama Asgard avec un regard implorant. Nous avons perdu en un an plus que nous n'avions conquis durant les trois années précédentes. Et ce n'est que le début de notre déclin. L'été 1944 marquera un tournant tragique pour l'armée allemande.

— Je n'en crois rien ! riposta Elmfried Kuehenberg, la mine butée. Et je refuse d'entendre un tel discours dans la bouche d'un officier allemand. A plus forte raison venant de mon propre fils !

— Père...

— Des preuves !

— Je n'en manque pas. Selon le propre témoignage du général Schörner...

— Schörner, parlons-en ! Il n'est bon qu'à semer la panique ! Regarde plutôt autour de toi. As-tu l'impression qu'ici on souffre de la guerre ? Est-ce que nous ne vivons pas en paix ? Et chez les paysans russes, as-tu remarqué la moindre tendance à la rébellion, une quelconque agitation ? Ils continuent à travailler comme par le passé, et peut-être même plus qu'autrefois. Ils savent, car ils le sentent, que cette terre restera allemande. C'est ici et nulle part ailleurs qu'est leur patrie. Ici nous sommes heureux.

Elmfried Kuehenberg posa son verre.

— Maintenant, ajouta-t-il, je serais curieux d'entendre tes arguments.

— Personnellement je n'ai aucune image d'Epinal à exhiber. Je ne peux citer que des chiffres. Et ces chiffres, père, je les connais par cœur. Toi aussi, tu ferais bien de les graver dans ta mémoire. De Narva à Vilna, donc sur le flanc nord, les troupes allemandes se composent en tout et pour tout : de la XVIIIe armée à Pleskau, de la XVIe armée à Rossitten, de la 3e division blindée au nord de Vilna. L'ensemble de ces troupes est placé sous le commandement du général en chef Friesner.

— Bravo ! conclut le vieux Kuehenberg. Cette énumération n'a-t-elle pas de quoi stimuler les cœurs les plus défaillants ?

Asgard se pencha vers son père.

— Mais que se passe-t-il du côté des Russes ? A Narva, trois armées sous le commandement du général Govrov. A Pleskau, quatre armées commandées par le général Maslennikov. Trois armées marchent sur Rossitten, avec à leur tête le général Jeremenko. Au sud de Dünaburg, pire encore : là six armées commandées par le général Bagramjan. Enfin, en face de Vilna, trois armées sont placées sous le commandement du maréchal Tcherniakhovski ! Autrement dit, père, trois armées allemandes, affaiblies, décimées, devraient faire face à dix-neuf armées russes admirablement entraînées. Des milliers de canons, des milliers de chars, des millions de fusils ! Des hommes en bonne condition physique ! A qui les munitions ne manquent pas ! Du carburant ? Ils en ont plus qu'il n'en faut ! Tandis que nous ? Nous nous battons pour un bidon d'essence. Dans les tranchées, on en est à compter les munitions et à additionner chaque coup tiré. Les grenades sont rationnées comme des vivres. Quand on fournit des munitions aux artilleurs, ils les accueillent comme un cadeau du ciel. — Asgard marqua une pause avant de conclure : — Est-ce que ces chiffres sont suffisamment convaincants, père ?

— Que dit le Führer ? interrogea Elmfried d'une voix étranglée.

— Ses ordres n'ont pas changé. Toujours la même consigne : interdiction de battre en retraite !

— Tu vois bien !

— Mais quand les forces armées russes vont se déchaîner ?

— Nous sommes bien petits, mon fils, déclara le vieux Kuehenberg en remplissant de nouveau les verres. Notre perspective est limitée, tandis que le Führer, lui, voit tout. Et Keitel ! Et Jodl ! Et Goering ! Ne méritent-ils pas une confiance absolue ? Mon fils, comment un officier tel que toi, après avoir fait preuve d'une telle bravoure devant l'ennemi...

— Quel rapport avec notre situation actuelle, père ? riposta Asgard en se levant d'un bond. Si tu ne réagis pas dès maintenant, ta foi dans le Führer sera ton arrêt de mort !

— Réagir ? répéta Elmfried Kuehenberg, malgré lui impressionné. Qu'entends-tu par là ?

— Je suis venu pour t'aider à évacuer le domaine...

— Evacuer ?

— Oui, père.

— Prendre la fuite, veux-tu dire ? Détaler comme des lapins devant les Russes ? Abandonner tout ce que nous possédons, quand il a fallu plus de deux siècles pour le bâtir ? Les forêts, les chevaux, les cultures ? Se sauver comme des lâches en abandonnant tous nos biens à l'ennemi ? Servez-vous, camarades, n'hésitez pas. Nous, les Kuehenberg, préférons prendre la fuite. Pour aller où ? En Poméranie, dans le Mecklembourg, dans le Brandebourg ? Réponds, toi qui es si intelligent !

— Va chez ton frère à Essen.

— Il sera sûrement enchanté de me voir débarquer avec cent soixante-dix chevaux, quatre cent soixante-sept porcs, cent vingt vaches, et toute une armée de poules, d'oies et de canards. Dans son quatre pièces-cuisine ce sera charmant !

— Emporte quelques valises et estime-toi heureux de pouvoir le faire. N'attends pas ! La chance que tu pourras saisir demain se sera peut-être enfuie après-demain. Père, je t'en conjure ! Si l'armée russe se met en marche, en moins d'une semaine les soldats seront à ta porte. Dès l'arrivée des premiers blindés, nos paysans russes incendieront le domaine pour mieux leur montrer le chemin.

— Jamais, tu m'entends ? Jamais !

— Il le *faut,* père ! Ou vous serez tous massacrés. Si tu veux survivre au carnage, pars dès maintenant, rejoins immédiatement le Reich !

— Je devrais abandonner ta mère ? murmura le vieux Kuehenberg.

Asgard tressaillit.

— Père... Elle est morte depuis sept ans !

— Mais elle repose dans le parc, sous le platane.

— Toi, père, tu es bien vivant ! Vivant ! Si ma mère était encore de ce monde, sais-tu ce qu'elle te dirait ? Elle te dirait d'écouter ton fils. D'évacuer Thernauen. Elle te supplierait d'accepter cette séparation.... peut-être seulement provisoire. Voilà quel langage elle te tiendrait, père !

Elmfried ne répondit pas. Fixant le fond de son verre, subitement il fondit en larmes. Il pleurait sans bruit ; les larmes coulaient sur son visage impassible.

— Papa, dit Asgard d'une voix sourde, peut-être pourrais-tu essayer de faire transporter le corps de maman ? L'essentiel est de faire vite ; pourquoi refuser de le comprendre ? Nous n'avons plus beaucoup de temps. L'été 1944 va être effroyable.

Elmfried Kuehenberg n'évacua pas Thernauen. Néanmoins il promit d'obtempérer sitôt que la permission d'Asgard aurait pris fin. Il justifia ce délai par une argumentation d'une logique toute paternelle :

— Mon fils, ce sont peut-être tes dernières vacances à Thernauen. Je tiens donc à ce que tu en profites en toute quiétude. Dès que tu repartiras au front, promis, j'évacuerai le domaine. Après tout, tu es mon unique héritier. Autant que j'essaie donc de sauver tout ce qui peut l'être. Dans l'immédiat, tu as trois semaines devant toi pour courir dans les champs, respirer le bon air de la forêt, te baigner dans le lac et monter les chevaux. N'abandonnons pas tout espoir, Asgard. Et si un miracle venait à se produire ? Pourquoi pas ?

Le miracle se produisit — du moins aux yeux d'Elmfried Kuehenberg.

Pendant les deux jours qui suivirent, Asgard dut consentir bon gré mal gré à se pavaner en uniforme, non sans exhiber le fameux « œuf au plat ».

Un soir qu'il rentrait au manoir, Elmfried Kuehenberg tenait son « miracle ». Et il donnait l'image d'un père rayonnant de fierté.

— Le facteur l'a apporté il y a une heure. Tu vois ce télégramme ?

Le vieux Kuehenberg insista pour en lire le texte lui-même :

— « Vous avez ordre de gagner Berlin sans délai et de vous présenter à l'école de cavalerie d'Eberswalde. Tous les moyens de transport nécessaires sont à votre disposition. Ce télégramme tient lieu d'ordre de marche... v.Kettner. Etat-major du G.Q.G. »

Asgard arracha le télégramme des mains de son père, et il le lut en silence comme pour s'assurer de son contenu.

Elmfried Kuehenberg tremblait d'émotion.

— Voilà le premier miracle de Thernauen ! Tu n'as pas besoin de retourner au front. Tu vas peut-être devenir professeur d'équitation à Eberswalde ? En tout cas, te voilà certain de survivre à la guerre !

— Comme si on avait besoin de professeur d'équitation !

— Quand pars-tu ?

Sauvé, pensait Elmfried Kuehenberg ! Mon fils unique, sauvé ! Même si les Russes attaquent, ils ne parviendront jamais à Eberswalde. Jamais, au grand jamais !

— Vois ce qui est écrit : « sans délai ».

Asgard plia le télégramme et le fourra dans sa poche.

— D'ici une heure je me ferai conduire à Riga et de là je prendrai un avion pour Berlin. Puisqu'il paraît que tous les moyens de transport nécessaires sont à ma disposition...

L'adieu fut bref.

— Père, n'oublie pas : évacue dès cette semaine. Commence dès maintenant !

— C'est promis, mon fils.

— Je me renseignerai...

— Eh bien, tu seras content de ton vieux père.

Donner signe de vie ? Asgard Kuehenberg, désormais, n'en trouva pas le loisir.

Elmfried Kuehenberg n'évacua pas le domaine de Thernauen. Le 29 juillet 1944, trois soldats russes le tuèrent à coup de crosse. Il trouva la mort près du platane sous lequel reposait la mère d'Asgard. Les terres, le manoir, les écuries, les granges, les remises, tout fut dévasté par le feu.

Comme l'avait prédit Asgard Kuehenberg, ce furent les paysans russes qui allumèrent l'incendie dès que les premiers chars soviétiques atteignirent Gostini sur la Dvina.

SEMPER Dietrich, 22 ans, sous-lieutenant.

— Le cochon est le meilleur ami de l'homme ! Vive le cochon ! nous tenons un cochon !

Neuf soldats allemands extasiés montaient la garde devant un trou d'où s'échappait un grognement. Le paysan russe, dont ils venaient de perquisitionner la maison, se tordait les mains, gémissait, en appelait à tous les saints, arrachait ses derniers cheveux gris, et encourageait le chœur de lamentations entonné par sa femme, ses trois filles et ses gendres. Peine perdue. En 1944, lorsqu'on avait le bonheur de découvrir un porc vivant, on n'écoutait plus que les pressantes sollicitations de son estomac.

Le soldat de première classe Sepp Hölzerlin se glissa dans le trou et, attrapant le porc par les pattes arrière, il le poussa à l'extérieur. On avait eu beau lui museler le groin, impossible d'étouffer complètement ses grognements.

Le paysan russe se laissa tomber à genoux. Comme frappés par la foudre, tous les membres de sa famille l'imitèrent spontanément. Et de gémir : Les Allemands voulaient leur mort, ils allaient tous crever de faim...

Hölzerlin réussit à maintenir la truie entre ses jambes.

— Cette saloperie de cochon a opposé une vive résistance, mon lieutenant ! Visiblement cette bête se range du côté de l'ennemi !

Toute la région de Kowel, au sud des marais de Polesje, avait été dévastée. Trois ans d'occupation allemande avaient suffi à ravager le pays. A force de subir les brutalités des S.S., les autochtones, d'abord peu hostiles aux Allemands, avaient fini par les haïr. Ils commencèrent par leur opposer une résistance passive, avant que l'activité des partisans se développe pour atteindre, en juin 1944, son point culminant.

Il n'en restait pas moins que le lieutenant Semper et ses hommes avaient découvert une truie cachée dans un trou près d'une ferme isolée. Sepp Hölzerlin détacha la corde qui muselait l'animal, dont les grognements se firent alors assourdissants, et qui essaya de mordre Hölzerlin pour échapper à l'étau de ses jambes.

— Cette sale bête aggrave son cas ! hurla Sepp Hölzerlin. Que je vais t'en faire du boudin, moi ! Et des rôtis ! Et des saucisses ! Fini de gueuler, oui !

Deux hommes traînèrent le cochon. Ils durent l'assommer une fois hors de vue, car les cris cessèrent subitement. Et le paysan d'implorer les saints, et les femmes de gémir.

— Ce n'est pas de bon cœur que j'agis ainsi, dit le lieutenant Semper en un russe sans accent.

Instantanément le paysan se tut et les femmes interrompirent leurs jérémiades. Tous, abasourdis, fixèrent le lieutenant.

— Vous parlez notre langue ? balbutia le paysan.

Dietrich Semper éluda la question. Comment ne pas posséder le russe quand on était né à l'est de Tartou et qu'on avait grandi avec les enfants employés dans les usines soviétiques ?

— Il est juste de vous confisquer cet animal, déclara Dietrich Semper. Soyez encore heureux que nous nous contentions d'emmener ce cochon sans vous punir. Cessez de vous lamenter et remerciez plutôt le ciel que nous vous laissions la vie sauve.

— Mais maintenant de quoi allons-nous vivre ? marmonna le vieux paysan.

— De toutes les provisions que vous avez dû cacher dans le coin.

Le lieutenant Semper secoua la tête et ne put réprimer un faible sourire.

— Je vous connais ! Moi-même, j'en ai creusé de ces trous quand j'étais gamin ! Avec le cochon vous avez eu tort. On ne cache pas un bien aussi précieux à proximité de sa maison.

— Mais, lieutenant...

Tournant les talons, Semper s'empressa de rejoindre ses hommes. Il les rattrapa cent mètres plus loin. Sepp Hölzerlin avait chargé la truie sur ses épaules. Il l'avait juste assommée, et de temps en temps il écoutait anxieusement si son cœur battait. Comment fabriquerait-il son boudin s'il ne pouvait recueillir le sang ?

Une vive discussion s'éleva dans la 6e compagnie commandée par le lieutenant Dietrich Semper. Le cuistot voulait faire rôtir le cochon tout entier, le sergent-major plaidait avec ferveur pour conserver les jambons, tandis que le soldat de première classe Hölzerlin insistait pour fabriquer saucisses, boudin, pâté et fromage de tête.

— Vous allez voir ce que je sais faire ! Le petit Jésus en culotte de velours ! De quoi s'en lécher les cinq doigts et le pouce ! Mon lieutenant, ce cuistot de mes deux n'y connaît rien !

On finit par s'entendre sur un partage équitable. On abandonnerait à la cuisine les morceaux susceptibles d'être accommodés avec une soupe aux pois ou de la choucroute. Le sergent-major disposerait des filets à faire rôtir à la broche. Hölzerlin, de son côté, aurait de quoi mijoter ses fameuses « spécialités ». Avant que le lieutenant Semper ait eu le temps d'entériner comme il convenait cette commune décision de partage, l'opérateur-radio l'appela en agitant les bras.

— Mon lieutenant... pour vous ! Le bataillon. Louftingues, les mecs ! A ce qu'ils racontent, vous êtes censé nous quitter...

Le silence revint instantanément. Oublié, le cochon, vedette de la journée ! Adieu casseroles, marmites et broches...

Le lieutenant, quitter ses hommes ?

Dietrich Semper coiffa le casque d'écoute. La liaison était directe avec le bataillon, à quatre kilomètres au nord.

Le capitaine Hatterscheidt, chef de bataillon, attendait en personne à l'autre bout de la ligne.

— Comment se nomme votre opérateur ? demanda-t-il dès que lui parvint la voix de Semper. J'ai entendu de quelle façon il s'exprimait. Et il va se rendre compte que je n'ai rien d'un... « louftingue ». Mais vous, lieutenant, qu'est-ce que vous fabriquiez ?

— Je m'apprête à superviser le découpage d'un cochon, mon capitaine.

— Dietrich... Seriez-vous ivre ?

— Nous avons capturé une truie ! Parole, mon capitaine ! Je vous ferai porter un rôti...

— Vous l'apporterez vous-même, lieutenant Semper. La division vient de nous transmettre un ordre du G.Q.G. : vous devez vous rendre immédiatement à Berlin. Urgent ! Vous connaissez Eberswalde ?

— Non.

— Moi non plus. En tout cas, on précise que vous devrez vous présenter à l'école de cavalerie d'Eberswalde.

— Sans blague, c'est au G.Q.G. qu'ils sont dingues...

— Possible, Dietrich, mais pour ce que nous y pouvons... Je vous attends. Et n'oubliez pas mon rôti !

Le lieutenant Semper n'eut pas l'occasion de déguster une seule bouchée de viande.

— Je vous en garderai, promit Hölzerlin. A votre retour, vous verrez, vous ne serez pas déçu !

Mais quand le lieutenant Dietrich Semper s'en alla, ce fut pour un voyage sans retour.

Von Labitz Bodo, 31 ans, commandant.

Procréer, faire beaucoup d'enfants, de beaux enfants blonds en pleine santé, dignes représentants de la race des seigneurs, futurs maîtres du monde... c'était à ce but idéal que se résumait l'essentiel de la politique démographique du Reich. « En chacun de nos enfants, c'est une parcelle d'éternité qui se manifeste », avait déclaré un dirigeant. Rosenberg ? Himmler ? Ou peut-être Baldur von Schirach ? Peu importait. Au chapitre des déclarations officielles, cette phrase aussi révélatrice : « Les enfants d'aujourd'hui sont les ennemis de demain. » Bien entendu cet avertissement solennel ne se rapportait pas aux Allemands

Non loin de la voie ferrée Kichinev-Odessa, au sud de Tiraspol, à cent mètres à peine des tranchées soviétiques, l'intendant général de la VIe armée avait, après maintes sollicitations, fourni le nécessaire à l'organisation d'une fête aussi brillante qu'exceptionnelle. Des rations de viande supplémentaires étaient parvenues au bataillon, en même temps que vingt bouteilles de cognac et deux énormes gâteaux que les boulangers avaient saupoudré de sucre glace.

Assurément le commandant von Labitz était ému. Ses officiers avaient jalousement gardé le secret, ne consentant à ouvrir la « salle des fêtes » qu'à partir du moment où tout fut prêt. La salle en question n'était en réalité qu'une ancienne grange désaffectée. Aujourd'hui des tables couvertes de nappes blanches y étaient dressées, les verres étincelaient, et la vaisselle était de porcelaine. Le festin y fut servi par des ordonnances en veste blanche immaculée. Un menu princier pour des réjouissances dont le prétexte ne manquait pas de dignité : le major Bodo von Labitz venait d'être père.

Son premier enfant, et, pour comble de bonheur, un fils ! William Heiko von Labitz. Son heureuse mère, Enrica von Labitz, née comtesse von Saalsfels, avait réussi à faire parvenir un télégramme qui fut reçu par le feld-maréchal von Kleist : « Ai mis au monde un garçon de huit livres. Mère et enfant se portent bien. Vive l'Allemagne. »

Sans cette dernière phrase, peut-être le télégramme n'eût-il jamais été transmis à l'intéressé. En tout cas la nouvelle plongea le major von Labitz dans la plus pure euphorie. Un fils ! Sans doute un enfant un peu tardif, père et mère ayant respectivement trente et un et vingt-huit ans. Mais jusqu'alors von Labitz avait consacré toute son énergie à perpétuer la tradition familiale en poursuivant une brillante carrière d'officier. Dans la longue histoire des Labitz, aucun membre de la famille n'avait endossé l'uniforme sans atteindre au moins le grade de général. Et pour sa part, Bodo von Labitz se trouvait sur la meilleure voie : il gravissait allégrement les échelons. Sa bravoure avait déjà été largement récompensée. Ainsi en 1943, son comportement pendant la bataille d'Odessa lui avait valu la croix de Chevalier. Assurément Bodo von Labitz ne faillirait pas à la tradition familiale.

A présent la naissance d'un fils venait couronner cette carrière déjà fort méritoire. William Heiko avait été conçu lors d'une permission. Au vrai, l'événement n'était pas réellement prévu. Mais Enrica, née comtesse von Saalsfels, avait manifesté une telle soif d'amour, et s'était donnée avec un tel abandon et une telle ardeur que, dans ses bras, toutes les sages résolutions de Bodo avaient faibli. Apprenant par la suite que sa femme était enceinte, Bodo s'était empressé de lui écrire pour lui livrer ces nobles méditations :

« *Mon aimée !*

Notre enfant sera le pur produit de l'amour. Veuille notre Seigneur lui accorder sa bénédiction et le protéger de la souffrance. Si nous gagnons cette guerre, nous n'aurons plus jamais à craindre de nouvelles hostilités. L'ordre du monde repose entre nos mains. Cela signifie pour tous les peuples : paix, bonheur et prospérité !

Prions Dieu que notre premier enfant soit un fils. L'Allemagne a besoin de générations fortes... »

Suivaient trois pages de la même veine.

Comment condamner Bodo von Labitz ? Il avait été élevé dans cet esprit, au sein d'une famille où se recrutaient de nombreux généraux. Si l'on procréait, c'était pour la plus grande gloire de la patrie.

La fête dans la grange fut grandiose, à en juger du moins par l'état d'ébriété des hôtes ici rassemblés. Tous les officiers des quatre bataillons du régiment étaient conviés. En fin de soirée le chef de division en personne vint se joindre aux festivités. Le général Labbroth apportait des fleurs, une chaumière russe en écorce de bouleau — cadeau destiné à l'enfant en mémoire des glorieux exploits de son père —, ainsi que six bouteilles de champagne français. Comment le précieux breuvage avait-il accompli le voyage d'Epernay à Tiraspol ? Mystère. Cet arrivage — de quatorze caisses de champagne, excusez du peu ! — figurait parmi les bizarreries de cette guerre. On manquait de munitions, l'essence était strictement rationnée, les patates devenaient rares, aucun fruit n'entrait plus dans la composition de la marmelade, et il fallait fendre à la hache les blocs de miel artificiel. Les boulangers quémandaient à grands cris les sacs de farine. Et pourtant... on entreposait dans les magasins des caisses de champagne et des paquets de préservatifs.

Qui était responsable ? Personne.

Les officiers des quatre bataillons ne furent pas particulièrement enchantés de voir surgir le général Labbroth. En sa présence il faudrait boire plus modérément, éviter les chansons paillardes et interdire l'entrée aux représentantes locales de la gent féminine, belles filles brunes aux yeux de braise, solidement bâties, et véritables chattes en chaleur à la nuit tombée.

La guerre ?

Depuis avril, on ne se livrait plus ici qu'à de simples escarmouches. Certes les pertes en hommes demeuraient quotidiennes, mais nul ne s'en souciait plus.

A Tiraspol on menait plutôt la belle vie. La région était une terre bénie, comme un immense verger, avec des vignobles produisant en temps normal un vin rouge puissant.

Il était presque minuit quand le général Labbroth prit l'heureux père par les épaules et l'entraîna dans un coin de la grange.

— Un cigare ? proposa-t-il.

— Je vous remercie, mon général.

Ayant allumé son cigare, Labitz se détourna courtoisement pour souffler un épais nuage de fumée sans risquer d'indisposer son supérieur.

— Il n'est pas loin de minuit, Labitz. Dans quelques minutes un jour nouveau va se lever. J'ai volontairement attendu ce moment pour vous remettre... enfin, je vous ai apporté quelque chose...

— Mon général, vous me remplissez de confusion !

— Je ne suis pas sûr qu'il s'agisse d'un cadeau.

Le général plongea la main dans sa poche et en sortit un papier.

— Un télégramme du G.Q.G. On vous demande à Berlin de toute urgence. Vous devrez vous présenter à l'école de cavalerie d'Eberswalde.

— Cela ne peut être qu'une plaisanterie, mon général.

— J'ai eu l'occasion de constater qu'au G.Q.G. on ne manquait pas d'humour. En revanche je doute fort que dans les circonstances présentes on y cultive le goût de la facétie. Le texte est clair : Vous devez vous rendre à Eberswalde *sans délai*. Demain à sept heures un avion décollera de Kichinev. J'ai essayé d'obtenir de plus amples renseignements, mais on s'est contenté de me répéter que cette affaire concernait exclusivement le haut commandement. Point, à la ligne ! Eh bien, mon cher Labitz, buvons une dernière coupe de champagne à l'avenir de votre fils William Heiko. Après cela, en route pour Berlin !

Ce fut la dernière coupe de champagne que vida Bodo von Labitz. Quant à son fils, il ne l'a jamais vu.

DALLBURG Alexander, 20 ans, aspirant.

Il n'est pas une compagnie dans laquelle on ne rencontre inéluctablement trois immuables catégories de personnages : un « idiot de village », un sergent-major se signalant par sa grande gueule et nommé le « juteux », un garçon fragile, le « benjamin » de la compagnie, à qui chacun témoigne une sollicitude toute paternelle.

L'aspirant Alexander Dallburg appartenait à cette dernière catégorie. Frais émoulu du centre d'instruction des officiers, il avait été affecté au 914e régiment de la 352e division d'infanterie, qui avait été envoyé en Normandie à une époque où la France était devenue le théâtre d'une guerre où seul certain combat au corps à corps laissait de fâcheuses séquelles. En un mot, on s'en sortait généralement avec une bonne chaude-pisse.

A vingt ans, l'aspirant Dallburg avait encore un visage si juvénile qu'il fut immédiatement catalogué comme le « benjamin » de la compagnie. Ses grands yeux bleus étonnés semblaient toujours demander : « Pardon, je me trompe, ou c'est bien ici la guerre ? » Dallburg occupait un appartement réquisitionné à Grandcamp-les-bains, petite station balnéaire possédant une plage, un port, un grand café sur le front de mer, et un bar dit le « Bistro Saint-Jacques ».

— Ils ne traverseront jamais ! avait catégoriquement affirmé le lieutenant Lippe. Il faudrait qu'ils soient cinglés. Toute la côte est imprenable. On les descendrait un à un avant qu'ils aient le temps d'aborder. Vous imaginez, Dallburg ? Ces pauvres gars en train de patauger dans l'eau juste devant nos canons ? Vous parlez d'un carnage ! S'il restait un survivant, il faudrait le chercher au microscope.

Le lieutenant Lippe logeait dans la villa d'une jeune

veuve à la poitrine opulente. Il ignorait visiblement les tracas de ses supérieurs. Il ne savait pas qu'en Angleterre une armée U.S. sous le commandement du général Bradley et une armée britannique sous le commandement du général Montgomery, ancien adversaire de Rommel en Afrique, se préparaient à débarquer. Il ne savait pas que le général en chef Eisenhower dirigeait l'ensemble de l'opération baptisée « Overlord » qui allait marquer la défaite inexorable de l'Allemagne !

Mais qui aurait exposé cette situation tragique à l'aspirant Alexander Dallburg ? Le commandant de la compagnie ? Il passait le plus clair de son temps en compagnie d'Adrienne, la jeune veuve à la poitrine généreuse, et n'avait plus d'oreille que pour les grincements du sommier. Du reste les hommes de la compagnie étaient tous plus ou moins occupés à dépenser en Normandie une vigueur trop longtemps contenue. Aussi le sergent-major Felix Bülles s'avisa-t-il qu'il serait opportun et urgent d'initier le « benjamin » aux plaisirs de la chair.

Il déclara donc au bout de quatre jours :

— Les gars, il faut faire quelque chose ! Notre gamin a peur des femmes ! Si ce n'est pas une misère ! Sûr que ce petit gars-là n'a seulement jamais peloté une frangine ! Innocent et pur, le cher ange ! Alors moi j'ai une idée : on va le brancher sur Gabrielle. Elle au moins, on peut lui faire confiance, elle en fera un homme !

Gabrielle était la vedette du « Bistro Saint-Jacques ». Petite, fragile, elle avait l'air d'une poupée. Mais cette façon qu'elle avait de balancer son postérieur rondelet ! Et quel tempérament sous ses airs de sainte nitouche ! Une nuit dans sa mansarde, et il fallait se faire porter malade pendant une semaine. Elle, en revanche, continuait à papillonner comme si de rien n'était.

Traîné au bistro par son « juteux », Alexander Dallburg tomba en adoration devant Gabrielle. De son côté, quand elle le regarda, ses yeux s'embuèrent d'émotion.

— Bonjour, mademoiselle, dit Dallburg en un français presque dépourvu d'accent. Vous êtes très belle...

Et Gabrielle de minauder :

— Merci, monsieur, vous êtes bien aimable. Et si différent des autres.

Trois jours plus tard Gabrielle alla s'installer dans le petit appartement occupé par Dallburg. Incontestablement elle était amoureuse, plus qu'elle ne l'avait jamais été. En face de lui, elle était éperdue de tendresse. Tout le passé s'en trouvait brusquement effacé. A ses yeux désormais le monde cessa d'exister. Ne comptait plus qu'Alexander.

— Sacré phénomène ! commenta le sergent-major Büllles. C'est bien connu, quand une pute tombe amoureuse…

Grandcamp-les-bains était un paradis. Cependant, de même que l'on entre au paradis, il faut un jour en sortir.

Le lieutenant Lippe, qui rendait une visite quotidienne à son bureau, fut informé par son secrétaire d'un curieux message.

— J'ai pris toute la communication en sténo, expliqua le secrétaire. L'appel venait de la division.

— De qui ?

— Du 352.

— Neumann, vous transpirez le calvados par tous les pores de la peau ! — Lippe arracha le papier des mains de Neumann. — Quoi ? Il s'agit de Dallburg ? Ça alors ! — Il relut le texte en silence avant de demander : — Vous avez lu, Pflanzl ?

— C'est moi qui l'ai écrit !

— Tous bourrés comme des cochons, ma parole ! Dallburg, partir pour Berlin ? Il vient d'arriver ! Faut que je me renseigne…

A la 352e division d'infanterie, dont l'état-major était établi dans un superbe château, on avait trop de soucis pour s'intéresser à la convocation de l'aspirant Dallburg et partager la perplexité du lieutenant Lippe. Aux dernières informations, le débarquement était imminent. Rommel conjurait Hitler de renforcer les troupes établies en France. Il exigeait de nouvelles divisions. Réponse de Keitel : « Où les prendre ? Impossible de retirer un seul homme du front est. En Italie ? Pas question. Débrouillez-vous avec les réservistes. »

En d'autres termes, on verrait arriver sur les champs de bataille des gamins à peine sortis des jupons de leur mère qui se mettraient à chialer sous le premier feu roulant.

Le lieutenant Lippe se fit vertement recevoir. Oui, l'ordre émanait effectivement du G.Q.G. ! Comment en douter ? Des renseignements ? Mais l'aspirant Dallburg aurait dû être déjà en route...

Lippe raccrocha. Le sergent-major Bülles se curait le nez pensivement.

— Où est Dallburg ? demanda Lippe.

— Où voulez-vous qu'il soit ? Au lit avec Gabrielle ! Je vais le chercher !

— Non, je m'en charge.

Aussitôt Lippe gagna le front de mer. L'appartement de Dallburg n'était pas fermé. Vêtue d'un peignoir de soie, ses cheveux bruns dénoués, Gabrielle sifflait comme un moineau. Elle resplendissait de bonheur. Tout l'appartement embaumait le café et les croissants chauds. A demi nu, Dallburg était en train de se raser dans la salle de bains. Ce fut le blaireau à la main et le visage couvert de mousse qu'il salua son supérieur. Une lueur d'inquiétude apparut dans les yeux de Gabrielle. Son instinct l'avait immédiatement avertie d'une menace.

— Je suis sincèrement navré, Dallburg, commença Lippe, très paternel, mais je me vois contraint de vous arracher à votre charmante idylle. C'est que, voyez-vous, on ne fait pas la guerre au creux d'un lit douillet. Il faut parfois se battre sur le front. Je viens de recevoir un ordre de marche qui vous concerne.

— Je pars pour la Russie ? demanda Dallburg d'une voix douce.

Lippe secoua la tête.

— Non, mon garçon, vous rentrez à Berlin. Le G.Q.G. vous réclame à Eberswalde...

— Le G.Q.G. ?

— Je n'en sais pas plus que vous. Terminez de vous raser, offrez-vous une séance d'adieux touchants avec notre délicieuse Gabrielle, et en route ! S'il ne tenait qu'à l'état-major de la division, on vous transporterait en satellite !

Sur ces mots, le lieutenant Lippe prit discrètement congé. L'adieu fut non pas tumultueux mais déchirant.

— Je te ferai venir en Allemagne, promit Dallburg. Après la guerre nous nous marierons. Je t'aime.

Gabrielle l'aida à boutonner sa veste d'uniforme, lui brossa inutilement les épaules, redressa son ceinturon.

Quand il mit sa casquette et vérifia sa tenue dans la glace, elle éclata en sanglots.

Elle ne l'accompagna pas à la porte et ne lui fit pas signe de la fenêtre. Tandis que ses pas s'éloignaient, elle resta assise devant le miroir où il s'était inspecté avant de la quitter. Puis, s'emparant d'un cendrier de bronze, elle brisa ce miroir qui lui renvoyait sa propre image... soudainement vieillie.

Il ne fallut pas plus de dix heures pour que tous les officiers convoqués arrivent à Eberswalde.

Ces messieurs commencèrent par faire connaissance. N'ayant pas eu le temps de déguster les rôtis de porc tant convoités, en guise de consolation le lieutenant Semper avait rapporté de Kowel deux bouteilles de vodka. Il s'empressa d'en déboucher une quand von Labitz fit part de la naissance de son fils. L'on s'était réuni dans la chambre d'Asgard Kuehenberg, la plus spacieuse de toutes, avec une vue admirable sur la campagne environnante.

Ce fut au beau milieu de cette fête improvisée que surgit Dallburg. Il avait été reçu par le lieutenant-colonel Hansekamm, avait serré une infinité de mains et essuyé moult plaisanteries de bienvenue, et lui aussi avait appris que le quartier général du Führer s'intéressait à son sort.

Dallburg fut accueilli par les autres comme s'il était la mascotte qu'on leur avait spécialement attribuée. Cependant il se résigna sans amertume à ce traitement. Tel serait son lot tant qu'il paraîtrait aussi jeune : un gamin déguisé en soldat pour jouer à la petite guerre. Comme les autres, il félicita Labitz, et il but un verre de vodka qui le fit tousser — son premier verre de vodka !

— Il paraît que je suis le dernier, dit-il. Donc nous sommes au complet.

— Et donc nous sommes dix, conclut Baldenow, songeur.

— Dix officiers sur lesquels est braqué l'œil du Führer ! s'écria Solbreit. En quoi avons-nous mérité une telle distinction ? A moins qu'il ne s'agisse d'une sorte de châtiment particulièrement raffiné ?

Personne ne rit. Pas même sur ces visages graves l'esquisse d'un sourire. Asgard Kuehenberg se versa une nouvelle rasade de vodka, et, tout en contemplant le liquide transparent :

— Un détail me paraît assez frappant : nous sommes tous originaires des pays baltes...

— Effectivement ! renchérit Semper.

— Peut-être un simple hasard ! commenta Poltmann que l'on sentait particulièrement tendu.

Il passa la main dans les gracieuses boucles blondes qui auréolaient son visage, avant d'ajouter :

— En fait, nous étions disséminés sur tous les fronts.

— On va peut-être nous demander de former la grande chorale des pays baltes !

Solbreit fut le seul à s'esclaffer de sa propre réflexion. A lui seul il avait vidé la moitié de la bouteille. Tout à coup il grimpa sur une chaise pour déclarer sous les yeux de spectateurs médusés :

— Mes chers camarades, à titre de répétition, je vous propose d'entonner tous en chœur une des plus belles chansons de notre terroir, la chanson du trou noir. Un... deux... trois...

Il leva les bras et entonna d'une voix bien timbrée :

« Et c'est pour cela, tralala
Qu'il y a un trou au cul, turlututu
Il y fait noir, tralalala
Ni soleil ni lune n'y pénètrent
Et nous supportons nos malheurs
Avec patience car si nous sommes, bombombombom
dans la merde jusqu'au cou, touroutoutou
C'est que nous l'avons bien voulu,
Turlututu ! Pet ! »

— Magnifique ! s'exclama Berno von Ranowski. Nous devrions chanter ça au Führer. Au moins quand il ne pourra plus souffrir la chorale de Nuremberg, il saura à qui faire appel.

Solbreit descendit de sa chaise et s'assit pesamment. Son éclat, chacun en était conscient, n'avait procédé en réalité que d'une profonde anxiété. Les dix officiers présents partageaient ce désarroi et n'auraient pu le nier. L'isolement et l'incertitude engendraient une tension nerveuse pire que sur le front.

Ici plus aucune certitude. On flairait seulement la gravité

de l'affaire, que laissait pressentir l'accueil excessivement jovial réservé par le lieutenant-colonel Hansekamm. Le quartier général du Führer convoquait dix officiers, tous originaires des pays baltes...

— Si on nous affectait à l'armée de Vlassov ou au régiment de cosaques de Pannwitz ? suggéra tout à coup Detlev Adler. Avec pour mission de transformer en parfaits soldats allemands des Russes épris de liberté... Vous parlez d'une joie !

— Encore une petite chanson ? proposa Solbreit.

Et sans attendre de réponse, il entonna une complainte populaire.

— Taisez-vous ! intervint sèchement Labitz.

Solbreit obéit presque machinalement. Labitz avait usé pour la première fois de l'autorité que lui conférait son grade.

— Je ne sais pas quel projet on mijote à notre intention, reprit-il, mais, quelle que soit l'affaire en question, nous y sommes plongés jusqu'au cou. J'essaierai de voir Hansekamm demain matin pour lui tirer les vers du nez. En attendant, au lit ! Il y a au moins une chose claire, c'est que nous ne sommes pas ici pour apprendre à monter à cheval. En revanche nous sommes bel et bien au secret. J'ignore ce qui nous vaut cet isolement, mais je le saurai.

— Pour le moment ouvrons plutôt la deuxième bouteille de vodka, proposa Semper. Buvons pendant qu'il en est encore temps. Nous ne savons pas ce que l'avenir nous réserve, et ce qui est pris, au moins personne ne nous le reprendra.

Tous acquiescèrent et la seconde bouteille circula. Vers trois heures du matin, Solbreit y alla d'une dernière chanson paillarde. Là-dessus on se sépara. Tous regagnèrent leur chambre respective et chacun s'abattit sur son lit, imbibé de vodka.

Seul Kuehenberg s'attarda devant sa fenêtre. Pourvu qu'ils évacuent le domaine à temps, songea-t-il. Actuellement ils auraient encore la possibilité de faire transporter les étalons et quelques juments. Cela représenterait un bon capital de départ, une fois la guerre terminée.

Père, n'attends pas trop longtemps !

Le lendemain matin, tous avaient les yeux gonflés quand ils se retrouvèrent pour le petit déjeuner. Deux ordonnances les servirent avec empressement et discrétion. Même pour les repas une pièce leur avait été spécialement réservée, qui donnait sur le même couloir isolé. Comme il eût été absurde de questionner les deux caporaux qui assuraient le service, le petit déjeuner se déroula en silence. Ils mangèrent sans appétit en s'observant à la dérobée d'un œil rougi. Finalement Peter Radek exprima l'opinion générale, quand il sortit de son mutisme pour déclarer :

— Mon cher Semper, la vodka que vous avez rapportée arrive tout droit de l'enfer. Entre nous, vous en faisiez une grande consommation ?

— Enorme.

— Et vous restiez capable de distinguer les Russes ?

— Et comment ! Je ne les voyais pas doubles mais deux fois plus grands qu'ils n'étaient. D'où la sûreté de mon tir et la légitime panique de l'ennemi...

Il y eut quelques sourires las. L'avant-veille encore ils étaient au cœur des hostilités, et voilà qu'ils se retrouvaient autour d'une table couverte d'une nappe blanche en train de manger dans de la vaisselle en porcelaine avec de vrais couteaux et de vraies cuillères.

Le lieutenant-colonel Hansekamm arriva au moment où, après la dernière tasse de café, les ordonnances offraient des cigarettes. Des cigarettes plates, dites « orientales », au goût de foin. Solbreit, Adler et Semper possédaient encore quelques cigarettes russes, qui remportèrent tous les suffrages. On avait fini par s'habituer à leur goût particulier, comme au nuage de fumée presque jaune soufre.

— Dans notre coin il n'y avait jamais de moustiques ! affirma Solbreit.

Sur le pas de la porte, le lieutenant-colonel Hansekamm fit signe aux officiers de ne pas se lever. Nous sommes entre amis, signifiait son geste. Qu'importent les grades ! De l'aspirant au major, ne formons-nous pas une grande famille ?

Ce fut avec un chaleureux sourire qu'il vint s'asseoir à côté de Solbreit — initiative qui ne fut pas sans provoquer une certaine appréhension, nul désormais ne pouvant ignorer son franc-parler :

— A l'avenir il ne vous sera plus fourni de couverts, déclara Hansekamm. A midi pour le déjeuner vous ne disposerez plus que d'une cuillère. Les saucisses vous les mangerez donc à la main, avec permission de vous lécher les doigts. Un plaisir !

Les dix officiers l'écoutèrent, médusés. Labitz jeta un coup d'œil implorant à Solbreit. Par pitié, mon vieux, boucle-la ! Ne t'avise surtout pas de demander qui a abusé de la vodka...

— J'imagine, messieurs, quelles questions vous vous posez, reprit Hansekamm. Une seule certitude : toutes les hypothèses que vous avez pu formuler sont probablement erronées. Je ne puis vous en dire davantage dans l'immédiat, nous devons attendre le retour du colonel von Renneberg qui se trouve actuellement au quartier général du Führer. Tant que les ordres du Führer ne vous auront pas été transmis, considérez-vous comme les hôtes privilégiés du G.Q.G.

— Et quand nous aurons reçu sa bénédiction ? persifla Solbreit.

— L'affaire risque de devenir grave.

— Bien entendu ! commenta Kuehenberg. Nous nous doutons qu'on ne nous a pas réunis pour nous apprendre un nouvel art de se tenir à table.

Hansekamm tira une longue bouffée d'une cigarette « orientale ».

— Le retard de von Renneberg est anormal. Il semble qu'au quartier général du Führer tout ne se soit pas déroulé aussi simplement que nous l'espérions.

— Pardi ! Expliquer au Führer que ses officiers en sont à se lécher les doigts et le pouce !

— Solbreit !

Il rentra craintivement les épaules sous le regard assassin de Labitz. Mais, nullement décontenancé, Hansekamm laissa fuser un rire bon enfant. Là-dessus il consulta sa montre.

— Messieurs, puis-je vous demander de m'accompagner en salle d'instruction ?

Tous se levèrent avec un bel ensemble. Instruction ? Qu'est-ce qu'on allait donc leur apprendre ? A monter à cheval, réellement ? Enseigner l'équitation à un paysan balte ? Sur ordre du Führer ? On nageait décidément en pleine démence !

La salle d'instruction, assez semblable aux salles de classe habituelles, voisinait avec la pièce où ils venaient de prendre le petit déjeuner. Dix chaises étaient disposées sur deux rangées. Une gigantesque carte était accrochée au mur, que tous les officiers examinèrent en silence.

— Messieurs, dit Hansekamm, comme vous pouvez vous en rendre compte, vous avez sous les yeux une carte de Moscou et de ses environs. Veuillez vous asseoir. Vous êtes priés de retenir tout ce qui va être dit, nous nous fions pour cela à votre mémoire et à votre intelligence.

— Et dire que mon prof de maths me prenait pour un cancre !

Solbreit, encore !

— La plupart des grands génies ont été de mauvais élèves, répliqua Hansekamm avec un sourire indulgent.

— Serions-nous censés faire preuve de génie sur ordre du Führer ? persifla Kuehenberg.

— En un sens, oui, sans doute.

Hansekamm considéra son auditoire en silence, puis il approcha de la carte.

— Donc, Moscou et ses environs. Messieurs, je fais appel à votre compréhension. D'ici le retour du colonel von Renneberg j'ai pour seule mission de vous occuper. Peut-être l'ensemble du projet va-t-il s'écrouler, et dans ce cas vous reprendrez vos postes respectifs. Pour le moment tout ce que je puis vous annoncer, c'est que vous avez été choisis pour mener à bien l'opération la plus risquée et la plus prodigieuse qui ait jamais été tentée durant cette guerre. Il s'agit d'un projet apparemment irréalisable. Dix officiers... vous, messieurs !... vont apporter une contribution décisive à... la victoire finale !

— N'est-ce pas là un langage excessivement pompeux ? intervint le commandant von Labitz.

— Peut-être, j'en conviens, pour qui ignore les faits. Cependant, au retour du colonel von Renneberg, une fois que vous serez dans le secret, vous réaliserez quel rôle capital vous allez jouer, rôle dont dépend le sort de notre patrie.

Tous examinèrent en silence la carte de Moscou. Des

agrandissements de photos aériennes avaient été assemblés. On y distinguait chaque maison, chaque grange, chaque ruisseau, chaque pont, le moindre chemin forestier, la moindre clairière. Hansekamm se frotta les mains avec satisfaction.

— Ceci, messieurs, n'est qu'une vue générale. Nous vous remettrons ultérieurement des photos encore plus précises. L'une d'entre elles est, je vous le signale, particulièrement réussie et du reste fort suggestive. On y distingue un couple en train de faire l'amour dans un champ de blé. Et pas besoin de loupe ! Les hommes de l'art n'ont reculé devant aucun risque... et aucun sacrifice !

Si Hansekamm n'avait été d'un abord aussi chaleureux, cette remarque aurait suffi à lui gagner les sympathies les plus réticentes. Si cette photo vient à circuler, pensa Baldenow, on risque d'en entendre de belles de la part de Solbreit. Au moins on verrait tout de suite si le colonel von Renneberg se montrerait sensible à son humour goguenard...

Hansekamm prit place derrière l'unique table et sortit son étui à cigarettes.

— Je crains de ne pouvoir vous en dire plus long dans l'immédiat. Vous m'en voyez navré, mais je suis obligé d'attendre le feu vert avant de vous en révéler davantage. Par conséquent, messieurs, j'attends vos suggestions : Comment pourrions-nous employer notre temps ?

— Nous pourrions peut-être aller au cinéma, proposa Radek.

— Rigoureusement impossible ! Personne ne doit vous rencontrer.

— Même habillés en civil ?

— A Eberswalde vous ne manqueriez pas d'attirer l'attention. L'activité des services d'espionnage nous contraint à observer une prudence scrupuleuse. Vous devez comprendre, messieurs, que dorénavant vous n'existez plus...

— Donc pas de courrier ? questionna Dallburg d'une voix plaintive.

— Exclu !

— Je suis père depuis trois jours, expliqua Labitz.

— Nous sommes au courant. Vous aurez un entretien à ce propos avec le colonel von Renneberg.

— Si je téléphone à ma femme... je ne vois pas en quoi je risquerais d'attirer l'attention des services d'espionnage.

— Exclu ! Lorsqu'on est officiellement disparu, on ne téléphone pas ! Or, jusqu'à nouvel ordre, vous êtes tous portés disparus ! Cette explication vous paraît-elle satisfaisante ?

Kuehenberg se leva et approcha de la carte comme l'avait fait le lieutenant-colonel Hansekamm quelques minutes plus tôt.

— Je n'ose exprimer ma pensée, dit-il d'une voix claironnante.

Hansekamm hocha gravement la tête.

— Gardez-vous-en soigneusement, capitaine Kuehenberg. D'autant que vous êtes probablement dans l'erreur.

— Il y a huit ans j'étais à Moscou...

— Nous ne l'ignorons pas. Peu avant les jeux Olympiques de Berlin...

Derechef, Hansekamm gratifia son auditoire d'un sourire cordial et protecteur.

— Sachez, messieurs, ajouta-t-il, que nous connaissons tout de votre passé, jusque dans les moindres détails. Sinon vous ne vous trouveriez pas dans cette pièce en ce moment même.

— Si je puis me permettre cette question... Qui se cache derrière l'élaboration de ce projet ? s'enquit Berno von Ranowski.

— Je suis autorisé à vous renseigner sur ce point.

Manifestement Hansekamm se réjouissait d'être enfin en mesure de fournir une information qui n'allait pas manquer de faire sensation.

Ce fut solennellement qu'il déclara :

— Le commandement suprême du G.Q.G. en collaboration étroite avec le département de la défense.

— Canaris ! s'exclama Kuehenberg.

— En effet.

— Bordel de merde ! Eh bien, ça va chier !

Cette fois personne ne tint rigueur à Solbreit de cette incongruité qui résumait parfaitement le sentiment général.

3

LA patience est chez le soldat la vertu essentielle. Le colonel von Renneberg ne l'ignorait pas. Alors qu'il patientait depuis deux jours au quartier général du Führer dans l'espoir que l'on daignerait lui accorder enfin un entretien, il se préparait à une encore plus longue attente quand, le 5 juin 1944, apparut le feld-maréchal von Rundstedt. Il fut immédiatement introduit, et les portes de ce bureau que Goebbels appelait le « ventricule de l'Allemagne » se refermèrent pour des heures. Le général Schmundt, aide de camp du Führer, semblait le seul à n'avoir pas oublié l'existence de Renneberg. Il le trouva assis près de la fenêtre dans le baraquement de l'accueil. Lui ayant fait signe de ne pas se lever à son entrée, il vint se poster près de lui.

— Toujours pas de rendez-vous pour moi ? interrogea Renneberg sans réprimer un soupir de lassitude.

— Rundstedt vient d'arriver, répondit Schmundt en guise d'explication.

— Je sais, je l'ai aperçu.

— Et vous connaissez la raison de sa visite ?

— Si je la connais ? Ce serait beaucoup dire. Mettons que je m'en doute. La situation à l'ouest...

— Terriblement critique. Le dernier rapport de Canaris est arrivé hier. Le Führer était fou furieux. Qu'est-ce qui se passe à Berlin ? J'ai nettement l'impression que chez vous on ne partage pas tout à fait les vues du Führer...

— Cela vient peut-être de ce que nous ne sommes pas les plus grands commandants en chef de tous les temps.

— Renneberg ! protesta Schmundt. Prenez garde ! Avec vous si par moments je n'étais pas atteint de surdité...

— Rundstedt est en conférence avec le Führer. Busch, Model et Schörner tiendront exactement le même langage.

Et moi je suis là à patienter stupidement alors que je tiens en réserve un plan susceptible de nous apporter le salut. Keitel est dans le secret, ainsi naturellement que Jodl et Canaris. Mais à part eux, personne n'est au courant.

— Si, vous !

— Certes. Disons que nous formons un cercle restreint d'initiés. Tout ce dont j'ai besoin c'est d'une demi-heure d'entretien avec le Führer.

— Du délire, mon cher ! répliqua Schmundt avec un sourire compatissant. Une demi-heure ! A qui pareille faveur serait-elle accordée ? A Goering, peut-être. Ou à Himmler. Qu'est-ce que vous vous imaginez, Renneberg ? Si vous êtes reçu — je pense du reste que Keitel, votre mentor, vous obtiendra cette entrevue, — tâchez surtout d'emprunter un raccourci. Vous ferez le beau, vous exposerez en quelques mots l'objet de votre visite, ensuite la parole sera au Führer. Quand vous sortirez, un sauna pourra vous faire l'effet d'une douche glacée.

Sur ces mots, Schmundt se détourna et regarda par la fenêtre. Accompagné par trois S.S., Himmler se promenait entre les pins et les cyprès.

— L'atmosphère est à l'orage ! A croire que Himmler vient d'avaler la pierre philosophale. Décidément je ne l'aime pas beaucoup...

Schmundt recula comme s'il était pris de nausée à la vue des uniformes noirs avec runes et tête de mort. Renneberg le regarda, éberlué. Schmundt, pensa-t-il, qu'est-ce qui arrive donc à Schmundt ? L'aurions-nous méconnu ?

— Oubliez cela, dit Schmundt d'une voix sourde. Les mots ont probablement dépassé ma pensée.

Renneberg récapitula rapidement ce que seuls de rares initiés savaient : 11-2-1944 : Complot pour l'élimination de Hitler et de Himmler par une attaque à la bombe. Le plan ne put être exécuté, Himmler ne s'étant pas présenté pour l'entretien prévu. Le 9-3-1944 : Complot pour l'assassinat de Hitler au cours d'une conférence dans la salle des cartes. L'officier concerné n'ayant pas reçu l'autorisation d'assister à la conférence, ce deuxième plan échoua. Le 15-5-1944 : Entrevue secrète qui réunit le feld-maréchal Rommel et le général von Stülpnagel, commandant de Paris. Ils décidèrent de l'enlèvement de Hitler par un commando spécial.

Hitler comparaîtrait ensuite devant un tribunal allemand... Dans toutes les circonstances prévues pour le déroulement de ces attentats, en principe le général Schmundt était présent. Dès lors que se passerait-il dans l'avenir ? Le colonel von Stauffenberg était prêt à saisir la prochaine occasion favorable. Par conséquent, en cas d'attentat à la bombe, Schmundt risquait fort de subir le même sort que Hitler. Il restait généralement à ses côtés pendant les conférences dans la salle des cartes.

— Puis-je vous demander une faveur ? interrogea Renneberg.

— Si je puis vous l'accorder...

— Intervenez auprès du Führer pour qu'il accepte de me recevoir !

— Vous surestimez mon influence.

— Alors demandez à Bormann d'intervenir.

— Bormann voudra savoir de quoi il retourne. Or moi-même je l'ignore.

— Je suppose que de toute façon le Führer mettra Bormann au courant de notre plan.

— Ainsi que Himmler, probablement.

— A vrai dire nous ne le souhaitons guère, commenta prudemment Renneberg.

Schmundt gagna la porte à pas lents. La main sur la poignée, il se retourna.

— Vous voudriez donc que je fasse signe à Bormann ?

Renneberg acquiesça en silence. Nous n'avons pas le choix, songea-t-il. Etant donné le plan que je suis chargé de défendre et les conséquences de son application, un Bormann vaudra toujours mieux qu'un Himmler.

Goering ? Inutile même d'en parler. Celui-là est toujours assis entre deux chaises.

Goebbels ? Une girouette. Un vampire qui se nourrit du sang d'autrui.

L'armée est la seule puissance sur laquelle il soit possible de s'appuyer. Des valeurs sûres ? Les feld-maréchaux Rommel et von Busch, les généraux Hoeppner et von Stülpnagel, l'amiral Canaris, le feld-maréchal von Witzleben et tous ses officiers.

Mais pour le moment, là n'est pas le problème. Dans l'immédiat, c'est d'un plan qu'il s'agit, par sa démence même insurpassable. Un plan susceptible de mettre fin à la guerre en même temps qu'à la folie nazie.

Renneberg leva les yeux sur le général Schmundt qui attendait sur le pas de la porte.

— Oui, dit-il. Si Bormann peut m'obtenir un entretien avec le Führer, parlez-lui. Je n'espère plus guère de l'intervention de Keitel...

Le 5 juin 1944 dans le courant de l'après-midi — alors que le colonel von Renneberg était en train de boire une tasse de thé au citron — un commandant se présenta.

— Le Führer veut vous parler ! annonça-t-il.

Renneberg tressaillit. Schmundt aurait donc accédé si rapidement à sa demande ? Et Bormann aurait accepté de s'entremettre sans même connaître la teneur du projet ?

— Quand ?

— Immédiatement.

Renneberg bondit. Il rectifia sa tenue, mit sa casquette, et boucla autour de son poignet la chaîne métallique reliée à sa serviette noire. Une précaution réglementaire valable jusque dans les locaux du quartier général. Pour s'emparer de la serviette, il faudrait lui arracher le bras. Ou le tuer.

Pour la première fois, le colonel von Renneberg pénétra dans le « bunker », en réalité un simple baraquement entouré de pins et de bouleaux, que l'on n'aurait pu distinguer à bord d'un avion.

Ce fut Keitel en personne qui accueillit Renneberg à l'entrée. Il était sorti pour prendre l'air. L'entretien avec von Rundstedt s'était déroulé exactement selon la manière de Hitler. L'exposé du feld-maréchal sur la situation à l'ouest avait été suivi d'un long monologue du Führer débouchant sur cette conclusion que l'hypothèse d'une invasion des Alliés était un pur non-sens. Hitler de hurler :

— Nous avons cinquante-neuf divisions implantées en France ! Et malgré cela, vous vous dites anxieux ? Qu'est-ce qu'il vous faut de plus ? Avec cinquante-neuf divisions je repousse sans problème n'importe quel inconscient qui oserait débarquer ! Ils n'ont pas oublié Dunkerque ! Et ils n'ont sûrement pas envie de renouveler l'expérience ! Au centuple cette fois, j'y compte bien !

— Vous disposez de quinze minutes, pas plus, annonça Keitel à Renneberg.

Au sujet de Keitel les opinions étaient divergentes. C'était un officier nazi, un arriviste sans scrupule, entièrement dévoué à Hitler, souffre-douleur du Führer, courbant l'échine sous ses éclats. Il subissait ces explosions en silence, impassible, tel un psychiatre sachant préférable de laisser les déments donner libre cours à leur fureur. Sans doute Keitel était-il le pantin de Hitler, et de nombreux officiers ne le voyaient que sous ce jour. Mais, d'autre part, Keitel se montrait aussi relativement ouvert. Assez en tout cas pour approuver des plans, tel celui que Renneberg, par son entremise, allait défendre devant le Führer. Pas seulement dans la mesure où ce projet émanait du G.Q.G., mais aussi parce qu'il était conscient de la nécessité, dans une situation aussi désespérée, de saisir toute chance qui se présentait.

— Comment est l'ambiance ? s'enquit Renneberg.

Entre un colonel et un feld-maréchal ce ton pouvait sembler étrangement familier. Pourtant un faible sourire éclaira le visage poupin de Keitel. C'était qu'autrefois Renneberg, à l'époque où il était encore un jeune lieutenant fraîchement émoulu de l'école militaire, avait été sous les ordres du colonel Keitel, qui avait toujours fait preuve d'un paternalisme de bon aloi.

— Terriblement tendue, Renneberg. Le Führer a été particulièrement indisposé par le rapport du feld-maréchal von Rundstedt. — Keitel émit un bref soupir avant d'ajouter : — Un conseil, Renneberg : Quand le Führer prend la parole, n'essayez surtout pas de l'interrompre.

— Cela va sans dire.

Malgré lui Renneberg ferma les yeux. Les redoutables monologues de Hitler ! Une épreuve qu'il allait subir aujourd'hui même, pour la première et la dernière fois...

Keitel le précéda. Dès lors tout se déroula comme Renneberg l'avait imaginé, tout se révéla conforme aux photos qu'il connaissait. Au milieu de la pièce la longue table à cartes, quelques chaises... On ne pouvait imaginer cadre plus spartiate.

Hitler était installé derrière la table. Assis il paraissait plus petit que Renneberg ne s'y était attendu. Du reste le seul fait de voir Hitler assis le surprit. A portée de sa main, une tasse de tisane. Le plus stupéfiant aux yeux de

Renneberg ? Hitler portait des lunettes, que toutefois il s'empressa d'ôter dès que le colonel claqua les talons en se présentant :

— Colonel von Renneberg, état-major du G.Q.G. à Berlin...

Jodl était présent, Keitel demeurait en retrait derrière Renneberg, une ordonnance attendait, tel un spectre, dans le fond de la pièce. Pas d'autres assistants. Ni Schmundt, ni Zeitzler, aucun autre général, aucun S.S., ni Himmler ni Bormann... C'était donc bien Keitel qui était intervenu en faveur de Renneberg.

Pendant une seconde interminable, Hitler et Renneberg se dévisagèrent. Comment dois-je commencer, se demanda Renneberg. Dois-je me réclamer de Keitel ? A moins d'abandonner à Keitel le soin de prononcer les premiers mots ? Epouvantable de constater à quel point Hitler a vieilli.

Rundstedt l'a brisé, songea Renneberg non sans un plaisir sardonique. Hitler, l'année 1944 marquera ta fin ! Est-ce que tu ne le pressens pas au plus profond de toi-même ? L'animal, jusqu'à la bête la plus sauvage, possède cette sorte d'instinct...

Le regard de Hitler se posa sur Keitel qui se tenait maintenant aux côtés de Renneberg.

— Le feld-maréchal m'a déjà exposé dans ses grandes lignes l'objet de votre visite. Je vous écoute !

La voix de Hitler. A la radio le timbre semble plus grave, pensa Renneberg. Mais on retrouve bien cette façon de rouler les R, cette diction hachée, quasi cinglante.

Renneberg détacha la chaîne autour de son poignet. Puis il posa la serviette sur la table devant Hitler. Une pensée lui traversa insidieusement l'esprit : Pouvait-on rêver plus simple ? Si c'était à présent une bombe qu'il sortait de sa serviette et non un dossier, la face du monde s'en trouverait changée. Une occasion aussi favorable s'offrirait-elle à Stauffenberg ?

Hitler se leva. Obéissant à l'ordre muet exprimé par un simple regard de Keitel, l'ordonnance s'empressa de quitter la pièce. Dès lors on se retrouva réellement entre initiés : Hitler, Keitel, Jodl et Renneberg.

A peine Renneberg eut-il sorti son dossier que Hitler s'en

empara prestement. Il ne contenait que deux feuillets : une liste de noms propres et une liste de noms géographiques. Hitler les considéra avec étonnement, puis leva les yeux sur Renneberg. Son regard avait subitement retrouvé son éclat.

— Etes-vous fou ? commenta-t-il abruptement.

— Mein Führer...

Renneberg hésita sur l'attitude à adopter. Se mettre au garde-à-vous ? Il y renonça.

— Le feld-maréchal Keitel a déjà eu l'occasion de vous exposer notre plan dans ses grandes lignes. Dans la mesure où il importe de conserver le secret absolu, il n'existe aucun document écrit concernant l'opération « Oies Sauvages ».

— Ce nom me plaît, jeta Hitler. Pourquoi l'avoir choisi ?

— Beaucoup partiront pour le Nord, mein Führer, mais tous n'en reviendront pas.

— Hum !

Renneberg s'efforça de contrôler sa respiration. Garde ton sang-froid, s'ordonna-t-il.

— Poursuivez !

Et Renneberg de rassembler tout son courage pour expliquer :

— L'opération « Oies sauvages » apparaît comme un coup d'éclat ayant pour but de modifier brutalement non seulement la situation sur les différents fronts mais toute l'image du monde. Le choc que ne manquera pas de causer la réussite de l'entreprise aura pour effet de paralyser la Russie. La percée du front est suffira à affaiblir singulièrement les chances des Alliés. A elle seule la victoire morale contribuera à démoraliser l'ennemi. Dès à présent, mein Führer, le projet est suffisamment avancé pour que les dix officiers, dont le nom figure sur la liste entre vos mains, se tiennent prêts à engager l'opération « Oies sauvages » dans les plus brefs délais. La seconde liste comporte les noms des zones d'intervention.

Hitler jeta le dossier sur la table. Alors Keitel s'empressa de déplier sous ses yeux une carte de Moscou et de ses environs. Hitler se pencha, adoptant spontanément cette attitude typique si souvent montrée par les photos. Les mains appuyées sur la table, la tête en avant, les épaules légèrement remontées. Telle était l'image du plus grand général de tous les temps...

Hitler balaya la carte d'un geste ample de la main droite.

— Vos propositions relèvent de la démence, colonel ! rugit-il en se redressant vivement.

— En effet, mein Führer, il s'agit d'un plan insensé. Mais il n'est pas irréalisable.

— Cela ne marchera jamais !

— On devrait pourtant essayer.

— Si ce projet réussit...

— ... nous aurons gagné la guerre ! affirma Renneberg.

— Et s'il échoue ?

— Aucun chef d'armée ne s'engage dans la bataille en envisageant la défaite.

Grands Dieux, signifiait le regard que Jodl adressa à Keitel. Pas de doute, nous allons encore avoir droit à la grande scène du deux ! Tout à l'heure déjà, von Rundstedt s'était à peine retiré que Hitler avait commencé à vociférer. Hitler pourtant se contenta de considérer Renneberg comme une curiosité.

— Qui est à l'origine de ce projet ? interrogea-t-il à brûle-pourpoint. Canaris, n'est-ce pas ?

— Ce plan a été élaboré dans le secret par plusieurs experts qui y ont travaillé en collaboration, mein Führer. Nous n'attendons désormais que votre feu vert pour lâcher ces « Oies sauvages ».

— De la démence ! tonna Hitler.

Il écarta avec brusquerie la carte de Moscou. Alors il se raidit et plongea une main dans la poche de sa veste d'uniforme. Aussitôt le monologue attendu commença. Keitel, Jodl et Renneberg le subirent avec une morne attention. Pourtant, à la fin de son discours, Hitler déclara à la stupéfaction générale :

— Bien ! Vous avez mon accord. Mais j'exige que cette opération « Oies sauvages » demeure strictement confidentielle. Qu'elle réussisse ou qu'elle échoue, elle restera secrète. Nous-mêmes ignorons tout de cette entreprise ! Colonel, vous me garantissez qu'il n'existe aucun document, hormis ces deux feuillets ?

— Aucun, mein Führer. Les dossiers des dix officiers sélectionnés sont entre les mains du G.Q.G. et seront détruits sitôt l'opération lancée. Ces dix hommes perdront toute existence officielle. En cas d'échec ils seront portés disparus.

— Et en cas de réussite ?

Chacun put mesurer l'audace du colonel von Renneberg lorsqu'il répondit :

— Mein Führer, c'est à vous qu'il appartiendra d'évaluer et de récompenser le mérite de vos officiers. Si à eux seuls ces dix officiers parviennent à changer la face du monde...

— Insensé ! tonna Hitler, levant la main en signe de refus. Totalement insensé !

Tête inclinée, il darda sur son interlocuteur un regard terriblement aigu et inquisiteur. Sous ce regard appuyé, presque douloureux, Renneberg sentit un frisson lui parcourir la nuque.

— Si l'opération réussit... SI elle réussit, dans ce cas, exactement comme en cas d'échec, vos dix officiers devront rester anonymes ! Mais ils seront assurés de la reconnaissance de leur patrie.

Le voilà bien, songea Renneberg, le formidable propagandiste. L'homme des phrases « coups de poing ». Il faut l'avoir connu pour juger de son extraordinaire ascendant. Les historiens, les générations futures auront peine à le comprendre, à nous comprendre. Le monde aura connu l'acteur le plus phénoménal, le plus terrifiant, le plus ahurissant de tous les temps.

Renneberg prit une profonde inspiration. Sans doute Hitler s'en rendit compte, mais son visage demeura de marbre.

— Quand j'aurai quitté ces lieux, mein Führer, pourrons-nous nous considérer libres d'agir ?

— Oui.

— Je vous remercie, mein Führer.

Claquement des talons, salut, un dernier regard. Hitler hocha la tête. Jodl ne manifesta aucune réaction. Déjà Keitel gagnait la porte. Le dernier bruit que perçut Renneberg fut le raclement d'une chaise sur le sol.

Quand la porte se referma, Hitler se rassit et se tourna vers Jodl.

— Qu'en pensez-vous ? demanda-t-il.

— Oublions cela, mein Führer, et laissons-nous surprendre par les événements.

— Fort bien, Jodl ! — Hitler chaussa ses lunettes. — Ce Rundstedt ! Le mur de l'Atlantique est imprenable !

***

— Je suis déçu, Renneberg, déclara Keitel, une fois qu'ils se trouvèrent à l'écart sous les cyprès. Votre prestation a été lamentable. Le Führer appréciait l'appellation « Oies sauvages », vous auriez dû en profiter et faire vibrer cette corde sensible.

— J'ai obtenu son accord, je n'en souhaitais pas davantage. — Renneberg salua son supérieur avec une excessive solennité. — Permettez-moi de vous remercier...

— Pas de quoi.

Du geste Keitel exprima son impatience. Que pouvait soupçonner Renneberg de la difficulté des relations quotidiennes avec le Führer ?

— Et maintenant, que va-t-il se passer ?

— Nous allons tous effacer cet entretien de nos mémoires, ainsi que l'a ordonné le Führer. Il n'en reste pas moins qu'il nous a donné pleins pouvoirs. Nous pouvons donc entreprendre les actions que nous jugeons indispensables. Nous agirons dès que possible.

Renneberg consulta discrètement sa montre.

— Quand pourrai-je avoir la signature du Führer ?

— Passez à mon bureau dans une heure.

Keitel vit une voiture rouler vers le baraquement après avoir passé la barrière de contrôle. Un homme était installé sur la banquette arrière, feuilletant des papiers.

Bormann.

Suivant le regard de Renneberg, qui hocha pensivement la tête, Keitel s'enquit :

— Sera-t-il dans le secret ?

— S'il ne tenait qu'à moi, certainement pas. Mais libre au Führer d'en décider.

— Himmler ?

— En aucun cas !

Keitel tendit la main à Renneberg.

— Je crois que le Führer n'en parlera à personne. Il ne

prend pas votre projet au sérieux. Bonne chance, Renneberg.

— Je vous remercie très sincèrement.

Keitel hésita comme s'il allait ajouter quelque chose, mais il tourna brusquement les talons et s'éloigna à grands pas. Bormann, qui était descendu de voiture et l'avait aperçu, vint à sa rencontre.

Le soir venu, le colonel von Renneberg s'envola pour Berlin. Le papier officiel signé de Hitler se trouvait dans la serviette enchaînée à son poignet.

Sitôt que l'avion eut atterri, Renneberg monta dans une voiture qui l'attendait et le conduisit à Eberswalde à travers la nuit. Le clair de lune illuminait une campagne paisible. L'odeur du foin se mêlait au parfum suave des premières roses, embaumant cette parcelle de paradis plongée dans la torpeur de la nuit.

Renneberg fit arrêter la voiture, et, à la vive stupéfaction du chauffeur, il pénétra dans un champ à l'écart de la route pour aspirer goulûment l'air frais chargé de senteurs insidieusement enivrantes.

Que l'Allemagne est belle, songea-t-il avec amertume. D'ici quelques mois qu'adviendra-t-il de toutes ces merveilles ?

Quand il remonta en voiture, son accès de sentimentalité était passé. Un quart d'heure plus tard l'école de cavalerie d'Eberswalde surgit devant lui. Tout semblait endormi, sauf dans l'aile E où de la lumière brillait à plusieurs fenêtres. De Berlin Renneberg avait appelé le lieutenant-colonel Hansekamm pour lui annoncer son retour. Les dix officiers, réveillés au cœur de la nuit, avaient réendossé leur uniforme et attendaient dans la salle d'instruction. Hansekamm accueillit Renneberg dans le couloir du rez-de-chaussée.

— Tout va bien ?

Renneberg acquiesça.

— Tout va bien. Nous avons l'accord du Führer. — Pointant un doigt vers l'étage supérieur, il ajouta : — Ils savent quelque chose ?

— Rien. Mais ils s'abreuvent mutuellement de toutes sortes de bobards.

— Est-ce qu'ils se doutent de la vérité ?

— Non. Du reste qui pourrait l'imaginer ?

— Eh bien, le moment est venu de satisfaire leur curiosité.

Renneberg monta l'escalier quatre à quatre. Les dix hommes attendaient devant la gigantesque carte de Moscou, les yeux fixés sur la porte.

— Bons baisers de Canaris et bonne nuit, les petits, lança Solbreit.

— En fait de baiser ! riposta Kuehenberg. Celui de la mante religieuse qui dévore le mâle après l'accouplement !

— Qui parle d'accouplement ? gémit Semper.

La porte s'ouvrit à la volée, et le colonel von Renneberg entra d'un pas décidé. Paraître aussi alerte à trois heures du matin, bravo, pensa Ranowski. Voilà donc le cerveau qui nous a mijoté une charmante surprise...

— Renneberg, se présenta le colonel.

Il se posta devant le plan de Moscou et bizarrement, sous l'éclairage du plafonnier, sa silhouette parut se confondre avec la carte.

— Permettez-moi de vous saluer, messieurs. Je me réjouis de vous trouver en aussi bonne forme. Je vais donc vous expliquer en quelques mots la raison pour laquelle vous avez été priés de vous rendre à Eberswalde.

« Priés », c'est vite dit, pensa Labitz.

— J'arrive à l'instant du quartier général du Führer. — Renneberg s'exprimait d'un ton mesuré, sans nulle intonation dramatique. — Il m'a remis son accord officiel pour l'action que vous allez mener à bien. Messieurs, vous allez sous peu assassiner Staline.

***

Le 6 juin 1944, à 2 heures du matin, entre Montebourg et Caretan, entre Caen et Cabourg derrière le mur de l'Atlantique réputé invincible, des milliers de parachutes se déployèrent dans le ciel. La nuit s'emplit du grondement des bombardiers et des chasseurs. En revanche les planeurs survolaient la Normandie en silence. Ils se posèrent sur les champs à l'ouest de la Vire et à l'est de l'Orne, chargés de canons légers, de mortiers, de munitions, de ravitaillement, de matériel sanitaire, de bâches et de pièces de rechange.

Les 82ᵉ et 101ᵉ divisions aéroportées U.S. et la 6ᵉ division aéroportée britannique, avec les 3ᵉ et 5ᵉ brigades de parachutistes, semblèrent se déverser du ciel. Les soldats allemands, surpris en plein sommeil, tentèrent désespérément d'abattre quelques parachutistes en plein saut. Mais les soldats alliés, sitôt qu'ils avaient atterri, se regroupaient, commençaient à creuser des tranchées et déjà repoussaient l'ennemi.

Partout la population française leur prêtait un concours efficace. Les uns apportaient du vin, les autres soignaient dans les fermes les parachutistes blessés, tous fournissaient des renseignements sur les positions allemandes, indiquant aux Alliés des voies d'accès discrètes aux bunkers ennemis.

A 3 h 14 plus de deux mille bombardiers, sous le commandement du maréchal Leigh Mallory, survolaient les plages de la Manche où devait avoir lieu le débarquement des troupes. Les bombes pleuvaient sur la côte.

Au point du jour, à 5 heures 50, la mer à son tour déversa quelque six cents navires de guerre, cuirassés, destroyers, dont les canons labourèrent toute la côte entre Quinéville et Vierville. Sous le commandement de l'amiral Ramsay, la flotte entreprit de briser la résistance allemande.

A 6 heures 30, une gigantesque lame de fond, faite de monstres d'acier, s'abattit sur la côte : la première vague des forces combattantes alliées. Les entrailles des navires évacuèrent soldats américains, britanniques, canadiens, mortiers, lance-flammes, canons légers, échelles de corde... Cependant les escadrilles de bombardiers continuaient de survoler la côte dans un formidable grondement, les planeurs tournaient sans cesse, les parachutistes sautaient. Inapaisable tempête, où chaque vague en apportait une suivante plus furieuse encore. Les chars amphibies, amenés jusqu'à la côte par des canots de débarquement, tels des monstres d'acier que vomissait une mer rageuse, prenaient possession des terres et attaquaient les bunkers allemands. Spectacle hallucinant que ces chars franchissant le mur de l'Atlantique.

Ce fut à 5 heures 20 que l'on réveilla Hitler pour lui annoncer le débarquement allié en Normandie.

Ce fut à 6 heures 30 que le général en chef Eisenhower prononça son célèbre ordre du jour :

Soldats, matelots et aviateurs des forces alliées !

Vous voilà engagés dans la grande croisade à laquelle nous nous sommes préparés pendant des mois. Les yeux du monde sont braqués sur vous, les vœux et les prières de tous les hommes épris de liberté vous accompagnent. Avec nos vaillants alliés et frères d'armes, vous allez briser la machine de guerre allemande, sauver les peuples opprimés d'Europe de la tyrannie nazie, nous permettre à tous de vivre en sécurité dans un monde libre.

Votre tâche ne sera pas aisée. Votre ennemi a l'expérience de la guerre, il ne manque ni de formation ni d'armement. Il combattra avec fanatisme. Mais nous sommes en l'an 1944 ! Bien des événements se sont produits depuis la victoire des nazis de 1940 à 1941. Les Nations unies ont infligé de cuisantes défaites aux Allemands. Notre offensive aérienne a considérablement affaibli la puissance ennemie. Le vent a tourné ! Les soldats du monde libre marchent ensemble sur les chemins de la victoire.

J'ai confiance en votre courage, en votre sens du devoir et en votre combativité. Notre victoire sera totale ou ne sera pas.

Bonne chance à vous tous. Prions le Dieu tout-puissant qu'il nous accorde la victoire dans cette grande et noble entreprise.

Dwight D. Eisenhower.

Hitler, à qui on lut l'ordre du jour d'Einsenhower — un aide de camp fut désigné pour cette mission rebutante —, se pétrifia. Tous les démons de l'enfer se déchaînaient. Les rapports émanant de France affluaient. On n'avait encore qu'une vue d'ensemble imprécise sur la situation en Normandie. Un seul fait était certain : Frappant par surprise, Américains et Anglais avaient réussi à débarquer des milliers de soldats, des centaines de canons, de mortiers, de chars. Impossible encore d'estimer les forces des troupes aéroportées. Hitler, aussi bien du reste que Keitel et Jodl, jugeaient insensés les chiffres avancés par les premiers prisonniers.

— J'ordonne l'anéantissement global ! hurla Hitler.

Sur la longue table les cartes de Russie avaient fait place à celles de la Normandie.

— Dites à Rommel que j'attends de lui une victoire totale sur les troupes alliées !

Que pensait réellement Hitler en ces heures tragiques ? En dépit des ordres qu'il lançait, pressentait-il que la grande offensive des Alliés en France aurait raison de toutes les tentatives de résistance allemande ?

Quatre armées avaient débarqué : le VIIe corps U.S. sous le commandement du général Collins, le Ve corps U.S. sous le commandement du général Gerow, le XXXe corps britannique sous le commandement du général Bucknall et le Ier corps britannique sous le commandement du général Crocker.

Ce n'était là que la première vague.

En Angleterre, les troupes continuaient d'embarquer, à Fowey et Weymouth, à Dartmouth, à Shoreham. Les forces alliées affluaient de Swansea et de Cardiff, de Bristol et de Felixstowe. Sept divisions, cinq corps... La côte sud de l'Angleterre grouillait de soldats.

Le soir du 6 juin 1944, Rommel déclara à son chef d'état-major :

— Voici le moment venu pour nous de payer tous les aveuglements de Hitler ! Et impossible de nous y soustraire ! Vous et moi, nous allons maintenant rembourser.

***

Lorsqu'il parut au petit déjeuner, le colonel von Renneberg afficha la même attitude que si rien n'avait changé dans le monde en cette date mémorable du 6 juin 1944. D'un signe il autorisa les officiers à rester assis, et, ayant pris place à l'extrémité de la longue table, il parut consacrer toute son attention aux gestes de l'ordonnance qui emplissait sa tasse de café. Non un ersatz, mais du vrai café et du meilleur. Il y avait également de la crème fraîche provenant de la ferme voisine. Des petits pains frais aussi, et bien croustillants. De l'excellent beurre. Du miel coulant et doré. Des tranches de salami, un superbe jambon fumé au bois de genévrier.

Tout ici donnait l'illusion que la guerre n'était déjà plus

qu'un lointain souvenir. Le colonel von Renneberg coupa un petit pain en deux et le tartina de beurre. Ce ne fut qu'après y avoir déposé une tranche de jambon qu'il leva les yeux et parut prendre conscience de son environnement. Tous les regards étaient braqués sur lui. Le lieutenant-colonel Hansekamm avait les mains croisées sur la table comme s'il venait de réciter ses prières matinales. Tous avaient interrompu leur repas.

— Je constate, messieurs, dit paisiblement von Renneberg, que vous êtes déjà au courant des événements survenus ce matin. — Et d'ajouter avec un sourire sarcastique : — Il semble que je ne sois pas le seul à écouter régulièrement Radio-Londres. Pour ma part je suis déjà en mesure de vous transmettre de plus amples informations que je viens de recevoir de Berlin. Mais que votre appétit n'en souffre pas. Je vous en prie, poursuivez votre repas.

Lui-même mordit à belles dents dans la tartine qu'il venait de préparer avec soin, et il prit le temps de savourer comme il convenait la première bouchée.

— Qu'est-ce qui vous étonne ? reprit-il. L'invasion alliée n'a cependant rien pour nous surprendre. Nous savions depuis des semaines où aurait lieu le débarquement et quand aurait lieu la première offensive. Nous savions aussi que l'activité terroriste dans la région de Douvres-Calais n'était qu'une manœuvre de diversion, un subterfuge dans lequel a promptement donné le Führer. Les rapports que nous transmettions au quartier général du Führer étaient considérés comme pures divagations. On se contenta de traiter l'amiral Canaris comme un oiseau de malheur. L'amère ironie de l'histoire veut qu'il soit aujourd'hui réhabilité. Mais passons, il est de toute façon trop tard pour s'indigner. Il reste que pour nous le jour J sera lourd de conséquences.

Ce matin, d'après les premières estimations, plus de six cents navires de guerre ont franchi le mur de l'Atlantique. La première vague qui a déferlé sur la côte se composait de quarante divisions alliées ! D'après nos renseignements l'ennemi disposerait au total de quatre-vingt-six divisions. Quelque huit cent mille hommes attendent en Angleterre, arme au bras. Soldats et matériel ne cessent d'affluer. Pendant ce temps l'armée de l'air allemande semble complètement paralysée. Quant à la marine, elle est pratiquement inexistante. L'artillerie côtière, débordée, est incapable d'intervenir efficacement. Telle est la situation en France depuis deux heures ce matin.

Renneberg vida sa tasse de café avec une évidente satisfaction. Puis il se leva.

— S'il n'y a pas de quoi vous couper l'appétit ! s'indigna Semper.

Detlev Adler bondit.

— Quand je pense que vous nous expliquiez notre rôle d'assassins alors qu'en France le débarquement avait déjà commencé !

— Je l'ignorais, riposta Renneberg. C'est seulement à quatre heures que j'ai reçu le premier appel de Berlin. — Passant devant les onze officiers, il se dirigea résolument vers la porte. — Je vous prie, messieurs, de bien vouloir regagner la salle d'instruction. Le lieutenant-colonel Hansekamm se chargera de vous exposer la situation à l'est...

Quelques minutes plus tard, tous se retrouvèrent de nouveau installés devant la gigantesque carte de Moscou. Par la fenêtre ouverte on pouvait entendre le hennissement des chevaux. Quelque part un coq chanta. Le ciel se déployait, serein. Une légère brise agitait les feuillages.

Pourvu que Père consente enfin à se secouer, songea Kuehenberg. Le débarquement allié est le dernier signal d'alarme. Père, je t'en supplie, évacue Thernauen ! Bientôt toute l'Europe sera à feu et à sang.

Le lieutenant-colonel Hansekamm, à qui Renneberg avait laissé sa place derrière le pupitre, commença d'un ton magistral :

— Le débarquement allié marque à n'en pas douter le début d'une formidable offensive sur tous les fronts. Il est hautement probable que la prochaine offensive visera le front est, principalement au centre. Nous l'attendons pour la seconde quinzaine de juin. Cette tactique paraît logique : attirer l'attention sur la Normandie au point que l'armée allemande n'accorde plus qu'une importance secondaire aux combats sur le front est. C'est alors que les Russes lanceront leur plus puissante offensive. Les chiffres dont nous disposons n'ont pas été vérifiés mais semblent parfaitement plausibles. Rien qu'au centre du front, les Soviétiques disposent d'ores et déjà de : cent vingt-six divisions de tirailleurs, six divisions de cavalerie, seize brigades motorisées, quarante-cinq régiments de blindés. L'armée de l'air disposerait d'environ quatre mille appareils. En réalité probablement davantage.

— Otez votre casque et faites votre prière ! lança Solbreit dans le silence qui suivit cette déclaration.

Imperturbable, Hansekamm ne lui prêta aucune attention et poursuivit :

— A ce rassemblement de forces, l'armée allemande ne peut opposer que quarante divisions qui ne disposent d'aucune réserve, une flotte aérienne composée en tout et pour tout de huit cent vingt-neuf appareils dont l'état est variable, enfin un seul et unique régiment de blindés !

Labitz bondit.

— C'est monstrueux ! Si ces chiffres sont exacts, il est criminel de laisser à nos soldats le moindre doute sur l'issue des combats ! Pardonnez mon emportement, colonel, mais je suis prêt à assumer la responsabilité de mes propos.

— Nous sommes entre nous, mon cher Labitz, répondit Renneberg avec un sourire triste. Chaque mot prononcé dans cette pièce restera confidentiel. Cela dit, je puis vous confirmer l'exactitude des chiffres avancés. Le groupe d'armées commandé par le feld-maréchal Busch doit faire face à quatre gigantesques groupes d'armées soviétiques commandés par les maréchaux Vassilevski et Joukov. Telle est la situation à l'est. En d'autres termes : 1944 sera une année fatidique dans l'histoire de l'Allemagne. L'année de la défaite et de l'effondrement. Le mois de juin verra le déclin irrémédiable du Reich. Le débarquement allié représente le commencement de la fin... Si j'insiste à ce point, messieurs, c'est afin que, malgré une immense révolte que je suis le premier à concevoir, vous vous persuadiez de la nécessité de frapper le grand coup susceptible non seulement de sauver l'Allemagne, mais de changer la face du monde.

— Par la mort de Staline, conclut Ranowski d'une voix blanche.

— En effet.

— Pourquoi nous ? interrogea Peter Radek, les yeux fixés sur la carte de Moscou. Pourquoi nous avoir sélectionnés parmi plusieurs milliers d'officiers pour nous confier un rôle d'assassins ?

— Vous vous méprenez, messieurs ! Ce n'est pas d'un assassinat qu'il s'agit, mais d'une opération de commando. Ce groupe de choc aura pour mission de s'introduire soit au Kremlin soit en n'importe quel autre lieu où s'offrira l'occasion d'exterminer un ennemi. Qu'il s'agisse d'un individu particulier ne fait pas de vous des criminels. Vous n'en restez pas moins des combattants au service de votre patrie.

Hansekamm s'effaça pour laisser place à Renneberg derrière le pupitre.

— C'est une opération irréalisable, déclara Poltmann. Aussi illusoire que de prétendre assassiner le Führer.

Hansekamm se racla discrètement la gorge. Il alla se poster à la fenêtre. Sur le manège, des cavaliers enfourchaient leur monture pour trois tours sans selle et sans rênes. Quelle ineptie, pensa Hansekamm. L'Allemagne menace de s'effondrer, et de jeunes officiers n'en continuent pas moins à apprendre l'équitation…

— Pour ma part, cette dernière éventualité ne me paraît pas exclue, déclara paisiblement Renneberg. Lors de ma visite au quartier général du Führer, j'ai été assez surpris de constater certaines lacunes dans le système de sécurité. S'il existe de telles défaillances dans la garde de Staline, vous pouvez assurément remplir votre mission.

— Le voyage au ciel est compris dans le forfait ! persifla Solbreit.

Renneberg dévisagea les dix officiers tour à tour. Il lut dans leurs yeux ce que nul n'osait exprimer.

— Cette mission a été baptisée opération « Oies sauvages ». Le Führer n'a pas manqué de me poser la question qui vient immédiatement à l'esprit : Pourquoi un tel nom ? Je lui ai alors répondu : Beaucoup partiront pour le Nord, mais tous n'en reviendront pas…

Baldenow se leva, s'arrêta devant la grande carte de Moscou, puis se dirigea vers la fenêtre à laquelle était toujours posté Hansekamm. En bas, sur le manège, un capitaine de cavalerie hurlait. Pas d'apprentissage de l'équitation sans des tympans résistants…

— Qui nous a choisis ? s'enquit Baldenow d'une voix glaciale.

— Un groupe d'experts. C'est à moi, en tant que promoteur de l'opération, que revenait la décision finale.

— Par exemple !

Kuehenberg se leva.

— C'est donc vous qui avez combiné tout cela, colonel ? On envoie quelques officiers à Moscou... bing... ils descendent Staline... le front soviétique s'effondre... le choc paralyse les Américains et les Britanniques... le monde entier crève de trouille... et l'Allemagne est sauvée ! Quoi de plus simple ?

Renneberg sourit. Pareil emportement était bien légitime. Sans que cela fût dit clairement, dix officiers venaient de s'entendre condamner à mort. Une mort « héroïque », sur le champ d'honneur...

— Vous avez raison, Kuehenberg. Rien de plus simple, en effet. Non de tuer Staline, mais de s'infiltrer dans Moscou. Croyez bien que tout a été minutieusement calculé.

— Sur le papier, marmonna Semper.

— Logiquement ! Pourquoi avez-vous été choisis ? Parce que vous possédez toutes les qualités requises. Vous parlez le russe aussi bien que l'allemand. Certains d'entre vous connaissent même un dialecte. La mentalité russe vous est familière. Vous avez toujours entretenu des relations personnelles avec des Russes. Six d'entre vous sont de mère russe. Transplantés en Russie, vous n'éprouverez aucune difficulté à vous intégrer. Vous saurez vous mettre immédiatement dans la peau d'un Russe. L'un d'entre vous a-t-il une objection à formuler ?

— Non, répondit Labitz au nom de tous.

— Autant vous le dire maintenant, mon cher Labitz : Vous aviez été choisi comme chef de ce commando. La naissance de votre fils modifie quelque peu la situation. A priori les pères de famille sont exclus. Dès lors c'est à vous que revient la décision finale.

— La question ne se pose pas, mon colonel, répondit von Labitz avec raideur.

— Je vous demande cependant de réfléchir jusqu'à demain. — Renneberg marqua une pause avant d'ajouter :

— Bien entendu, Labitz, votre statut sera identique à celui de tous vos camarades ici présents : Officiellement vous n'existerez plus...

— Pardon ? lança Kuehenberg. Qu'est-ce que cela signifie ?

— Hier le lieutenant-colonel Hansekamm vous l'a déjà laissé entendre. Dès que vous serez engagés dans l'opération « Oies sauvages », aux yeux de vos parents vous serez considérés comme disparus. Le jour même de votre départ, vos dossiers respectifs seront détruits. Il ne doit exister aucun document concernant le commando « Oies sauvages ».

— L'un d'entre nous a-t-il envie de se dégonfler ? — Labitz dévisagea ses compagnons qui le regardèrent, gênés. — Dallburg, vous êtes le plus jeune ! Pourquoi sacrifier votre avenir ? Vous, Solbreit, la grande gueule, vous n'avez donc pas envie de revoir un jour votre fiancée ? Kuehenberg... qui s'occupera de l'élevage des chevaux ?

— Taisez-vous, mon commandant ! lança Adler. Depuis quand les oies sauvages se préoccupent-elles des chevaux ?

Labitz se tourna vers Renneberg.

— Inutile de poser plus de questions.

Il reprit place sur sa chaise et croisa les jambes.

— Je suppose que nous allons apprendre par cœur le plan de Moscou...

— Par cœur, en effet. Il n'existera aucune liaison avec l'extérieur. Chacun d'entre vous ne pourra s'en remettre qu'à lui-même jusqu'à ce qu'il ait atteint Moscou. Là seulement il pourra entrer en contact radio avec les autres. Mais, avant d'examiner ces détails, voyons d'abord l'essentiel. Vous allez commencer par subir une série de tests. Il importe en effet de réduire le risque au maximum.

— Minimiser les risques ? Quand il s'agit de la mort de Staline ? Sur qui allons-nous nous exercer ?

Kuehenberg ne fut pas sourd au désespoir que trahissaient ces remarques de Solbreit. Nous sommes tous à bout, songea-t-il. Mais à quoi bon l'avouer ? Des kamikazes, voilà ce que nous sommes ! Seulement nous ne possédons pas le fatalisme inné des Asiatiques. Nous n'avons jamais souhaité devenir des héros. Nous ne sommes pas prêts à mourir pour notre patrie. Nous aimons trop la vie. Toi, Labitz, sinistre abruti, tu as encore la possibilité de retrouver ta femme, de connaître ton fils. Refuse, Labitz !

La voix de Renneberg sembla résonner dans toute la pièce.

— Messieurs, sommes-nous d'accord ?

— Oui, répondirent en chœur les dix officiers.

Hansekamm s'éloigna lentement de la fenêtre.

— Un moment de détente s'impose, déclara-t-il. Nous nous retrouverons après le déjeuner. En premier lieu nous essaierons des uniformes soviétiques.

Renneberg et Hansekamm se retirèrent. Aussitôt le jeune Dallburg desserra sa cravate comme s'il étouffait brusquement. Du bout des doigts Poltmann se mit à peigner ses boucles blondes. Ranowski chercha fébrilement dans sa poche un paquet de cigarettes. Frappant l'un contre l'autre ses poings serrés, Kuehenberg déclara d'une voix mal assurée :

— Le temps d'un déjeuner pour nous habituer à l'idée que nous avons cessé d'exister...

***

Les uniformes soviétiques, taillés d'après les mesures mentionnées dans les dossiers personnels des dix officiers, n'avaient besoin d'aucune retouche. A de semblables détails on reconnaissait une organisation sans défaut.

Le lieutenant-colonel Hansekamm, visiblement investi d'un rôle de chef de famille, se déclara fort satisfait des résultats de ce premier essayage. En passant de l'un à l'autre, il manifesta une sorte d'étonnement ravi.

— Incroyable de voir comme des bouts de tissu peuvent vous changer un homme ! L'image parfaite de l'officier russe ! Poltmann, vous êtes le seul qui détonne un peu. Sans vos cheveux...

— Comme s'il n'existait pas de Russes blonds ! riposta l'intéressé avec une intonation de panique.

— Juste les cheveux un peu plus courts, Poltmann, précisa Hansekamm avec une bienveillante ironie. Ne vous inquiétez pas, ça repousse. Pendant votre mission l'essentiel pour vous, ne l'oubliez pas, est de passer inaperçu. Plus tard vous aurez tout loisir d'offrir vos charmantes boucles blondes à l'admiration et à la convoitise féminines.

Plus tard... Ces dix hommes ont-ils encore un avenir ? se demanda Hansekamm. Ils sont là devant moi, et ils continuent à soutenir mon regard tout en sachant ce qui les attend. Ce que l'on exige d'eux est l'entreprise la plus extravagante du siècle. Cependant aucun ne proteste, aucun ne refuse d'y participer. Pas un seul qui se révolte. Ils restent là à fumer des cigarettes au goût âcre, ils acceptent sans réticence d'endosser l'uniforme russe et ils sont impatients de découvrir la suite des épreuves.

Le colonel von Renneberg fit soudain irruption dans la salle d'instruction. Il s'arrêta devant le pupitre et y déposa un classeur. Ayant examiné les dix officiers avec satisfaction, il annonça :

— Demain nous tenterons une petite expédition à Francfort-sur-l'Oder. D'ici là vous avez le temps de vous habituer à vos nouveaux uniformes. Un camp d'officiers russes est établi à Francfort. Vous y passerez trois jours. Ainsi nous verrons si vous possédez parfaitement le russe et si vous êtes capables de donner le change.

Sur ces mots, Renneberg ouvrit le classeur et feuilleta rapidement les papiers contenus.

— Chacun de vous va maintenant recevoir une identité et se voir attribuer un nouveau curriculum vitae. A partir d'aujourd'hui vous changez de nom, de prénom, de date et de lieu de naissance, de profession, d'adresse. Vous allez vous découvrir d'autres parents et grands-parents, d'autres souvenirs d'enfance, d'autres aventures sentimentales. Vous allez découvrir les noms de vos supérieurs et de vos camarades, vous saurez qui a été fait prisonnier, quand et où. Vous allez apprendre également, pour plus tard, la date de votre libération, son motif.

Renneberg sortit un premier feuillet du classeur et l'agita ostensiblement.

— Commandant von Labitz !

Labitz fit un pas en avant. Renneberg le dévisagea avec gravité.

— Vous vous appelez désormais Pavel Fedorovitch Sassonov. Vous avez jusqu'à demain midi pour apprendre votre nouveau curriculum vitae. Une fois que je vous aurai interrogé, ce papier sera brûlé. La même remarque vaut pour tous.

Et il tendit le papier à Labitz.

Quelque trente ans de vie en Russie. Un nouveau passé...

Labitz gagna lentement la fenêtre et commença à lire. La brise était maintenant tombée et la chaleur devenait écrasante. Des champs parvenaient les effluves douceâtres du foin coupé.

Renneberg sortit le feuillet suivant du classeur.

— Lieutenant Radek ! Vous vous appelez Piotr Mironovitch Sepkin.

— Bien, murmura Radek.

Ayant pris possession de son nouveau passé, à son tour il se retira dans un coin.

— Lieutenant von Ranowski !

— Présent !

— Vous vous appelez Ivan Petrovitch Bunurian.

— Joli nom. Géorgien ?

— Exactement. Vous en avez l'allure.

Feuillet suivant.

— Sous-lieutenant Solbreit !

— Présent !

— Luka Ivanovitch Petrovski. Compris ?

— Bien, mon colonel. Lukuschka... j'entends déjà mon nom murmuré par une gentille petite femme...

Le colonel von Renneberg ne réprima pas un sourire.

— Je m'en serais douté... Capitaine von Baldenow !

— Présent !

— Leonid Germanovitch Duskov.

— Pourquoi Germanovitch ?

— Votre père avait le grand malheur d'être baptisé ainsi. Lisez votre curriculum vitae. Vous y apprendrez que votre grand-père vénérait les Allemands. D'où son choix... Sous-lieutenant Poltmann !

— Présent !

— Fjedor Pantelijevitch Ivanov. Il y a de fortes chances pour que tout le monde vous appelle Fedja.

— Sauf si on me coupe les cheveux ?

— On vous en laissera toujours assez pour que vous méritiez votre surnom, rassurez-vous ! Lieutenant Adler !

— Présent !

— Alexander Nikolajevitch Kraskin.

— Ça claque comme un coup de fouet !

— Sauf si on vous appelle Sacha... Capitaine Kuehenberg !

— Présent !

— Kyrill Semjonovitch Boranov.

— Merci.

— Sous-lieutenant Semper !

— Présent !

— Sergeij Andrejevitch Tarski.

— Pas mal.

— Aspirant Dallburg !

— Présent !

Dallburg fut le seul à claquer les talons bien qu'il eût endossé l'uniforme russe. Conscient de sa bévue, il rougit et s'en excusa.

— Vous vous appelez Nikolai Antonovitch Plejin.

Renneberg lui tendit le papier.

— Vous avez un passé intéressant, Nikolai Antonovitch. Nous savions que vous possédez une très belle voix de ténor. Vous voilà donc artiste. D'autre part, comme vous êtes le seul qui n'ait jamais été blessé, vous avez été libéré à cause d'une infection. Origine de la maladie : mystère. Vous savez que les maladies contagieuses inspirent aux Russes une crainte quasi superstitieuse. Mais lisez plutôt !

Désireux de détendre l'atmosphère, Renneberg ajouta d'un ton badin :

— Peut-être vous entendra-t-on un jour dans... « La Bohème » par exemple ? La nouvelle coqueluche du Bolchoï... Nikolai A. Plejin !

— Je ferai de mon mieux, mon Colonel, répondit Dallburg d'une voix tendue. Peut-être Staline assistera-t-il au spectacle dans sa loge... si bien qu'il me sera facile de tirer sur lui au moment d'entonner le grand duo d'amour...

— Merci de cette remarque, Dallburg, car elle me donne l'occasion de souligner un point essentiel : l'urgence de votre intervention. Messieurs, plus les événements se précipitent sur le front, moins il vous reste de temps. Il serait absurde de supprimer Staline si les Russes ont déjà allumé leurs feux de camp aux portes de Berlin. C'est donc une véritable course contre la montre qui va s'engager dans les jours prochains.

— Qui sera le lièvre, qui la tortue ? interrogea Kuehenberg.

— Vous êtes dix. Il faudrait donc que vous jouiez le rôle de la tortue.

— Les autres sont un million et demi ! répliqua Ranowski. N'est-ce pas un rapport de forces admirablement équilibré ?

Sans répondre, le colonel von Renneberg ferma le classeur.

— Dorénavant, ajouta-t-il, je vous prierai de ne plus parler que le russe, et de vous appeler par les noms qui vous sont définitivement attribués.

Ce fut en russe, que soudain, à l'étonnement général, il ajouta :

— Jusqu'à notre départ pour Francfort-sur-l'Oder vous avez tout le temps d'apprendre vos dossiers respectifs. Ensuite, camarades, nous les brûlerons.

***

Comme prévu, ils restèrent trois jours dans le camp de Francfort-sur-l'Oder.

Nul n'y apprit ou n'y soupçonna leur secret. Aux yeux des gardiens allemands, ils n'étaient jamais que de nouveaux arrivants livrés par le G.Q.G. Le colonel von Renneberg s'entretint pendant une demi-heure avec le commandant qui assurait la direction du camp.

— Voici leurs papiers, dit-il en sortant les documents de sa serviette. Les prisonniers ont été soumis à des interrogatoires approfondis. On les soupçonne de posséder de faux papiers. Leur comportement ne serait pas conforme à leur grade ni à leur mission.

— Des instructeurs politiques ? s'enquit le commandant.

— Nous le supposons. Mais les interrogatoires n'ont rien donné. Ces types-là savent se taire. C'est pourquoi nous avons décidé de les transférer dans un camp. S'il s'agit réellement de commissaires politiques, vous ne manquerez pas de constater certains troubles. Par exemple vous verrez se former des groupes secrets. Ils sont opiniâtres et fanatiques.

C'était à dessein que Renneberg traçait un tableau particulièrement sombre de ses dix officiers. Plus on les observerait, plus ils devraient se comporter en authentiques officiers russes. Ils gagneraient donc d'autant plus vite la confiance de leurs camarades soviétiques. On ne leur en demandait pas davantage. Dans l'immédiat toute la question était de savoir s'ils réussiraient à s'intégrer. S'ils parvenaient à tromper un général russe, il y avait de fortes chances pour que la partie soit gagnée.

Or tous réussirent à se faire totalement accepter par les prisonniers du camp. Comme son caractère le laissait prévoir, le premier à vaincre la réticence initiale des officiers soviétiques ne fut autre que Luka Ivanovitch Petrovski, alias Solbreit-la grande gueule. On commençait toujours par tester les nouveaux arrivants, à plus forte raison quand ils avaient été amenés dans des conditions spéciales. Quand on avait assisté à certains mystérieux transferts, on se méfiait des traîtres et dorénavant on hésitait à donner son amitié.

Le lieutenant-colonel Konstantin Dmitrinovitch Sakmatov accueillit les nouveaux arrivants et eut tôt fait de se renseigner sur leurs antécédents.

— Triste peuple que ces Allemands ! s'exclama Luka Ivanovitch en crachant avec dédain. On ne peut même pas utiliser leur papier pour s'en rouler une. Konstantin Dmitrinovitch, vous n'auriez pas une tige digne de ce nom ?

— Plus une seule, Luka Ivanovitch. Tout ce qu'il me reste, c'est leur saloperie de camelote allemande.

— Dire qu'il va falloir continuer à cracher ses poumons !

Pour anodin qu'il fût, ce simple dialogue produisit son effet. Il permit au lieutenant-colonel Sakmatov de déclarer solennellement au général de division Isvarin, l' « ancêtre » du camp :

— Pas de problème, camarade. Les nouveaux sont à l'abri de tout soupçon.

Néanmoins, par mesure de sécurité, on sépara les dix prisonniers, qui furent répartis dans différentes baraques. Celles-ci n'abritaient pas d'immenses dortoirs avec rangées de lits superposés, mais elles étaient divisées en plusieurs chambres, chacune occupée par environ dix officiers. Ainsi les nouveaux ne restaient jamais sans surveillance. Précaution nécessaire. L'ennemi ne risquait-il pas de s'infiltrer partout ?

Ce fut le jeune Dallburg, alias Nikolai Antonovitch Plejin, qui eut la partie la plus facile. Quand on apprit qu'il était chanteur, ce fut aussitôt un concert de supplications. Comment refuser d'apporter un réconfort à ces âmes meurtries ?

Nikolai Antonovitch accepta sans réticence. Quel Russe doué d'une jolie voix refuserait d'interpréter une chanson ou deux pour ses camarades à la veillée ? A plus forte raison quand il s'agissait de prisonniers conservant peu d'espoir de retrouver un jour les forêts, les steppes, les larges fleuves de sa terre natale.

— Viens, Nikolai Antonovitch, chante-nous des chansons de notre pays ! Chante, camarade, et que dans ta voix nous entendions gronder le tonnerre, mugir le vent, et murmurer les ruisseaux !

Et Nikolai Antonovitch chanta. Sa voix claire emplit la salle d'eau où les hommes s'étaient rassemblés, tandis que de nouveaux officiers accouraient sans cesse des autres baraques. L'affluence obligea bientôt à ouvrir portes et fenêtres. Nikolai Antonovitch interpréta la chanson du cavalier sibérien, la chanson du bleuet, et la ballade de la jeune fille lançant des grains de maïs qui se changent en étoiles dans le ciel.

Quand Plejin eut achevé sa prestation, personne n'applaudit. Les hommes se séparèrent en silence, et, tête basse, chacun regagna sa baraque. Beaucoup avaient les joues ruisselantes de larmes.

— Un type comme ça, il mériterait qu'on l'assomme, murmura l'un d'eux d'une voix chevrotante. Non, camarades, je ne le pense pas sérieusement... Mais s'il continue à chanter, je crois bien que je finirai par en crever. Frères, que peut-on contre cette nostalgie ? Je serais capable de me traîner à quatre pattes, de ramper à plat ventre, si j'étais sûr de revoir mon pays...

A table, ce soir-là, Plejin eut droit à une portion triple. Qu'il mange tant qu'il voulait ! Chacun lui apportait quelque chose.

— Mange, camarade ! C'est bon pour la voix. Comme tu as chanté ! Un oiseau dans les branches ! Prends cela, Frère. Du pain et de la margarine. Mets du sucre dans ton thé. Bien sûr ce n'est pas du vrai thé. Des herbes allemandes, on ne sait trop quoi. Mais avec du sucre, ça se laisse boire. Ne refuse pas ce que nous t'offrons de grand cœur. Si tu te régales nous en serons heureux !

Et Plejin engouffra la nourriture jusqu'à ce qu'un bruit sans équivoque annonce qu'il était repu. Puis, une fois allongé sur sa couchette, les mains croisées derrière la nuque, il s'abandonna à ses rêveries.

Cinq jours qu'il était séparé de Gabrielle, qu'il n'avait pas caressé sa peau satinée, étreint son corps fougueux. Cinq jours... Et aujourd'hui il était russe. Nikolai Antonovitch Plejin. L'aspirant Dallburg n'existait plus. Jamais plus il ne reverrait Gabrielle, jamais plus il ne l'entendrait murmurer « chéri » dans un soupir...

Nous sommes enfermés dans un cercueil et nous ne le savons pas...

— A quoi penses-tu, Nikoschka ? demanda son voisin de couchette.

— A ma mère, camarade. Elle va pleurer jour et nuit. Elle me croit mort.

— Tel est notre lot à tous. La joie n'en sera que plus grande le jour de notre retour.

— Tu crois que tu reverras la Russie ?

— Je ne vis que dans cet espoir, Nikolai Antonovitch.

Plejin tourna la tête vers le mur.

Lui regagnera peut-être la Russie, songea-t-il. Moi, je ne reverrai jamais l'Allemagne.

Cette nuit-là, pour la première fois, il eut une faiblesse cardiaque. Pendant un long, un interminable moment, abandonné à lui-même dans l'obscurité, il lutta contre une sensation d'étouffement.

Il n'avait que vingt ans...

***

Quand ils furent ramenés à Eberswalde au bout de trois jours, rien n'avait changé.

En Normandie les Alliés avaient atteint leurs buts. Les

troupes allemandes étaient acculées. Pourtant des navires quittaient sans cesse l'Angleterre, transportant des canons, des munitions, des jeeps. Incapable de faire face à un tel déploiement de forces, l'Allemagne avait d'ores et déjà perdu la France. Selon les informations émanant de l'amiral Canaris, les Alliés avaient débarqué près d'un million d'hommes !

Le colonel von Renneberg se contenta d'exposer brièvement la situation à l'ouest. Pour l'heure il importait de fixer toute son attention sur Moscou. Sur le plan de la ville, fixé au mur, figuraient la moindre ruelle, la plus petite impasse, le plus obscur recoin.

— Moi, camarades, j'attends toujours la fameuse photo du champ de blé ! réclama Luka Ivanovitch Petrovski. J'ai beau essayer de me souvenir, je me demande encore à quoi ça ressemble, un couple en pleine action.

— Je vous réserve une beaucoup plus agréable surprise, répondit Renneberg.

Ayant dit, il adressa un signe à Hansekamm. Tout semblait réglé comme au théâtre.

— Juste une remarque, ajouta Renneberg. Vous êtes dix camarades, liés à la vie, à la mort. Aussi devrez-vous veiller à ce que nul accroc ne détériore le solide tissu de l'amitié.

— Simple précaution oratoire ? rétorqua Kyrill Semjonovitch Boranov qui s'appelait encore Kuehenberg quelques jours plus tôt.

Hansekamm ouvrit la porte de la salle d'instruction. Dehors, dans le couloir, on entendit cliqueter des talons sur le carrelage. Subitement il sembla qu'une musique grandiose s'élevait dans la pièce, chacun sentit son cœur battre plus vite, s'affoler...

Une femme aux cheveux bruns coupés court fit son entrée. Elle portait une jupe de toile bleue très sobre, un chemisier jaune pâle et des sandales à talons. Tout en elle évoquait la sensualité d'une femme épanouie, il émanait de tout son corps une impression de vigueur animale. A sa vue, Fjedor Pantelijevitch Ivanov enfouit les deux mains dans ses boucles blondes, et d'une voix rauque il laissa échapper une série de jurons. Petrovski joignit les mains et, se tournant vers Renneberg :

— Camarade, nous sommes prêts à subir les épreuves les

plus cruelles. Mais, par pitié, ne nous soumettez pas à un tel supplice !

La jeune femme sourit. Son regard se posa tour à tour sur les dix hommes réunis devant elle, puis elle ramena ses bras dans le dos. Alors l'étoffe de son chemisier se tendit sur des seins ronds dont les pointes se distinguaient nettement. Elle avait la taille fine, les hanches épanouies, de longues jambes musclées.

— Puis-je vous présenter Milda Ifanovna Kabakova ? lança le colonel von Renneberg d'une voix enjouée.

— Et en plus un si joli nom, apprécia Leonid Germanovitch Duskov. Le chant d'un violon sur les rives du fleuve Amour...

— Nous avions primitivement l'intention de vous lâcher dans la nature sans aucune possibilité de contact, reprit Renneberg d'un ton plus mesuré. Chacun était donc seul à assumer sa part de risque. Cependant, au terme de longues délibérations, nous avons décidé de vous fournir une possibilité de contact à Moscou. Pour le cas où l'un, voire plusieurs d'entre vous, ne trouverait pas d'abri sûr, vous disposez d'un refuge. L'adresse de Milda Ifanovna : Lesnaja uliza, numéro 19. Cette rue part de la gare de Biélorussie — au milieu de la place trône la statue de Gorki — et elle débouche dans la Novoslobodskaja.

Accompagnant le discours de Renneberg, Hansekamm désignait sur le plan les endroits indiqués. Mais nul ne regardait la longue règle, car tous gardaient les yeux fixés sur Milda Ifanovna.

— Le numéro 19 se trouve exactement ici.

— Quand serons-nous à Moscou ? s'enquit Ivan Petrovitch Bunurian, ex-lieutenant von Ranowski.

— Gospasha Milda repartira dans deux jours. Quant à vous, il faut d'abord que vous vous entraîniez à sauter en parachute. Avez-vous bien retenu l'adresse ?

— Et comment ! s'écria Petrovski. Je me sens déjà pousser des ailes !

Sous son regard de convoitise, Milda Ifanovna Kabakova haussa les sourcils, affichant une expression à la fois attentive, distante et réfléchie.

— Gospasha Kabakova remplira en quelque sorte une fonction d'agent de liaison. C'est elle qui recueillera toutes les informations. C'est par son intermédiaire que vous resterez en contact. Vous entrerez dans Moscou par dix voies différentes et c'est chez Milda Ifanovna que se situera votre point de ralliement. Que Dieu vous aide...

— Rien ne pourra me retenir ! affirma Alexander Nikolajevitch Kraskin, ex-lieutenant Adler, en se frottant les mains. Milda Ifanovna, si vous savez mijoter un lièvre bien mariné avec des champignons frais, je prends pension chez vous et je n'en décolle plus !

— Je vous prierai maintenant de consacrer toute votre attention au plan de Moscou ! intervint sèchement Renneberg. Gospasha Kabakova va vous l'expliquer. Imprégnez-vous des moindres détails. Une simple porte cochère peut vous sauver la vie...

Suivit un cours des plus agréables. Un plaisir d'écouter la voix grave et mélodieuse de Milda. Les hommes se laissaient bercer par cette enivrante musique, épiaient chacun de ses gestes avec fascination.

La séance de travail ne dura pas moins de deux heures. Milda Ifanovna avait délibérément adopté une attitude magistrale et s'exprimait d'un ton détaché. De temps en temps elle s'appuyait sur la longue règle qui lui arrivait au menton et qui semblait alors se réfugier entre ses seins. Elle ne protesta pas quand, désireux de préciser certains points, Alexander Nikolajevitch Kraskin s'empara de la règle, et commença par caresser avec douceur cet objet pourtant banal et impersonnel avant de s'avancer vers la carte. Ses camarades sourirent. Le lieutenant-colonel Hansekamm se contenta de hocher la tête en silence tandis que, derrière le pupitre, Renneberg prenait des notes.

— Nous vous remercions, Milda Ifanovna, déclara le colonel au bout de deux heures. Soyez là demain à la même heure.

Milda Ifanovna Kabakova acquiesça, posa la règle, gratifia l'assistance d'un sourire furtif, et quitta la salle d'instruction avec un léger balancement des hanches. Un silence oppressant régnait dans la pièce quand elle referma la porte derrière elle.

Renneberg jeta un coup d'œil circulaire sur ses « protégés ».

— Messieurs, déclara-t-il avec componction — et cette

fois il s'exprimait en allemand —, vous êtes tous des hommes jeunes. Naturellement je comprends votre réaction. Vous arrivez du front où aucune privation ne vous a été épargnée. Malgré ces circonstances atténuantes, il paraît inadmissible que des officiers perdent un seul instant de vue le sérieux de leur mission. Pardonnez-moi... mais vous vous êtes conduits comme de vulgaires petits morveux sur les bancs de l'école !

Tous échangèrent un regard mi-confus, mi-interrogateur. Luka Ivanovitch Petrovski fut le premier à réagir. Il se tapa vigoureusement sur les cuisses en ripostant d'un ton sarcastique :

— Eh bien, camarade ! Qu'est-ce que j'entends là ? De l'allemand ? Mais où sommes-nous donc ? Vous le savez, vous, mes frères ? Qu'est-ce qu'il veut de nous, celui-là ? Quelqu'un aurait-il compris ce qu'il racontait ? Il vient là nous débiter je ne sais quel discours dans une langue bizarre, et il s'imagine que nous comprenons ! Je trouve ce comportement plutôt curieux, camarade.

— Je peux répéter en russe, répliqua Renneberg, d'un ton cependant plus conciliant. Et de fait, ce fut en russe qu'il ajouta : — Vous devez considérer Milda comme un être asexué.

— Pour accepter une pareille déchéance, il faudrait que nous soyons déjà réduits à l'état de larves ! riposta Luka Ivanovitch.

— A moins que l'on applique les méthodes des tsars de l'ancienne Russie.

Sergeij Andrejevitch Tarski — ex-sous-lieutenant Semper — posa les deux mains sur ses yeux.

— Si quelqu'un ne devait pas être témoin d'un spectacle, très simple : on l'aveuglait avec la lame d'un sabre préalablement rougie dans la braise.

Renneberg se leva.

— Je vois qu'il est inutile de poursuivre cette discussion. J'ajouterai simplement, pour vous éviter des incursions nocturnes dans des chambres étrangères, que Milda Ifanovna ne passera pas la nuit sous ce toit.

Parmi les hommes, plusieurs prirent un visage de martyr. Alexander Nikolajevitch Kraskin se leva, et rompit le silence en demandant :

— Gospodin Renneberg, vous disiez que Milda devait repartir pour Moscou dans deux jours ?

— En effet.

— Il y a donc urgence. Mais réellement à ce point ?

— Sur le front de l'invasion alliée la situation est désespérée. Américains et Anglais ne cessent de gagner du terrain. En revanche un silence pour le moins suspect persiste sur le front est. Les Russes continuent à préparer l'affrontement en toute tranquillité. Ils ont déjà rassemblé un matériel de guerre formidablement puissant. D'où l'urgence de notre intervention. C'est maintenant que la mort de Staline doit se produire, maintenant que l'ennemi est sûr de vaincre et enivré de sa propre puissance. Le choc n'en sera que plus violent !

Renneberg approcha de la fenêtre. On entendit démarrer une voiture, signal probable du départ de Milda Ifanovna.

— Gospasha Kabakova est moscovite. Peu importe comment nous l'avons connue et par quelles voies elle a pu arriver jusqu'à nous. Reste qu'elle ne pourra retourner dans son pays par le même chemin. Comme vous, il faudra donc la larguer en parachute.

— Et si elle se fait pincer ?

— La guerre n'est pas un jeu, répondit Renneberg d'un ton sans réplique.

— Pourquoi fait-elle cela ? s'enquit Kyrill Semjonovitch Boranov en défaisant les premiers boutons de sa chemise, tant la chaleur était accablante.

— Son grand-père était un Russe blanc, un officier qui a été abattu après la révolution. Son père a été tué d'une balle dans la nuque lors de l'épuration ordonnée par Staline. Il était capitaine. Sa mère est devenue folle et aujourd'hui encore elle est internée dans un hôpital de Moscou. Ce sont là, il me semble, des raisons amplement suffisantes pour haïr un régime.

Le colonel se racla discrètement la gorge avant de reprendre :

— A vrai dire, elle n'aime pas non plus les Allemands. Son engagement actuel procède de motivations toutes personnelles. Un seul désir l'anime : se venger de Staline. Les aspects politiques de l'entreprise ne l'intéressent en aucune façon. Une fois que vous aurez assassiné Staline,

Milda vous en remerciera peut-être, mais ensuite elle ne se retiendra pas de cracher sur vous.

— En d'autres termes, elle représente un danger, commenta Pavel Fedorovitch Sassonov. Les fanatiques de cette trempe sont toujours suspects...

— Nous ne l'ignorons pas, répondit Renneberg en fouillant ses poches à la recherche de cigarettes et d'un briquet. Mais vous connaissez comme moi ce grand principe : si vous ne faites que visiter l'enfer, évitez de tirer la queue du diable. Vous pouvez fumer, camarades.

Tous s'empressèrent de rouler fébrilement une cigarette. Le tabac provenait du camp de prisonniers russes. Un instant plus tard, la puanteur fut telle que Hansekamm se précipita pour ouvrir la fenêtre.

— Quand sautons-nous ? interrogea Leonid Germanovitch Duskov.

— Dès la fin de vos séances d'entraînement. Or il vous reste encore beaucoup à apprendre.

***

Milda Ifanovna revint le lendemain à l'heure convenue. Elle portait ce jour-là une jupe jaune avec un chemisier rouge, dont les trois premiers boutons défaits à cause de la chaleur laissaient entrevoir un triangle de peau bronzée, un soutien-gorge blanc et la naissance des seins. Assez pour susciter les plus enivrantes rêveries. Elle s'était légèrement maquillée et un bandeau bordé de fleurs retenait ses cheveux.

Les hommes respiraient avec difficulté. Considérer cette femme comme un être asexué ? Le vœu formulé par Renneberg relevait de la pure monstruosité. Néanmoins l'enchantement se dissipa dès que Milda commença à les interroger tour à tour. Renneberg n'intervint pas en les voyant risquer des coups d'œil furtifs dans le décolleté de Milda. Laissons-leur ce petit plaisir. Dès qu'ils auront été largués au-dessus de Moscou, ils pourront dire adieu à la vie. Leur temps est compté. Qu'ils la déshabillent des yeux ! Dans quelques jours tout sera terminé...

Moscou.

Les environs de Moscou où ils devaient atterrir en parachute.

Milda et Hansekamm se relayaient, l'un complétant les explications de l'autre. Enfin les diapositives annoncées furent projetées sur un écran. Elles comprenaient la plus attendue de toutes, la prise de vue aérienne du champ de blé avec un couple enlacé.

— Sans blague, qu'est-ce que c'est que ça ? rugit Petrovski.

Milda Ifanovna, cher petit pigeon moscovite, vous ne voudriez pas éclairer ma lanterne ?

D'un coup d'œil Hansekamm appela Renneberg à la rescousse. Tous étaient assis comme des potaches sur les bancs de l'école, les joues en feu et le sourire égrillard.

— Ce champ de blé est situé près de Stupino, expliqua Milda sans se démonter. Ici, au sud de Moscou, à l'ouest de Toula, et à l'est de Riazan. Il appartient au kolkoze. — Appuyant l'extrémité de la règle sur la poitrine de Petrovski, elle ajouta : — Quant au spectacle qui vous fascine, camarade Luka Ivanovitch, il montre un homme et une femme en train de procréer pour la gloire éternelle de la Russie.

— J'en reste baba ! s'écria Petrovski. Camarade, est-ce que cette activité fait partie de la journée de travail normale dans un kolkoze ? Racontez-moi, je suis si curieux d'apprendre !

— Camarades, intervint sèchement Hansekamm. Je vous rappelle que tout ceci n'a rien d'un jeu. Tout ce que nous vous montrons, tout ce que nous vous demandons d'apprendre par cœur, représente votre zone d'intervention. Afin qu'il ne subsiste aucun doute sur ce point, j'ajouterai en bref qu'il en va de votre vie ! Une seule erreur et vous aurez perdu. Cette photo date de l'année passée. Mais entre-temps rien n'a changé. Cet endroit est toujours occupé par un champ de blé. Il se peut que vous y trouviez une planque qui assurera votre salut. Je vous demande donc un peu plus de sérieux !

L'image du champ de blé disparut et fut remplacée par une diapositive représentant une forêt, à la lisière de laquelle on distinguait une route.

— Cette forêt est située dans la région de Latschine,

expliqua Milda Ifanovna. Ici. Au sud passe la route de Rshjew-Moscou, qui rejoint à Golitsyn l'autoroute Smolensk-Moscou. Au milieu de la forêt existe un lotissement abandonné. Il a fallu l'évacuer parce qu'il servait le plus souvent...

— ... aux camarades soucieux d'offrir un nouveau fils à leur mère patrie ! lança Ivan Petrovitch Bunurian. On ne sera sûrement pas enchanté d'en voir tomber du ciel !

Milda Ifanovna, abandonnant la règle, s'adossa au mur à côté de l'écran.

— La voilà qui se fâche ! s'écria Petrovski. Mais, mon petit pigeon, faut pas s'affoler pour si peu. D'accord nous ne sommes que des brutes...

— Je vous rappelle l'adresse à Moscou, coupa Milda Ifanovna. Lesnaja uliza, numéro 19. Le reste, vos camarades vous l'expliqueront. Pour ma part je renonce.

Sur ces mots elle quitta la pièce d'un pas résolu, laissant dans son sillage les effluves d'un parfum sucré.

— Pas de doute, elle est fâchée ! commenta Sergeij Andrejevitch Tarski. Je croyais pourtant qu'elle était censée nous materner...

Le colonel von Renneberg abandonna son poste près de la fenêtre. L'expression de son visage ne présageait rien de réjouissant.

— Si nous n'étions pas aussi pressés par le temps, dit-il en russe, je mettrais immédiatement un terme à ce prétendu stage, et je vous renverrais à vos bataillons respectifs en vous laissant le soin d'apprécier les conséquences de votre inqualifiable conduite !

— Permettez-moi de plaider notre cause... — Le commandant von Labitz, alias P. F. Sassonov se leva. — Il est bien naturel que...

— Il serait naturel que vous réalisiez enfin que chaque mot prononcé dans cette pièce est destiné à garantir votre sécurité et vos chances de survie ! rugit le colonel von Renneberg abandonnant toute indulgence et toute retenue. Je m'attendais de votre part à un peu plus de maturité. Mais vous vous conduisez...

— Un mot, camarade ! coupa Duskov. Je suis issu d'une famille très pauvre de Kazan. Mon père est cantonnier, ma mère couturière dans une fabrique de chemises. Ma sœur est veuve avec un enfant — son mari est mort d'une hépatite. Quant à moi j'ai appris le métier de cordonnier, mais depuis que j'ai été libéré de l'Armée Rouge pour maladie pulmonaire, je travaille au triage dans les wagons postaux. A cause de l'air frais. Alors je vous le demande, camarade... Si je tombe un jour sur une femme comme Milda Ifanovna, comment puis-je réagir sinon comme un pauvre travailleur tuberculeux ? Et le camarade Petrovski ? Lui est employé dans un entrepôt. Qu'est-ce qu'il connaît à part les cartons et les caisses qu'il entasse du matin au soir, pour retrouver sa Malika la nuit venue ? Qu'est-ce que vous croyez qu'il fabrique quand il reste en tête à tête avec sa femme ? Qu'il entame de longues élucubrations sur le développement agraire dans le Kazakhstan ? Il se ferait jeter comme un malpropre, oui ! Alors ? Eh bien, il la pelote ! Et pas du bout des doigts ! C'est cela qu'on attend de lui ! Qui parle d'officiers allemands ? Nous sommes des citoyens russes. Des chiens faméliques. Et c'est comme cela que nous vivons. Et quand une femme telle que Milda passe sur notre chemin, nous aboyons comme des chiens. Vous visez l'authenticité, que je sache ?

Le colonel von Renneberg avait suivi ce discours, le visage fermé et les lèvres pincées. Inconsciemment il avait légèrement rougi. Il chercha fébrilement ses cigarettes, mais secoua la tête en silence quand Plejin lui tendit son paquet.

— Avez-vous terminé ? demanda-t-il enfin, en refermant d'un claquement brusque l'étui à cigarettes qu'il avait tout de même déniché au fond de sa poche.

— Oui, dit Duskov en reculant d'un pas.

— Vous avez raison, je l'admets. Je vous remercie de m'avoir signalé mon erreur. Il est vrai que moi, personne ne me demande de me mettre dans la peau d'un Russe...

Le dîner fut une fête. Non à cause du repas somptueux arrosé de vin de Crimée, non à cause des bougies qui décoraient la table. Simplement Milda Ifanovna y prit part.

***

La camarade Kabakova était ravissante.

— J'espère vous revoir tous à Moscou, dit-elle.

Lorsqu'elle parlait, tout son visage s'animait. Ses yeux se plissaient, ses narines palpitaient et sa bouche dessinait chaque mot, qui en prenait une importance particulière. De temps à autre elle passait la main dans ses cheveux bruns ou bien, quand elle riait, elle serrait les mains sur sa poitrine comme si elle craignait que ses seins généreux ne fassent sauter les boutons de son chemisier. Elle renversa la tête en arrière et ferma les yeux quand Plejin entonna la chanson des cloches dans la nuit. Ensuite Petrovski raconta des histoires drôles, qui circulaient de bouche à oreille en Sibérie.

— Moscou ! murmura Kraskin.

Soudain il fixa sur Milda Ifanovna un regard épouvanté.

— Quand sautez-vous ?

— Demain, dans la nuit.

— Mon Dieu !

— Je n'ai pas peur.

— A quelle heure ! voulut savoir Duskov.

— Pourquoi cette question, Leonid Germanovitch ?

— Pour que nous pensions à vous, Milda Ifanovna. Ceux qui en sont capables pourront dire une prière.

— Vous croyez en un Dieu ?

— Pas vous ?

— Certes non ! répliqua-t-elle d'un ton agressif. Chez nous, il n'y a pas de place pour un Dieu. Seuls existent les bolcheviques.

— Parfois sur le front, quand les balles sifflent, quand les obus éclatent, et quand on voit s'effondrer un camarade qui appelle sa mère en hurlant de douleur, on retrouve une foi enfantine en la bonté divine...

— Je vous envie, Leonid Germanovitch, dit Milda Ifanovna, le regard fixé sur la flamme vacillante de la bougie devant elle. Moi si je pensais à Dieu dans une pareille situation, je ne pourrais que le maudire. Nous sommes ses enfants et il nous laisserait crever comme des bêtes immondes ? Vous comprenez cela, vous ?

— Oui.

Kyrill Semjonovitch Boranov prit le temps de vider son verre avant d'ajouter :

— Nous avons tous un père. A-t-il essayé de nous retenir quand nous sommes partis à la guerre ? Au contraire : il était fier ! Mon fils en uniforme ! Mon fils, lieutenant ! Viens dans mes bras, petit, je suis fier de cette médaille qui témoigne de ta bravoure ! — S'interrompant brusquement, il jeta un regard désemparé autour de lui. — Pardon, camarades ! Excusez mes divagations. Je ne parlais en fait que du capitaine Asgard Kuehenberg. Un citoyen allemand qui n'a été élevé que pour servir sa patrie. Mais en va-t-il différemment en Russie ? N'épingle-t-on pas une médaille étincelante sur la poitrine du héros ? Voyez-vous, Milda Ifanovna, pour peu que leurs fils portent l'uniforme, les pères constituent un bien curieux échantillon d'humanité. Pourquoi Dieu, notre père éternel, serait-il si différent ?

Il s'éclaircit la voix, se versa du vin et demanda :

— A quelle heure sautez-vous ?

— La nuit prochaine entre deux et trois heures. Si tout se passe bien.

— Nous penserons à vous, promit Kraskin. Nous serons tous à nos fenêtres. Si cela peut vous aider, camarade...

— Cela m'aidera beaucoup, répondit Milda Ifanovna en s'efforçant d'afficher un sourire crâne. Ainsi je serai sans doute moins seule.

— Mais comment saurez-vous quand nous, nous devons sauter ? s'enquit Bunurian.

— Elle ne le saura pas, répondit Renneberg à la place de Milda. Elle saura en revanche que les « Oies sauvages » ont atteint leur but, un de leurs buts, quand le premier d'entre vous lui aura fait signe.

— Et si personne ne prend contact avec elle ? suggéra timidement le jeune Plejin.

— Impossible, affirma Renneberg en suivant des yeux un rond de fumée. Nous nous sommes livrés à un calcul de probabilités. Sur dix hommes deux au moins doivent parvenir au but.

— Excessivement rassurant, commenta Boranov d'une voix sourde. Mais après tout il suffit de s'habituer à l'idée de n'être plus qu'un dé dans un cornet...

Cette nuit-là, tous accompagnèrent Milda Ifanovna jusqu'à la porte. Et, à la manière russe, ils prirent congé par des embrassades.

***

Les hommes se retrouvèrent le lendemain soir, fourbus après une journée d'entraînement au parachutisme. Aucun ne réagit au compliment de Renneberg lorsque à la fin du repas il leva son verre de cognac en affirmant :

— Je suis content de vous, messieurs !

De même ils écoutèrent d'un air morne son rapport quotidien sur la situation de l'armée allemande.

— Selon les informations qui nous sont parvenues, on attend la grande offensive soviétique pour le dernier tiers du mois de juin. Le rapport de forces est catastrophique. Un seul groupe d'armées allemand face à trois soviétiques placés sous le commandement en chef du maréchal Joukov. Notre armée commandée par le feld-maréchal Busch se compose de quarante divisions. En face d'elle, cent trente-deux divisions russes et pas moins de soixante et une brigades. Parmi ces dernières quarante-cinq divisions de blindés ! Les réserves seraient immenses. De notre côté — depuis quelques jours c'est là un fait acquis — nous ne possédons aucune réserve. De plus l'ennemi dispose de quantités impressionnantes de munitions et de carburant. Le ravitaillement s'effectue sans difficulté. L'armée de l'air allemande a en effet perdu tout contrôle sur les régions concernées. Telle est la situation actuelle. D'après notre plan, vous devriez être parachutés entre le 18 et le 25 juin.

Les hommes gardèrent le silence. Alors Hansekamm fit le tour de la table en remplissant les verres. Tirant sur son cigare, il s'entourait d'un nuage de fumée, peut-être pour dissimuler la tristesse de son visage.

— A deux heures..., murmura soudain Sergeij Andrejevitch Tarski.

Renneberg posa brutalement son verre.

— Qu'y a-t-il à deux heures ?

— C'est à peu près à cette heure-là qu'elle doit sauter.

— Ne vous inquiétez pas inutilement pour son sort. C'est encore Milda Ifanovna qui court le moins de risques. Il y a peu de chances pour qu'elle subisse un contrôle. Alors qu'en voyant des hommes vigoureux comme vous, on ne manquera pas de se demander pourquoi vous n'êtes pas sur le front au moment de l'offensive décisive. Préoccupez-vous de ce qui vous attend et ne vous tourmentez pas pour Milda.

Renneberg brancha la radio sur Radio-Londres. Des flots de musique de danse se déversèrent dans la pièce. Il baissa le son.

— Il y a un petit ennui, annonça-t-il d'un ton neutre.

— Avec qui ? interrogea Boranov.

— Avec le quartier général du Führer. Himmler et Kaltenbrunner ont flairé quelque chose, même s'il n'y a aucun risque sérieux de trahison. Ils rôdent dans tous les coins en flairant comme des chiens. Keitel et Jodl se taisent et continueront à se taire. Quant à interroger Bormann, cela reviendrait pour Himmler à se gifler lui-même. Le Führer a déjà oublié le commando « Oies sauvages », car à ses yeux nous ne sommes que de sinistres abrutis à la limite de la démence. Néanmoins le G.Q.G. a reçu une demande de renseignements officielle émanant du chef des SS. Bien entendu le G.Q.G. fait la sourde oreille. Reste la question essentielle que je me pose : D'où est venue la fuite ? Qui est à l'origine de ces bruits ? Comment une telle fuite, si minime soit-elle, est-elle seulement possible ? Le G.Q.G. a détruit absolument tous les documents compromettants. Il ne subsiste que deux feuillets insignifiants. Si je vous informe de cet événement, c'est pour que vous sachiez que la moindre tentative de votre part pour prendre contact avec l'extérieur, qu'il s'agisse de parents ou d'amis, signera votre arrêt de mort. Je dois également vous apprendre que les lettres destinées à votre famille et annonçant votre disparition sont prêtes à être postées. Elles partiront après-demain.

— Après-demain..., répéta Plejin, et il écrasa nerveusement son mégot.

— Alors nous serons morts...

Duskov leva son verre et le fit tourner entre ses doigts.

— Nous serons morts, camarades ! N'est-ce pas un sentiment exaltant ? Cessez de me regarder comme des veaux ! Réjouissez-vous plutôt de votre mort ! A qui est-il donné de VIVRE un pareil sentiment ? — Avec un rire aigu il projeta son verre vide contre le mur. — J'imagine le contenu de la lettre adressée à mon vénéré père, le baron Johannes von Baldenow.

— Ta gueule ! coupa Boranov. Leonid Germanovitch, voudrais-tu m'expliquer qui est ce baron von Baldenow ?

D'où le connais-tu ? Est-ce un personnage si intéressant pour que l'on parle de lui jusqu'en Russie ?

Duskov s'effondra sur sa chaise. Les mains crispées autour de son verre, Sassonov se tourna vers le colonel von Renneberg. Deux fois il s'étrangla et ce fut seulement à la troisième tentative qu'il parvint à formuler sa pensée :

— En tant que disparu, une question me tracasse...

— Je vous en prie, répondit nonchalamment Renneberg.

L'explosion de Duskov ne l'avait pas troublé. Il n'y voyait qu'un défoulement nécessaire et inévitable après la tension des derniers jours.

— J'ai une femme encore très jeune qui vient de mettre au monde notre premier enfant. Mon premier enfant... et le dernier. Qui... qui s'occupera d'elle ?

— Votre veuve — pardonnez-moi d'employer ce terme, mais il faut appeler les choses par leur nom — votre veuve donc touchera une pension. Quant à l'éducation de votre enfant, elle sera prise en charge, quelle que soit l'orientation professionnelle dont il décidera.

— Et si nous perdons la guerre ?

Pour la première fois quelqu'un avait enfin le courage de poser la question sans détour. Le colonel von Renneberg ne chercha pas à l'esquiver. Il n'essaya pas d'argumenter en faveur de l'hypothèse inverse. Désormais la défaite allemande paraissait inéluctable.

— Quel que soit son visage, l'Allemagne continuera d'exister, et elle remplira ses devoirs.

— Une Allemagne communiste, par exemple ?

— Jamais !

— Qui peut le garantir ?

— Notre conception de la vie. Jamais l'Allemagne n'offrira au léninisme un sol suffisamment fertile pour qu'il y récolte des fruits. Moscou ne se dressera jamais sur les rives du Rhin... Mais la politique générale n'est pas ce qui nous préoccupe aujourd'hui.

— Sans doute... Personnellement tout ce qui me préoccupe, c'est ma femme et mon enfant, dit Sassonov à mi-voix. Nous habitons en Lettonie. Si nous perdons la guerre, nous en serons réduits à mendier comme des clochards.

— Nous n'avons cessé de vous le répéter depuis le début : Si invraisemblable que cela puisse paraître, il ne tient qu'à vous d'imprimer une nouvelle orientation à l'histoire mondiale dont la figure de proue est aujourd'hui Staline.

— Et si nous réussissons, la figure de proue aurait pour nom Adolf Hitler ! rétorqua Boranov.

Renneberg le regarda avec gravité.

— Non ! Je puis bien vous l'affirmer : ce n'est pas Hitler qui modèlera le futur visage du monde. Une fois que vous aurez supprimé Staline, en Allemagne aussi beaucoup de changements se produiront...

A 2 heures du matin, tous se postèrent aux fenêtres de leur chambre. Des nuages s'étiraient paresseusement au-dessus de la lune. Une brise légère apportait des effluves d'aiguilles de pins. Dans les écuries les chevaux hennissaient. Des grondements sourds parvenaient du lointain. Les attaques aériennes étaient devenues habituelles...

— Bonne chance, Milda, murmura Ivanov en passant machinalement la main dans ses boucles blondes.

— Est-ce que nous la reverrons un jour ? dit le jeune Plejin. Est-ce que nous réussirons ?

Debout devant la fenêtre à côté de Boranov, le colonel von Renneberg lui aussi scrutait le ciel obscur. Pourtant ce ne fut pas à Milda Ifanovna qu'il fit allusion quand il suggéra à mi-voix :

— Je peux encore vous remplacer, capitaine Kuehenberg...

Il s'était volontairement exprimé en allemand.

— Je ne comprends pas, camarade, répondit Boranov en russe.

— J'ai étudié votre dossier et je connais bien votre passé. De plus je vous ai observé. Vous faites preuve d'esprit critique, vous êtes lucide, clairvoyant, et vous êtes attaché à votre patrie.

— Qui ne l'est, camarade ?

— Je pourrais vous garder ici et vous introduire dans l'état-major du général Oster.

— Pour y jouer quel rôle ?

— Vous rencontreriez des hommes comme Witzleben, Stauffenberg, Goerdeler, Hoeppner...

— Et quand bien même ?

— Je veux dire, poursuivit calmement Renneberg, que vous seriez en contact avec toutes les personnalités qui, par amour pour leur patrie, gardent foi en l'avenir de l'Allemagne... après Hitler. Parmi eux, Canaris, Stülpnagel, Rommel...

— Lui aussi ?

Boranov se détourna de la fenêtre. 2 h. 12. Il était probable que Milda avait déjà atterri. Quelque part dans les environs de Moscou...

— Qu'attendez-vous de moi ?

— Nous avons besoin d'hommes comme vous, Kuehenberg. Des hommes résolus, énergiques et inflexibles, possédant un sens inné de la politique joint à une grande ouverture d'esprit. Vous êtes encore jeune. Vingt-huit ans ! Vous représentez l'avenir, Kuehenberg. Durant tous ces derniers jours, je n'ai cessé de m'interroger : As-tu le droit d'envoyer un homme de cette trempe à Moscou ? Car, même si vous survivez, il est clair que votre vie s'arrêtera là... en tant que citoyen allemand.

— Nous sommes dix, camarade ! répondit Boranov d'un ton ferme. Et nous le resterons. Nous nous chargeons de supprimer Staline. Vous, chargez-vous de supprimer Hitler ! Peut-être nous retrouverons-nous un jour et nous discuterons alors des conséquences favorables ou néfastes de notre... intervention ?

— Je peux encore vous remplacer, Kuehenberg.

— Si vous le pouvez, remplacez plutôt Labitz. Je l'admire de n'avoir pas encore sombré dans la folie. Il est vrai que vous l'avez laissé libre d'accepter ou de se désister. Il a eu la réaction que l'on attendait de lui. Mais de jour en jour il semble se replier sur lui-même et il se renferme dans le mutisme. Il s'assied devant la photo de sa femme et il lui parle. Il ne possède pas de photo de son fils et il n'en recevra jamais. Leonid Germanovitch, qui partage sa chambre, dit que c'est un spectacle poignant de le voir baiser tendrement cette photo, et la serrer sur son cœur avant de s'endormir avec le sourire heureux d'un enfant comblé. Si vous devez remplacer quelqu'un, colonel, c'est Sassonov et non pas moi.

— Oubliez cela, je n'ai fait qu'exprimer une idée... en passant. Merci de cet entretien, Kyrill Semjonovitch.

Renneberg gagna la porte.

— Merci à vous, mon colonel.

Resté seul, Kuehenberg se tourna de nouveau vers la fenêtre. Il était abasourdi par ce qu'il venait d'entendre. Canaris, Witzleben, Rommel... tous hostiles à Hitler ? Il fut tiré de ses réflexions par l'irruption de Petrovski.

— Tu te joins à nous ?

— Pour quoi faire ?

— Pour fêter l'atterrissage de Milda... On se retrouve dans la chambre de Piotr Mironovitch.

Boranov secoua la tête.

— Trinque à ma place. Je suis trop crevé. Je ne dois pas être fait pour le parachutisme, je me sens les jambes en coton. Dis aux camarades de ne pas m'en vouloir.

— Alors à demain, Kyrill Semjonovitch.

— A demain, Luka Ivanovitch.

On nous massacre comme du bétail, pensa Boranov en s'allongeant sur son lit tout habillé. Nous savons qu'on nous conduit à l'abattoir, mais nous l'acceptons sans protester. Qui saurait expliquer pareil consentement ? Entre le 18 et le 25 juin, nous serons largués à la périphérie de Moscou. Quand bien même un seul d'entre nous parviendrait à s'introduire au cœur de la ville, il s'efforcera de remplir sa mission jusqu'au bout.

Assassinez Staline !

Quelle sorte d'hommes sommes-nous donc ? Qui saurait me l'expliquer ?

*
* *

Le patrouilleur survolait à très haute altitude la région de Minsk en direction de Smolensk. Des batteries de projecteurs allemands balayaient le ciel, mais les nuages semblaient capturer les faisceaux lumineux. Au sol les canonniers attendaient des ordres, qui pourtant ne vinrent pas. Il vole trop haut, se plaisait-on à répéter. Et à quoi bon abattre un appareil isolé ? Un cinglé, probable. Qu'est-ce qu'il pouvait bien fabriquer à si haute altitude ?

Peu après avoir franchi les lignes allemandes, le patrouilleur survola Smolensk. La défense aérienne soviétique ne prêta guère attention à son bourdonnement lointain. Un

Allemand ? Guère probable. Pourquoi un appareil isolé se serait-il envolé au milieu de la nuit ? Ne vous dérangez pas pour si peu, camarades, reposez-vous, dormez. Le jour de la victoire est proche.

Cependant un lieutenant, plus éveillé que ses camarades, appela l'escadre de Kalinine.

— Il vient de l'ouest ! annonça-t-il à l'officier de service.

— Exact.

— Mais dans ce cas...

— Dans ce cas il s'agit obligatoirement d'un appareil soviétique. Ce sont les seuls qui passent encore à l'ouest, et donc arrivent de l'ouest quand ils regagnent leur base. Suis-je assez clair, camarade ?

— Parfaitement clair. Bonne nuit.

Le patrouilleur mit le cap sur Moscou. Il ne portait ni numéro, ni inscription, ni aucune sorte d'immatriculation indiquant sa nationalité. La carlingue était peinte en gris-vert. Après avoir survolé Viazma, il descendit à plus basse altitude, traversa la couverture de nuages, et piqua sur le large ruban de l'autoroute. Des colonnes de poids lourds roulaient vers l'ouest. Des wagons de marchandises encombraient la voie ferrée parallèle.

Munitions. Matériel. Soldats...

— Nous approchons de Moscou, annonça le sergent-chef aux commandes de l'appareil. Nous allons bientôt survoler l'Oka, et nous atteindrons la cible à l'est de Michnjevo. Je vous larguerai au-dessus de la vallée de Lopassnja. Prête ?

— Prête.

Milda Ifanovna vérifia une nouvelle fois son équipement. Les sangles, le cordon d'ouverture... Elle avait la tête serrée dans un bonnet de cuir, et elle portait un survêtement de sport par-dessus sa tenue de paysanne. Frigorifiée, elle ne cessait de se masser les jambes et de se frotter les mains. Une musette pendait à son cou, faite d'un vieux foulard replié comme en portaient les paysannes. Plus tard elle la tiendrait à la main. Seul risque grave encouru : que quelqu'un l'arrête en demandant : « Qu'est-ce que tu emportes dans ta musette, charmante colombe ? Fais-voir un peu ! » Ce ne serait pas des œufs destinés au marché noir que découvrirait alors le camarade de la milice. A ses yeux ébahis apparaîtraient un émetteur à ondes courtes miniaturisé, deux clés, un roman de Tolstoï qu'il suffisait d'étudier page par page pour y découvrir un code, et enfin cinq mille roubles en petites coupures. L'essentiel se dissimulait dans un pendentif en or que Milda portait à même la peau : une capsule de cyanure.

Dans le cockpit, le sergent désigna le sol à ses pieds.

— L'Oka !

— J'ai vu.

— Plus que dix minutes. J'amorce la descente.

— Compris.

La forêt de Michnjevo. Sous le clair de lune on apercevait à travers les arbres les pâles reflets de la rivière Lopassnja. Aucune lumière, aucune habitation à l'horizon. Seul se déroulait le tapis sombre de la forêt.

— Prête ?

Milda contrôla pour la dixième fois sangles et baudriers. Elle avait tenu à plier elle-même son parachute, consciente d'accomplir le cérémonial qui déciderait de sa vie ou de sa mort. Les propos de son instructeur lui revinrent en mémoire : « Quand on est largué à cette altitude et que le parachute ne s'ouvre pas, en général on perd conscience avant d'arriver au sol et on ne se rend compte de rien. Evidemment on ne peut rien garantir. Les pauvres gars qui se sont écrasés au sol n'ont jamais eu l'occasion d'expliquer leurs sensations... »

— La cible !

Le patrouilleur décrivit un large cercle au-dessus de la rivière pour finalement revenir en arrière en vol plané.

— Sautez !

— Merci...

— Je prie pour vous...

Tête en avant, Milda Ifanovna se jeta en plein ciel. Pendant un instant elle éprouva la sensation de flotter dans l'atmosphère. L'illusion d'être suspendue dans les airs l'emplit d'une douce et dangereuse euphorie. Elle adopta la position en X, bras et jambes écartées... Vingt et un... vingt-deux... vingt-trois... vingt-quatre... Elle tira sur le cordon d'ouverture.

Dans son dos le paquetage s'ouvrit avec un claquement sec et le parachute se déploya. Plusieurs fois elle fut légèrement déportée par le vent, mais elle parvint à redresser sa position. Forêt et rivière se rapprochaient lentement. A cinq mètres du sol, je serai à une seconde de l'atterrissage, se rappela-t-elle...

Toujours en vol plané, le patrouilleur décrivit un cercle à plus basse altitude. Le pilote plissa les yeux pour mieux distinguer le parachute dans l'obscurité. La plus belle femme qu'il ait jamais rencontrée s'était envolée à la rencontre d'un destin obscur.

— Saloperie de guerre !

Moteur. En quelques secondes l'avion reprit de l'altitude, puis mit le cap sur Kalouga. Le pilote se souvint des dernières paroles de son commandant : « Fritz, même s'il pleut des obus, il faut absolument que vous atteigniez votre cible. Après cela, que vous parveniez ou non à regagner la base, le sort en décidera. L'essentiel est que la personne que vous allez transporter ait sauté ! »

— Je rentre ! hurla le sergent.

Les projecteurs soviétiques tâtonnaient dans le ciel, lançant de gigantesques tentacules lumineux qui s'efforçaient de l'arracher aux étoiles. Pour échapper à ces impitoyables poursuivants, l'avion s'enfonça dans les nuages. Dix minutes plus tard il survolait Smolensk.

Dieu tout-puissant, déroulez un tapis de nuages qui m'emportera dans mon pays ! Pour vous cela ne doit pas être si difficile d'amonceler des nuages bien épais entre mon avion et les canons antiaériens soviétiques. Comme maintenant... Voilà, comme cela c'est parfait !

Mon capitaine, annoncerait-il fièrement, le sergent-chef Fritz Stolte est rentré de sa mission. Cible atteinte. Rien à signaler.

***

Vers midi, le capitaine Grossjung, commandant de l'escadre, dicta son rapport à son secrétaire :

« Envoyé en mission spéciale par ordre du G.Q.G., le sergent-chef Fritz Stolte n'est pas revenu. On ignore ce qu'il est advenu de la personne transportée... »

Un nouveau mystère, sans importance, au cours de cette

guerre. A la fois trop banal et trop insignifiant pour mériter réflexion.

*
* *

Le 18 juin 1944, les dix officiers se retrouvèrent à nouveau dans la salle d'instruction. Au mur, toujours la même carte : Moscou et ses environs dans un rayon de cent kilomètres.

Appuyé sur la longue règle, comme les autres, Hansekamm attendait le colonel von Renneberg. Tous le sentaient, un événement d'importance se préparait. Quand Hansekamm donna l'autorisation de fumer, nul ne douta plus que cette journée serait à marquer d'une croix blanche. Pour l'heure ils étouffaient à rester ainsi dans l'ignorance.

Enfin Renneberg fit son entrée. Il déposa sur le pupitre le classeur bleu devenu familier. Aussitôt, tel un élève docile, Hansekamm, muni de la règle, se planta devant la carte de Moscou.

— Messieurs, annonça Renneberg en allemand, vos ordres de mission sont prêts.

Aussitôt Petrovski leva la main.

— Moi, rien comprendre ! Moi pas piger un mot langue germanique !

Renneberg s'efforça de sourire.

— J'oubliais, pardon. — Et de poursuivre en russe : — Au fur et à mesure que je vous appellerai, je vous prie d'approcher de la carte et d'y désigner le lieu cité. Je suppose que nous en aurons rapidement terminé.

Il sortit un feuillet du classeur.

— Piotr Mironovitch Sepkin...

— Présent !

Le lieutenant Radek se leva.

— Vous serez largué au-dessus de Moshaisk-Uvarovka. Veuillez le montrer sur la carte.

Sepkin s'empara de la règle et la pointa sans hésitation sur le lieu mentionné.

— Bien... Ivan Petrovitch Bunurian.

— Présent !

Le lieutenant von Ranowski se leva.

— Vous serez largué près de Maximovo.

Bunurian n'éprouva pas plus de difficulté que son précédent camarade à repérer son point d'atterrissage.

— Bien.

Le cérémonial se poursuivit jusqu'à ce que tous les hommes aient répondu, tels des automates.

Luka Ivanovitch Petrovski, vous serez largué au-dessus de Kosterovo... Leonid Germanovitch Duskov, vous serez largué au-dessus de Kolchugino... Fedor Pantelijevitch Ivanov, vous serez largué au-dessus de Dubna... Alexander Nikolajevitch Kraskin, au-dessus de Stupino... Kyrill Semjonovitch Boranov, au-dessus de Vjerjejo... Sergeij Andrejevitch Tarski, au-dessus de Jegorjewsk... Pavel Fedorovitch Sassonov, au-dessus de Jegorjewsk... Nikolai Antonovitch Plejin, au-dessus de Pjereslawl-Saljeresskij...

Le colonel von Renneberg rangea le feuillet dans le classeur bleu. Le jeune Plejin se tenait toujours devant la carte de Moscou, règle à la main.

— Vous connaissez les endroits désignés par les photos aériennes que nous vous avons montrées. Les liaisons avec Moscou, soit par la route, soit par chemin de fer, sont faciles... Pour vous rassurer, je réponds tout de suite à la question que je lis dans vos yeux : Milda Ifanovna est bien arrivée à Moscou.

— Bravo ! s'écria Petrovski.

— En revanche le patrouilleur qui l'a transportée a disparu...

— Réellement ou... officiellement ? demanda Boranov.

— Réellement. On suppose qu'il a été abattu par des chasseurs soviétiques.

— La première victime de l'opération « Oies sauvages ».

Kraskin alluma la cigarette roulée par ses soins, et inhala profondément la première bouffée.

— Hier des milliers de soldats ont trouvé la mort sur le front du débarquement. C'est la guerre...

Renneberg referma le classeur avec un claquement sec. Sans un mot le jeune Plejin rendit la règle à Hansekamm.

— Merci de nous rafraîchir la mémoire, mon colonel, commenta Petrovski d'une voix un peu rauque. Nous avions failli l'oublier. On nous soigne comme des chevaux de course, on nous bichonne, tout cela parce que c'est la

tout avait été récolté dans de grandes enveloppes, puis emporté.

Pavel Fedorovitch Sassonov avait marqué une brève hésitation avant d'ôter son alliance. Puis le lieutenant-colonel Hansekamm avait vu l'anneau glisser lentement le long de son doigt.

— Qu'est-ce que vous allez faire de tout cela ? demanda alors Sassonov d'une voix blanche. Vous n'allez pas le garder ?

— Pourquoi pas ?

— Mais nous sommes morts !

— C'est vrai.

— Disparus sans laisser de trace !

— Pour nous débarrasser de tout cela, rassurez-vous, les moyens ne manquent pas. Sassonov... je sais ce que vous devez ressentir, mais nous ne pouvons pas laisser un citoyen russe se promener avec une alliance allemande.

Hansekamm avait ensuite distribué des allumettes, des canifs et même des clés de fabrication russe. Et à présent, ils attendaient le départ en tirant nerveusement sur leurs cigarettes. Le colonel von Renneberg ne s'était toujours pas montré. Des bruits de moteurs et des crissements de freins parvinrent de la cour. Les voitures étaient arrivées. Il n'était pas tout à fait six heures.

Ce fut seulement trois minutes avant le départ que le colonel von Renneberg descendit enfin l'escalier, un manteau de cuir jeté sur ses épaules. Lui aussi prévoyait de la pluie.

— Les voitures attendent ! dit-il après avoir salué brièvement.

Il posa sa serviette par terre, et de la poche gauche de son uniforme il sortit une petite boîte chromée évoquant un étui à cigarettes.

— J'éviterai tout discours solennel. Nous nous connaissons assez pour nous épargner ces balivernes. Il est à peu près certain que nous ne nous reverrons jamais. Je ne puis que vous souhaiter bonne chance. Encore un mot cependant. Si vous êtes en difficulté et que vous n'apercevez aucune issue, vous disposez d'une solution immédiate à tous vos problèmes. Chacun d'entre vous, je n'en doute pas, préférera cette solution à une capitulation déshonorante.

Ouvrant la boîte, il avança d'abord vers Sassonov.

— Conservez cela à un endroit qui vous sera accessible en permanence. J'espère qu'aucun de vous n'aura à l'utiliser.

Sur ces mots, il tendit une petite capsule à Sassonov, qui s'en empara sans commentaire.

— Pas trop tôt ! s'exclama Boranov. Je m'étonnais justement que personne n'y ait pensé. Moi je n'en ai jamais vu, mais il y a, paraît-il, des gens qui conservent ce truc comme un talisman.

Vint le tour de Sepkin, à qui Renneberg remit solennellement une capsule.

— Du cyanure, précisa-t-il. L'effet est fulgurant. Le goût serait celui, très prononcé, des amandes. Vous ne ressentirez aucune douleur.

— Charmant ! apprécia Petrovski. Un de mes desserts préférés est justement le gâteau à la pâte d'amandes.

Chacun reçut une capsule. Plejin considéra la sienne d'un regard ébahi et la fit rouler sur la paume de sa main.

— Quelques gouttes... et adieu. La vie n'est qu'une immonde fumisterie...

— Des hommes autrement plus importants que nous ont avalé du poison, rappela Boranov, qui tenait sa capsule entre le pouce et l'index, la contemplant comme un diamant. Socrate, pour ne citer que lui...

— A supposer que je doive suivre un exemple aussi édifiant, je serais bien avancé, riposta Kraskin.

Le colonel von Renneberg récupéra sa serviette. Il était six heures cinq.

— Prêts ?

Tous se regardèrent. Alors soudain ce fut une ruée générale. Tous les hommes de s'embrasser et de s'étreindre. Un adieu silencieux et poignant. Petrovski lui-même, les yeux hagards, s'abstint de tout commentaire. Seul le blond et bouclé Ivanov lança finalement ces mots :

— A Moscou, camarades !

Moscou...

Sassonov attendit que ces adieux touchants aient pris fin. C'était lui désormais qui exerçait le commandement.

— Prêts ! se décida-t-il à annoncer d'un ton ferme.

Renneberg ouvrit la porte. Déjà le soleil matinal gagnait en éclat. L'air frais embaumait l'humus. Cinq voitures stationnaient sur le parking devant le bâtiment. Les chauffeurs, qui attendaient à l'extérieur, claquèrent les talons en voyant apparaître le colonel von Renneberg. Leurs yeux trahirent leur étonnement. Deux officiers accompagnés de dix civils dépenaillés ! Ils se rappelèrent leur destination : la base aérienne. Peut-être après tout ces hommes étaient-ils d'éminents chercheurs chargés d'expérimenter une nouvelle arme atomique ? Goebbels y faisait allusion depuis des mois. Alors gaffe, petit, attention où tu mets les pieds...

Cinq minutes plus tard, ce fut le départ.

Dans la voiture 1 : Sepkin et Kraskin ; destination : l'aéroport de Fürstenfelde.

Voiture 2 : Boranov et Petrovski ; destination : l'aérodrome de Francfort-sur-l'Oder.

Voiture 3 : Renneberg, Bunurian et Plejin ; destination : l'aérodrome de Stettin.

Voiture 4 : Hansekamm, Tarski et Ivanov ; destination : l'aérodrome de Stettin.

Voiture 5 : Duskov et Sassonov ; destination : l'aérodrome de Muskauer Heide.

Leur parcours étant le moins long, Boranov et Petrovski furent les premiers à atteindre la base qui leur avait été affectée : l'aérodrome de Francfort-sur-l'Oder.

— Vous décollerez de façon à survoler votre cible vers deux heures du matin, leur déclara le commandant de l'escadrille de reconnaissance. En attendant, vous avez tout le temps de plier vos parachutes. Ils sont de fabrication russe, le butin de l'armée de l'air en quelque sorte...

4

PARACHUTE sur le dos, Ivan Petrovitch Bunurian attendait. L'appareil assurant le transport était un bombardier reconverti en avion de reconnaissance. Seuls deux hommes constituaient l'équipage. Déchargé des lourdes bombes, l'appareil gagnait en rapidité. Allégé, il pouvait aussi atteindre une altitude plus élevée. Bunurian avait essayé en vain d'apercevoir le paysage survolé. Une épaisse couche de nuages empêchait de distinguer la terre. Ces circonstances étaient favorables, dans la mesure où elles rendaient impuissante la défense antiaérienne soviétique. De temps à autre, en particulier lorsqu'ils survolèrent le front, des projecteurs balayaient le ciel, mais les nuages épais formaient comme une muraille opalescente. Plus tard, quand le front fut loin derrière eux, nul ne se préoccupa plus de cet avion isolé, dont seul le bruit était perceptible. Un appareil allemand s'aventurer seul au cœur de la nuit ? L'avion ne saurait être que l'un des nôtres, pensèrent les Russes. Un bimoteur qui transportait probablement un général rejoignant ses troupes.

On ne raisonna pas autrement dans les neuf stations de contrôle aérien réparties autour de Moscou, lorsqu'on perçut un bruit de moteurs qui ne tarda pas à s'évanouir. Un vol isolé ? Donc il ne pouvait s'agir d'un appareil allemand. Pourquoi un franc-tireur se risquerait-il à survoler la Russie ?

L'absence de coordination constituait en réalité une fâcheuse lacune. En effet, un contrôle aérien centralisé aurait permis de constater que cette nuit-là dix appareils avaient mis le cap sur Moscou. Dès lors impossible d'invoquer le hasard.

Mais, faute d'une surveillance plus vigilante, les dix machines poursuivirent leur route sans encombre et atteignirent leur cible vers deux heures du matin.

Peu avant ce moment crucial, Bunurian, ayant ajusté les

sangles de son parachute, avait rejoint le pilote dans le cockpit.

— Bien sûr je n'y connais rien, dit-il en haussant la voix pour couvrir le bruit des moteurs, mais je me demande comment vous vous y prenez pour trouver votre chemin. Vraiment ça m'épate, parce que, vous non plus, vous n'y voyez rien.

Le premier pilote, un jeune lieutenant, sourit de toutes ses dents.

— C'est comme avec une femme. Tu as beau ne pas la connaître, si tu as envie de la caresser aux bons endroits, tu sais où glisser la main.

— Cette bonne blague !

Bunurian regagna sa place dans le cockpit. L'avion décrivit un demi-cercle et perdit en altitude. Il traversa la couche nuageuse. Néanmoins Bunurian ne réussit pas à distinguer la terre. Il se trouvait au bord d'un gouffre obscur et insondable. Pas la moindre lueur, rien qui pût servir de point de repère.

Le copilote, un sergent-chef, vint le rejoindre dans le cockpit. Sa toque enfoncée presque jusqu'aux sourcils, Bunurian attendait l'ordre de sauter. L'appareil continuait à descendre en décrivant de larges cercles.

— Nous y sommes, annonça le sergent-chef. En ce moment nous survolons la forêt de Maximovo. Nous allons te larguer près de la route de Wolokolamsk. De là tu pourras rejoindre la voie ferrée en direction de Moscou.

— Ne vous tracassez pas, les copains, dit Bunurian, je connais la région comme ma poche.

La tension des derniers instants se dissipa. Bunurian constata avec étonnement qu'il n'éprouvait pas la moindre appréhension. A présent il n'avait plus qu'une hâte : franchir le cap décisif, se jeter dans le vide. Puis viendrait cet étrange sentiment d'euphorie lorsqu'il se sentirait planer. Des instants que l'on voudrait interminables.

— Bon retour, les enfants.

— Bonne chance, vieux.

Le copilote tapa sur l'épaule de Bunurian.

— On ne connaît même pas ton nom. Comment t'appelles-tu ?

— Ivan Petrovitch...

— Rigolo. Pas de message à transmettre ?

— A qui ?

— A tes parents, à ta femme, ou ta petite amie, je ne sais pas, moi... Tu laisses bien quelqu'un derrière toi...

— Personne.

A peine Bunurian eut-il ouvert le panneau que le vent faillit l'emporter. De toutes ses forces il s'agrippa à la poignée.

— J'attends le signal !

L'appareil décrivit un nouveau cercle. Puis un sifflement parvint de la cabine.

— Go !

Ivan Petrovitch Bunurian se courba, lâcha la poignée et s'élança. Tête la première il plongea dans l'obscurité, et il écarta les bras, tel un oiseau volant de ses propres ailes. Malgré lui, lorsqu'il tira sur le cordon d'ouverture, il retint son souffle.

Avec un sifflement le parachute se déploya. Gagné. Des minutes enchanteresses allaient suivre, durant lesquelles il jouirait du merveilleux sentiment d'apesanteur.

Au-dessus de lui le bruit des moteurs s'assourdit. L'avion s'enfonça de nouveau dans la couche nuageuse et s'éloigna vers l'ouest.

***

Le lieutenant inscrivit dans son rapport : « 2 h 05. Mission accomplie. Saut réussi. Regagnons la base de Polotsk. »

Il referma le livre de bord d'un claquement sec et le jeta dans un coin de la cabine.

Le sergent-chef reprit sa place sur le siège voisin et boucla sa ceinture.

— Ivan Petrovitch... Tu crois que c'était vraiment un Russe ?

— Parlant un allemand aussi parfait ? Jamais !

— Bizarre. En tout cas il y a du louche, c'est le moins qu'on puisse dire.

L'appareil gagna encore de l'altitude. Les moteurs tournaient maintenant à plein régime. Toute la carlingue était secouée.

— Un seul homme largué au-dessus de la Russie. Effectivement il y a de quoi s'interroger…

— Peut-être un gros gibier. Par exemple un espion chargé d'une mission importante… mettre en place un réseau ou je ne sais quoi.

— Pour arriver à quoi ? Comme si un seul individu pouvait gagner la guerre !

Le lieutenant jeta un coup d'œil sur les instruments de bord. Il naviguait uniquement à l'aide du compas et des cartes. Bientôt il devrait mettre le cap sur le nord pour éviter la zone d'interdiction de Rshjew.

— Une chose est sûre, dit le lieutenant en prenant un chocolat. Voilà certainement une des missions les plus dingues qu'on nous ait confiées. Le tout bien entendu sous le sceau du secret absolu. D'une taupinière on te fait une montagne, cela devient une manie…

***

Bunurian se redressa avec précaution. Ses vêtements étaient déchirés en plusieurs endroits. Cela impliquait la nécessité de s'en procurer d'autres au plus vite. Sitôt atteinte la prochaine agglomération, il lui faudrait, à la première occasion, voler des habits convenables. En attendant il lui restait du chemin à parcourir.

Gardant la jambe gauche tendue, il essaya de se redresser en prenant appui sur la jambe droite. La douleur atroce qu'il ressentit dans la cheville gauche fut un signal d'alarme. Il se laissa retomber, tremblant de tous ses membres.

Il faudrait que je me fabrique une attelle, se dit-il. Je bande la cheville fracturée, je la soutiens avec des bouts de bois et je ramasse deux branches en guise de béquilles. Comme cela je pourrai au moins me déplacer. Pas irréalisable. L'essentiel est que je ne sois pas réduit à l'immobilité, que je puisse au moins bouger un peu en attendant que les os soient convenablement soudés.

Seulement l'opération peut prendre facilement six semaines, sinon davantage. Peut-être dix semaines. Dix semaines dans cette forêt ! Les autres seraient à Moscou depuis belle lurette et l'attendraient chez Milda Ifanovna.

Impossible, se dit Bunurian. Non, mon cher, pas question. Tout ce dont j'ai besoin, c'est de vêtements en bon état ; pour le reste je me débrouillerai. Quelle meilleure explication à mon inaptitude au service que cette cheville fracturée ? On va m'entourer, me regarder avec commisération, me prodiguer les conseils les plus judicieux, m'offrir un remontant, me nourrir. Je les entends d'ici :

— Quel malheur ! Dans ton état, camarade, tu ne peux plus te battre pour la patrie. Pourtant tu as dû leur en faire voir, aux Allemands. Raconte, Ivan Petrovitch, raconte-nous ce qui s'est passé !

Et lui d'expliquer :

— Camarades, je vous le donne en mille. J'étais abrité, bien tranquille dans mon trou, j'avais même réussi à me construire un toit avec des branches, et j'aurais pu tenir comme ça jusqu'à ce que ma barbe commence à blanchir. Eh bien, pas question. Tout ça à cause de la soupe aux choux qu'on nous a refilée au bout de quatre jours de jeûne. Les cuistots, ces fils de putes, mériteraient qu'on leur coupe les couilles. Une bonne soupe aux choux bien odorante qui vous réchauffe le cœur, vous êtes comme moi, ça vous fait saliver. Mais si vous aviez vu la ragougnasse qu'ils ont osé nous refiler. Je ne sais pas combien de jours elle a croupi dans les marmites, tout ça parce que les Allemands tiraillaient de tous les côtés et nous arrosaient nuit et jour au point qu'il n'y avait même plus moyen d'aller chercher à manger. Mais vous croyez que les cuistots, ces enfoirés, auraient jeté leur soupe complètement surie ? Comptez là-dessus ! Aigre ou pas, ils ne se sont pas gênés pour la faire réchauffer, et c'est cette saloperie qu'ils ont eu le culot de nous envoyer. Alors qu'est-ce que vous voulez faire ? Vous avez déjà entendu votre estomac gémir au bout de quatre jours de jeûne ? Vous avez déjà senti l'odeur du chou alors que vous crevez de faim ? Bref, tout le monde s'est précipité sur sa gamelle et on a tout liquidé. Vous imaginez le résultat quelques heures plus tard. Camarades, on est tous logés à la même enseigne, il y a des moments où on ne peut pas lutter contre les lois de la nature. Moi je me suis dit : Courage, mon vieux, mais si tu ne veux pas que tes tripes explosent, ou te retrouver avec un grand trou dans les boyaux, il faut agir. Bref, je me décide à sortir de mon trou, je me traîne en rampant jusqu'à une petite colline, je pose culotte... là, je vous épargne les détails, mais je vous jure que les chutes du Niagara, par comparaison c'est de la bricole. Occupé comme je l'étais, j'ai dû, sans m'en rendre compte, déplacer le pied gauche... Je n'ai pas eu le temps de dire ouf, que ça a recommencé à canarder, et je me suis retrouvé avec la cheville fracturée. Avec ces fumiers d'Allemands, même pas moyen de se soulager en paix!

Voilà ce qu'il raconterait. Tout le monde allait s'esclaffer, on le porterait en triomphe, et on l'aiderait par tous les moyens à prendre le train pour Moscou. On l'installerait dans un wagon, on lui offrirait la meilleure place. Un héros ! Victime à la fois des Allemands... et des cuistots de l'Armée Rouge...

Bunurian s'allongea de nouveau sur le dos. Il avait l'impression d'un martèlement rageur dans son pied gauche. La douleur cuisante, jusqu'alors localisée, s'insinua dans tout son corps, se répercuta jusqu'au niveau des tempes. Il se glissa un bout de bois entre les dents et serra les mâchoires. Puis, se tournant sur le côté droit, il commença à ramper, centimètre par centimètre.

A chaque mouvement des élancements le mettaient au supplice, et il gémissait malgré le bout de bois qu'il gardait frénétiquement serré entre ses mâchoires. Il transpirait par tous les pores de sa peau, la sueur ruisselait sur son visage, l'aveuglait. Au bout de quelques mètres il s'arrêta, enfouit sa tête dans l'humus, et se mit à mordiller le bout de bois, tel un chien famélique rongeant un os.

Impossible de continuer comme cela, pensa-t-il. Je n'y arriverai jamais. Si je m'obstine, je n'aurai pas parcouru deux mètres que je vais commencer à hurler au point d'ameuter tout le voisinage. Il vaut mieux que je reste couché sans bouger à l'abri des buissons. Ne plus risquer un mouvement jusqu'à ce que la douleur s'apaise. Deux ou trois jours d'immobilité absolue et cela devrait déjà aller mieux. Ivan Petrovitch, n'oublie pas que la patience est la grande vertu du peuple russe. Règle d'or : savoir attendre.

Bunurian parvint, dans un ultime effort, à atteindre des buissons. Là il s'effondra et enfouit son visage dans ses mains. Dès lors, incapable de retenir ses larmes, il se mit à pleurer de douleur tout en se répétant : Courage ! Cela va passer, tiens bon...

***

Le saut de Leonid Germanovitch Duskov tint de la performance. Il atterrit entre deux collines sur une prairie à la terre bien grasse. Ayant grossièrement replié son parachute, il resta allongé quelques minutes, aux aguets. Il percevait encore au-dessus de lui le bourdonnement de l'avion qui avait déjà mis le cap sur l'ouest.

Si le colonel von Renneberg avait assisté à cette brillante prestation, sans doute n'aurait-il pas manqué d'applaudir. Duskov avait atterri juste au milieu de la zone convenue, entre Kolchugino et Alexandrov. Au nord-ouest, à environ dix verstes, l'autoroute de Iaroslavl à Moscou traversait les forêts et les marais du Njerl. S'il l'atteignait, il pourrait se considérer comme d'ores et déjà arrivé à Moscou. Certes il eût été plus court de suivre la voie ferrée reliant Alexandrov à Moscou via Sagorsk, mais c'eût été trop risqué. Nul n'ignorait que les voies ferrées étaient plus surveillées que les routes.

Duskov traîna le parachute jusqu'au bord d'un ruisseau, et il le dissimula sous des pierres. Il recouvrit le tout avec de la terre, jusqu'à ce que la toile ait complètement disparu. La nuit était claire, le ciel constellé. Accroupi près du ruisseau, Duskov se lava les mains puis s'aspergea le visage. Alors il se sentit délivré du terrible poids qui l'avait accablé durant le vol. A présent il se retrouvait sur la terre ferme, à présent il était un citoyen russe dont le but était de gagner Moscou dans les plus brefs délais.

Après s'être assuré une dernière fois que le parachute était convenablement enterré, Duskov quitta la paisible vallée. Il suivit le sentier qui longeait le ruisseau, et il atteignit une forêt qu'après un instant d'hésitation il décida de traverser. Peu importait où il déboucherait, la direction était bonne.

Au bout d'une heure il décida de s'accorder un répit et fit halte dans la forêt. Assis sous un arbre, il réfléchit à ce qu'il raconterait quand, inévitablement, il finirait par rencontrer des inconnus. Il s'étonna que jusqu'alors sa prodigieuse aventure se soit déroulée avec une telle simplicité. Aucun problème durant le vol, un saut et un atterrissage parfaits...

Duskov s'allongea et resta sous l'arbre jusqu'au point du jour. Quand le soleil illumina un ciel serein, il se remit en route pour Alexandrov. Il atteignit un chemin de terre semi-carrossable où des roues de charrettes avaient laissé leurs empreintes. Là il s'arrêta pour inspecter ses vêtements, attentif à ce que rien ne trahisse son atterrissage puis son bref séjour dans la forêt. En les tapotant il fit disparaître toutes les traces de saleté. Après quoi il poursuivit son chemin.

Bientôt les premières fermes apparurent. Des cabanes au toit de chaume au milieu de petits jardins clôturés. Il entendit des chiens aboyer et des poules caqueter. Un poulain fougueux galopait dans l'enclos qui le retenait prisonnier... Tous les volets étaient encore fermés.

Il est encore trop tôt, réalisa Duskov. On ne se promène pas à une heure pareille. En se montrant de si bon matin, il risquait d'attirer les soupçons. Il décida donc d'attendre, et il s'assit sur un tronc d'arbre abattu. Là il entreprit de nettoyer ses chaussures avec de l'herbe humide.

J'ai faim, pensa-t-il après avoir allumé une cigarette roulée dans du papier journal. D'où cette nausée dès les premières bouffées. Quatorze heures que je n'ai rien eu à me mettre sous la dent !

Dans l'avion il avait refusé le chocolat que lui avait proposé le jeune lieutenant. Restez toujours attentifs aux moindres détails, leur avait patiemment seriné le colonel von Renneberg. Tout peut vous trahir y compris votre haleine. On n'a pas le droit d'empester la vodka dans un pays où elle est inconnue ou peu répandue. Partant de ce principe, le chocolat étant une denrée qui n'existait pas en Russie, pas question de l'accepter. Chers camarades soviétiques, vous ne perdez rien pour attendre, songea Duskov. Une fois que nous aurons gagné la guerre, vous découvrirez le meilleur chocolat du monde, vos magasins en regorgeront et vous pourrez vous en délecter à loisir.

Duskov passa ses mains dans l'herbe imprégnée de rosée pour se rafraîchir ainsi le visage et la nuque. Aussitôt, malgré la faim qui le tourmentait, il se sentit ragaillardi.

Des volets s'ouvrirent. Une tête apparut qui, ses cheveux

en broussaille l'attestaient, venait juste de quitter l'oreiller. L'homme s'étira, se gratta la poitrine sous sa chemise grisâtre. Il cria quelque chose au chien qui ne cessait d'aboyer. Puis il se pencha pour lancer un vigoureux crachat. Là-dessus il bâilla derechef et disparut à l'intérieur de la maison.

Duskov se leva. Il se dit que cet homme-là devait bien avoir un morceau de pain et une jatte de lait. En s'y prenant habilement il pourrait même le convaincre de sacrifier un œuf. Avec un œuf bien frais dans l'estomac, ne voit-on pas le monde sous des couleurs souriantes ? Voilà ce qu'il fallait lui expliquer, car de telles considérations ne lui étaient probablement jamais venues à l'esprit. Le bienfait que pouvait exercer un vulgaire œuf de poule sur l'âme humaine ! Que dire si, comble de félicité, on n'hésitait pas à ajouter dans la poêle un bonne tranche de lard ?

Quand Duskov approcha du groupe de fermes, il fut accueilli par un concert d'aboiements. Au moment où il atteignit la première chaumière, une grand-mère, foulard noué autour de ses cheveux blancs, traînant de lourds sabots aux semelles de bois, et vêtue d'une robe cent fois rapiécée, se dirigeait en boitillant vers une petite étable. Elle portait une écuelle remplie d'une bouillie à la farine de maïs. N'ayant ni vu ni entendu venir l'étranger, elle poussa un cri d'effroi quand Duskov lança d'un ton chaleureux :

— Quelle merveilleuse journée ! L'air est si doux. Cela vous met du baume au cœur...

La grand-mère lâcha l'écuelle, la bouillie éclaboussa toute sa robe. Elle fixa Duskov avec épouvante, puis se mit à dodeliner de la tête.

— J'allais la jeter..., marmonna-t-elle. Comme je vous le dis, camarade. Si ce n'est pas malheureux... De la bouillie fermentée, plus mangeable. Puante avec ça, une infection. Alors je me suis dit : Va jeter ça dehors, au moins tu ne subiras plus cette puanteur. Vrai de vrai, camarade !

— Comme c'est appétissant, rétorqua Duskov.

A ces mots, la grand-mère roula des yeux comme si on l'étranglait, elle poussa un soupir à fendre l'âme et se remit à dodeliner de la tête.

— Quand on a vraiment faim, on ne crache pas sur une bouillie même fermentée, reprit Duskov d'un ton suave.

— A mon âge on a l'estomac tout délabré, gémit la vieille. Je dois bien avoir dans les quatre-vingts ans, mais je ne saurais pas dire au juste. Quand le dernier tsar a été fusillé, j'étais déjà grand-mère. C'est vous dire. A mon âge, quand on en est encore à traîner sa pauvre vieille carcasse, on n'a plus assez de résistance pour supporter une nourriture avariée. Vous pouvez me croire, camarade, c'est comme je vous le dis. Entrez, ne vous gênez pas... Allez-y, fouillez partout. Sainte Vierge, j'ai toujours été une honnête femme. Je n'ai jamais eu d'ennuis avec les autorités...

Duskov s'appuya à la clôture, faite de rondins taillés dans le bouleau, et il afficha un sourire cordial. Il venait de réaliser qu'on le prenait pour un fonctionnaire du gouvernement surgi à l'improviste pour se livrer à quelque inspection indésirable...

— Vous avez du lait ? demanda-t-il.

— Juste quelques gouttes. La chèvre n'en donne plus guère. Elle est comme moi, trop vieille...

— Un œuf ?

— Un œuf ! Regardez les poules, camarade ! On ferait mieux de leur tordre le cou, seulement on les aime bien, ces pauvres bêtes, on a pitié. On a beau les nourrir, vous croyez qu'elles pondraient pour nous remercier ? Rien de rien ! Si ce n'est pas malheureux ?

— J'ai faim.

— Faim ?

Duskov hocha la tête.

— Faim et soif. Cela vous étonne ? Comme si nous n'étions pas tous logés à la même enseigne. Tout le monde a besoin de se nourrir. Il faut manger au moins une fois par jour. Vous par exemple, de quoi vivez-vous ?

— A votre avis, de quoi a besoin une vieille femme comme moi pour subsister ?

— Je n'en demande pas davantage. Partageons...

Duskov suivit la vieille femme dans la ferme. Il pénétra dans une grande pièce avec une gigantesque cheminée en pierre de taille. Dans un coin une longue table avec un banc et deux tabourets. Duskov prit place sur le banc. Le lit était installé dans le coin le plus chaud, près de la cheminée. Les vêtements étaient suspendus à des clous. De l'eau bouillonnait dans un chaudron. Une délicieuse odeur de bouillie de maïs fraîche s'était répandue dans toute la pièce.

— Pas possible ! s'écria soudain la vieille.

— Qu'est-ce qui se passe, grand-mère ?

— Je viens juste de trouver un œuf. Oh, pas bien gros. Là… juste derrière la cheminée… A croire qu'il s'était caché ! Mais ça ne va pas lui porter bonheur… parce que je vous l'offre, camarade inspecteur, il est pour vous…

— Un œuf frit avec un peu de lard, grand-mère ?

La vieille se tordit les mains et dévisagea son visiteur importun avec une feinte incrédulité.

— Du lard ? répliqua-t-elle avec la plus touchante candeur. Qu'est-ce que c'est que cela ? Qui se souvient encore à quoi ça peut bien ressembler ?

— Tu veux que je te rafraîchisse la mémoire ? Que nous sortions tous les deux pour admirer une belle truie bien grasse ? Allons-y, grand-mère, allons jeter un coup d'œil ! Où l'as-tu caché, ton cochon ? Dans un trou, pour qu'on ne l'entende pas grogner ? En tout cas tu le soignes, il est bien nourri. Engraissé à la bouillie de maïs…

La vieille se remit à dodeliner de la tête et s'effondra sur le banc près de la cheminée. Ses soupirs de détresse ne paraissant pas éveiller la compassion de l'inspecteur, elle commença à râler comme une agonisante. Là-dessus elle fit semblant de défaillir.

Duskov se contenta de la regarder en salivant.

— Grand-mère, suggéra-t-il, et si un bout de lard ou une tranche de jambon s'étaient cachés tout comme l'œuf que tu as retrouvé ? C'est juste une question. On voit des choses tellement bizarres quand on circule comme mes fonctions m'y obligent…

Visiblement la vieille commençait à se rassurer. Recroquevillée sur le banc, elle calcula les risques. Si elle exhibait un bout de lard, deux possibilités : Ou l'inspecteur se mettait à hurler, triomphant : « Ah, je t'y prends ! D'où vient ce lard, camarade ? D'un cochon ! Et où est-il caché ce cochon ? » Ou l'inspecteur se montrait conciliant et appréciait l'offrande : « Cet œuf au lard était délicieux. Tu as bon cœur, grand-mère. Certains jours, ma foi, on peut faire semblant de loucher. On a beau ouvrir grands les yeux, des détails nous échappent, on n'y peut rien… »

Comment deviner la réaction de l'inspecteur ? Comment savoir ?

— Je peux toujours chercher, risqua timidement la vieille.

— Bonne idée, grand-mère. Fouille dans tous les coins. Mais presse-toi... J'ai une faim ! Pire qu'un ours en fin d'hibernation. En cherchant bien, on pourrait peut-être même trouver un morceau de pain et un peu de beurre. Pourquoi pas de la confiture de framboise de l'an dernier ? Tes framboisiers ont l'air superbes, je m'en suis fait la remarque en arrivant...

Derechef la vieille exhala un soupir déchirant. Là-dessus, elle se leva avec une vivacité remarquable pour son âge avancé, et elle sortit d'un pas alerte.

Duskov s'adossa au mur avec un sourire béat, savourant par avance le festin qui l'attendait. Il songea avec une plaisante ironie que si les paysans continuaient à le prendre pour un inspecteur, il réussirait à gagner Alexandrov sans trop de difficultés...

***

Stupino sur l'Oka est un carrefour important au sud de Moscou. Une voie ferrée traverse l'agglomération, en l'occurrence la grande voie Moscou-Rostov, reliant Moscou à la mer d'Azov et à toutes les terres fertiles du sud entre la Crimée et le Don. A Stupino passe également une route importante reliant Kaschira au cœur de la Russie.

Alexander Nikolajevitch Kraskin avait atterri à 2 h 5 dans la zone forestière située entre Stupino et Sjerpuchov. Ce fut dans le lit de la petite rivière de Lopassnja qu'il eut la chance de reprendre contact avec la terre ferme. Il pataugea jusqu'à la berge, et tira le parachute qu'il replia grossièrement avant de le faire disparaître sous les alluvions charriées par les eaux depuis des millénaires. Ensuite il se dévêtit, puis suspendit tous ses habits, sous-vêtements compris, à une branche d'arbre. Il ne lui restait plus qu'à attendre le lever du jour. La température était douce, et ce ne fut pas pour se réchauffer qu'il se leva de temps en temps et se mit à courir entre les arbres.

Dès les premières lueurs du jour, il se rhabilla. Ses

vêtements étaient encore humides, mais ils finiraient de sécher sur lui. Le problème venait plutôt de la puanteur qui se dégageait de la laine non dégraissée. Il lui faudrait inventer une explication plausible.

Jusqu'à midi il erra à travers la forêt de Stupino, marchant d'un pas allègre. Il était trois heures de l'après-midi, quand, toujours puant comme un bouc, il atteignit le premier pâté de maisons de l'agglomération. Stupino était une petite ville passablement sinistre ne devant sa relative prospérité qu'au passage de la route et de la voie ferrée ainsi qu'à la proximité de Kaschira qui, elle, tirait ses ressources du fleuve Oka. Là on rencontrait des pêcheurs, des cargos accostaient, il existait une conserverie, une scierie et une menuiserie ne produisant plus depuis la guerre que des traverses de chemin de fer destinées à la construction de nouvelles voies ferrées pour le ravitaillement des troupes. Stupino tirait sa principale fierté de son jardin public planté d'ormes sibériens et de platanes, au milieu duquel trônait un monument à la gloire de Staline. La ville possédait même un hôpital ainsi qu'un petit hôtel — propriété de l'Etat —, dont le gérant s'étonnait chaque jour d'arriver encore à subsister alors que les clients de passage se faisaient de plus en plus rares. Le restaurant était fermé depuis longtemps, et sans les ressources qu'il tirait de la distillerie clandestine installée par ses soins dans une cave secrète, Emil Benjaminovitch Privalzev en eût été réduit à brouter le gazon du jardin public.

Il fut donc d'autant plus stupéfait — et enchanté ! — lorsqu'un client débarqua en déclarant :

— Je voudrais une chambre !

Il énonça cette requête sans plus de façons, comme s'il formulait une demande toute naturelle. Il voulait une chambre ! Une vraie chambre avec un lit, une armoire et du linge propre. La guerre était donc finie, camarade ?

Privalzev retint sa respiration. Ce client-là empestait comme une troupe de bohémiens. Mais ne fallait-il pas se résigner à toutes sortes d'avanies dès lors qu'il s'agissait de louer une chambre ?

Privalzev ouvrit un volumineux registre où la dernière inscription remontait à plus de quatre mois. Il le feuilleta comme s'il cherchait une feuille encore vierge, et adressa à son client un sourire rayonnant.

— Chambre 4, annonça-t-il d'une voix onctueuse. Une magnifique chambre donnant sur la gare. Elle vient juste d'être libérée par un général... La chambre coûte quatre roubles...

— Deux, répliqua Kraskin d'un ton amène.

— La chambre 4, vous n'y pensez pas !

— Alors donnez-m'en une autre...

— Trois roubles, parce qu'elle vient juste de se libérer, riposta Privalzev en reniflant avec répugnance.

Dès lors que le tarif descendait à trois roubles, on avait le droit de se montrer sensible à certaines odeurs...

— Deux roubles. Je ne suis qu'un pauvre travailleur. J'étais employé dans une raffinerie.

— C'est donc cela ! s'écria Privalzev en reculant d'un pas. La betterave, j'aurais dû y penser ! Il y a comme ça de ces odeurs qui vous imprègnent, et plus moyen de s'en débarrasser. Qu'y pouvons-nous, camarade ?

— On ne peut que s'y habituer, soupira Kraskin.

Il posa la main ouverte sur le comptoir de la réception.

— Deux roubles et vous me donnez la clé, d'accord ? Je ne détesterais pas non plus un petit quelque chose à grignoter.

Privalzev lui tendit le registre.

— Commencez par vous inscrire. Nous sommes sans arrêt contrôlés.

Le renseignement méritait d'être noté. Kraskin s'exécuta. A plusieurs reprises il lécha la mine du crayon, comme s'il écrivait mieux ainsi humidifié. Privalzev, ayant déchiffré les renseignements inscrits, hocha la tête, satisfait.

— Alexander Nikolajevitch, demanda-t-il, combien possédez-vous de tickets d'alimentation ?

— Pas mal. Mais je voudrais économiser. Je vais à Moscou, vous comprenez. Là-bas la vie est dure. En principe, on doit m'embaucher dans une fabrique de plaques de blindage. Passer de la betterave à l'acier, ce n'est pas une belle promotion ? Moi en tout cas j'en suis fier. Il y a de quoi, vous ne trouvez pas ?

— On commencera probablement par vous désinfecter...

Privalzev tendit à son client la clé de la chambre 4. Jamais il ne s'habituerait à une telle puanteur. Il ne comprenait pas comment le camarade Kraskin pouvait y résister. Pas de doute, il existait des gens au nez bouché, complètement dénués d'odorat. Bref, des infirmes, plus à plaindre qu'à blâmer. Les malheureux ignoraient tous les plaisirs, du moins toutes les sensations qu'ils perdaient.

— Que voulez-vous que je vous donne sans tickets ?

— Je suis prêt à ajouter deux roubles. Si vous arriviez à dénicher... je ne sais pas, moi... Comment vous appelez-vous, d'abord ?

— Emil Benjaminovitch Privalzev.

— Emil Benjaminovitch, vous m'êtes sympathique. Dès que je suis entré et que je vous ai vu derrière le comptoir, je me suis dit : Voilà un homme de cœur ! Le camarade est un être sensible, cela se voit à ses yeux. Son front laisse deviner beaucoup d'intelligence. De plus c'est un homme courageux, tout son maintien dénote une grande force de caractère. Voilà quelqu'un qui devrait se montrer assez généreux et débrouillard pour me mijoter un repas solide moyennant deux roubles...

Bonne idée d'avoir fait halte dans cet hôtel malgré le courage qu'il lui avait fallu pour y entrer. Dans sa situation tout autre aurait évité de se montrer dans un lieu public. Eh bien, Kraskin, lui, avait eu l'audace de descendre à l'hôtel comme le plus innocent voyageur et, mieux encore, de s'inscrire dans le registre contrôlé chaque jour par la milice.

Privalzev déploya tous ses talents. Il prépara un repas succulent, que Kraskin engloutit comme s'il avait jeûné pendant une semaine entière. Il dégusta une énorme cuisse de poule, suivie par des fruits séchés, le tout accompagné d'un grand pot de lait crémeux. Une fois rassasié, il lâcha un rot de béatitude qui émut son hôte à tel point qu'il en oublia son odorat outragé et, débordant de sympathie, se risqua même à remplir deux verres de l'alcool distillé clandestinement par ses soins.

A la première gorgée, Kraskin fut plié en deux par une quinte de toux. Après quoi il bondit comme s'il venait de se faire piquer par un scorpion.

— Un délice ! Une pure merveille ! Je ne sais pas qui le produit, Emil Benjaminovitch. Mais ce camarade-là s'y entend. J'en ai les joues en feu, et je ne parle pas de mon gosier. Verse-m'en encore un petit coup, vieux frère...

Jusqu'au soir ils ne cessèrent de trinquer. Au coucher du soleil, ils en étaient à s'étreindre et s'embrasser comme des amis d'enfance après une longue séparation. Ils chantèrent en chœur, et Privalzev constata avec stupeur qu'il s'habituait à la puanteur dégagée par son compagnon. Il s'attendrit même sans retenue sur le sort de ce malheureux contraint de se rendre à Moscou, cette ville gigantesque qui le terrifiait.

A une heure avancée de la nuit, ce fut un Kraskin en larmes qui se laissa consoler par Privalzev, puis emmener par la main dans la chambre 4. Là Kraskin se jeta sur le lit. Ses joues ruisselaient de larmes, il se répandit en imprécations contre un sort trop injuste, mais n'en finit pas moins par s'endormir au milieu de ses déchirants sanglots. Privalzev eut soin de le couvrir pour qu'il ne prenne pas froid, puis quitta la chambre sur la pointe des pieds.

Kraskin attendit qu'Emil Benjaminovitch soit redescendu au rez-de-chaussée. Alors il bondit, verrouilla la porte et alla s'asseoir devant la fenêtre.

Ce poste d'observation se révéla idéal. La gare était juste en face, et il était donc facile d'observer les arrivées et les départs des trains. On apercevait même la gare de marchandises où se formaient les convois à destination de Moscou ou du sud. Or c'était précisément le moyen de transport que Kraskin avait décidé d'emprunter. Son plan était simple : Gagner Moscou en voyageant clandestinement dans un train de marchandises et, une fois parvenu à destination, se rendre immédiatement à l'adresse de Milda Ifanovna.

— Me voilà ! Où sont les autres ?

Kraskin était convaincu d'arriver le premier à Moscou. Tout plaidait en sa faveur. Dès à présent il se trouvait pour ainsi dire aux portes de Moscou.

Il resta encore un long moment à la fenêtre, observant le trafic, et se félicitant d'avoir déjà obtenu un résultat aussi positif.

Ensuite il suspendit ses vêtements à la crémone pour les

aérer, et, une fois recouché, il sombra rapidement dans le sommeil. L'alcool distillé par les soins d'Emil Benjaminovitch orienta peut-être ses rêves, qui furent quelque peu agités et non moins enivrants.

Il était couché dans le lit de Milda Ifanovna, entièrement nu, et elle se penchait au-dessus de lui, offrant ses seins aux plus doux baisers. Puis la main de Milda s'aventurait sur son ventre et descendait...

Au petit matin un convoi de bétail entra en gare de Stupino. Ce fut la première image que perçut Kraskin quand il vint se poster à la fenêtre, sitôt levé.

Pouvait-il espérer circonstances plus favorables ? On ne contrôlait pas les bestiaux. En leur compagnie il voyagerait en toute sécurité.

Il enfila en toute hâte ses vêtements dont l'air nocturne avait chassé les odeurs pestilentielles. Puis il descendit au rez-de-chaussée.

***

Je plane, pensa Boranov. Je ne vais pas m'écraser au milieu des betteraves, je vais me poser tout doucement, en souplesse.

Ses yeux s'étaient maintenant habitués à l'obscurité, de sorte qu'il reconnut la plaine au sud de Plesenskoje. Ne restait qu'à attendre paisiblement l'atterrissage. Inutile de balancer les jambes pour modifier son orientation. Pas d'arbres à éviter. Les champs de betteraves, qui se rapprochaient à chaque seconde, semblaient s'étendre à perte de vue. Les habitations les plus proches se situaient à environ deux verstes. Elles faisaient partie du kolkhoze de « Frunse ». Une forêt les séparait des champs. Nul ne risquait donc d'apercevoir le parachute. Un silence absolu régnait. Lorsque Boranov atterrit, le parachute continua à l'entraîner sans qu'il eût la possibilité d'effectuer le roulé-boulé de rigueur. Une légère brise gonflait la soie. Alors il s'agrippa aux tiges épaisses et résistantes, ce qui lui valut d'arracher une énorme betterave. Néanmoins il parvint à se freiner de sorte que le parachute finit par s'affaler de lui-même.

Boranov resta couché au milieu des betteraves le temps

de reprendre son souffle. Puis il se leva, plia le parachute, et traîna le ballot de soie jusqu'au ruisseau délimitant l'extrémité ouest du champ. Il chercha une cachette appropriée, mais faute d'en trouver, il décida d'abandonner le parachute à proximité du kolkhoze.

En dépit de tous les risques encourus, cette idée l'amusa. Dans quelque temps, peut-être dans trois ou quatre jours, une brave paysanne découvre un ballot de soie sous un tas de foin, avec, fixées à l'étoffe, des ficelles et des sangles. Pas impossible qu'elle ait déjà entendu parler de parachutes ou même qu'elle en connaisse exactement l'aspect. Pas davantage exclu qu'elle n'ait encore jamais vu de ces gigantesques champignons planer dans le ciel. Résultat : elle reste béate de félicité devant pareil trésor. De la soie, et en quantité hallucinante ! Sainte Mère, tout ce que l'on peut y tailler ! Des robes, des corsages, toutes sortes de vêtements. De quoi s'habiller pendant des années... même pour toute la vie !

Boranov se mit à siffloter doucement en marchant d'un pas allègre. Il atteignit un chemin encombré par des charrettes et des tracteurs. Dans la pénombre il distingua les premiers toits du kolkhoze. Alors il s'arrêta pour épier les bruits. Mais rien ne bougea et il n'entendit aucun bruit alarmant. Pas même les aboiements d'un chien. Rassuré, il se dirigea vers un hangar dont le vent faisait battre la porte grande ouverte. Le grincement des charnières rouillées couvrit le bruit de ses pas sur le sol cimenté. Le hangar était envahi de vieilles caisses empilées. Ayant déposé le parachute près de la porte, Boranov se fraya un chemin entre les piles de caisses jusqu'au fond du hangar. Puis il revint prendre le ballot de soie. En tassant bien l'étoffe, il réussit à faire disparaître tout le parachute dans une caisse de la dernière rangée. Puis, en regagnant la porte, il eut soin de dissimuler toute trace de son passage. S'ils ont besoin de caisses, se dit-il, ils commenceront par prendre celles de la première rangée. Avant qu'ils arrivent au fond, de l'eau aura coulé sous les ponts...

Boranov sortit furtivement du hangar et s'éloigna en hâte. Au bout de quelques centaines de mètres, quand il fut hors de vue du kolkhoze et put s'enfoncer dans un petit bois de bouleaux, il s'arrêta et s'octroya un peu de repos. De sa manche, il essuya son visage ruisselant de sueur.

Gagné, pensa-t-il. Me voilà dans la peau d'un citoyen soviétique. Moscou n'est plus très loin, il ne me reste qu'à choisir le moyen de transport le plus commode. Il existe bien un train circulant entre Naro-Fominsk et Moscou, seulement les trains sont perpétuellement contrôlés. Un homme jeune et en bonne santé, contemplant paisiblement le paysage, ne tarde pas à se faire taper sur l'épaule et questionner d'une voix revêche : « Qu'est-ce que cela signifie, camarade ? Tu n'es pas en uniforme ? Montre un peu tes papiers ! » Or produire des papiers en règle ne constitue pas un moyen radical pour échapper à tout interrogatoire.

Le tramway, en revanche, paraît un moyen de transport tout indiqué. La foule s'y presse sans nul contrôle. Qui rencontre-t-on dans un tramway, sinon des camarades travailleurs ? Qui d'autre supporterait l'inconfort des wagons, tolérerait d'être écrasé dans cette cohue humaine ?

Boranov décida de se risquer à prendre d'abord le train avant de monter dans un tramway. Il se représenta la carte de la région et se remémora avec gratitude les explications minutieusement détaillées de Milda Ifanovna. La route de Plesenskoje à Naro-Fominsk devait se trouver au nord-ouest. Parvenu à la gare de Naro, avec un peu de chance il serait pratiquement tiré d'affaire. Un individu perdu dans la foule n'attire pas l'attention.

Boranov reprit son chemin. Il atteignit la route de Plesenskoje, puis, au bout de quatre verstes, les premières maisons du village. Ce fut devant la deuxième maison qu'il aperçut l'engin qui allait peut-être décider de son sort : une bicyclette. Avec la désinvolture d'un chien s'approchant d'un mur pour lever la patte, Boranov pénétra dans le petit jardin clôturé, tout en préparant des phrases rassurantes et cordiales pour le cas où quelqu'un surgirait armé d'une fourche. Mais rien de tel ne se produisit. Ce fut en toute tranquillité qu'il put sortir le vélo du jardin et se hisser sur la selle râpée. Il s'éloigna à coups de pédales vigoureux. Terrorisé, Boranov retint son souffle, tant la chaîne grinçait. Pourtant même ce bruit ne donna pas l'alerte. Les villageois dormaient paisiblement, certains que la guerre, maintenant éloignée, les avait définitivement épargnés.

Boranov effectua le début de son trajet tel un coureur décidé à remporter une victoire éclatante. Ce fut seulement une fois engagé sur la route principale qu'il ralentit le rythme et commença à envisager l'avenir avec sérénité. Une lueur pourpre commençait à illuminer le ciel. Le soleil annonçait discrètement son lever.

Quand Boranov arriva à la gare, il y avait déjà du monde dans le hall.

Boranov s'assit sur un banc à côté d'un groupe de travailleurs, employés, ainsi que l'indiquait leur conversation, dans une fabrique de ressorts. Il sortit de sa poche un gros oignon (rien ne laissait soupçonner qu'il avait poussé en terre allemande), et, l'ayant pelé, commença à le manger en mastiquant consciencieusement.

Avant que le train entre en gare, à trois reprises un milicien passa sur le quai. Il jeta un coup d'œil aux groupes de voyageurs, salua quelques personnes de connaissance, puis disparut.

A huit heures et demie, le départ fut enfin donné. Boranov prit place dans le compartiment déjà occupé par six paysans, une cinquantaine de poules, sans compter une femme obèse qui sentait le fumier et raconta qu'elle était veuve depuis trois ans.

Ayant dûment compati, Boranov s'adossa confortablement et ferma les yeux. Il songea que soixante-dix kilomètres le séparaient encore de Moscou. Un long trajet dès lors que partout le danger guettait et la mort rôdait. Un contrôle pouvait survenir à tout instant. A partir de là tout dépendait de sa force personnelle de persuasion.

A la gare suivante, de nouveaux arrivants envahirent les wagons déjà bondés. Cette affluence entraîna d'inévitables querelles. Un sous-officier de la milice se mit à vociférer, comme si ses hurlements pouvaient miraculeusement libérer des places assises. Un officier couvert de décorations fit chasser des paysans d'un compartiment, entendant bien en être le seul occupant.

Boranov annonça que sa place serait libre dans peu de temps puisqu'il devait descendre à Ochakowo. Aussitôt deux hommes se précipitèrent et lui tapèrent sur l'épaule en s'écriant :

— C'est tout à côté. Alors autant nous laisser ta place maintenant. Fais comme les autres, continue sur le marchepied. Il fait bon, tu ne le regretteras pas. Rien de tel que l'air pur pour se décrasser les poumons.

Ainsi Boranov accomplit la dernière partie du trajet sur le marchepied, cramponné à une barre d'appui. Ici au moins il était sûr d'échapper au contrôle. Effectivement il faisait très doux et le vent le ragaillardit. A Ochakowo, il n'attendit pas même l'arrêt du train pour sauter sur la voie. Il ôta sa casquette, la fourra dans la poche de sa veste, et ce fut avec la plus parfaite désinvolture qu'il se dirigea vers la sortie. En passant devant le milicien de garde, il lança :

— Belle journée, camarade.

Et ce fut ainsi qu'il échappa définitivement à tout contrôle. Le terminus de la ligne de tramway était situé juste devant la gare. L'immense wagon passablement délabré était couvert de slogans vantant la grandeur de Staline et l'invincibilité de la Russie. Tout autour, une véritable armée de voyageurs campait. La plupart étaient assis sur des caisses et attendaient patiemment. La seule porte ouverte était gardée par une jeune personne inspirant visiblement le plus grand respect : une receveuse qui surveillait son monde, tel un archange le paradis. Ce fut seulement quand elle s'écarta pour laisser le passage que le flot se déchaîna. Les usagers du tramway se muèrent subitement en fauves se disputant férocement quelque proie. La cage était ouverte. De toute évidence le wagon ne pourrait pas contenir tous les voyageurs qui attendaient, de sorte que seuls les plus belliqueux monteraient.

Par ruse, Boranov réussit à se faufiler jusqu'à la porte. Quand il se trouva près d'elle, la receveuse le dévisagea avec étonnement. Elle avait les cheveux châtains mi-longs, de grands yeux marrons, des lèvres rouges comme des oranges sanguines... une ravissante petite tête de poupée.

— Vous êtes aveugle ? demanda-t-elle.

La voix était agréable en dépit de l'agressivité de la question.

— Non, dit Boranov. Je vois bien que vous êtes là. Mais quand aura-t-on le droit de monter dans le tramway.

— Quand je ferai signe.

— Et quand donnerez-vous le signal ?

— Quand je le jugerai bon.

— Et dans combien de temps viendra ce moment béni ? Est-ce que je dois consulter mon calendrier ?

— Idiot.

La receveuse recula d'un pas, s'abrita par mesure de sécurité derrière une sorte de barrière métallique, et elle leva la main.

— Allez-y !

Boranov se rua dans le wagon. A peine eut-il pris place près de la fenêtre qu'une véritable marée humaine se déversa dans le tramway au milieu des cris et de la bousculade. Installée derrière le siège du conducteur, la receveuse fit fonctionner la sonnette d'avertissement. Aussitôt le tramway s'ébranla brusquement et prit de la vitesse. Les plus audacieux restèrent sur le marchepied se cramponnant où ils le pouvaient. Les autres, moins sûrs d'eux, sautèrent sur le quai et se contentèrent de suivre le convoi des yeux en faisant mine de s'arracher les cheveux pour exprimer leur dépit.

Boranov, installé derrière la cloison séparant le siège du conducteur, eut tout loisir d'observer le profil de la receveuse. Mignonne. Même franchement jolie. Quel âge pouvait-elle avoir ? Vingt-cinq ans tout au plus, peut-être moins. Une nuque gracieuse, des traits finement sculptés. Elle était en somme tout à fait ravissante.

Ce fut dans ces circonstances que Boranov fit la connaissance de Lyra Pavlovna Sharenkova, receveuse de son état.

***

La douleur l'avait emporté.

Avait-il perdu connaissance, ou son cerveau, en ordonnant une sorte de paralysie des nerfs, avait-il refusé d'enregistrer toute sensation nouvelle ? Bunurian l'ignorait. Il se posa vainement la question quand il redevint capable de pensées cohérentes. Il reconnut les buissons dans lesquels il s'était écroulé. Un goût âcre de feuillages emplissait sa bouche. Il se rappela alors qu'il avait arraché une branche et que, pour ne pas crier, il se l'était enfoncée dans la bouche sans prendre le temps d'en ôter les feuilles.

Pourquoi ne pas crier ? Les hurlements de douleur ont un effet puissamment libérateur...

Un souvenir de jeunesse lui revint. Il revit ce garde forestier qui s'était fracturé le fémur et s'était écroulé en poussant des hurlements presque inhumains. Au bout d'un long moment, sans transition, il avait souri en affirmant :

— Ça y est, j'ai chassé le mal, ce n'est pas si grave...

Des bûcherons. Comment ne l'avait-il pas réalisé plus tôt ? Comme si ce n'était pas évident ! Le cerveau de Bunurian se remit à fonctionner avec clarté et logique. A cinq cents mètres à peine sur la droite, trois cabanes étaient entourées de troncs d'arbres fraîchement abattus et de branches empilées. Une laie indiquait le chemin emprunté par les camarades bûcherons lorsqu'ils partaient au travail le matin. Donc la situation se compliquait. A eux, pas question de faire admettre qu'il avait pu se fracturer la cheville en trébuchant sur une racine. Quand bien même ils le croiraient, resteraient à expliquer ses multiples contusions et l'état de son costume presque en lambeaux.

Avec un effort douloureux Bunurian parvint à lever la tête. Les buissons dans lesquels il s'était caché se trouvaient tout près du chemin par lequel on transporterait le bois abattu. Néanmoins ils étaient assez épais pour qu'on ne remarque pas sa présence, et, si aucun chien ne le trahissait, il était relativement en sûreté. Peut-être pourrait-il tenir quelques jours. Sans nul doute la douleur suffirait à lui couper l'appétit, et il pourrait toujours se désaltérer en léchant les gouttelettes de rosée sur les feuillages.

Bunurian considéra sa cheville enflée. En claquant des dents, il s'efforça d'ôter la chaussette déchirée. Il eut l'impression de s'arracher la peau et il dut à nouveau mordre un bout de bois pour ne pas crier. Puis il se laissa retomber, les larmes aux yeux, et attendit que la douleur soit plus diffuse.

Alors il ôta sa chemise, la déchira, en frotta les lambeaux dans l'herbe pour les humidifier, et il appliqua ces compresses improvisées sur la cheville monstrueusement déformée. La fraîcheur fut bienfaisante, et il fut heureux de pouvoir à nouveau ouvrir la bouche sans claquer des dents. Des voix lui parvinrent des cabanes, et il entendit pétarader un moteur, comme si un tracteur trop vieux se rebiffait contre l'effort exigé.

Bunurian, aux aguets, continua à épier les bruits. Des rires diffus. Le moteur, cessant de crachoter, consentit à démarrer. Une journée de travail commençait. Bunurian pensa au parachute accroché dans les branches d'un arbre. Si le vent se levait, il se mettrait à flotter au vu de tous comme un immense fanal blanc.

Bunurian savait sa situation quasi désespérée. Si on ne le découvrait pas le jour même, cela se produirait immanquablement le lendemain ou le surlendemain. Avec sa cheville fracturée il ne pouvait pas aller bien loin. Et à quoi l'avancerait de parcourir deux ou trois verstes ? Car, sans nul doute, il serait incapable d'accomplir un plus long trajet. Clopiner à travers l'immensité des terres russes était une idée absurde. Mais s'il tenait encore trois jours ? Rien que trois jours ! Ce répit lui suffirait pour récupérer et véritablement renaître.

Bunurian se laissa retomber sur le dos. Il perçut des aboiements. Le timbre en était différent. Trois chiens au moins donnaient de la voix.

Il chercha en vain la capsule de cyanure qu'il portait au cou dans une petite pochette en cuir. Disparue. Le cordon avait dû se rompre lors de sa chute de branche en branche. Alors une sensation de panique l'oppressa. La dernière issue, l'ultime possibilité de fuite dans le néant, lui était refusée.

Peut-être, durant la nuit, pourrait-il tout de même essayer de ramper ? Chaque mètre parcouru représenterait une chance minime mais cependant une chance supplémentaire de n'être pas découvert.

Restait le parachute. Ce maudit parachute tout en haut de l'arbre ! A tout moment il risquait de donner l'alerte...

Le soir, des bruits de voix se rapprochèrent lentement. Des branches craquèrent, des gourdins frappèrent les arbres comme si l'on cherchait à débusquer quelque gibier. Les hommes s'interpellaient, riaient.

Les voilà, se dit Bunurian. Comme des rabatteurs, en file indienne. Tu nous entends, charogne ? Nous sommes sur ta piste, tu ne nous échapperas pas ! Où que tu te caches, nous saurons te trouver ! Entends-tu approcher la mort ? Entends-tu le fracas de nos gourdins sur les troncs d'arbres ? Avec ces gourdins nous allons te briser les os !

Bunurian était maintenant très calme. Fuir ? Cette seule idée lui parut absurde. Même si la réaction spontanée de tout être est de s'esquiver devant le danger, il est des cas où la peur le cède au simple bon sens.

Pourtant il sentit son cœur bondir, quand une voix toute proche appela :

— Ici, camarades ! Il a perdu une chaussure ! Venez voir !

Après la découverte du parachute était donc venue celle, inévitable, de la chaussure. La première émotion passée, Bunurian enregistra le fait avec la froide indifférence d'un simple observateur. Il entendit les hommes s'élancer, discuter entre eux. Une voix profonde domina les autres :

— Regardez... Sa chaussure est tâchée de sang. Il est blessé. Il faut le trouver !

— C'est une chaussure russe, fit-on observer.

— Mais qui ne vient pas de l'armée !

De nouveau la voix grave domina les autres :

— Camarades, il suffit de raisonner logiquement. Si nous avions affaire à un soldat de l'Armée Rouge, il porterait les chaussures réglementaires. Or celle-ci appartient à un civil.

— Peut-être un camarade du parti ?

— Qui aurait sauté juste ici, dans cette forêt ? Pour admirer le paysage ? Oleg Viktorovitch, si tu essayais de temps en temps de faire fonctionner tes méninges ! Tu as entendu un bruit d'explosion ? Eh bien, quand un avion s'écrase, l'explosion s'entend à des dizaines de verstes à la ronde. Cette nuit, que je sache, personne n'a été réveillé par un bruit suspect. Pourquoi ? Parce que justement le type qui a atterri ici ne voulait pas attirer l'attention... Bon, tout le monde en rang ! On reprend les recherches !

Bunurian parvint à s'asseoir. Alors soudain il aperçut des bûcherons. Ils approchaient en rang serré, armés de gourdins et de longues branches. L'un d'eux tenait un pistolet braqué, prêt à tirer.

Le premier qui découvrit Bunurian poussa un cri étouffé et brandit son gourdin en direction du buisson.

— Il est là ! Dans les buissons, il se cache !

Simultanément il réalisa que l'étranger risquait d'être armé et était peut-être en train de le viser. Alors il s'écarta d'un bond et se laissa tomber à plat ventre. Ce mouvement donna le signal. Immédiatement tous les autres s'aplatirent. L'homme au pistolet — celui qui avait une voix forte — tira, mais la balle passa loin de Bunurian.

— C'était un avertissement ! Tu es encerclé ! Sors, les mains en l'air !

— Je ne peux pas ! cria Bunurian.

Cette réponse décontenança les bûcherons.

— Et s'il s'agit tout de même d'un camarade du Parti ? suggéra le nommé Oleg Viktorovitch. Tu te rends compte que tu as peut-être tiré sur un camarade, Pal Tichonovitch ? Les ennuis n'ont pas fini de pleuvoir, je te le dis ! Pourquoi un civil ne sauterait pas en parachute, je te le demande. Par les temps qui courent, on ne doit plus s'étonner de rien. C'est peut-être le nouveau moyen qu'ils ont trouvé pour nous envoyer discrètement les inspecteurs...

Pal Tichonovitch — dont la voix avait le don de conquérir toutes les sympathies lorsqu'il chantait à la veillée — leva prudemment la tête. Ce fut pour poser une question passablement inepte :

— Etes-vous armé, camarade ? lança-t-il.

— Non, répondit Bunurian avec un faible sourire. Pourquoi le serais-je ?

— D'où venez-vous ?

— Du front. J'étais à Smolensk.

— Et vous êtes tombé du ciel... comme ça ?

— Je suis prêt à tout vous expliquer, dit Bunurian sans grand espoir. Je suis blessé. J'ai la cheville fracturée. Quand on n'est pas entraîné à sauter en parachute...

Pal Tichonovitch, qui ne possédait pas seulement une fort belle voix mais aussi plus de courage que ses compagnons, se leva et approcha du buisson. Bunurian écarta les branchages. Les deux hommes s'observèrent. Alors les autres bûcherons se redressèrent et encerclèrent le buisson. Oleg Viktorovitch hocha gravement la tête. L'étranger n'était pas un inspecteur, il l'aurait tout de suite annoncé. Sans compter qu'un fonctionnaire aurait tout de suite donné de grands coups de gueule. Levant son gourdin, il frappa Bunurian sur la hanche. Le coup se répercuta jusque dans la cheville fracturée. Bunurian serra les dents. Il avait l'impression que des aiguilles incandescentes s'enfonçaient dans son crâne.

— Lève-toi ! ordonna Oleg.

— Je ne peux pas.

— Qui es-tu ? interrogea Pal Tichonovitch.

— Je m'appelle Ivan Petrovitch Bunurian.

— Un Arménien, commenta Oleg avec mépris.

— De Grusinien, camarade.

— Qu'est-ce que cela change ?

— Le généralissime Staline, lui aussi, est originaire de Grusinien...

— Tenez-le !

Trois hommes s'emparèrent de Bunurian. Les autres entreprirent de le déshabiller. Bunurian serra les dents quand ils firent passer le pantalon sur la cheville fracturée. Ensuite ils arrachèrent ses sous-vêtements, fouillèrent sa veste. Ils vidèrent les poches, entassèrent tous les objets découverts, après quoi Pal examina le tout.

— Les papiers sont en règle, constata-t-il. De même la feuille de libération de l'Armée Rouge. Mais... qu'est-ce que c'est que ça ?

Il saisit une boîte en fer-blanc qu'il mit sous le nez de Bunurian.

— Une boîte de tabac, ça se voit, non ? Il doit rester de quoi vous rouler chacun une cigarette. Et c'est du bon, du tabac de l'armée !

Pal Tichonovitch soupesa la boîte sous l'œil anxieux de Bunurian. Le double fond dissimulait un émetteur miniaturisé, récente invention de l'électronique américaine. Si Pal Tichonovitch appuyait sur la charnière du couvercle, le double fond s'ouvrirait. Dès lors tout espoir serait perdu.

— Donne ! exigea Oleg. Il a beau être Arménien, on ne va pas se priver de goûter son tabac.

Il arracha la boîte à Pal Tichonovitch et la frappa de la paume.

— Mais ensuite tu n'y couperas pas, il faudra que tu nous expliques comment tu es tombé du ciel.

Le coup assené sur la boîte fut décisif. Un claquement se produisit, léger, quasi imperceptible, puis le double fond s'ouvrit. Oleg, ahuri, fixa l'émetteur sans comprendre. Alors Pal Tichorovitch lui reprit la boîte avec brusquerie et l'examina de près.

— Aha..., marmonna-t-il pour tout commentaire.

— Je vais vous expliquer, souffla Bunurian. Laissez-moi parler, camarades ! C'est une longue histoire, qui a commencé à Leningrad. Vous pouvez me croire...

Pal Tichorovitch appuya sur un minuscule bouton. Aussitôt la boîte à tabac émit un léger bourdonnement. Il la porta à son oreille sous le regard abasourdi des autres bûcherons, puis il la serra dans son poing.

— Espèce de sale chien galeux ! Debout !

Il saisit Bunurian et d'un seul coup le souleva de terre. Quand sa cheville blessée toucha brusquement le sol, Bunurian, les yeux exorbités, poussa un hurlement strident. Tout son visage se convulsa.

— Soyez humains, balbutia-t-il. Ecoutez-moi...

Pal Tichonovitch fut le premier à lever son gourdin et à frapper. Oleg Viktorovitch suivit aussitôt son exemple. Bunurian se remit à hurler. Trois bûcherons l'empoignèrent, l'empêchant de s'effondrer sous les volées de coups. Les gourdins l'atteignirent à la tête, sur la nuque, les tempes, les épaules, en plein visage. Le sang jaillit de la bouche tuméfiée, des arcades sourcilières éclatées. Il ruissela bientôt sur tout le visage, dégoulinant sur le torse. Les bûcherons frappaient en silence, les dents serrées, comme s'ils s'étaient attaqués à un arbre particulièrement résistant. Quand ses tortionnaires le lâchèrent, Bunurian ensanglanté s'effondra.

— Arrachez-lui les tripes, à cet espion ! grogna Pal Tichonovitch. Un fumier d'espion, une ordure !

Bunurian cessa de souffrir. Cependant il conserva assez de lucidité pour réaliser qu'il allait mourir. Mère, pensa-t-il, maman chérie. Au moins tu ne sauras jamais comment je suis mort. Je serai porté disparu, et, tant que tu vivras, tu continueras d'espérer mon retour. Car lorsqu'on aime, on ne cesse de croire au miracle...

Enfin Bunurian perdit connaissance. Un coup violent porté sur son crâne le plongea dans le coma. Pourtant les bûcherons continuèrent à le matraquer. Le crâne éclata.

— Il a son compte ! déclara Oleg, le regard enfiévré. Maintenant il n'espionnera plus personne !

— Où est l'appareil ? hurla Pal Tichonovitch.

Obnubilés par leur soif de vengeance, ils avaient oublié la boîte à tabac. Les joues en feu, ils commencèrent à chercher fébrilement pour finalement retrouver l'objet à côté du cadavre. La boîte, défoncée dans une flaque de sang, n'avait pas échappé au massacre. Oleg s'en saisit et la tendit à Pal Tichonovitch.

— Idiot ! jeta ce dernier en essuyant ses mains ensanglantées sur son pantalon. Tu n'as plus qu'à la jeter. Tu peux même carrément l'enterrer. Nous avons détruit la seule preuve, en tout cas la plus importante, dont nous disposions. Si nous disons ce que nous avons fait de cet émetteur, on risque de nous jeter en prison comme des pouilleux. Alors pas un mot, tu entends ?

— Pas un mot, confirma Oleg. Il ne s'est rien passé du tout. Enfin rien de grave.

— Pourtant il faut bien prévenir quelqu'un. Le parachute, cet étranger... Qui sait ce que cela cache ? Pas un mot au sujet de l'émetteur, c'est tout. Compris ?

Il considéra le cadavre en plissant les yeux, puis tourna les talons et se dirigea vers les cabanes. Les autres suivirent en silence.

Oleg enterra la boîte à tabac dans un trou profond laissé par une racine arrachée. Mais auparavant il eut soin de récupérer le tabac qu'il enveloppa dans son mouchoir. Le sang qui y avait jailli n'en gâterait probablement pas le goût.

Le lendemain Pal Tichonovitch se rendit au bureau de poste de Maximovo pour téléphoner. Il appela le commissariat politique de Kalinine, pour annoncer sobrement :

— Nous avons découvert un parachute et un civil étranger que nous avons abattu.

— Que vous avez... quoi ? vociféra le fonctionnaire.

— Nous n'avons fait qu'accomplir notre devoir, affirma Pal avec solennité.

— L'homme est mort ?

— On peut le dire.

— A-t-il parlé ?

— Il a fait allusion à Leningrad. Mais c'était pour

détourner notre attention. Il essayait de nous égarer, je m'en suis tout de suite rendu compte. Alors nous avons agi en citoyens soviétiques conscients de leur devoir...

— Nous arrivons ! conclut le fonctionnaire de Kalinine, manifestement survolté. Surtout ne touchez à rien !

Quand les fonctionnaires de Kalinine se mirent en route, à Moscou on ne se doutait encore de rien. Le cas intéressait le district de Kalinine, et le bureau local du N.K.V.D. garda jalousement le secret. Si l'affaire était réellement d'importance, si l'homme abattu était effectivement un espion, on entendait récolter des lauriers. Les camarades de Moscou arboraient déjà suffisamment de décorations.

***

Les hommes qui avaient la chance d'approcher Milda Ifanovna Kabakova — et le cercle de ses relations était grand — se pâmaient devant elle. Les femmes en revanche ne lui épargnaient aucune remarque désobligeante ; la jalousie attisait leur acrimonie. Dans son petit appartement situé Lasnaja uliza au numéro 19, près de l'arrêt d'omnibus et de la station de tramway des ligne 5 et 25, chaque samedi soir des artistes se réunissaient pour discuter, écouter la radio, se présenter leurs œuvres, donner lecture de leurs poèmes ou de leurs contes.

Tous les hommes présents vénéraient la beauté de Milda, tous quémandaient ses faveurs. En vain. Il n'en était pas un seul qui pût prétendre l'avoir approchée dans l'intimité. Pas un qui se serait seulement risqué à effleurer ses seins ronds pourtant si fascinants. Milda restait aussi séduisante qu'inaccessible.

Le choc fut donc d'autant plus violent quand surgit un homme qui, lors d'une promenade, osa la prendre par le bras. Plus encore : Un témoin oculaire affirma que ce mystérieux individu était allé jusqu'à embrasser Milda ! En plein jour ! Il était exactement 3 h 29. Conscient d'assister à un événement marquant, le témoin avait eu le réflexe de consulter sa montre, et il avait noté l'heure mentalement.

Les événements confirmèrent ce témoignage. Un lundi matin, l'on vit un commandant en uniforme, les traits marqués par l'insomnie, sortir de l'immeuble où logeait

Milda et gagner la station de tramway. Aussitôt après les fenêtres du deuxième étage s'ouvrirent, comme s'il convenait d'aérer l'appartement après s'être abrités du monde extérieur.

L'affaire était limpide.

— Un officier, bien entendu ! commenta le poète Matwej Petrovitch Ptscholkin, tuberculeux au point que les médecins le considéraient comme en sursis. Il faut admettre que le comportement de Milda est plutôt décevant. Mais qui comprend les femmes ? Un commandant ! Quel âge peut-il avoir ? Apparemment il a facilement atteint la quarantaine. Alors quand on pense qu'elle n'a que vingt-quatre ans ! On en reste pantois.

On ignorait évidemment l'essentiel, quant aux activités du commandant et à son champ d'action. Il appartenait à ce groupe restreint d'officiers qui avaient leurs entrées au Kremlin et voyaient quotidiennement Staline. Sous la direction du général Jefim Grigorjevitch Radovski, ils formaient une sorte de conseil militaire.

Ce fut sur la gigantesque place de l'université que le commandant Janis Michailovitch Volonov rencontra Milda Ifanovna, alors qu'elle était en train de nourrir les pigeons. Dès qu'il l'aperçut, il fut séduit par sa grâce, et, subjugué, il s'arrêta pour la contempler. Elle était accroupie, et, pour attirer les pigeons, imitait leur roucoulement. Subitement un coup de vent souleva sa jupe, dévoilant ses cuisses et laissant entr'apercevoir un slip bleu clair.

Avant que le commandant Volonov se fût décidé à l'aborder, un jeune homme au visage blême approcha — nul autre que le poète Matwej Petrovitch Ptscholkin. Ils échangèrent quelques mots, puis s'éloignèrent en riant.

Aussitôt Volonov se prit à haïr cet individu.

Trois jours de suite il retourna place de l'université. En vain. Elle ne réapparut pas.

Le quatrième jour Volonov résolut d'assister à un ballet, dans l'espoir que le merveilleux spectacle du Bolchoï l'aiderait à dissiper sa mélancolie et son désarroi. Ce fut en cette occasion que le second choc se produisit : l'amie des pigeons était là, dans le foyer, et cette vision le foudroya. Elle portait une robe longue fermée jusqu'au cou mais assez moulante pour laisser deviner ses formes sculpturales.

Volonov, fasciné, crut planer sur un nuage. Non seulement il avait le bonheur de la retrouver, mais elle était manifestement seule, feuilletant le programme avant le début du spectacle.

Alors Volonov rassembla tout son courage, et il alla s'incliner devant la beauté qui n'avait cessé de le hanter. En même temps il se maudit intérieurement car seule une entrée en matière plutôt inepte lui vint spontanément à l'esprit :

— Vous resterait-il un peu de grain pour moi ? balbutia-t-il en rougissant.

La belle daigna lever la tête, l'observa sans fausse pudeur, referma son programme et répondit :

— Pardonnez-moi, mais je ne comprends pas.

— Je vous ai vue en train de nourrir les pigeons devant l'université. Vous le faisiez avec tant de charme et de grâce que j'aurais souhaité être à leur place.

Elle sourit sans grande aménité, mais tout de même elle consentit à sourire !

— Savez-vous que les pigeons sont menacés d'extermination ? On parle d'en empoisonner plus de la moitié.

— Et malgré cela vous continuez à les nourrir ?

— C'est en quelque sorte le repas du condamné. De ma part un geste de protestation.

— Je vous comprends, car moi aussi j'aime les animaux. Tous, sans exception. A tel point que sur le front j'entretenais de longues conversations avec les insectes. Je m'étais même pris de sympathie pour les puces...

Elle éclata de rire. Et ce rire fut pour Volonov un son radieux. Ses lèvres découvrirent des dents d'un blanc éclatant.

— Je m'appelle Janis Michailovitch Volonov, s'empressa d'ajouter le commandant, profitant de ses bonnes grâces. Trois jours de suite je suis retourné place de l'université. J'espérais ardemment un miracle, c'est-à-dire avoir le bonheur de vous y rencontrer à nouveau. Et le miracle s'est tout de même produit puisque enfin je vous retrouve.

— Je m'appelle Milda Ifanovna Kabakova, répondit-elle laconiquement, tout en roulant distraitement le programme entre ses doigts.

— La première fois que je vous ai aperçue, vous êtes partie très vite en compagnie d'un jeune homme.

— Ah oui... Matwej Petrovitch. Un poète. Un malheureux. Il est atteint de tuberculose et il va bientôt mourir. Le pire est qu'il le sait.

— C'est pourquoi vous prenez soin de lui ?

— Il fait partie d'un cercle d'amis qui ont l'habitude de se réunir chez moi. Nous voudrions qu'après la guerre la poésie refleurisse en Russie, que de nouveau puisse éclore la sensibilité de l'âme russe...

Volonov se sentit mal à l'aise. La poésie ne lui était pas familière. Un soldat devait avant tout faire preuve de fermeté, ce qui ne l'empêchait pas de se laisser aller aux plus tendres effusions dans les bras d'une femme. De même, soigner amoureusement les roses de son jardin n'était pas incompatible avec le lancer d'une grenade sur un char ennemi.

— Où est votre place, Janis Michailovitch ? interrogea Milda.

Volonov fut transporté de joie. Elle l'avait appelé par son prénom !

— Au parterre. Rangée 17.

— Moi je suis dans la rangée 24.

— Je vous retrouverai ici pendant l'entracte, Milda Ifanovna. Ensuite, après la représentation...

— Je ne crois pas...

— Le poète doit venir vous chercher ? s'enquit avidement Volonov avec un pincement de jalousie presque douloureux.

— Non.

Elle lui dédia un sourire radieux. Une lueur d'or passa dans ses yeux sombres, reflet des lampes qui illuminaient le foyer, et qui fut pour Volonov comme un rayon de soleil.

— La représentation dure trois heures, ajouta-t-elle. Nous verrons...

Volonov subit le spectacle avec la résignation d'un martyr. Dès le début de l'entracte il gagna le foyer avec une hâte fébrile. Il acheta un verre de limonade rougeâtre — faute de choix, car on ne vendait aucune autre boisson — après quoi il guetta l'arrivée de Milda.

Elle arriva, planant comme un ange sous les regards

concupiscents des hommes qui se retournaient sur son passage. Volonov aurait aimé gifler tous ceux qui osaient poser leur regard sur cette merveille inaccessible à leur convoitise. Quand elle fut près de lui, elle prit le verre qu'il lui tendait, but du bout des lèvres, puis soudain passa son bras sous le sien.

Ce geste fut si inattendu et stupéfiant que Volonov en resta pétrifié pendant quelques secondes. Il perdit conscience du monde qui l'entourait. Il avait le bonheur ineffable de déambuler dans les promenoirs du Bolchoï, avec à son bras la plus merveilleuse femme de Moscou. Cette seule pensée l'obnubila au point qu'il resta même insensible aux regards obliques des spectateurs envieux.

De quoi avait-il parlé ? Lorsqu'il regagna sa place, Volonov n'en avait déjà plus le moindre souvenir. Obsédé par Milda, il ne prêta guère attention au reste du spectacle.

Il la retrouva à la sortie du théâtre, la raccompagna à son domicile, et là ils prirent rendez-vous pour une promenade dans le parc de Gorki.

Puis vint le dimanche où elle l'autorisa à rester. Cela se passa tout naturellement, sans qu'un mot fût échangé. Elle était déjà nue quand il se glissa dans son lit, et jusqu'à l'aube il n'eut pas de cesse qu'il lui eût témoigné son ardeur amoureuse.

— Je voudrais fermer les yeux pour ne plus me voir sur cette terre. Nous devrions avoir peur...

— Peur de quoi ? murmura-t-elle en effleurant sa poitrine velue.

— Des milliers d'hommes en ce moment même sont en train de mourir, pendant que nous, Milduschka, nous nageons dans le bonheur...

— Tu ne retourneras plus jamais sur le front.

— Qui sait ?

— Ta position au Kremlin est bien établie, tu le reconnais toi-même. Le général Radovski est ton ami.

— Oui, je crois qu'il a de la sympathie pour moi.

Volonov, songeur, observa la fumée de sa cigarette et ajouta :

— J'ai l'honneur d'appartenir au conseil des officiers qui entourent Staline.

— Alors pour toi la guerre est déjà terminée, mon

amour, dit Milda avec une intonation de tendresse à laquelle il ne put résister.

De nouveau il l'enlaça et la serra contre lui. Mais, épuisés, ils se contentèrent de caresses et de baisers. Puis Milda murmura :

— Bientôt vous serez à Berlin. Car la grande offensive ne va plus tarder, n'est-ce pas, Jatja ?

— Le 20 juin...

— Comment ? Mais c'est demain !

Volonov acquiesça avec componction et tira la dernière bouffée de sa cigarette.

— Nous allons écraser les Allemands ! Nous disposons de forces dix fois supérieures aux leurs... sans compter les réserves qui vont arriver de Sibérie. Tu as raison, mon ange. Nous avons d'ores et déjà gagné la guerre. Mais le monde ne le sait pas encore. Il va découvrir la formidable puissance de la Russie. Moscou... centre du monde ! C'est nous qui dominerons la politique mondiale. Nous qui déciderons de l'avenir du monde !

Milda Ifanovna garda le silence. Tout en caressant distraitement les hanches de Volonov, elle pensa aux dix officiers allemands largués en parachute autour de Moscou.

Dix hommes en train de marcher vers la mort. Tentative ultime et désespérée pour sauver le monde du bolchevisme.

La mort de Staline, début d'une ère nouvelle ?

Brusquement le doute s'insinua dans l'esprit de Milda. A cet instant même, dans les bras de Volonov, elle comprit de quelle illusion tous se berçaient. Staline ne représentait pas à lui seul la Russie. Il existait des milliers de Volonov prêts à combattre de toutes leurs forces pour que flotte sur le monde le drapeau rouge du bolchevisme, dût ce drapeau être imbibé de sang. Et tous les Volonov qui succéderaient à Staline s'aligneraient opiniâtrement sur cette politique.

Le lendemain, sitôt après le départ du major Volonov, Milda Ifanovna, grâce à un émetteur secret, communiqua à son contact un long rapport, qui fut ensuite retransmis à l'état-major de la 2e armée allemande.

De son côté le major Volonov assista à une conférence en présence de Staline, au cours de laquelle furent révélés tous les plans de bataille pour les quatre semaines à venir. Volonov enregistra tous les comptes rendus avec une curiosité avide. Voilà qui va intéresser Milda, pensait-il, toujours planant sur son nuage et bénissant sa félicité. Milda, patriote fière et farouche. Comme elle allait se réjouir en apprenant toutes ces nouvelles.

Milda, je t'aime...

***

Ivanov était assis sur le bord du chemin et le vent jouait dans ses cheveux blonds, quand une bicyclette s'arrêta à sa hauteur. Il était en train de manger un oignon tout en évoquant la difficulté de l'exercice qui leur avait été imposé à Eberswalde : on les avait entraînés à éplucher et couper un oignon sans en avoir les larmes aux yeux. Dans ces cas-là un Russe ne pleure pas, avait affirmé Milda Ifanovna. Exercez-vous, camarades, entraînez-vous. S'il le faut passez la nuit avec des tranches d'oignon appliquées sur les yeux, procédez comme bon vous semble, mais vous devez absolument vous y habituer !

Ivanov n'avait jamais réussi. Et voilà qu'à présent il se retrouvait au bord d'un chemin, à manger son oignon en détournant la tête et en buvant le thé froid contenu dans une gourde soviétique.

Ainsi donc une bicyclette s'arrêta près de lui, enfourchée — dans le cas d'Ivanov avec ses boucles blondes il ne pouvait en aller autrement — par... une jeune fille ! Quand elle sourit, deux fossettes se creusèrent dans ses joues.

— Qui es-tu ? demanda-t-elle. Je ne te connais pas.

— Je m'appelle Fjedor Pantelijevitch, et tu me connais.

— Non !

— Si ! Depuis une minute !

Le rire qui accompagna ces derniers mots parvint à la dérider. Elle n'avait rien d'une beauté, mais quand elle rit, tout son visage s'illumina.

— D'où arrives-tu ? demanda-t-elle.

— De la guerre. Regarde !

Ivanov souleva sa chemise, découvrant la cicatrice que lui avait laissée un éclat de grenade peu après qu'il avait été nommé sous-lieutenant.

La fille admira comme il convenait la cicatrice, symbole de bravoure, mais en même temps elle ricana stupidement parce qu'Ivanov montrait son nombril. Fjedor Pantelijevitch remit donc sa chemise dans son pantalon, et il se leva. Le vent ébouriffait ses cheveux blonds, et il se dit qu'il avait eu bien raison de s'être opposé au colonel von Renneberg en refusant de se faire couper les cheveux. Ses boucles blondes décidaient de son destin.

— Il faut que j'aille à la gare, expliqua-t-il. J'étais venu voir un de mes oncles, mais je ne l'ai pas trouvé. Ici personne ne le connaît. Il s'appelle Vitali Platonovitch Pupychev. C'est le frère aîné de ma mère, il doit avoir dans les soixante ans.

— Il n'y a pas de Pupychev dans le coin, dit la fille. En tout cas, je n'en connais pas.

— C'est ce qu'on m'a répondu. Maintenant de toute façon il faut que je rentre à Moscou. Je dois me présenter devant la commission médicale qui décidera si je suis en état de rejoindre mes camarades. C'est que je voudrais bien voir Berlin, moi aussi !

— La gare se trouve à neuf verstes au bas mot. — La fille émit un nouveau ricanement avant d'ajouter : — Monte derrière... sur le porte-bagages !

Ivanov fourra la moitié d'oignon restante dans sa poche, reboucha sa gourde, et enfourcha la bicyclette. Pour se retenir il plaqua les deux mains sur les seins fermes de sa serviable conductrice. A ce contact la fille tressaillit, tout son corps se raidit, mais elle ne protesta pas et commença à pédaler vigoureusement sur la route cahoteuse. Elle souffla plus bruyamment quand les mains d'Ivanov se firent plus insistantes. Au bout d'un moment, la bicyclette se mit à zigzaguer. Et la fille de bredouiller avec un petit rire hystérique :

— Fedja, arrête ! Je vais tomber ! Fedja, non... d'abord tu vas rater ton train ! Fedja, tu es fou...

Ils arrivèrent à la gare de Dubna une heure avant l'arrivée du train pour Moscou. Ils eurent donc tout loisir de nouer des liens plus intimes, et Ivanov promit de revenir si par hasard les médecins ne le jugeaient pas apte à marcher sur Berlin.

Avant le départ du train, ils s'envoyèrent mille baisers du bout des doigts. Après quoi Ivanov releva la vitre et se laissa tomber sur la banquette. Le compartiment était plein. Il y flottait des relents de transpiration, de crasse et d'urine. Comprimée entre la porte et un vieux paysan trapu au souffle d'asthmatique, une femme adressa un clin d'œil discret à Ivanov. Cela ne va pas recommencer, pas déjà, se dit-il en répondant par un sourire figé de pure politesse. Cependant la femme recommença son manège et agita le col de son chemisier comme pour s'éventer. Ivanov poussa un soupir discret et se pencha vers elle.

— Eh oui, commenta-t-il, c'est vrai qu'il fait chaud.

— Je m'appelle Wanda Semjonovna, répondit-elle bien qu'il ne lui ait pas demandé son nom.

Ivanov s'inclina courtoisement.

— Fjedor Pantelijevitch.

La femme enregistra ce renseignement avec un intérêt manifeste et recommença à s'éventer. Elle était tout à fa. ravissante. Ses vêtements mettaient en valeur une silhouette fine et des seins juvéniles.

— Je suis contremaître dans le bâtiment, déclara Wanda Semjonovna.

Elle en tirait visiblement une grande fierté. A vingt-trois ans elle avait déjà gravi beaucoup d'échelons. Autrefois, il était rare que des femmes occupent des fonctions considérées comme typiquement masculines, mais depuis la révolution elles côtoyaient les hommes dans presque tous les secteurs d'activités. Y compris sur les chantiers. Wanda Semjonovna, pour sa part, devait sa promotion non seulement à son courage et son assiduité, mais aussi à l'autorité qu'elle était capable d'exercer.

Ivanov écouta son récit avec une feinte placidité.

— Moi je n'ai pas encore d'emploi, déclara-t-il en élevant suffisamment la voix pour que tous dans le compartiment pussent entendre et afin d'éviter toute question gênante. Les médecins ne se sont pas encore mis d'accord sur mon cas.

De nouveau il souleva sa chemise, arborant son imposante cicatrice.

— Un héros ! se pâma Wanda. Camarades, nous avons un héros parmi nous !

— N'exagérons rien. — La mine faussement modeste, Ivanov se rajusta. — Je n'ai fait que mon devoir, ajouta-t-il.

Et finalement je n'ai jamais récolté qu'une écorchure, cela ne vaut même pas la peine d'en parler.

Il darda sur Wanda son regard limpide, tandis que le soleil filtrant à travers la vitre crasseuse illuminait ses magnifiques boucles blondes.

— Je vis de ma solde militaire, précisa-t-il.

— Vous voulez du travail, Fedja ? s'enquit Wanda Semjonovna.

Voilà qu'elle aussi use déjà d'un diminutif, réalisa Ivanov. Ici au moins elles vont vite en besogne. De véritables vampires !

— Si j'en trouvais, ce ne serait pas de refus. Quelques roubles sont toujours bons à prendre... Alors si ma cicatrice peut y résister...

Il tapa avec gratitude sur l'épaule d'un paysan qui, dans un élan de solidarité fraternelle, lui tendit un bout de saucisse.

— Vous êtes trop bons pour moi, les amis ! Arrêtez, sinon je vais en avoir les larmes aux yeux !

— Sur mon chantier je pourrais avoir besoin d'un apprenti charpentier, suggéra Wanda Semjonovna. Pas un travail très difficile. Il faut savoir clouer des planches...

Ivanov se contenta de dévisager Wanda avec perplexité.

— Tu n'as pas le vertige au moins ? Le chantier en question se trouve dans l'enceinte du Kremlin...

Ivanov sentit comme une brusque bouffée de chaleur. Il prit la saucisse généreusement offerte par son voisin et il mangea avec gloutonnerie en mastiquant bruyamment. Le Kremlin ! Il serait pratiquement devant la porte de Staline. Une pareille aubaine ne tenait-elle pas du miracle ! Colonel von Renneberg, auriez-vous seulement imaginé un tel prodige ?

— Je serais capable de danser sur une corde, affirma Ivanov. Le vertige, connais pas ! Et pour ce qui est de planter des clous, vous pouvez me faire confiance. Wanda Semjonovna, quand vous me verrez un marteau à la main, vous en serez la première épatée !

Inexplicablement Wanda rougit. Ivanov lui sourit avec candeur. Il se répéta avec émerveillement que jamais une occasion aussi favorable ne se représenterait. Peut-être aurait-il même une vue plongeante dans le bureau de

Staline ? De là à s'imaginer balançant une grenade à ses pieds...

— Eh bien, je vais en parler, conclut Wanda d'une voix légèrement altérée. Je suis sûre que si vous lui montrez votre cicatrice le chef de chantier ne refusera pas de vous embaucher. Nous ne sommes pas ingrats envers nos héros nationaux...

***

Le train pour Moscou en provenance de Gorki ne s'arrêtait à la gare de Kosterovo que sur demande, si le chef de gare agitait un drapeau jaune.

Ce matin-là Luka Ivanovitch Petrovski faisait partie des quatre voyageurs attendant sur le quai. Toute la nuit, après son atterrissage, il avait marché à travers champs sans rencontrer âme qui vive. Dans le fleuve Kjasma il prit un bain si revigorant que la faim commença à le tenailler et, en arrivant à Kosterovo, il échangea un peu de tabac contre deux gros cornichons qu'il engloutit comme le mets le plus délectable.

Dans un souci d'affabilité, il fit connaissance avec les autres voyageurs. Généreusement il partagea sa cigarette avec le chef de gare, et il apprit ainsi, non sans appréhension, que beaucoup d'officiers de l'Armée Rouge empruntaient justement ce train pour se rendre à Moscou. Ils venaient de l'école d'officiers de Gorki, où avaient parfois lieu certaines conférences de l'état-major. Milda Ifanovna n'y a jamais fait allusion, se rappela Petrovski. Grave négligence de sa part. Plus précisément renseignés, nous aurions sans doute choisi un autre point d'atterrissage.

Petrovski raconta aux autres voyageurs qu'il souffrait d'un ulcère et que la maladie avait atteint un stade assez aigu pour le rendre inapte au service.

— Une pitié, camarades ! Cela vous ronge l'estomac, et ça vous tiraille et ça gargouille que c'en est répugnant.

— Pourquoi est-ce qu'on n'opère pas, Luka Ivanovitch ? s'enquit le chef de gare.

— Demandez aux médecins ! riposta Petrovski avec une amère indignation. Ils ne cessent de me faire avaler des tuyaux... des kilomètres de tuyaux ! Là-dessus ils finissent toujours par me renvoyer. Je prends des médicaments, il faudrait aussi que je boive beaucoup de lait... Où voulez-vous que je trouve du lait en une pareille époque, je vous le demande ! Je suis censé mener une vie calme... facile à dire ! Croyez-moi, mes amis, être malade est bien triste et cruel. Peut-être qu'ils ne m'opèrent pas parce que cela ne servirait à rien. Peut-être qu'à leurs yeux je suis condamné... j'ai déjà un pied dans la tombe...

Enfin le train arriva, et s'arrêta au signal du chef de gare. Effectivement Petrovski pénétra dans un compartiment déjà occupé par quatre officiers qui jouaient aux échecs. Ils se contentèrent d'un bref signe de tête quand Luka Ivanovitch les salua, avant de se faire tout petit dans un coin. Une chance, constata-t-il. Lorsqu'il entame une partie, un joueur d'échecs s'abstrait du monde environnant et toute son attention est absorbée. Un Russe en particulier, lorsqu'il dispute une partie d'échecs, perd tout contact avec les réalités.

Petrovski jeta des coups d'œil discrets sur les échiquiers et constata avec satisfaction que les parties entamées risquaient fort de se prolonger durant tout le voyage.

Il se tassa davantage sur lui-même quand, à l'arrêt suivant, des policiers montèrent dans le train. Mais il s'effraya pour rien. Aucun contrôle ne fut effectué. Les policiers étaient de simples voyageurs.

Quand le train traversa les faubourgs de Moscou, Petrovski se leva et sortit dans le couloir. Tout se passait trop aisément, et cette facilité même l'angoissait. Pourtant si les événements continuaient à se dérouler aussi rondement, il ne tarderait plus à revoir Milda Ifanovna. Pensée réconfortante et combien stimulante...

Il se roula une cigarette. Moscou ! Discrètement il se mêla au groupe d'officiers qui attendaient déjà devant la portière.

Quand le train entra en gare de Biélorussie, Piotr Mironovitch Sepkin avait sympathisé avec tous les voyageurs de son compartiment. L'ambiance se détendit et finit par s'égayer au point que l'un des hommes se mit à jouer de l'harmonica, tandis que les autres battaient la mesure avec leurs bottes.

Le plus joyeux était Sepkin qui se considérait comme le plus chanceux de ses dix compagnons. De la gare de Biélorussie à l'adresse de Milda Ifanovna il n'y avait qu'une place à traverser.

Bonjour, ma toute belle, s'exclamerait Sepkin dans quelques instants. Inutile de vous frotter les yeux, ce n'est pas un mirage. Me voilà en chair et en os ! Ce cher Piotr Mironovitch est bel et bien arrivé ! Alors autant en finir ! Où se trouve la bombe réservée au camarade Staline, que je lui règle son compte vite fait bien fait ?

A la gare, Sepkin prit congé de ses compagnons de voyage sans lésiner sur les baisers sonores et les accolades fraternelles. Après quoi il se retrouva sur le quai, le cœur battant la chamade.

Moscou. Terminus.

Sepkin gagna tranquillement la sortie, tout en observant les miliciens à la dérobée. Il acheta la *Pravda*. Pas un mot sur la grande offensive. A lire les nouvelles, on pouvait croire que le calme régnait sur tous les fronts et que les combats très localisés se limitaient à des escarmouches. En bref, l'Armée Rouge réservait ses forces pour le grand jour.

Luka Ivanovitch Petrovski débarqua peu après à la gare de Kazan. Il se fit tout petit pour gagner la sortie au milieu d'un cercle d'officiers à la poitrine couverte de décorations. Sans perdre de temps il gagna la place Lermontov, où il s'installa sur un banc en plein soleil. Quelques vieillards, dont l'un avec un chien famélique qui en ces temps de famine avait échappé miraculeusement à la casserole, profitaient des premières chaleurs en mâchonnant des graines de tournesol.

Petrovski s'obligea à respirer à fond plusieurs fois de suite. Le dernier avertissement du colonel von Renneberg lui revint à l'esprit : « Messieurs, une fois que vous aurez atteint Moscou, que la joie ne vous fasse commettre aucune imprudence. Contentez-vous de cette simple constatation : je suis arrivé dans une ville. Dans cette ville il va falloir que je mène une vie clandestine. Dans cette ville j'ai une mission à accomplir. Et cette mission est la plus difficile, la plus périlleuse qui ait jamais été confiée à un être humain. Dès lors vous verrez la ville d'un tout autre œil, même si le soleil jette une lumière d'or sur les dômes des églises. »

Petrovski tendit les jambes, considéra du coin de l'œil la place Lermontov et attendit. En cette première matinée à Moscou, rien ne pressait.

Une heure plus tard Fedor Pantelijevitch Ivanov arriva à la gare de Iaroslavl. Sur le quai Wanda Semjonovna s'accrocha à son bras comme s'il formait déjà un couple uni contre vents et marées, puis tous les voyageurs du compartiment se serrèrent chaleureusement la main. Le paysan offrit à Ivanov le reste de la saucisse, et un petit vieillard lui confia l'adresse d'un médecin dont l'influence sur la commission médicale officielle pourrait être déterminante. Bref on se quitta dans la plus franche cordialité en renouvelant des serments d'amitié. Là-dessus Ivanov, Wanda à son bras, gagna la place Komsomolski d'un pas tranquille de promeneur.

— Tu m'accompagnes, Fedja ? s'enquit alors Wanda Semjonovna. Je veux dire chez mes parents ? Ils seront si heureux d'accueillir un héros de la patrie ! Tu n'es pas convoqué d'urgence par la commission médicale ? Aujourd'hui j'ai congé, mais demain je parlerai avec le chef de chantier. Ce ne serait pas merveilleux de travailler ensemble ?

— Au Kremlin ! Malheureusement... ils ne vont pas engager n'importe qui... le premier venu...

— N'oublie pas mon grade ! Je parlerai en ta faveur...

Il acquiesça, puis tout à coup l'embrassa, là au beau milieu de la place.

***

Le convoi de bestiaux dans lequel s'était caché Kraskin s'ébranla seulement à la nuit tombée. Il ferma les yeux tandis que dans sa tête se jouaient des airs de « La Bohème ». Une musique qui engendrait le rêve et vous mettait du baume au cœur.

Kraskin fut réveillé par une douleur cuisante dans son pied. Le train fendait la nuit à grand bruit, comme s'il fuyait un cataclysme. Dans le wagon à ciel ouvert, les vaches inquiètes se poussaient, se serraient les unes contre les autres. Devant lui, la vache qui lui avait piétiné le tibia beugla, tandis que des filets de bave coulaient de sa gueule.

Collé contre la paroi du wagon, Kraskin ne pouvait plus bouger. Le bétail formait une masse compacte et mouvante que, même à coups de poing violents, il ne parvint pas à repousser. En dépit du fracas des roues, il perçut finalement la cause de cette panique : dans le ciel obscur, des bombardiers soviétiques survolant le pays à basse altitude, filaient vers l'ouest. De temps en temps le meuglement des vaches couvrait le grondement des moteurs.

Quand les bombardiers piquèrent sur la voie ferrée comme s'ils voulaient s'y poser, une panique effrayante s'empara du troupeau. Les bêtes massives comprimèrent Kraskin, l'empêchant même de jouer des poings et des pieds, l'étouffant.

Il faut que je sorte de là, réalisa Kraskin avec effroi. Que je parvienne à escalader la paroi du wagon. Je pourrai toujours continuer le voyage à l'extérieur, sur les tampons ou n'importe quoi. Ici je vais finir par me faire aplatir comme une crêpe.

Soudain il sentit une chaude humidité, comme si son épaule se trouvait sous un robinet grand ouvert.

Du sang ! Elles m'ont arraché l'épaule ! Il faut que je sorte d'ici... Elles vont me réduire en bouillie !

Il essaya de sauter pour atteindre le bord supérieur du wagon, mais les vaches ne lui laissèrent pas prendre l'élan nécessaire. Il était entièrement prisonnier de la masse compacte agglutinée autour de lui.

Alors il commença à crier. Un cri aigu, interminable. Son bras gauche fut pris d'un tremblement convulsif. L'épaule paralysée était devenue insensible. Du sang continuait à couler de la plaie. Il n'osa pas tâter la blessure, qu'il ne pouvait examiner puisque la chair avait été arrachée dans le dos, sous la nuque.

Kraskin tenta une nouvelle fois d'atteindre le bord de la paroi. Dos au mur, il parvint à s'arc-bouter légèrement, et des jambes il prit appui contre une vache. Tel un alpiniste à la conquête d'un pic, il se hissa lentement... Quand il fut parvenu à mi-hauteur, une formidable explosion se produisit dans le ciel nocturne. Un des moteurs de bombardiers défaillant fit entendre comme une série de détonations retentissantes. Alors les bestiaux cédèrent de nouveau à une panique sauvage, se bousculant, se piétinant mutuellement. Leurs meuglements s'élevaient, assourdissants.

Kraskin lâcha prise. Il glissa sur le plancher imprégné d'excréments et d'urine, tomba à genoux, fut étourdi par un coup de sabot. Il tenta de se redresser, mais les corps massés au-dessus de lui formaient une montagne de chair écrasante. De nouveau il joua aveuglément des poings, tandis que les sabots martelaient son corps meurtri. Des deux mains il s'agrippa au pis d'une vache, et se souleva, tel un cosaque sous un cheval au galop.

Il ne résista pas longtemps. Une brusque poussée le rejeta sur le plancher, et un sabot lui écrasa la main droite. Il perçut le craquement des os. Alors, en se mordant le bras gauche, il se laissa aller au désespoir et se mit à sangloter. Bientôt il ne fut plus qu'une masse informe et insensible, broyée par le piétinement des bestiaux.

Le convoi entra dans la gare de marchandises de Moscou à cinq heures du matin. Les animaux s'étaient alors calmés et leur débarquement s'effectua sans encombre. Trois brigades de femmes de ménage, chaussées de hautes bottes en caoutchouc, arrivèrent, munies de tuyaux d'arrosage. Les jets puissants balayèrent le plancher des wagons, l'eau emportant les excréments. Dans la voiture n° 7, un tas d'immondices refusa de se décoller. Antonia Nikolaijevna poussa un juron bien senti, augmenta encore la puissance du jet et braqua son tuyau.

Ses efforts se révélèrent infructueux, le tas d'immondices semblait adhérer au sol.

Alors Antonia Nikolaijevna coinça son tuyau, laissant l'eau jaillir sur les vaches, et elle se pencha pour constater les dégâts. Une seconde plus tard elle courait sur le quai, les yeux exorbités, en poussant des cris stridents. Quelques mètres plus loin elle vomit et s'effondra sur la voie, comme assommée par une main invisible.

***

Sergeij Andrejevitch Tarski avait toujours été d'une nature gaie et optimiste. Ainsi chaque fois qu'il lui était arrivé de réussir une entreprise d'une difficulté initialement jugée insurmontable, il s'en était réjoui comme un enfant. Et de siffloter et de chanter en se persuadant que tout dans la vie était affaire de chance, une chance qui précisément ne l'abandonnait pas et qu'il savait apprécier.

De la même façon son atterrissage en douceur, au beau milieu d'une clairière près de Lataschino, le combla d'aise, et ce fut le sourire aux lèvres qu'il entreprit d'enterrer son parachute. Cette tâche accomplie, il alla se reposer dans la forêt, et allongé sur un matelas de mousse, il réfléchit au meilleur moyen de gagner Moscou.

Finalement il résolut de marcher jusqu'à Wolokolamsk, où il attendrait un train pour la capitale. D'après les informations de Milda, de nombreux convois de blessés empruntaient cette voie, parmi lesquels des trains spéciaux avec des wagons aménagés en salles d'opération. Les blessés légers, eux, s'entassaient dans les wagons normaux, et ils se montraient gens d'excellente compagnie. En effet, que rêver de mieux en période de guerre qu'une balle dans le bras, ou un peu de plomb dans les fesses, en d'autres termes une blessure sans gravité mais assez fâcheuse pour que l'on espère se glisser entre des draps blancs sous l'œil compatissant d'infirmières toutes dévouées, avec, quotidiennement garantie, une pleine assiette de soupe moins liquide que dans les tranchées.

Les blessés sont des compagnons de voyage idéaux, se dit Tarski. Ils se contentent de considérer leurs pansements avec une secrète satisfaction, ils ne posent pas de questions, occupés qu'ils sont à conter leurs exploits et à réfléchir aux avantages respectifs de tel hôpital ou telle infirmerie.

— Moi non plus, je n'ai pas réussi à m'en tirer sans dommage, expliquerait Tarski. C'est que je suis presque un vétéran ! Je n'ai peut-être que vingt-deux ans, mais j'en ai facilement pris dix de plus dans les marais de Pripet ! Je n'ai pas résisté au paludisme ! Vous savez ce que c'est que la fièvre paludéenne ? Eh bien, je ne vous le souhaite pas ! Qu'est-ce que tu as, toi ? Une balle dans la cuisse gauche ? Veinard ! Et toi, frère ? Un éclat d'obus a failli t'arracher la main ? Tu peux encore remercier le ciel, crois-moi ! Les os se ressoudent, les plaies se cicatrisent. Tandis que si on a eu le malheur d'attraper le paludisme, plus moyen de s'en débarrasser. Les médecins ne te cachent même pas que tu en as pour le restant de tes jours.

D'ailleurs quand ils commencent à te donner du « mon cher » comme ils l'ont fait dans mon cas, c'est que tu es déjà dans le trou. Saloperie de fièvre ! Tu te retrouves à frissonner et à claquer des dents alors que tu es inondé de sueur ! Ou alors tu as l'impression que ton sang se met à bouillonner dans tes veines. Vous avez déjà entendu des castagnettes ? Eh bien, c'est exactement le bruit qu'on arrive à produire en claquant des dents. Et je ne parle pas du reste ! Incroyable ce que peuvent contenir les intestins d'un type pourtant sous-alimenté. La première fois, je me suis tellement vidé que j'ai tourné de l'œil. Et ça ne va pas en s'améliorant. On a toujours l'impression qu'on va rendre tripes et boyaux ! C'est ça, le paludisme. Incurable. Ça te reprend à n'importe quel moment, d'une seconde à l'autre. Cela commence par des frissons, et puis on claque des dents, et puis... Bref, je suis invalide, même si ça ne se voit pas forcément.

Pas un seul dans le compartiment qui ne plaindrait Tarski et ne le presserait de fournir de plus amples détails. En somme, il ne serait pas désagréable de voyager dans cette ambiance de compassion amicale.

Au lever du soleil, Tarski se mit en route pour Wolokolamsk. Au bout de quatre heures de marche à travers champs et forêts, il atteignit la rivière Lama. Pour se délasser, il ôta ses vêtements et se baigna dans l'eau encore fraîche, après quoi il se fit sécher aux premiers rayons du soleil, tout en réfléchissant à la poursuite de sa route. Deux possibilités pouvaient s'envisager : ou gagner la rive opposée du Lama et continuer à travers champs jusqu'à Wolokolamsk, ou passer directement par la route de Rshjew, ce qui était plus risqué.

Tarski cligna des yeux sous le soleil. Il se répéta qu'il avait une chance incroyable. A Eberswalde, à en croire le colonel von Renneberg et ses consignes réitérées de prudence, ils étaient dix qu'on allait tout bonnement précipiter en enfer. Or voilà que lui, Tarski, se retrouvait dans la peau d'un paisible citoyen russe en train de se prélasser au soleil avant de gagner Moscou. Quoi de plus simple, quoi de plus banal ?

Il s'octroya une demi-heure de repos. Aucune urgence. La sécurité avant tout. Sans prendre la peine de se rhabiller, il marcha le long de la rive à la recherche d'un endroit, où le courant moins fort lui permettrait de nager jusqu'à la rive opposée.

Il finit par repérer au milieu du fleuve un banc de sable susceptible de faciliter la traversée. Alors il roula tous ses vêtements en boule avant de les attacher autour de sa tête à l'aide de sa ceinture. Cela fait, il entra dans l'eau. Le courant, il l'avait déjà remarqué en se baignant, était plus fort sur la rive qu'au milieu du fleuve.

De l'autre côté du banc de sable, un courant de fond entraîna Tarski en aval, l'obligeant à lutter de toutes ses forces. Il dut nager en redoublant de vigueur, et il était hors d'haleine lorsqu'il atteignit enfin la rive, à un endroit où le fleuve avait creusé son lit au point de former une falaise qui le surplombait.

Tarski détacha son ballot de vêtements, déplia son pantalon, le secoua, puis, tandis qu'il s'apprêtait à enfiler sa chemise, il entendit soudain un craquement suivi d'une exclamation qui claqua comme un coup de fouet.

Tarski garda son calme. Ne sachant comment réagirait l'individu qui probablement l'observait du haut de la falaise, il enfila sa chemise avec une lenteur calculée. Comme il se penchait pour ramasser son pantalon, la voix tranchante lança :

— Monte !

— A moitié nu ? Camarade, ma pudeur me l'interdit !

Tarski alors se retourna... pour découvrir en haut de la pente deux miliciens, mitraillette au poing. Alors pour la première fois il eut peur. Son pantalon sous le bras, il grimpa. Parvenu en haut de la falaise, il aperçut une jeep garée sur un chemin. Un troisième milicien était installé au volant. Il se mit à ricaner au spectacle de cet étranger à demi nu.

Tenant son pantalon en guise de cache-sexe, Tarski leva sur les miliciens un regard de chien battu.

— Si vous permettez que je m'habille... Je me sentirais plus à l'aise pour lier une conversation...

— D'où viens-tu ? demanda l'un des hommes en braquant sa mitraillette sur Tarski.

— De Kiev ! Nous avons définitivement nettoyé la ville après avoir repoussé les Allemands. Avant j'étais dans le 23e régiment de tirailleurs, jusqu'à ce que j'attrape le paludisme. Vous savez ce que c'est que cette saleté de maladie, camarades ? On est là, bien innocemment, dans les marais, et tout à coup...

— Papiers !

— Tout de suite.

Tarski sortit ses papiers de la poche de sa veste. Ils en imposaient. Une multitude de tampons et de signatures. Celui des deux miliciens qui semblait le plus acariâtre et le plus zélé les examina attentivement, puis dévisagea Tarski en fronçant les sourcils.

— Où allez-vous ?

— A Wolokolamsk, camarade.

Tarski, pressentant qu'il ne s'en tirerait pas à si bon compte, crut bon d'ajouter :

— On ne peut pas dire que mes papiers ne soient pas en règle, pas vrai, camarade ? Je crois qu'il y figure même la signature du maréchal Rokossovski. Illisible malheureusement... Je suis invalide, le paludisme est une maladie incurable. Lisez le rapport de l'infirmerie, camarade...

— Qu'est-ce qui t'a pris de te baigner dans le fleuve ? demanda le milicien en pointant sa mitraillette vers le pantalon de Tarski.

Celui-ci interpréta ce geste comme une invitation à se rhabiller, et effectivement on n'essaya pas de l'en empêcher.

— Il fait si bon. C'est une belle journée qui commence. Dans ces cas-là on ne résiste pas à l'envie de se baigner.

— Qu'est-ce que tu vas faire à Wolokolamsk ?

— Un de mes oncles y habite. Dementi Russlanovitch Koseboschkin. Il a toujours eu honte de son nom... Il a raison, le pauvre. Comment peut-on s'appeler Koseboschkin ? Bien sûr il n'y est pour rien. Enfin bref, j'ai décidé de lui rendre une petite visite, ça lui fera plaisir.

— Tu viens de Kiev ? A pied ?

Tarski secoua la tête.

— J'ai fait un bout de chemin par le train. Le reste dans des camions de l'armée. Vous savez, il suffit que je parle de ma maladie pour me faire des amis.

— Nous aussi, nous sommes tes amis, affirma le deuxième milicien avec un large sourire.

C'était la première phrase qu'il prononçait.

— Pas la peine d'user inutilement tes semelles, ajouta-t-il. Nous pouvons t'emmener à Wolokolamsk. Avec la jeep, il n'y en a pas pour une heure. Nous te devons bien ça. Pauvre vieux, si jeune et déjà invalide. Allez, en route ! Nous nous ferons un plaisir de saluer ton oncle au passage.

Tarski acquiesça. Subitement il se sentit glacé de la tête aux pieds. Ce fut néanmoins d'un pas assuré qu'il se dirigea vers la jeep. Il salua le chauffeur et prit place sur la banquette arrière. Le plus antipathique des trois miliciens s'installa à côté de lui et donna le signal du départ.

Durant le trajet le bruit du moteur interdit toute conversation.

A l'entrée de Wolokolamsk le chauffeur s'arrêta.

— Où habite ton oncle ? demanda le milicien assis près de Tarski.

— Comment savoir au juste ? Je ne lui ai encore jamais rendu visite. Autrefois c'était lui qui venait nous voir à Kiev. Un petit bonhomme rondouillard, presque chauve. Il était peintre en bâtiment, mais il s'est peut-être reconverti.

— Il n'a pas changé de nom ?

— Pas que je sache.

La jeep gagna la grand-place du village et stoppa devant le bureau de poste. Effectivement le plus simple et le plus évident, pensa Tarski. Pas bêtes, les camarades. Le postier doit connaître tout le monde dans le patelin.

Tarski descendit et pénétra avec les trois miliciens dans le bâtiment où une femme au teint terreux et au visage grêlé était en train de manger une pomme de terre froide. Elle en engloutit une bouchée avant de s'enquérir :

— Vous désirez ?

— Il s'agit d'un certain Dementi Russlanovitch Koseboschkin, expliqua le porte-parole de la patrouille. Où habite-t-il ?

— Qui ? interrogea la préposée, la bouche pleine.

— Koseboschkin...

— Pas du coin !

— Comment cela ?

— Nous n'avons pas de Koseboschkin dans le coin !

— Vous en êtes certaine ?

— Aussi sûre que je suis en train de manger une pomme de terre !

Les miliciens se tournèrent vers Tarski, faisant peser sur lui un regard dénué de toute aménité. A la poste on connaît tout le monde, disaient leurs yeux. Alors, Sergeij Andrejevitch, tu aurais intérêt à trouver une explication plausible, sinon, garanti, tu vas passer un sale quart d'heure. Ce que tu essaies de nous cacher, on saura te le faire cracher !

Tarski ne se démonta pas. Il déboutonna sa chemise avec désinvolture et ouvrit la bourse en cuir qu'il portait autour du cou.

— J'ai encore un papier là-dedans, j'oubliais. Décidément la maladie vous fait perdre la tête...

Plongeant les doigts dans la bourse, il saisit une petite capsule entre le pouce et l'index. Salut, colonel von Renneberg. A présent vous pouvez définitivement rayer le nom du lieutenant Dietrich Semper. Je te remercie, mère, de tout ce que tu as fait pour moi. A toi aussi, père, merci...

Il porta vivement la main à sa bouche, avala la capsule et mordit. Goût amer que celui du cyanure, celui de la mort foudroyante.

***

La grand-mère, chez qui Duskov s'était restauré, avait sournoisement lancé l'alerte, déclenchant une activité fébrile dans tout le hameau.

Duskov interpréta son rôle d'inspecteur avec une telle perfection que l'on s'inclina avec empressement devant toutes ses exigences. Il n'en formula d'ailleurs qu'une seule : il désirait qu'un véhicule le conduise à la gare la plus proche. Aussitôt Mrychin, un vieux paysan, proposa d'atteler un bœuf. Histoire de prouver sa bonne volonté, il alla jusqu'à installer un matelas dans la charrette afin que l'inspecteur, ce monsieur de la ville, effectue le trajet plus confortablement.

A la gare un homme attendait avec trois caisses. Il salua Duskov et Mrychin d'un bref signe de tête et désigna avec résignation le guichet fermé. Une pancarte y était accrochée sur laquelle était écrit à l'encre rouge :

« Pas de train aujourd'hui pour réparation de la voie. Départs seulement de Zagorsk ou Kolchugino. »

— Qui aurait pu prévoir ? commenta Mrychin.

Il relut l'avertissement et haussa les épaules.

— Qu'est-ce qu'on y peut ? Vous voulez aller à Zagorsk ? Avec la charrette il ne faut pas y compter. Le bœuf crèverait en route. Il n'y a qu'à déjà le voir tirer la langue... A se demander s'il n'est pas malade du cœur.

Préférant éluder toute considération sur la pathologie animale, Duskov approcha de l'homme qui attendait avec ses trois caisses. Celui-ci lui dédia un sourire niais et haussa les épaules.

— Il y a longtemps que vous attendez ? interrogea Duskov.

— Trois jours.

— Où est le chef de gare ?

— Allez savoir... De temps en temps il téléphone. Aux dernières nouvelles il leur manquait soixante-dix mètres de rails. Hier soir il en aurait pleuré. C'est un brave homme, sûr...

— Je trouverai bien un autre véhicule ici à Alexandrov, dit Duskov à Mrychin. Je vous remercie, camarade. Vous avez été épatants, vous et votre bœuf. Je m'en souviendrai...

Mrychin faillit s'étrangler de joie. Il serra avec gratitude les mains de Duskov, formula des vœux fervents de bonheur. Une journée bénie s'annonçait. Un inspecteur ne reviendrait pas de sitôt au village.

Abandonnant l'unique voyageur à sa résignation, Duskov fit le tour de la gare. Dans un petit jardin clôturé, il aperçut un homme en train d'arroser des plants de tomates. Il ne portait qu'un pantalon et un maillot de corps, et n'avait pas dû se raser depuis plusieurs jours. Il répondit au salut de Duskov par un grognement inarticulé.

— S'il commence à pousser des tournesols entre les rails, la récolte sera bonne, ironisa Duskov.

L'homme pressa son tuyau d'arrosage de manière à élargir le jet.

— Tout le monde râle, bougonna-t-il. Mais qu'est-ce que j'y peux, moi ? Je fais mon travail de chef de gare. S'il n'y a pas de train, ce n'est pas à moi qu'il faut s'en prendre.

— Je dois absolument me rendre à Moscou.
— Vous n'êtes pas le seul. Voyez la gare de Zagorsk !
— Et j'y vais comment à Zagorsk ?
— Je connais une bonne méthode. On dit à sa jambe droite : « En avant ! » Même chose ensuite pour la jambe gauche, et en quelques heures on est à Zagorsk. Simple, non ?
— Lumineux ! Je n'y aurais jamais pensé tout seul.
Duskov tourna les talons sans insister.
Alexandrov se révéla un village coquet. A la sortie de la bourgade, Duskov prit la direction de Strunino où était établie une importante briqueterie. Il en aperçut de loin les hautes cheminées qui semblaient s'élancer dans le ciel serein. Chère Milda, songea-t-il. Grâce à elle on peut traverser la région comme si on y était né. Plus rien d'étranger. Dans quelque deux cents mètres, si sa mémoire était bonne, il atteindrait un carrefour...
Effectivement, ce fut le cas. A la croisée des chemins, Duskov s'assit sur une borne, essuya son visage en sueur. Son attention fut attirée par une métairie, entourée d'une clôture comme toute habitation dans les villages russes. Pas de mauvaises herbes dans le jardin potager parfaitement entretenu. Nulle part la peinture bleu lumineux des volets ne s'écaillait. Par la porte de l'appentis grande ouverte, on pouvait apercevoir les outils de jardinage soigneusement rangés. Tout resplendissait de propreté. Mais ce qui intéressa le plus vivement Duskov se trouvait devant l'entrée du jardin.
Une voiture ! D'un modèle ancien, certes, mais apparemment en bon état. La plaque d'immatriculation portait un numéro de Moscou.
Au terme d'une brève délibération intérieure, Duskov résolut de forcer sa chance, même si cette décision allait à l'encontre de toutes les recommandations du colonel von Renneberg, qui avait particulièrement insisté pour qu'ils évitent tout risque inutile, et donc toute entreprise trop hasardeuse, tant qu'ils n'auraient pas atteint Moscou.
Duskov approcha furtivement de la ferme et s'arrêta devant la voiture.
Surprise : la clé de contact était sur le tableau de bord. Etait-il possible d'avoir une chance aussi insolente ? Encore

qu'il eût été préférable qu'une découverte aussi prodigieuse ait eu lieu la nuit plutôt qu'en plein jour. Bien sûr il pourrait se ruer dans la voiture et démarrer en trombe. Mais il n'irait pas loin. Aussitôt on donnerait l'alerte et il n'aurait même pas le temps de gagner Zagorsk.

— En revanche s'il faisait nuit..., dit Duskov à haute voix.

Il ouvrit la portière, se glissa derrière le volant et considéra la clé. De nuit, pensa-t-il, il suffirait que je desserre le frein à main pour descendre la rue en pente...

Soudain la porte d'entrée principale de la ferme s'ouvrit... livrant passage à un être dont l'apparition coupa le souffle à Duskov.

C'était une femme de taille moyenne, mais ses longues jambes la faisaient paraître plus élancée. Autant que put en juger Duskov, des jambes parfaites, finement fuselées, qui se dessinaient à chaque pas sous sa robe de coton rouge vif. La perfection ne s'arrêtait pas aux jambes. Tout chez cette femme superbe relevait du prodige de la nature, les bras nus, les seins que l'on devinait pleins et fermes, les hanches ondulantes. Le visage aussi était d'une beauté exceptionnelle. De hautes pommettes, des yeux en amandes très sombres et légèrement bridés, des lèvres pulpeuses et un petit nez parfaitement droit et harmonieux. Les longs cheveux noirs étaient noués sur la nuque par un foulard rouge dont les pointes flottaient au vent.

Duskov descendit de voiture, et, fasciné par cette sublime apparition, resta planté devant la portière.

La femme s'arrêta à l'entrée du jardin.

— Est-ce que par hasard vous vous apprêtiez à voler ma voiture, camarade ?

Elle prononça ces mots d'une voix grave et assurée sans aucune pointe d'acrimonie et sans nulle appréhension.

— C'est vrai, dit Duskov pétrifié, d'une voix sourde qui lui parut étrangère. J'étais là, tout pantois...

— Vous étiez déjà installé au volant...

— Pendant cinq ans dans l'armée j'ai conduit des voitures, camarade. Que dis-je, « conduit » ? Je les ai aimées ! Même les poids lourds. Pas un moteur que je n'aie lancé, poussé à fond ! J'ai même été le chauffeur d'un général. Une vraie joie ! Et tout à coup à cause d'une balle dans la hanche, terminé. Un beau jour voilà qu'on m'annonce : « Leonid Germanovitch, tu es un excellent chauffeur, mais tu comprendras qu'avec un trou dans la hanche... Imagine que brusquement ta jambe soit prise d'un tremblement incontrôlable et que tu précipites un général dans le fossé ! Ou contre un mur ! Non, Leonid Germanovitch, ne pense plus aux voitures. Désormais il va falloir te réhabituer à marcher. » Voilà ce qu'on a osé me dire ! A moi, Leonid Germanovitch Duskov, qui connaît les moteurs mieux qu'un médecin le corps humain ! Interdiction de prendre un volant ! Alors vous comprenez... je ne peux plus voir une voiture sans que ça me démange. Sentir sous mes pieds la pédale d'accélérateur, le frein, l'embrayage ! Et le ronronnement du moteur... Camarade, pourquoi Tchaïkovski n'a-t-il jamais écrit une symphonie pour un moteur ?

— Parce que à l'époque les automobiles n'existaient pas encore, commenta la femme de sa voix douce et grave.

— Il ne saura jamais ce qu'il a manqué ! Une voiture est comme une maîtresse vibrant de tout son corps. Quand je vois une auto... je ne peux pas me retenir... Vous croyez, camarade, que je suis un psychopathe ?

— Possible !

Elle rit ! En riant elle approcha de Duskov, tendit la main droite et tapota son front de l'index.

— Nous allons examiner votre cas séance tenante. Car décidément la chance est avec vous : je suis médecin.

Duskov afficha un sourire béat. Merveilleux, incomparable pays que la Russie ! En plus, elle est médecin ! De là probablement l'autorisation spéciale pour la voiture. Une voiture immatriculée à Moscou. Qu'est-ce qu'elle est venue faire à Alexandrov ? Si elle m'emmène à Moscou, moi pauvre soldat de l'Armée Rouge avec son trou dans la hanche et sa fervente adoration pour les véhicules à moteur, ce soir même je serai sur la Place Rouge.

Capitaine von Baldenow, n'oublie pas, sinistre abruti, que tu t'appelles Duskov, cordonnier de ton état... Libéré pour blessure à la hanche et phtisie...

— Il faut que je me déshabille ?

— Je ne donne pas de consultation dans la rue.

— Alors... dans votre cabinet ? suggéra Duskov en désignant la ferme.

— Je n'habite pas ici.

— Ah... Vous êtes venue voir un malade ?

— Pas un malade. C'est la maison de mes parents. Je suis venue rendre visite à ma mère.

— Quelle chance d'avoir une mère...

— Vous avez perdu la vôtre ?

— Ne parlez pas de malheur ! Bien sûr que j'ai ma mère. Je sais reconnaître que c'est une chance, voilà tout !

— Vous n'êtes vraiment qu'un pitre.

— Ça aussi, je le reconnais. Vous voulez bien m'emmener à votre cabinet ?

— Je travaille à Moscou. A l'hôpital Botkin. Je suis chirurgien.

— Oh non ! s'exclama Duskov, tendant les deux mains en guise de rempart et reculant d'un pas. Un trou dans la hanche me suffit, je ne tiens pas à me faire charcuter une fois de plus !

Ainsi donc l'hôpital Botkin, récapitula-t-il. Le plus grand complexe hospitalier du monde, pas très loin du centre de Moscou. A environ quinze minutes à pied de la gare de Biélorussie. Là on tourne à gauche et on débouche dans la Lesnaja uliza.

Milda Ifanovna, tu es une fille merveilleuse... Mais que dire de cette femme... incomparable !

— D'accord, dit Duskov.

Elle le regarda, médusée.

— Qu'est-ce qui est d'accord ?

— Pour être admis à l'hôpital Botkin, il faut franchir beaucoup d'étapes avant que le verdict soit prononcé et qu'on se voie attribuer un lit. Vous au moins, vous vous sentirez peut-être obligée de statuer rapidement sur mon cas.

Sans répondre elle passa devant Duskov et ouvrit la portière.

— Vous vous appelez Duskov. Que je sache, il n'y a personne de ce nom à Alexandrov. D'où venez-vous ?

Prévoyant cette question, Duskov s'y était préparé.

— J'arrive de Kazan...

— Cela fait un long chemin.

Elle s'installa au volant, qu'elle saisit à deux mains. Elle avait de longs doigts effilés, à l'image de ses jambes fuselées. En elle tout n'est qu'harmonie, pensa Duskov avec ravissement. Avec de pareilles mains, il se pouvait qu'elle fût une merveilleuse pianiste.

— Vous jouez du piano ? demanda-t-il.

Elle leva sur lui un regard étonné.

— Oui... Comment l'avez-vous deviné ?

— A vos mains. Vous êtes facilement capable d'écarts de trois octaves.

— Qu'est-ce que vous y connaissez ? Ne me dites pas que vous savez aussi jouer du piano ?

— Le sinistre pitre que je suis a eu une vie mouvementée. Mon père est cheminot à Kazan, ma mère travaille dans une laverie. Ma sœur est déjà veuve. Son mari, Nikita Ifanovitch, était un brave homme, malheureusement il avait un peu trop tendance à boire et son foie n'y a pas résisté. Personnellement j'étais un garçon intelligent et il aurait fallu que je fasse des études. Alors on m'a confié à l'ordonnateur des pompes funèbres de Nowo Rabinssk — c'est l'endroit où nous habitons près de Kazan —, et il m'a appris à jouer du piano. Après, pendant les enterrements, je jouais souvent « Comme les cloches sonnent tristement... ». Awdej Jefimovitch, l'ordonnateur des pompes funèbres, trouvait ça très beau. Quand je plaquais l'accord final, il en avait les larmes aux yeux.

— Vous racontez vraiment n'importe quoi !

— Mais c'est vrai, je ne mens pas ! J'étais très doué. Seulement le hasard prend parfois de curieux détours. Je ne suis pas devenu pianiste et je n'ai pas fait d'études. En revanche j'ai appris le métier de cordonnier. Le destin en avait décidé ainsi. Un de mes oncles, le frère de ma mère, était mort en laissant une échoppe de cordonnier. Il fallait que quelqu'un prenne sa succession. Et bien entendu, ce fut moi ! Je n'ai pas eu le choix. Après mon apprentissage du piano, j'ai appris à donner des coups de marteau en mesure.

— Montez ! ordonna la doctoresse. Et ne me regardez pas avec ces yeux ronds. Il faut que je rentre à Moscou. Vous me raconterez votre vie pendant le trajet.

Duskov fit le tour de la voiture en courant. Gagné ! La

route pour Moscou était libre ! En Russie, l'essentiel était de savoir s'exprimer, de ne pas hésiter à déverser des flots de paroles. Si l'on possédait un débit assez puissant, et l'art de captiver son auditoire, on avait toutes chances d'échapper aux questions indiscrètes.

La voiture démarra, pour s'arrêter au bout de quelques centaines de mètres. Alors ils changèrent de place et ce fut Duskov qui prit le volant. Il commença par caresser amoureusement le bois verni.

— Je ne serais pas aussi tendre avec une femme, murmura-t-il, continuant à jouer son rôle à la perfection.

Il actionna le levier de vitesses en douceur et démarra.

— Qu'est-ce que vous allez faire à Moscou ? s'enquit alors la doctoresse.

Duskov le lui expliqua, avançant des arguments plausibles propres à satisfaire sa curiosité.

L'antique automobile, quant à elle, commença à se comporter comme un cheval sur le retour, de plus en plus rétif.

— Il y a un cylindre qui cafouille... peut-être même deux.

A l'entrée de Krasnozawodsk, le moteur émit une plainte, une sorte de gémissement quasi animal, après quoi ce fut le silence. Duskov, rentrant les épaules et la mine abattue, coupa le contact.

— Qu'est-ce qui se passe ? Qu'est-ce que cela signifie ?

— Le moteur est mort, camarade ! Si j'avais un piano, je jouerais « Comme les cloches sonnent tristement... » !

— Idiot !

Elle alla ouvrir le capot d'où s'échappa une odeur pénétrante de métal surchauffé. Elle recula d'un pas, effrayée. Alors Duskov la rejoignit et, après un coup d'œil bref, referma le capot.

— Même pas la peine de regarder. C'est comme chez vous, à l'hôpital. Il y a des odeurs qui ne trompent pas.

— J'ai un permis spécial ! On me fournira un moteur neuf !

— Ici ?

— Allons voir au village ! décida-t-elle d'un ton impératif.

Ayant assené un coup de poing sur le capot comme pour

se venger du moteur, elle s'éloigna à grands pas. Tout d'abord Duskov la suivit des yeux, fasciné par sa démarche ondulante, la gracieuse harmonie et l'élégance de sa silhouette. Puis il s'élança et la rattrapa en quelques enjambées.

— Il n'est pas imprudent de laisser toutes vos affaires dans la voiture ?

— Ici, répliqua-t-elle, il n'y a pas de voleurs ! Tout le monde n'arrive pas de Kazan.

— Nous nous sommes mal compris, camarade ! Je n'avais pas l'intention de voler, mais juste de m'offrir un plaisir quasi érotique. Il suffit que je voie une voiture...

Elle s'arrêta brusquement, l'œil fulminant.

— Cela suffit, Leonid Germanovitch ! J'en ai assez de vos niaiseries ! Vous cherchez à m'en imposer ou quoi ?

— Je peux aussi marcher sur les mains, poursuivit Duskov sans se démonter. Dans ma classe j'étais le meilleur en gymnastique. Dites-moi ce qui vous amuserait. Je ferai tout ce qui vous plaira.

— Alors taisez-vous !

Duskov plaqua une main sur sa bouche, montrant qu'il se résignait au mutisme, et ils poursuivirent leur chemin en silence.

A Krasnozawodsk, une longue discussion s'engagea pour déterminer qui du forgeron ou du charron serait le plus apte à réparer la voiture. Finalement on arrêta un compromis. Le cas était assez complexe pour nécessiter l'intervention de deux corps de métiers. Deux bœufs furent attelés à la voiture pour la remorquer jusqu'au village. Cette première opération effectuée, le forgeron affirma qu'il serait très honoré d'offrir l'hospitalité à ces hôtes distingués, et il mit à leur disposition une chambre qui possédait un lit immense.

A l'aide d'un palan, Duskov, le forgeron et le charron réussirent à déposer le moteur. A son examen, il se révéla miraculeux que la voiture ait pu rouler jusqu'à Alexandrov.

Pendant ce temps la doctoresse téléphona à Moscou — c'était par chance le forgeron qui possédait l'unique téléphone du village.

— On ne pourra pas m'envoyer un moteur neuf avant au moins une semaine, annonça-t-elle au terme de cette conversation.

Sa voix trahissait son dépit et son courroux. Elle considéra le moteur plein de cambouis avec répugnance, puis se tourna vers Duskov.

— Vous vous êtes mis dans un bel état ! Avant de redevenir présentable, combien de temps allez-vous passer à vous astiquer ?

Duskov résolut le problème. Ayant rempli d'eau chaude une baignoire en bois, il se brossa à en avoir la peau écarlate. Après quoi il s'enveloppa dans une couverture rugueuse mais propre, et il s'allongea sur le lit immense.

Quand la doctoresse entra dans la chambre, il fit mine de bâiller en clignant des yeux.

— J'ai retrouvé une peau de nouveau-né, marmonna-t-il. Vous voulez que je vous montre, Docteur ?

— Sortez de mon lit !

— Je crois que j'ai la fièvre ! Une influenza epidemica...

— Quoi ?

— Ou peut-être une hypomnésie...

Elle le regarda, abasourdie, puis vint s'asseoir près de lui sur le lit.

— Qui êtes-vous ? interrogea-t-elle d'une voix douce. Trouvez autre chose que votre histoire de cordonnier !

— Mes papiers sont dans la poche de ma veste. Pourquoi mentirais-je ?

— Qu'est-ce qu'un cordonnier peut savoir de l'hypomnésie ?

— J'ai également reçu une formation d'aide-soignant, camarade. Aux yeux de mon précepteur, l'ordonnateur des pompes funèbres, seules deux choses comptaient : le piano et l'anatomie. Vous savez pourquoi ? Tout simplement parce que plein de gens meurent assis. Au lieu de les coucher tout de suite, on les laisse dans cette position, si bien qu'après on a toutes les peines du monde à...

— Décidément ! Pas moyen de parler sérieusement avec vous...

Après le dîner qui fut copieux et succulent, ils se retrouvèrent dans la chambre où le forgeron avait disposé trois chandelles. Embarrassés, l'un et l'autre évitaient de regarder le lit, ne sachant trop quelle contenance adopter. Ce fut elle qui rompit le silence.

— C'est la guerre, murmura-t-elle.

— Oui...

— On n'a plus guère le choix et il faut faire des concessions. Alors, très bien... partageons le lit, il est assez large. Je vais mettre une chaise entre nous. Je vous préviens que si vous essayez de l'enlever ou de la déplacer, j'ai un couteau et je n'hésiterai pas à m'en servir. C'est le forgeron qui me l'a prêté, il est affûté comme un rasoir.

— Je tombe de sommeil, mentit Duskov en s'écroulant sur sa moitié de lit.

Elle fit comme elle l'avait annoncé, installant la chaise entre eux juste au milieu du matelas. Après quoi elle se coucha toute habillée et souffla les bougies.

— Vous ne ronflez pas, au moins ?

— Je n'en ai pas souvenir. Cela doit être un des effets de l'hypomnésie, camarade...

— Je m'appelle Anja Ivanovna Pleskina...

— Vous êtes mariée ? questionna Duskov d'une voix légèrement altérée.

— Mon mari a été tué en 1941 à la frontière polonaise.

— Mes condoléances.

— Merci.

— On étouffe cette nuit. Pourquoi ne pas retirer votre robe, Anja Ivanovna ? Je tournerai le dos... et de toute façon il fait nuit.

— C'est une robe légère.

Pourtant elle se leva et il perçut le froissement de l'étoffe. Il imagina son corps harmonieux, pulpeux, légèrement hâlé.

— Vous vous intéressez à la médecine ? demanda-t-elle en se recouchant.

— Je m'intéresse à tout. Au fond je suis un intellectuel frustré.

— Je pourrais essayer de vous faire entrer à l'hôpital Botkin, comme aide-soignant. On manque souvent de personnel. Vous seriez d'accord ?

Duskov sentit son cœur battre à tout rompre.

— Un pauvre idiot dans mon genre, Anja Ivanovna ? Il appuya la tête contre la chaise, seule et dérisoire barrière qui les séparait.

— Quel âge avez-vous ? demanda-t-elle.

— Vingt-six ans, Anja Ivanovna.

— Moi, vingt-neuf. Dormez bien, Leonid Germanovitch. Le sommeil est excellent pour l'hypomnésie.

Duskov tendit la main... récoltant une claque retentissante.

— Vous avez accepté mes conditions, alors soyez honnête !

Le lendemain à l'aube, un tracteur les conduisit à Zagorsk où ils devaient prendre le premier train pour Moscou.

***

Pavel Fedorovitch Sassonov avait atteint la route qui menait de Riazan à Moscou en passant par Kolomna. Le trafic y était dense. Poids lourds et camions militaires y roulaient jour et nuit. Un homme seul n'attirait pas l'attention même s'il se plantait au bord de la route en demandant par signes si on voulait bien l'emmener.

Sassonov fit signe à un camion civil. Le chauffeur se pencha en criant :

— Impossible de s'arrêter ! Essaie de grimper en marche, je ralentis !

Ce fut ainsi que Sassonov atterrit au milieu d'un chargement de seaux en zinc et qu'il voyagea dans des conditions inconfortables mais sûres jusqu'à Perowo, banlieue de Moscou. Quand il débarqua les deux chauffeurs le saluèrent comme un ami.

— Je vous remercie, camarades, dit Sassonov. Nous sommes bien à Perowo ? Juste ma destination ! J'ai eu de la chance de tomber sur vous, vous me déposez pour ainsi dire devant ma porte ! Vous connaissez l'aciérie « Maxime Gorki » ?

— Vous devriez trouver sans peine ; une aciérie, pensez, ça se repère de loin !

Effectivement Sassonov la découvrit sans difficulté. Il repéra le bâtiment administratif, et l'observa de loin en se préparant mentalement à accomplir le pas décisif. Il était quatre heures de l'après-midi et il sentait la fatigue peser dans tous ses membres. Il se serait volontiers allongé à même le trottoir pour se délasser.

« Ne gaspillez pas votre temps, avait solennellement

recommandé von Renneberg. N'oubliez jamais combien de vos camarades tombent chaque heure et chaque minute. Plus vite vous éliminerez Staline, plus vous sauverez de vies ! »

Les épaules voûtées, les jambes lourdes, Sassonov traversa la rue qui longeait l'aciérie « Maxime Gorki ». Il avait en poche un ordre d'affectation parfaitement en règle. Libéré de l'Armée Rouge, l'ingénieur Pavel Fedorovitch Sassonov devait se présenter au siège de l'industrie. En effet, alors que les autres membres du commando avaient les mains libres, le colonel von Renneberg avait tenu à ce que le chef des « Oies sauvages » possédât un poste fixe.

Le réceptionniste qui officiait à l'entrée du bâtiment administratif considéra Sassonov avec méfiance. Il n'avait pas la mise d'un travailleur.

— Où allez-vous ? demanda le dénommé Anton Michailitsch Ukleikin.

Il portait une blouse bleue avec une étoile rouge dont il était visiblement très fier.

— Je voudrais voir le camarade directeur, répondit poliment Sassonov.

— Pourquoi pas Staline ? aboya le réceptionniste.

— Pas pour le moment. Plus tard peut-être. Je suis ingénieur, et il faut que j'aie un entretien urgent avec le camarade chef du personnel. On m'attend.

— Ah... Troisième étage, porte 339, marmonna Ukleikin en ajustant avec dignité sa belle casquette neuve.

La porte 339 correspondait au secrétariat. S'étant présenté à la blonde et pulpeuse jeune personne qui l'accueillit, Sassonov lui dédia son sourire le plus charmeur.

— Et moi je m'appelle Lisanka Nikolajevna, gazouilla-t-elle.

Sassonov battit des cils, et, sans se départir de son sourire :

— Est-il possible d'avoir un bref entretien avec le camarade le plus débordé de toute l'entreprise, Lisanka ? Je suis le nouvel ingénieur...

Rayonnante, la secrétaire se leva et gagna la pièce voisine en balançant les hanches. Sassonov, avec une superbe assurance, se prépara à son entrée. Ses papiers tromperaient l'œil le plus exercé. On n'avait lésiné ni sur les cachets ni sur les signatures.

Quand elle revint du bureau voisin, Lisanka laissa la porte ouverte et lui fit signe d'entrer. Alors ce fut d'un pas ferme que Sassonov alla se présenter au chef du personnel. Ce dernier n'était pas seul. Un autre homme se tenait devant la fenêtre, qui dévisagea attentivement Sassonov. A sa vue, Sassonov, de son côté, resta quelques secondes pétrifié. Avec terreur il sentit ses jambes se dérober, mais le premier choc passé, il parvint à garder contenance et exhiba ses papiers.

Pourquoi fallait-il que nous nous retrouvions précisément ici, Makar Prokofytsch Kutusov ?

Le chef du personnel fut manifestement impressionné par les documents officiels de Sassonov.

— Nous sommes heureux de vous accueillir parmi nous, Pavel Fedorovitch, dit-il en désignant une chaise. Je m'appelle Oleg Abramovitch Omelkov, et voici notre directeur technique Makar Prokofytsch Kutusov. Vous travaillerez dans son département...

— Non ! jeta Kutusov.

William Heiko, mon fils, si un jour tu poses des questions sur ton père, auxquelles nul ne pourra répondre, dis-toi au moins qu'il a trouvé la mort au cours d'une mission, la plus périlleuse et la plus extraordinaire de toute cette guerre !

Sous le regard médusé d'Omelkov, Kutusov s'écarta de la fenêtre, lentement, comme s'il jouissait du moment présent.

— D'où arrivez-vous exactement, baron von Labitz ? interrogea-t-il en allemand.

— Est-ce que je perds la tête ? bredouilla Omelkov, ahuri.

Sassonov ne répondit pas. Le moment fatal était arrivé. Avec une rapidité fulgurante il réussit à extraire de son étui la capsule de cyanure. Mais Kutusov le devança. Il lui bloqua le bras tout en lui imprimant un mouvement de torsion. Malgré la douleur, Sassonov ne cria pas et garda le poing serré, à la grande fureur de Kutusov qui, subitement, tel un dément, lui mordit la main.

— Mais qu'est-ce que vous faites ? vociféra Omelkov

épouvanté. Makar Prokofytsch, est-ce que vous devenez fou ?

La capsule se brisa dans le poing de Sassonov. Aussitôt une pénétrante odeur d'amandes se répandit. Sous la grêle de coups de Kutusov, Sassonov finit par ouvrir le poing. Quelques gouttes de liquide tombèrent sur le sol. L'odeur caractéristique s'accentua. Alors Kutusov se rua vers la fenêtre qu'il ouvrit toute grande.

— Appelez le N.K.V.D., Oleg Abramovitch ! hurla-t-il en bondissant sur Sassonov. C'est un officier allemand ! Bodo von Labitz ! Je le connais bien ! Une fabrique appartenait à sa famille à Riga. J'y ai été employé comme dessinateur technique jusqu'à ce qu'ils me flanquent à la porte. Ils voulaient m'envoyer dans un camp de concentration parce que j'avais distribué des tracts communistes. J'ai réussi à m'enfuir. C'est bien lui, je le reconnais ! Un officier allemand !

— Allemand... !

Omelkov faillit s'étrangler. Panique dans son entreprise. La N.K.V.D. allait fouiner partout, saccager les bureaux, soumettre les employés à des interrogatoires sans merci. Dans une aussi gigantesque entreprise tout le monde a quelque chose à se reprocher. Plus on occupe un poste élevé, plus on est susceptible d'avoir mauvaise conscience.

— Le fumier !

Omelkov bondit, se rua sur Sassonov et lui balança trois coups de poing en plein sur le nez. La peau éclata, les cartilages se brisèrent, le sang ruissela.

— Le N.K.V.D. ! vociféra Kutusov. Ne le massacrez pas ! Pas avant qu'il ait craché toute la vérité !

Ils renoncèrent à donner l'alerte dans l'entreprise. Kutusov surveilla l'espion, pendant qu'Omelkov appelait le bureau central du N.K.V.D. à Moscou.

Sassonov ne tenta aucune fuite désespérée. Il savait ce qui l'attendait. Il savait aussi qu'il devait absolument trouver le moyen d'échapper aux interrogatoires, dont les méthodes étaient connues. Nul être humain, quelle que fût sa trempe, ne pouvait y résister. Ayant gâché sa capsule de cyanure, Sassonov devrait donc saisir la première occasion possible de compenser cette perte. Il devait trouver le moyen de se suicider.

Au bureau central du N.K.V.D., le message venant de Perowo fut accueilli avec une étonnante placidité. Une voix indifférente répondit avec une intonation d'ennui :

— Bien ! Nous envoyons une voiture... Il saigne ? Bien... Pas un mot ! Gardez-le au secret jusqu'à notre arrivée !

Trois heures s'écoulèrent avant qu'arrivent enfin deux voitures du N.K.V.D. Trois heures interminables, durant lesquelles Omelkov ne cessa d'injurier « son » prisonnier en proférant les pires menaces, et en lui balançant, pour se soulager, des coups de pied dans les tibias. Kutusov lui avait exposé dans le détail ce qui s'était passé à Riga. Récit ponctué par son auditeur d'exclamations indignées.

— C'est donc cela ! Un exploiteur ! De la race des seigneurs à qui on lèche les bottes et qui se nourrissent du sang des travailleurs ! Les camarades de Moscou vont te montrer comment on traite chez nous les fumiers de ton espèce ! D'abord qu'est-ce que tu viens faire en Russie ? Qui t'a procuré tes papiers ? Depuis quand joues-tu les espions ?

Sassonov s'enferma dans le mutisme. Il avait l'impression que son bras droit luxé était détaché de son corps. Ses doigts gourds étaient quasi paralysés. Il fut presque soulagé quand les hommes du N.K.V.D. envahirent la pièce. La perspective de sa mort prochaine se précisait.

***

Les morts qui ressuscitent sont légion dans les histoires d'Edgar Allan Poe. Dans leur rubrique « Faits divers », les journaux relatent des cas où de prétendus défunts se réveillent dans leur cercueil. Pour Sassonov, mystère. Il ne comprenait pas comment il pouvait être mort cependant que son épaule droite continuait à le faire atrocement souffrir. Il avait le nez écrasé ? Pourtant son odorat fonctionnait puisqu'il percevait bel et bien une puanteur méphitique. De même il sentait une couverture sur son corps, et il enregistra le craquement du bois lorsqu'il bougea une jambe. Etrange. Un mort n'était-il pas privé de toute sensation ?

Il fallut quelques secondes à Sassonov avant d'accepter

l'idée qu'il était encore en vie, avant de comprendre qu'il était allongé sur un bat-flanc dans une cellule obscure du N.K.V.D., et qu'on ne lui avait pas défoncé le crâne. Telle avait été sa dernière pensée lorsqu'il s'était évanoui, la première aussi lorsqu'il reprit connaissance.

Il se trouvait entièrement nu sous une couverture. On avait dû le déshabiller pendant son coma et emporter ses vêtements. Il s'enroula dans la couverture et s'efforça de se concentrer sur le seul problème qui lui restait à résoudre : Comment parvenir à se suicider ?

La cellule devait être placée sous haute surveillance. A peine commença-t-il à bouger que la porte s'ouvrit. D'abord le faisceau lumineux braqué sur lui l'aveugla, puis il distingua trois silhouettes en uniforme. Il se leva.

— Venez !

Sassonov s'enveloppa dans la couverture qu'il retint des deux mains. Pieds nus, il sortit dans le couloir séparant les deux rangées de cellules. Précédé d'un jeune lieutenant et flanqué de deux soldats, vaille que vaille il avança. Six portes plus loin on le fit entrer dans une pièce glaciale avec une simple table en bois blanc derrière laquelle était installé le colonel Smolka. Devant la table, une chaise disposée entre deux batteries de quatre puissants projecteurs. Du geste le colonel Smolka le pria de s'y asseoir, avec le même sourire courtois que s'il eût invité un hôte à prendre le thé.

Sassonov resta debout, s'appuyant d'une main au dossier. Les projecteurs n'étaient pas encore allumés. Dans un premier temps leur simple présence indiquait ce que l'on attendait de lui.

— Sera-t-il indispensable d'allumer toutes ces lumières ? dit Sassonov. Elles ne réussiront qu'à me faire transpirer, et je ne vois pas ce que vous y gagnerez.

Le colonel Smolka se renversa en arrière.

— Nous avons déjà réuni beaucoup plus d'informations sur votre compte, commandant von Labitz. Peut-être avez-vous l'impression de jouer les héros. A mes yeux cette attitude relèverait plutôt de l'aberration mentale. D'ici quelques jours, il ne restera plus un soldat allemand sur les fronts russes. Notre grande offensive de la Baltique à la mer Noire est la plus formidable action militaire jamais entreprise dans toute l'histoire. Notre puissance est écrasante. Rien ne pourra arrêter notre élan !

— Je ne l'ignore pas, dit Sassonov en s'asseyant.

Il se serra dans la couverture.

— Mais vous seriez prêt à mourir pour une cause perdue ?

— Vous faites fausse route, mon colonel. Car vous ne comprenez pas que je suis déjà mort. C'est d'un mort que vous prétendez obtenir des informations ! Mon attitude n'a donc rien à voir avec un prétendu héroïsme ou un sens opiniâtre du devoir... je ne puis vous en dire plus.

— J'en doute. Nous savons que vous êtes un officier allemand. Dans le talon d'une de vos chaussures nous avons découvert un émetteur miniaturisé en pièces détachées de provenance américaine. Un type d'appareil jusqu'alors inconnu en Russie... je l'avoue. Nous l'avons essayé, mais nous ne connaissons ni la fréquence ni le code. Néanmoins la découverte de cet émetteur nous amène au moins à une conclusion : vous n'êtes pas seul en Russie ! Vous êtes en contact avec d'autres espions ! Vous faites partie d'un groupe ! De plus vous déteniez une capsule de cyanure, ce qui donne à réfléchir sur l'importance de votre mission. Nous savons aussi que tous vos vêtements, ainsi que tous les objets en votre possession, sont de fabrication russe. Vos papiers sont irréprochables. Bref on a fait de vous des Russes copies conformes. Restent à déterminer le but et la portée de votre mission. Pourquoi refusez-vous de parler ? Soyez raisonnable, pensez à la fin de la guerre !

— Pour moi la guerre est finie.

— Vous avez de la famille ?

— Une femme et un enfant. Un fils. Nouveau-né... William Heiko. Mon petit... objet du chantage le plus ignoble...

Smolka prononça les mots attendus :

— Je vous garantis qu'après la guerre vous aurez la possibilité de revoir votre femme et votre fils dans les meilleures conditions. On vous transférera dans un camp d'officiers près de Moscou où vous retrouverez des camarades appartenant au comité de l'Allemagne libre. Le général von Seydlitz, pour ne citer que lui. Des officiers ayant le sens de l'honneur, qui ont compris à Stalingrad la fureur démente qui anime votre Führer, Adolf Hitler, le plus grand criminel de l'histoire.

— Mon colonel, ne douteriez-vous pas de mon sens de l'honneur si j'acceptais de devenir un traître ?

Le colonel Smolka acquiesça avec satisfaction.

— Voilà déjà un grand pas franchi, commandant von Labitz ! Votre remarque confirme que vous n'êtes pas seul impliqué dans cette action !

Sassonov baissa la tête. Il venait de commettre une erreur fatale. L'étau se resserrait, inexorablement.

— Ne comptez pas sur moi ! Ce sont mes dernières paroles, vous n'obtiendrez pas un mot de plus.

La torture se prolongea durant neuf heures, dans une cave du N.K.V.D. Au bout de neuf heures, il mourut enfin. Son corps meurtri, broyé, écartelé, ne résista pas à une ultime décharge électrique.

Deux heures plus tard, une camionnette banalisée transporta la dépouille de Sassonov au crématorium. Ses cendres furent dispersées sur un parterre de fleurs derrière la chaufferie.

***

Accueillant un hôte imprévu, la mère de Wanda, Antonia Nikitajevna, avait ajouté de l'eau dans la soupe de pommes de terre, dès lors un peu claire. Durant tout le repas qui se déroula en silence, Wanda ne cessa de contempler Ivanov avec un sourire rayonnant. Une fois la soupière vidée, le chef de famille, Semjon Tichonovitch Haller, se permit un rot discret. La chaleur lourde était étouffante.

— Une partie d'échecs ? proposa Semjon, tandis que Wanda s'attaquait à la vaisselle.

Ivanov acquiesça.

— Avec plaisir !

Ils jouèrent assez longtemps pour faire trois parties que Semjon remporta. Dès lors, ce dernier afficha une attitude paternaliste et se dérida. L'essentiel aux yeux d'Ivanov était qu'il ait l'esprit trop occupé pour se poser certaines questions insidieuses. Pour le reste, le temps accomplirait son office : on s'habituerait rapidement à la présence d'Ivanov.

Le problème du coucher fut vite résolu. Le père de Wanda emprunta un matelas à un voisin, et l'installa dans la cuisine près de la table. En cette saison les couvertures étaient superflues.

Ivanov fut long à s'endormir. Par la porte entrebâillée de la pièce voisine, il entendit les chuchotements échangés entre mère et fille, puis soudain la voix tonitruante du père qu'aussitôt les deux femmes incitèrent à plus de discrétion.

— Il va rester ici ? murmura Antonia.

— Oui, souffla Wanda.

Voix du père :

— Bref, tu nous demandes de l'adopter ?

— Je l'aime, père !

— Elle l'aime ! Elle vous annonce ça comme ça ! De quelle façon l'aimes-tu ?

— Moins fort ! souffla Antonia. Si jamais il entend...

— Penses-tu, il doit dormir à poings fermés ! A la troisième partie, il avait déjà du mal à garder les yeux ouverts. Il fallait voir comment il jouait !

— De quelle façon aimes-tu maman ? dit Wanda.

Semjon parut ébranlé par cette question. Il toussota pour se donner une contenance.

— C'est autre chose !

— Comment cela ?

— Ecoute... On en reparlera demain !

Ivanov contempla rêveusement le plafond écaillé de la cuisine. Il avait trouvé un gîte sûr à Moscou, une fille était amoureuse de lui, et il ne tarderait pas à trouver du travail. En somme il avait réussi à s'intégrer sans difficulté. Les autres avaient-ils bénéficié d'une pareille chance ?

Wanda Semjonovna est amoureuse de moi ! Elle m'aime !

Pas de sentiment, avait recommandé le colonel von Renneberg. Même si des femmes vous réservent un accueil plus que chaleureux, réprimez vos élans sentimentaux ! Ne pensez qu'à votre seul but : la mort de Staline !

Ivanov se tourna sur le côté, épiant les bruits qui provenaient de la pièce voisine. Désolé, colonel, moi aussi, je suis amoureux de Wanda ! C'est que, voyez-vous, colonel, de tels sentiments ne se commandent pas. Solbreit... pardon... Petrovski avec sa grande gueule saurait vous l'exprimer mieux que personne : on a tout simplement oublié de nous couper les couilles ! Notre préparation intensive aurait dû s'achever par une castration. Mais soyez tranquille, colonel von Renneberg : l'opération « Oies sauvages » se déroulera comme prévu.

Au cours de la nuit, la porte s'ouvrit sans bruit et Wanda se glissa furtivement dans la cuisine. Ivanov dormait sur le dos, bras écartés, comme s'il se prélassait sous la caresse d'un soleil d'été.

Wanda s'agenouilla près de son matelas, et, avec un sourire heureux, effleura légèrement ses boucles blondes. Puis elle se pencha et déposa de très doux baisers sur sa poitrine, sa profonde cicatrice...

— Tu es si beau, murmura-t-elle. Fedja... Les autres femmes vont sortir leurs griffes... Mais je me battrai !

***

Dans la rue Gorki, Sepkin chercha un endroit où se restaurer. Il se décida pour le *Baku,* situé au 24 uliza Gorkovo. Mais il ne dépassa pas la réception. Là un employé à la mine sombre et compassée lui barra le passage et le toisa comme si sa seule présence risquait d'infecter les lieux.

— Complet ! grommela-t-il d'un ton menaçant.

Cependant la salle de restaurant était presque vide. Seules quelques tables étaient occupées par des officiers de l'Armée Rouge, engloutissant leur repas dans la plus pesante morosité.

— J'ai des tickets ! répliqua Sepkin en tapotant sa poche.

— Complet !

— Je vois pourtant des tables inoccupées...

— File ! Le restaurant est réservé à une réception privée... Tu comprends ce qu'on te dit, oui ou non ? Alors débarrasse le plancher !

Sepkin obtempéra sans plus de discussion. Il descendit l'uliza Gorkovo en direction du Kremlin. Il s'arrêta devant l'hôtel National et considéra les hautes fenêtres condamnées. Après un instant d'hésitation, il pénétra dans le restaurant. Il écarta le rideau rouge sombre séparant la réception de l'immense salle à manger. Toutes les tables étaient occupées. Mais pour un Russe authentique cela ne représente pas un obstacle. Un Russe ne s'assied pas seul à une table, et de son côté un serveur ne s'intéresse qu'aux tables complètement occupées. Le personnel ne prête aucune attention à un individu isolé, prétendant monopoliser une table entière. Sa dignité lui interdit de servir le client dans de telles conditions. Il n'est pas à la disposition de l'individu mais de la communauté.

Ici des filles robustes assuraient le service. Elles officiaient avec une mauvaise grâce évidente, comme si tout client devenait leur ennemi personnel. Sous leur regard hargneux, Sepkin se faufila jusqu'à la table 23, la seule où restait une place.

— Quelle chaleur ! soupira-t-il, tandis que ses voisins de table le saluaient d'un signe de tête.

Tous, membres d'une délégation du Parti, venaient de Boukhara. On leur avait remis des tickets spéciaux, et ils attendaient avec impatience de voir ce qu'on leur servirait en échange.

La serveuse affectée à la table 23 décocha un coup d'œil venimeux à Sepkin, et annonça en déchirant ses tickets d'alimentation :

— Aujourd'hui il y a une pochljobka...

— Parfait ! apprécia Sepkin. Une bonne soupe, rien de tel pour vous remplir l'estomac !

En fait ce qui arriva sur la table ne fut rien d'autre qu'une soupière d'eau chaude dans laquelle barbotaient quelques bribes d'un aliment indéfinissable et caoutchouteux. En compensation, le liquide était brûlant. Pour accompagner la soupe fumante, une mince tranche de pain noir.

Ayant examiné leur assiette avec consternation, les voisins de table de Sepkin l'interrogèrent du regard. Même en 1944 on était probablement mieux nourri à Boukhara.

— L'essentiel est de ne pas rester l'estomac vide, commenta Sepkin en émiettant son pain au-dessus de l'assiette.

Tout en avalant consciencieusement le liquide, il se demanda avec une certaine anxiété où il pourrait passer sa première nuit à Moscou. Plusieurs possibilités s'offraient. Par exemple il pouvait se présenter à la milice en déclarant : « Me voici, camarades ! J'ai été libéré de l'armée et je suis censé me présenter à Moscou. Les ordres sont les ordres, d'accord ! Seulement où je vais dormir ? On ne va sûrement pas me donner une chambre d'hôtel ? Conseillez-moi, camarades ! Je suis mort de fatigue. Or demain j'aurai intérêt à faire bonne impression quand je commencerai à chercher du boulot. »

Autre possibilité : se présenter aux autorités. Seulement les bureaux étaient fermés depuis longtemps. Par cette chaleur, on pouvait aussi et tout simplement envisager de dormir au bord de la Moskova, allongé dans l'herbe, et bercé par le murmure de l'eau. A moins encore d'errer à travers les rues de Moscou, d'hôtel en hôtel, de meublé en meublé, à la recherche d'un hébergement qui deviendrait superflu le matin venu. A Moscou, sans parents, sans amis, sans relations, on est un proscrit.

Ayant souhaité un agréable séjour à la délégation de Boukhara, Sepkin quitta le restaurant et se retrouva dans l'uliza Gorkovo. Il lui vint alors à l'idée qu'il pourrait passer la nuit dans un immeuble en construction. Astucieux ! A l'heure où les ouvriers reprenaient le travail, il serait parti depuis longtemps.

Sepkin se mit donc en quête d'un chantier. Il découvrit ce qu'il cherchait à l'angle de l'uliza Kacalova : un gigantesque immeuble en face de la monumentale statue de Tolstoï, entouré de baraquements et de bétonnières.

Ayant exploré le bâtiment, Sepkin se décida pour le premier sous-sol. Pas de gardien de nuit. Il s'assit sur le sol cimenté, s'adossa au mur et ferma les yeux. Et maintenant, Piotr Mironovitch, à toi de programmer ton horloge intérieure pour te réveiller avant les premières lueurs du jour. Tu as quelques heures pour récupérer. Demain une rude journée t'attend.

Sepkin allait sombrer dans le sommeil, quand subitement un vacarme retentit. Aussitôt il bondit et se précipita sous l'escalier. Il pataugea dans des flaques d'eau et se cogna contre une planche qui, en tombant, l'atteignit douloureusement à la jambe.

Au-dessus de lui, dans le grand hall d'où partait l'escalier de la cave, des cris aigus retentirent. Les cris d'une femme hurlant de terreur, auxquels répondirent des rires menaçants.

Ne cédez jamais à la provocation, avait souligné le colonel

von Renneberg. Détournez les yeux de tout ce qui ne vous concerne en rien. Préoccupez-vous exclusivement de votre sécurité et de votre mission. Rien ne doit exister pour vous que cette tâche capitale. Evitez toutes les situations où vous risqueriez d'attirer inutilement l'attention. Pas question par exemple de sauver un noyé. La publicité suscitée autour de votre nom pourrait vous être fatale. Est-ce que nous nous comprenons ?

Colonel, avez-vous envisagé ce cas exceptionnel d'une femme appelant à l'aide ? Si vous entendiez ces cris désespérés ! Et l'on devrait se boucher les oreilles, lâchement tapi dans son coin ?

Sepkin monta l'escalier quatre à quatre. Dès les dernières marches il réalisa que son intervention serait inévitable. Deux soldats de l'Armée Rouge complètement ivres avaient traîné une fille dans le bâtiment en construction et luttaient pour lui arracher ses vêtements. La fille avait beau se débattre, elle n'avait aucune chance de leur échapper. Le premier la tenait solidement par-derrière, tandis que l'autre, pantalon baissé, entreprenait de déchirer sa robe tout en évitant ses coups de pieds maladroits.

Et la fille de hurler, d'appeler à l'aide, de tenter un coup de genou mal placé qui lui valut une gifle retentissante. Dans son ébriété, le soldat devant elle dut s'y reprendre à plusieurs fois avant de parvenir à lui saisir les cheveux à pleines mains.

Ce fut à ce moment précis que Sepkin intervint. Le coup de genou que, lui, balança atteignit son but... Un coup de poing bien ajusté frappa l'autre à la tempe. Avant qu'il ait eu le temps de riposter, Sepkin, avec une rapidité fulgurante, frappa une seconde fois du revers de la main. Coup fatal. Le deuxième adversaire tomba à la renverse, évanoui.

La fille, qui s'était empressée de battre en retraite, regardait Sepkin avec une expression à la fois épouvantée et incrédule. Tout son corps était agité d'un tremblement convulsif.

— Ne criez pas ! dit Sepkin avec cette voix assourdie que l'on prend pour amadouer un chien montrant les crocs. C'est fini maintenant. Tout va bien. Vous n'avez plus rien à craindre... Je suis là...

— Mais... Où étiez-vous ? Je veux dire... pour surgir comme ça ? balbutia la fille d'une voix tremblante.

Des larmes commencèrent à ruisseler sur ses joues et elle tourna la tête vers le mur.

— Je passais tout à fait par hasard et je vous ai entendue crier. Si je peux encore vous être utile... ?

— Tout ce que je veux, c'est... m'éloigner d'ici... le plus vite possible...

La fille serra les pans de sa robe déchirée et jeta un coup d'œil apeuré sur les deux soldats effondrés, comme si elle n'osait se risquer à passer devant eux.

— Et... s'ils reprennent connaissance ?

— Pas de si tôt, affirma tranquillement Sepkin.

Sur ces mots il se pencha et expédia deux manchettes bien ajustées. Après quoi il se redressa en déclarant avec la même placidité :

— Si vous voulez mon avis, ces gars-là n'auront plus envie avant longtemps de chercher la bagarre.

De terreur la fille se mordit le poing.

— Vous ne les avez tout de même pas tués ?

— Je ne crois pas...

— Vous... Comment, vous ne croyez pas ? Vous n'en êtes pas sûr ?

— Le lieu est-il bien choisi pour poursuivre une discussion de toute façon oiseuse ?

Sepkin tendit la main à la fille.

— Venez. Vous pouvez avoir confiance, je vais vous raccompagner chez vous, camarade.

La fille acquiesça d'un signe de tête et, courageusement enjamba les corps effondrés. Sepkin la suivit. Dehors il s'arrêta à côté d'une brouette de mortier. Au bout de quelques pas, la fille se retourna.

— Vous ne venez pas ? lança-t-elle d'une voix déjà plus assurée.

— Si...

— Vous m'avez sauvé la vie.

— Même pas. Ces types-là n'en voulaient pas à votre vie.

— Peut-être. Mais justement pour parvenir à leurs fins, il aurait fallu qu'ils me tuent !

— Vous attachez donc une telle valeur à votre vertu ? — Sepkin sortit une cigarette de sa poche et la tendit à la fille qui secoua la tête. — On n'a qu'une vie, camarade, ajouta Sepkin.

— Nous ferions mieux de déguerpir avant qu'ils émergent. A supposer que vous ne les ayez pas tués. Vous vous battez vraiment comme un démon !

— Question de technique. Les Chinois nous ont beaucoup appris en ce domaine.

— Vous êtes déjà allé en Chine ?

— Non. Sans la guerre je n'aurais jamais quitté le patelin où je suis né. Vous avez entendu parler de Nowo Karpyrdak ? Bien sûr que non ! Qui connaît ? Un petit bourg au pied de l'Oural sur la rive du Jurjuzaw. La principale agglomération la plus proche est Perm. Seulement voilà... la guerre nous a chassés du pays.

Sepkin approcha. En quelques pas il rejoignit la fille qui esquissa un sourire triste. De la main droite elle retenait les pans de sa robe déchirée. Elle passa la main gauche dans ses cheveux blonds emmêlés.

— Où puis-je vous accompagner, camarade ?

— Je m'appelle Jelena Lukanovna Puschkina, dit-elle avec un soupir de délivrance comme si elle commençait seulement à surmonter sa terreur.

— Piotr Mironovitch Sepkin.

— Vous vous êtes montré très courageux, Piotr Mironovitch.

— C'est que vous avez crié assez fort, Jelena Lukanovna. Dans ces cas-là un homme a-t-il le choix ?

A ces mots, tout à coup ils éclatèrent de rire... Un rire contenu mais libérateur. Un rire de soulagement.

Ils se frayèrent un chemin à travers le chantier et marchèrent en silence jusqu'à la Tolstogo Alekseja uliza. Là ils s'arrêtèrent. Au cas où ils auraient repris conscience, les deux soldats ivres ne risquaient plus de retrouver leur trace.

Jelena examina ses vêtements en lambeaux et se réfugia pudiquement sous un porche. Elle s'efforça d'arranger le corsage. En vain. Les pans déchirés refusaient de dissimuler sa poitrine.

— Pour rentrer à la maison, il faut que je prenne le métro, expliqua-t-elle. Je ne peux pourtant pas voyager dans cette tenue. Tous les gens vont me regarder avec des yeux ronds. J'ai honte, Piotr Mironovitch. Comment faire ? J'habite trop loin pour rentrer à pied.

— Il y a deux possibilités, dit Sepkin en se dressant devant elle comme pour la protéger. La première solution consiste à appeler la milice qui vous ramènera chez vous. Seulement ils vont déclencher un foin de tous les diables. Les deux soldats vont se retrouver sous les verrous. Pour moi, même traitement. Sans compter...

— Alors pas question !

— Dans ce cas je ne vois qu'une autre solution : Vous enfilez ma veste et je vous accompagne pendant le trajet en métro.

— J'ai tellement honte, répéta-t-elle.

— Aucune raison, affirma vigoureusement Sepkin.

Sur ces mots il retira sa veste, en déplorant qu'à Eberswalde on ne lui ait pas fourni de vêtements de meilleure qualité. Celui-ci était imprégné d'une odeur de transpiration et de fumée. De surcroît il était couvert de taches qui avaient résisté à un brossage énergique. En un mot il se sentit misérable, un pauvre type minable en face d'une fille jeune et jolie.

Une fois qu'elle eut boutonné la veste, elle eut soudain l'air d'un clown triste et leva sur Sepkin un regard navré.

— Je vous le promets, Jelena, le premier qui se moque de vous aura affaire à moi !

— Ça, je n'en doute pas ! Vous aimez tellement vous battre, Piotr Mironovitch ?

— Pour vous, oui... avec plaisir !

— Je me demande comment je vais expliquer tout cela à mon père ?

— Vous habitez chez vos parents ?

— Avec mon père. Mamuschka est morte il y a un an.

Ayant jeté un coup d'œil dans la rue, elle se risqua sur le trottoir. Sepkin lui emboîta le pas et il la prit par les épaules sans qu'elle cherche à s'en défendre. Pourtant il sentit ses muscles se contracter.

— En fait ma mère n'a pas survécu à la mort de Jurij, poursuivit-elle à mi-voix. Jurij faisait l'admiration de tous. Il était beau, grand, blond, vigoureux comme un jeune animal. Et toujours de bonne humeur, toujours gai, plein d'entrain, avec un rire merveilleusement communicatif. Il avait le don de susciter le rire, il savait créer la joie autour de lui. Il a été abattu à Gomel. Par les Allemands. Un de ses camarades, qui s'en est tiré, nous a raconté ce qui s'est passé. Jurij avait décidé de se rendre. Il était debout sur le char, les mains en l'air. Malgré cela les Allemands ont tiré. Comme dans une cible. Ils l'ont froidement abattu.

Sepkin baissa piteusement les yeux.

— C'est la guerre... marmonna-t-il d'une voix sourde. Sous le feu on ne pense qu'à sauver sa peau. La guerre est sans merci.

— Mamuschka n'y a pas survécu. On avait l'impression qu'elle se recroquevillait de jour en jour, qu'elle se consumait de l'intérieur. Un matin elle est restée couchée et elle nous a regardés avec des yeux brillants de fièvre en disant : « Jurij est là ! Je le vois qui me tend les bras ! Mon fils chéri ! » Elle souriait quand elle a rendu son dernier souffle...

— Vous haïssez les Allemands ?

— Pas vous, Piotr Mironovitch ?

Elle s'arrêta et le scruta attentivement comme si elle le voyait réellement pour la première fois, comme si elle découvrait cet inconnu qui l'avait sauvée. Qui était ce Piotr Mironovitch, surgi on ne savait d'où ? Dans l'ensemble une allure correcte même s'il n'était pas rasé. De bons yeux, une bouche joliment dessinée. Les cheveux presque rasés — normal pour un soldat. Des épaules carrées. En revanche pourquoi des vêtements si piteux ? Est-ce qu'il ne les quittait même pas pour dormir ? Curieux individu, capable d'assommer deux soldats en un clin d'œil...

— Vous ne haïssez pas les Allemands ? répéta-t-elle. Les connaissez-vous seulement ?

— Je les connais, et même bien. Je me suis battu contre eux. Tel que vous me voyez, j'arrive directement du front. A pleurer de rage, Jelenaschka. Moi, inapte au service, selon les propres termes du médecin de l'unité. Un gros plein de soupe odieux, avec des lunettes rondes ridicules. La risée de tous les copains. J'ai été blessé deux fois. Deux fois il m'a guéri. Je l'entends encore : Va retrouver tes camarades, Piotr, tu te portes comme un charme ! Rien ne pouvait me faire plus plaisir. Mais voilà que la dernière fois ce gros lard s'avise de m'ausculter à fond. Et de me palper sous toutes les coutures ! Je vous passe les détails. Tout ça pour conclure froidement : Vous, mon vieux, vous avez un poumon foutu ! Pire qu'un soufflet de forgeron ! Vous vous rendez compte ? Me dire ça à moi ! Moi qui respire la santé ! Le plus grand champion de boxe de toute la division !

— Ce n'est pas moi qui pourrais douter de vos capacités, admit Jelena en souriant. Mais alors qu'est-ce que vous allez faire maintenant ?

— Je préfère ne pas y penser, soupira Sepkin, affectant une mine profondément désappointée.

Sepkin parvint à afficher une telle expression de consternation qu'émue par ce désarroi Jelena, dans un élan de tendresse toute maternelle, lui caressa le front. Alors Sepkin saisit sa main et la retint.

— Demain je me présenterai au bureau central du travail. Les camarades jugeront de ce qu'ils peuvent faire de moi.

— Vous savez, dit Jelena rassurante, on construit partout. Normalement on devrait facilement vous embaucher sur un chantier.

— Normalement ! Mais quand on a, paraît-il, un poumon foutu...

A cette heure avancée de la nuit la station de métro de Majakowskaja était quasi déserte. Le public se composait principalement de vieillards qui se contentèrent de jeter sur Sepkin et sa compagne un coup d'œil las et désabusé. Nul ne s'étonna de voir une jeune fille porter par cette chaleur une veste d'homme élimée et maculée de boue.

Quand le métro arriva, ils purent s'isoler dans un coin du wagon. Pas un regard curieux, pas un ricanement sarcastique. Rien qui obligeât Sepkin à jouer des poings, fidèle à ses promesses de matamore.

Malgré lui, tandis qu'ils roulaient en direction de l'est, les pensées de Sepkin revinrent aux deux soldats en crise d'ébriété. Leur avait-il réellement porté des coups mortels ? Si les ouvriers du chantier les découvraient le lendemain matin, l'alerte serait immédiatement donnée. Toutefois il n'avait laissé aucune trace, sauf peut-être l'empreinte de ses semelles. Or, combien de millions de chaussures à Moscou ?

— A quoi pensez-vous, Piotr Mironovitch ? s'enquit Jelena. Vous voilà bien silencieux tout à coup.

— Je rumine déjà ma tristesse.

Il a vraiment de bons yeux, pensa Jelena, et elle en éprouva une joie inconnue. Son regard est comme une caresse très tendre, si douce... Nous ne nous reverrons peut-être jamais plus...

— Où comptiez-vous passer la nuit ?

— J'étais justement à la recherche d'un hébergement quand je vous ai entendue crier. J'envisageais de me présenter dans un foyer de permissionnaires. Après tout, l'armée peut bien m'offrir l'hospitalité. Maudit gros lard de toubib !

— Nous allons en parler à Papuschka.

— Votre père ?

Elle asquiesça.

— Nous ne sommes pas riches, mais il connaît une foule de gens influents. Et puis il est toujours de bon conseil. Il est infirmier à l'hôpital Sklifossowski.

Sepkin se remémora aussitôt le plan de Moscou, énuméra mentalement les bâtiments principaux. Les hôpitaux, dont la plupart portaient des numéros. Il en connaissait la liste : Hôpitaux n° 1, n° 2, n° 4, n° 13, n° 14 et n° 24.

— C'est effectivement un poste enviable, dit Sepkin. Les infirmiers sont des gens bien considérés et je sais par expérience que l'on s'efforce de les choyer, de s'attirer leurs bonnes grâces par de menus cadeaux. Tout cela bien entendu sous le manteau...

Ils traversèrent des stations aux murs tapissés de marbre et ornés de peintures gigantesques. Tout étranger nouveau venu écarquillait les yeux devant cet apparat prodigieux et confondant.

— Moi aussi je travaille, déclara Jelena Lukanovna. Je suis secrétaire. Au Kremlin.

Sepkin eut peine à se contrôler. Il eut l'impression d'un souffle brûlant sur sa nuque.

— Au Kremlin ? dit-il d'une voix neutre. Ah, vraiment ?

— Oui, dans le service du commerce extérieur. Je suis affectée au département Europe du Nord.

— Vous avez l'occasion d'apercevoir Staline de temps en temps ? glissa insidieusement Sepkin.

— Non, jusqu'à maintenant je ne l'ai encore jamais vu. — Jelena ajouta en secouant la tête : — Je ne vois pas ce qu'il viendrait faire dans nos bureaux. Il a d'autres problèmes...

Sepkin s'efforça de contrôler sa respiration. Elle travaille au Kremlin ! Elle n'a jamais rencontré Staline, soit. Mais par son intermédiaire je devrais pouvoir m'introduire au Kremlin. Une brèche inespérée dans le rempart ! Juste un trou de souris, mais combien précieux !

Et Sepkin de poser sur Jelena un regard candide :

— Que feriez-vous si vous vous trouviez tout à coup en face de Staline dans les jardins du Kremlin ?

— Je ne sais pas... — Elle eut une moue d'écolière confrontée à un problème difficile. — Je ne sais pas, répéta-t-elle. Je tomberais peut-être à genoux. Que serions-nous sans lui ? Il est notre père à tous. Et vous, Piotr Mironovitch, que feriez-vous ?

— Comment je réagirais ? dit Sepkin. Evident : Moi, je me mettrais aussitôt au garde-à-vous. Je suis un soldat... avant tout !

***

A Eberswalde, Petrovski-Solbreit avait promis — juré sur tout ce qu'il avait de plus cher ! — de se contraindre à la discrétion. Oui, il saurait tenir sa langue ! Oui, il « fermerait sa grande gueule » ! Bavard, mais magnanime !

Mais Luka Ivanovitch Petrovski n'avait pas seulement le goût des contacts humains. Il aimait aussi le jeu. Ce fut ainsi qu'au lieu de se rendre à l'hôpital Botkin, dont le gigantisme garantissait l'anonymat, il choisit de se présenter à l'hôpital n° 13 dit « Mossowjet » tout simplement parce qu'il était situé... boulevard Petrovski !

Très vite tout l'hôpital fut ameuté. Le plus troublé fut sans nul doute le docteur Speschnikov qui prit en charge ce malade peu ordinaire. Tous les examens possibles et nécessaires furent pratiqués. Leurs résultats plongèrent le médecin dans la perplexité.

— Je ne vois qu'une seule explication, conclut-il au vu des radios où n'apparaissait rigoureusement aucun signe d'un quelconque « ulcus ventriculi ».

Le docteur Speschnikov hocha gravement la tête avant de préciser sa pensée :

— Vous êtes un psychopathe, Luka Ivanovitch ! Très exactement : un hystérique ! Votre prétendu ulcère relève d'un pur syndrome d'hystérie !

— Incurable, autrement dit, conclut Petrovski en croisant les mains d'un geste résigné. Combien de temps me reste-t-il à vivre ?

— Ne plaisantons pas ! Vous êtes en parfaite santé !

— Pourtant le médecin militaire...

— J'avoue que je ne comprends pas... Passons... Quoi qu'il en soit, l'administration va vous remettre une fiche portant un cachet officiel. Vous serez considéré comme un patient placé sous contrôle médical permanent mais dont le traitement ne nécessite pas l'hospitalisation. Dès lors aucune raison de vous attribuer officiellement un lit. Si quelqu'un vous interroge, répondez que vous êtes entre les mains du service de recherches.

Petrovski remercia le docteur Speschnikov de son extrême sollicitude, puis ce fut avec un appétit glouton qu'il dévora le petit déjeuner servi à l'hôpital.

Le bâtiment gigantesque grouillait de monde. Petrovski parcourut d'interminables enfilades de couloirs. Quand les portes étaient ouvertes, il jetait un coup d'œil au passage dans les chambres des malades, adressant subrepticement un sourire coquin aux infirmières. Personne ne lui barra le passage, personne ne lui posa de questions. Ici on laissait le patient évoluer à son gré, à tort et à travers. Il lui appartenait de se débrouiller pour se faire prendre en charge.

Petrovski se rendit à nouveau au dispensaire où il s'était présenté à son arrivée. Il s'arrêta devant l'un des bancs disposés le long des murs dans le hall d'attente. Une fille blonde au nez mutin, couverte de taches de rousseur, était assise seule, à l'écart. Elle était visiblement anxieuse, se tordait nerveusement les doigts. Elle paraissait attendre une nouvelle imminente, fixait la porte de la salle de consultations. Dès qu'il la vit, Petrovski sentit le sang bouillonner dans ses veines... sans compter certain symptôme moins discret mais tout aussi persuasif. Aussi résolut-il de ne pas se cantonner dans un rôle purement contemplatif.

— Un accident ? interrogea-t-il sans ambages.

La fille leva la tête.

— Vous êtes médecin, camarade ?

— En ai-je l'air ?

— Sans blouse blanche... on ne sait jamais.

— Je suis l'ulcus ventriculi...

La fille hocha la tête, impressionnée.

— Pardonnez-moi... Vous voulez dire quelque chose comme... médecin-chef ?

— Quelque chose comme ça, répondit Petrovski avec le plus grand sérieux. Puis-je vous être utile ?

— J'ai accompagné une amie. On est en train de l'examiner. Tout à coup elle est tombée du tracteur et elle s'est évanouie.

— Du tracteur ?

— Je suis conductrice de tracteurs, expliqua-t-elle avec un sourire modeste.

Comme Petrovski l'interrogeait du regard, elle précisa :

— Quand un tracteur sort de la chaîne, c'est moi qui l'essaie avant la livraison.

— Lourde responsabilité, commenta Petrovski avec componction. Si je comprends bien, vous occupez un poste de confiance.

Il jeta un coup d'œil vers l'entrée du dispensaire. Une ambulance venait d'arriver ; deux infirmiers, qui soutenaient un vieillard haletant, se présentèrent à la réception.

— Vous attendez depuis combien de temps ?

— Une bonne demi-heure.

— Je vais m'occuper de vous, déclara Petrovski, magna-. Comment s'appelle votre amie ?

— Vera Petrovna Orkol.

— Et vous, camarade ?

— Larissa Alexandrovna Chrulankova.

— Pas de problème !

Et Petrovski d'ajouter :

— Encore quelques minutes de patience et vous saurez à quoi vous en tenir !

Quand il se leva, la fille le gratifia d'un sourire exprimant une gratitude émerveillée.

— Je ne sais comment vous remercier, camarade Ulcus...

— Bah... Oubliez donc ce titre pompeux. Je m'appelle Luka Ivanovitch Petrovski.

— Comme le boulevard !

— Oui... un parent éloigné...

Petrovski tendit la main à Larissa, avec un sourire rayonnant qui la fit rougir de confusion. Là-dessus il battit en retraite : ne reculant devant aucun risque, il s'introduisit furtivement dans la salle de garde.

Le hasard voulut qu'effectivement, guère plus de cinq minutes après, une infirmière vint annoncer à Larissa Alexandrovna :

— Un accouchement avant terme. Beaucoup trop prématuré. L'enfant est mort. C'était une fille. Vous pouvez partir... nous nous chargeons des formalités. Le père sera prévenu...

— Vera n'est pas mariée, avoua Larissa en baissant les yeux.

— Ah !

L'infirmière se renfrogna et ce fut d'un ton acariâtre qu'elle jeta :

— Cet enfant n'est tout de même pas tombé du ciel !

— C'est le contremaître de la chaîne de montage..., bredouilla Larissa.

— Vraiment ? Eh bien, nous allons l'avertir.

— C'est que... Il est marié...

— De mieux en mieux ! commenta l'infirmière, l'air digne et pincé.

— Vous ne savez pas comment ça se passe à l'usine, plaida humblement Larissa.

Puis, inopinément, d'une seconde à l'autre, elle explosa :

— Et vous d'abord, quand vous tournez autour des médecins, vous croyez que c'est mieux ? Avec vos grands airs, vous ne valez pas plus cher !

Sur ces mots, plantant là l'infirmière cramoisie, elle se rua vers la sortie. Une fois dehors elle se ressaisit. Puisqu'un homme influent s'était intéressé à son cas, pourquoi ne pas lui exprimer son juste courroux ? Persuadée de trouver au moins une oreille attentive et complaisante, elle s'empressa de revenir sur ses pas... pour se trouver nez à nez avec Petrovski qui, l'ayant vue sortir, s'était aussitôt élancé à sa poursuite.

— Alors, contente ? dit-il en lui prenant la main.

— Furieuse, oui !

— Racontez-moi tout ! Vous pouvez me faire confiance, je suis à votre disposition pour exaucer vos moindres désirs.

Jamais personne n'avait tenu à Larissa pareil langage.

— C'est à cause de l'infirmière, expliqua-t-elle avec un sourire de détresse. Elle nous a traitées de coureuses...

— Inouï ! s'exclama Petrovski en fronçant les sourcils avec indignation. Je comprends que vous ayez besoin de vider votre cœur, Larissa Alexandrovna. Mais quittons d'abord cet hôpital ! Vous n'avez pas soif ?

— C'est que... mon tracteur attend. Il faut que je le ramène.

— Je suis prêt à tout pour vous venir en aide ! Dans ce cas, allons pour le tracteur !

Ce fut ainsi que Petrovski traversa Moscou dans un tracteur bruyant et brimbalant en compagnie de la charmante Larissa.

Du même coup il visita l'usine. Larissa rayonnait de fierté. Et de papillonner et de chuchoter à l'oreille de qui voulait bien l'entendre :

— C'est un Ulcus ! Quelqu'un de très important ! Presque un médecin-chef... Et gentil avec ça !

Petrovski fit également la connaissance du chef de l'atelier 1, un homme au teint jaunâtre, malingre et souffreteux. Les circonstances se révélèrent donc particulièrement propices à une discussion fraternelle sur la grande misère des mal-portants, les maladies en général et les troubles intestinaux en particulier. Ayant convenablement gémi, les deux hommes s'exprimèrent leur compassion mutuelle. Après cela Petrovski apprit qu'ici tous les hommes étaient suspendus aux basques de Larissa Alexandrovna et vivaient donc dans une atmosphère de rivalité perpétuelle. D'autres détails suivirent : elle avait vingt-deux ans, elle habitait seule dans une petite chambre, sa mère avait succombé à la tuberculose, son père avait été porté disparu, bref, elle était seule au monde sans personne pour l'aider à surmonter tous les obstacles qu'une jeune fille rencontre inévitablement sur son chemin.

Le contremaître afficha un sourire complice pour questionner sournoisement :

— Et vous, vous avez envie de coucher avec elle ? Compte tenu de votre rang, tous les espoirs vous sont permis. Un Ulcus, pensez !

— Un ulcus n'est jamais qu'un ulcère de l'estomac, confia Petrovski.

— Quoi ! Mais alors moi qui croyais...

— Une erreur, camarade ! Un malentendu. Larissa ne m'a pas laissé le temps de la détromper.

— Bref, vous trimbalez un ulcère, un point c'est tout ?

Le contremaître faillit s'étrangler de rire.

— Il n'y a qu'à Larissa que ça peut arriver !

Pour faire bonne mesure, Petrovski à son tour s'esclaffa.

— Je voudrais être là quand elle va découvrir la vérité ! ricana le contremaître. Mais blague à part... vous avez l'intention de coucher avec elle ?

— Ma foi...

— Ce serait une bonne chose pour tout le monde ! Cela ramènerait le calme dans l'atelier. Les gars se diraient que Larissa a tout ce qu'il lui faut et que ce n'est plus la peine d'insister. Hihi... Mais qui êtes-vous au juste, Luka Ivanovitch ?

— Il y a deux semaines j'étais encore sur le front. C'est là qu'on m'a découvert un ulcère. Dans le civil j'étais couvreur...

— Et maintenant qu'est-ce que vous allez devenir ?

— Je ne sais pas trop. J'aimerais bien trouver du travail.

— Ecoutez, Luka Ivanovitch : Une chose est sûre, c'est qu'entre malades il faut se serrer les coudes. Alors ça vous plairait de travailler ici ? Si j'en parle au camarade chef du personnel... Il sait ce que c'est que la maladie. Lui c'est plutôt des intestins qu'il serait chatouilleux.

L'entretien qui s'ensuivit dura plus d'une heure et se révéla fructueux. Quand Larissa revint de l'atelier de montage, rayonnante de bonheur et fière de l'envie que n'avait pas manqué de provoquer sa rencontre mille fois relatée avec une aussi éminente personnalité, Petrovski et le contremaître — Bogdan Filofejevitch Isvarin, marié et père de sept enfants en dépit de son déplorable état de santé — avaient noué des liens étroits d'amitié. Petrovski résolut d'accepter la proposition de son nouvel ami. Où serait-il plus en sûreté ? Ce fut essentiellement cette perspective qui emporta sa décision.

Gagné, se dit-il. Me voilà installé de plain-pied dans ma nouvelle vie. Et cela dès le deuxième jour !

Le soir même Luka Ivanovitch se retrouva dans la minuscule chambre de Larissa. Ils se jetèrent sur le lit, s'enlacèrent avec fougue et s'aimèrent sans fausse pudeur. Ils se livrèrent à corps perdus aux plaisirs les plus enivrants, embrasés par un désir ardent.

Beaucoup plus tard dans la nuit, Larissa murmura :

— Cela m'est égal que l'ulcus ne soit pas ce que je pensais et que j'aie confondu avec un banal ulcère de l'estomac. Parce que vois-tu, Luka, je crois bien que personne n'a encore jamais aimé comme je t'aime. Prions pour que nous anéantissions les Allemands et que la guerre soit bientôt finie...

***

Boranov effectua cinq fois de suite le même trajet sur la même ligne de tramway. Au bout du cinquième voyage, la receveuse, Lyra Pavlovna Sharenkova, commença à trouver moelleux le siège dont à l'ordinaire elle déplorait l'inconfort. Quand une collègue vint la relayer à la fin de son service, sa première pensée fut pour Boranov. L'attendait-il, comme elle l'espérait au coin de la rue ?

Bien entendu ce fut le cas. Et lui-même de son côté fut soulagé en voyant arriver Lyra avec sa sacoche en bandoulière.

— J'ai averti ma collègue, déclara-t-elle d'un ton rébarbatif. Si vous continuez ce manège, vous aurez affaire à la milice ! Votre comportement relève de la pure et simple provocation ! Insensé, je n'ai jamais vu ça !

— A vos ordres, camarade ! répondit docilement Boranov. D'accord, je renonce aux plaisirs du tramway. Mais que vais-je devenir, privé de cette dernière joie ?

— Qui êtes-vous au juste ?

— Je m'appelle Kyrill Semjonovitch Boranov.

— Ce n'est pas ce que je vous demande.

— Pourtant vous me posez la question...

Elle sortit un peigne de sa poche et se recoiffa prestement.

— Apparemment vous avez beaucoup de temps...

— Je suis disponible.

— Une heure dilapidée nuit au peuple et sert l'ennemi !

— Citation numéro 19. Vous connaissez aussi la citation numéro 22 ? L'amitié accroît la productivité ! Souvenez-vous-en, Lyra Pavlovna !

Elle ne se dérida pas.

— Je rentre chez moi, déclara-t-elle. Et j'espère bien ne jamais vous revoir.

— Comment rentrez-vous ? Par le tramway ?

— A bicyclette.

— Magnifique ! s'écria Boranov. Pour ne rien vous cacher le vélo est ma passion ! J'ai remporté ma première course à dix-sept ans ! Jamais entendu parler de « l'Aigle de Novgorod » ? Je revois encore les spectateurs massés le long de la route. Ils trépignaient de joie au moment où je passais devant eux rapide comme l'éclair. En 1939 à Smolensk, j'ai même provoqué une fausse couche. Vraiment, Lyra, cela ne vous rappelle rien ? Il est vrai que ce n'est pas possible ! Vous deviez être trop jeune à l'époque... Et en 1940, à Minsk, quelle journée !

— A force d'enfler, votre tête va finir par éclater ! Fichez-moi le camp !

— Vous voulez bien que je vous raccompagne ?

— A bicyclette ? « L'Aigle de Novgorod »...

— Kyrill Semjonovitch, tout simplement.

— En toute modestie, je n'en doute pas !

Elle alla chercher sa bicyclette dans le hangar du terminus, réservé au personnel. Une bicyclette rouge, lourde et stable.

Boranov se frotta les mains, comme s'il savourait par avance un plaisir ineffable.

— Vous montez sur le porte-bagages ? Si vous saviez... Je me sens le plus heureux du monde !

Et d'enfourcher la bicyclette tandis que Lyra s'installait derrière lui. Pour ne pas tomber, elle fut bien obligée de lui passer les bras autour de la taille. A ce simple contact, Boranov ressentit une véritable décharge électrique, et ce fut le souffle court qu'il demanda :

— Où allons-nous ? Je suis prêt à vous emmener au bout du monde ! Parlez, Lyra Pavlovna, le moindre de vos désirs sera immédiatement exaucé !

— Poltekava uliza. Une maison jaune. Il vous reste environ vingt minutes.

— Avant quoi ?

— Avant que mon père ne vous jette dehors à coups de bâton ! Je m'en régale d'avance. Cela promet un spectacle hautement réjouissant.

On l'aura deviné, le papa Sharenkov ne manifesta aucune animosité, et Kyrill Semjonovitch ne se tira nullement de cette rencontre avec un œil « au beurre noir ». Sans doute fit-il d'emblée preuve de quelque réticence : c'était tout de même la première fois que Lyra ramenait un homme à la maison. Aussi sa mère, Maria Ivanovna, entraîna-t-elle immédiatement sa petite fille dans la cuisine, cependant que le père, Pavlov Ignatovitch, déplorait de n'avoir rien d'autre à offrir à son hôte que du thé froid agrémenté de citronnade synthétique.

— Où en est la situation sur le front ? s'enquit-il. Ici on ne reçoit guère d'informations. Quand aurons-nous enfin exterminé les Allemands ? Sommes-nous encore loin de la victoire finale ? Racontez, Kyrill Semjonovitch, je suis très curieux de connaître votre opinion !

Boranov expliqua que l'armée russe marchait sur Berlin.

— Plus rien ne peut nous arrêter ! affirma-t-il. Nous allons écraser ces Allemands comme de la vermine ! C'est ma seule consolation, car pour le reste je suis au désespoir de ne pas assister à leur impitoyable défaite !

— Ici vous allez pouvoir récupérer, Kyrill Semjonovitch. Vous serez bientôt remis.

— Sans doute... Malheureusement la balle s'est logée juste à côté du poumon. Conclusion : impossible d'opérer !

Lyra et sa mère revinrent de la cuisine avec une boîte en fer-blanc contenant des biscuits ronds. Les galettes desséchées et dures avaient un goût légèrement moisi. Manifestement Lyra évitait de regarder Boranov. A ses joues en feu, il devina qu'elle venait probablement d'avoir une discussion plus qu'animée avec sa mère.

— Vous êtes un homme cultivé, Pavlov Ignatovitch, poursuivit-il. Aussi j'aimerais, si vous le permettez, vous poser une question qui me tracasse. Dès lors qu'il est impossible d'extraire la balle, quelles peuvent en être les conséquences ? Plus j'y réfléchis, plus je m'en inquiète.

— Mon Dieu ! souffla Lyra. J'ignorais... Pourquoi ne m'en avez-vous pas parlé ?

— Comment l'aurais-je pu ? répliqua Boranov avec un large sourire. J'ai eu déjà assez de mal à trouver une place assise... et je ne l'ai conservée que de haute lutte !

— Tellement de monde dans le tramway ? questionna innocemment le père. Mais vous n'aviez qu'à exiger une place ! En tant qu'invalide vous y avez droit !

Boranov capta le regard implorant de Lyra et acquiesça imperceptiblement. Ne crains rien, cher ange, grâce à toi ce fut le plus beau voyage de ma vie. Tu m'as menacé, insulté, méprisé, rabaissé. Tu as repoussé de toutes tes forces mes assauts répétés, tu t'es défendue bec et ongles. Combat stérile. Résultat : je me retrouve assis dans un vieux fauteuil à boire du thé amer en grignotant des biscuits moisis, et ton père n'éprouve à mon encontre que de la sympathie.

— N'ayez aucune crainte, Kyrill Semjonovitch, dit Sharenkov en tapant sur les genoux de Boranov en guise d'encouragement. Une malheureuse balle ne risque pas de mettre vos jours en danger...

— Une balle logée juste à côté d'une artère ? Inopérable ! Après tout, je préfère ne pas y penser...

— Pourquoi vous a-t-on envoyé à Moscou ? s'enquit Maria Sharenkov.

— Je suis censé trouver du travail.

Sharenkov joignit les mains. Des mains fines d'intellectuel, chez qui le physique et le maintien trahissaient un raffinement quasi aristocratique.

— Quelle est votre profession ? demanda-t-il.

— Je suis biologiste, dit Boranov.

En fait à Eberswalde ce choix avait soulevé une longue discussion avec le colonel von Renneberg. Mais en fouillant le passé de Kuehenberg, particulièrement sa vie étudiante, l'on avait découvert un don indéniable pour cette spécialité, vers laquelle, sans la guerre, il se serait très probablement orienté.

— Biologiste, répéta Sharenkov, songeur. Hum... Et quelle est votre spécialité ?

— Je m'intéresse particulièrement à la phytobiologie...

— Certainement passionnant en temps de paix, je n'en doute pas, commenta Sharenkov. Mais à l'heure actuelle, mon cher Kyrill Semjonovitch, je crains fort que l'on ne trouve guère à utiliser vos aptitudes. Personnellement, qu'est-ce que vous envisagez ?

— Je sais que je dois me préparer à pas mal de déconvenues, éluda Boranov.

— A juste titre, en effet !

Sharenkov se leva et disparut dans la pièce voisine, pour revenir au bout d'un moment avec un coffret en argent. Le coffret était rempli de tabac blond.

— Ce cadeau m'a été offert par un Turc en 1939, déclara-t-il solennellement. Le moment me paraît bien choisi pour se livrer à une dégustation... disons propitiatoire. Sans compter que le tabac favorise la réflexion. N'est-il pas vrai, Kyrill Semjonovitch ?

Dès lors Boranov comprit qu'il venait d'être admis à part entière au sein de la famille, et il en éprouva une joie ineffable.

***

Amour, amour... Ce fut également une femme qui décida du sort du jeune Plejin. Pas n'importe quelle femme ! Que l'on en juge : Ljudmila Dragonovna Tscherskassja appartenait à la milice où elle avait atteint le grade de lieutenant !

Des circonstances extraordinaires voulurent que Plejin, peu après son atterrissage, la rencontre en rase campagne où sa voiture était en panne. Il ne conquit certes pas d'emblée les bonnes grâces de cette femme dragon — si bien nommée ! Mais bien qu'il ne fût pas mécanicien, il réussit à réparer le moteur. Ainsi le dialogue se noua, ainsi la femme lieutenant révéla une passion pour l'opéra, ainsi Plejin trouva l'occasion de prouver ses réels talents pour les vocalises, ainsi finalement l'inévitable se produisit.

La femme lieutenant, marâtre despotique, n'était cependant pas sans éprouver des désirs charnels impérieux. Fidèle à son caractère, elle ne chercha pas à séduire Plejin, elle le somma de devenir son amant. Ce fut ainsi que Plejin se retrouva dans l'appartement de trois pièces, dans la Marchlevskogo uliza, qu'elle habitait lorsque ses fonctions au sein de la milice lui en laissaient le loisir. Comme Plejin s'étonnait d'un tel luxe, elle expliqua :

— Mon oncle est aussi un officier de la milice. Actuellement il occupe un poste important au sein de l'état-major.

— Je suis flatté de votre invitation, Ljudmila Dragonovna, commenta humblement Plejin.

Un instant plus tard ils atterrirent sur le lit, où le dragon se déchaîna. Et Plejin de lutter contre un véritable ouragan de passion. Et la femme dragon, embrasée, d'implorer :

— Prends-moi ! Prends-moi... Je n'en peux plus, je suis en feu... Prends-moi, je t'en supplie...

Plejin sut répondre à cette fureur amoureuse. Il se retrouva à bout de forces quand la Tscherskassja parut enfin assouvie. Dès lors elle se transfigura. Toute sa volonté, toute son énergie se concentrèrent sur un seul but : préserver ce bonheur ineffable qui lui avait été révélé.

— Tu sais ce qui va se passer, suggéra-t-elle quand, s'étant apaisée, elle eut repris son souffle. Tu vas être porté disparu ! Voilà : Tu as quitté le front, mais tu n'es jamais arrivé à Moscou. Envolé, disparu !

— Mais cela peut me coûter la vie, Ljudmilaschka.

— Uniquement s'ils te découvrent. Or ici, chez moi, tu es en sûreté.

Plejin secoua la tête.

— Trop dangereux.

Il le pensait réellement. En acceptant, se dit-il, je m'en remets entièrement à elle, je dépose tout mon avenir entre ses mains. Elle disposera de ma vie à son gré. Qu'elle décide de me dénoncer et je serai fusillé. Donc je m'engage à en passer par toutes ses volontés.

— Mais non, Kolka, plaida-t-elle. Rien de plus simple, au contraire.

Comme il secouait la tête derechef, elle poursuivit d'un ton à la fois implorant et persuasif :

— Rien de plus simple ! Puisque je te l'affirme ! Il suffit que je te procure un uniforme de milicien ! Dès demain je t'en rapporterai un !

Plejin eut peine à ne pas trahir quel choc il ressentit.

— C'est exclu ! trancha-t-il.

— Alors que tu peux même avoir le grade d'un sous-officier ? Crois-tu qu'on arrête un sous-officier de la milice pour lui demander ses papiers ? Ce serait comme si on demandait à Staline de justifier de son identité !

Plejin caressa doucement les seins de la Tscherskassja. Et de l'embrasser tout en se disant : Fantastique ! Si effectivement elle me procure un uniforme, du même coup elle se rend complice...

— Tu ferais cela ?, murmura-t-il.

Elle acquiesça.

— Ne crains rien, tu n'auras pas besoin de te cacher longtemps. Quand la guerre sera finie, plus personne ne te demandera jamais d'où tu viens. Alors... Les Allemands sont déjà vaincus, même s'ils ne l'ont pas encore compris !

***

Le chef de chantier du combinat III — entreprise de construction immobilière —, soit le camarade Viktor Leontinovitch Skamejkin, tint parole : il embaucha Fjedor Pantelijevitch Ivanov dans l'une des brigades. Enchantée, Wanda Semjonovna, dans un irrépressible élan de reconnaissance, sauta au cou du camarade chef de chantier et lui appliqua des baisers bien sonores sur les deux joues. Après quoi elle se sauva en riant, non sans avoir évité de justesse certains attouchements concupiscents.

Quant à la famille Haller, elle s'habitua rapidement au nouvel hôte hébergé sous son toit.

Wanda Semjonovna réussit à convaincre ses parents que l'on ne pouvait comparer Ivanov avec les godelureaux malappris qu'elle avait jusqu'alors ramenés à la maison. Elle aimait cet homme ; il était un héros, sa cicatrice en témoignait, et en tant qu'invalide de guerre il méritait de toute façon le respect. Son père ne resta pas insensible à de tels arguments. La cause étant plaidée, Semjon Tichonovitch s'en alla trouver son voisin.

Dès lors, grâce au sens de l'hospitalité joint au génie de l'organisation du peuple russe, le problème du couchage fut vite résolu. On attribua à Ivanov un coin de la cuisine où il étendait le soir un matelas en trois parties. Replié, il formait un fauteuil et donc n'encombrait pas durant la journée. Ce matelas avait été généreusement prêté par le voisin, lequel, dévoré de curiosité, vint sournoisement jeter un coup d'œil sur le premier amour de Wanda.

— Bel homme, il faut l'avouer, déclara-t-il quand Wanda et Fjedor Pantelijevitch furent partis au travail. Ces cheveux ! Je n'ai jamais vu un blond aussi clair. Il est originaire du nord, ou quoi ?

— Nous n'avons pas encore posé la question, avoua Semjon Tichonovitch. En tout cas il ne se débrouille pas trop mal aux échecs, et il faut reconnaître qu'il a de l'éducation. Il n'y a qu'à voir comment il se tient à table.

— Moi aussi, bien que je l'aie tout juste entr'aperçu, j'ai tout de suite deviné qu'il avait de bonnes manières, renchérit Panteleij Ivanovitch, le voisin secourable.

Pendant ce temps, Fjedor Pantelijevitch, monté dans l'un des deux camions de la brigade, pénétrait dans l'enceinte du Kremlin. Il s'était délibérément assis à l'arrière, après que le chef de chantier l'eut présenté à ses nouveaux collègues. La plupart étaient des hommes âgés qui se contentèrent de hocher la tête ou de lui tendre une main indifférente. Quelques-uns en revanche étaient encore des adolescents qui montrèrent un empressement chaleureux dès qu'ils apprirent que le nouveau venu arrivait du front.

Bien entendu, Ivanov s'empressa de faire admirer sa cicatrice — son meilleur laissez-passer —, après quoi il fut définitivement admis dans la communauté.

Le passage critique, lors du contrôle par la garde du Kremlin, se révéla une formalité anodine. Tout le monde connaissait les camions de la brigade et les chauffeurs ne s'arrêtaient que pour échanger quelques mots de pure sympathie et faire signer le laissez-passer.

Le « contrôle » effectué, les camions pénétrèrent à faible allure dans l'enceinte du Kremlin. Ils passèrent devant le siège du conseil des ministres avec ses gigantesques coupoles, contournèrent la cathédrale des Douze-Apôtres et le palais des Patriarches, pour finalement s'arrêter près du Grand Palais, le long d'un mur latéral. Là, les échafaudages atteignaient presque le toit.

Sitôt descendu du camion, Ivanov examina les lieux sans

nul souci de discrétion, du reste superflu. Les coupoles dorées étincelaient ; les centaines de fenêtres brillaient comme des miroirs, reflétant sous le soleil de cette journée torride une lumière aveuglante. Des patrouilles étaient disséminées autour des différents palais. Les limousines arrivant de la porte Borovitski s'arrêtaient devant l'entrée principale du gigantesque bâtiment. Des officiers supérieurs en descendaient, après quoi les voitures disparaissaient en direction des parkings.

C'est ici que se joue l'avenir du monde, songea Ivanov. Ici, derrière cette façade prestigieuse, vivent des hommes qui détiennent une puissance réputée invincible. Pourtant Ivanov fut moins impressionné qu'il ne s'y attendait. Les exposés et descriptions de Milda Ifanovna à Eberswalde avaient été d'une telle minutie, qu'Ivanov, bien que découvrant le Kremlin, s'y trouva dans un cadre quasi familier. Il aurait pu y évoluer les yeux fermés. Il connaissait chaque recoin, chaque angle, chaque tourelle. Il savait même où se dressait chaque buisson, comment était composé chaque groupe d'arbres. Il s'était familiarisé avec le dédale des couloirs, des escaliers, des cours intérieures, le labyrinthe des souterrains. Comment Milda avait-elle réuni une pareille somme de renseignements ? Nul ne lui avait posé la question.

Ivanov tressaillit. Le contremaître, un homme ventripotent au visage grêlé — à cause, prétendait-il d'une vulgaire allergie aux cornichons — dont cependant il raffolait — le regarda sous le nez et éclata de rire.

— On en a le vertige, pas vrai ? Eh oui... Notre brigade bénéficie d'un privilège rare, je dirais même exceptionnel. Pour nous le Kremlin n'a plus de secret ! Là-haut du niveau cinq, par la dix-neuvième fenêtre à gauche, tu peux apercevoir les officiers en train de poser culotte ! Au niveau trois, par la vingt-troisième fenêtre à droite, tu as une vue plongeante sur les bureaux des secrétaires. Tu te rends compte de la confiance qu'on nous accorde ? Pas de doute, Fedja, nous sommes des privilégiés ! Triés sur le volet, il faut dire ! Normal. Des échafaudages on voit tout ce qui se passe dans chaque pièce.

Par chance le camarade Lumjanov ne possédait pas un sens de l'observation assez aiguisé pour noter le trouble d'Ivanov. Il ne vit pas ses yeux briller ni ses narines palpiter.

— C'est effectivement une distinction hautement honorifique, reconnut Ivanov avec solennité. On peut vraiment tous les voir ?

— Hier on a aperçu le maréchal Boudienny. Il y a trois jours Joukov. Beria, lui, on le voit tous les jours. Sans parler de Molotov... une vieille connaissance ! L'autre jour il avait égaré son lorgnon, et il le cherchait partout. Alors le camarade Femjaw a cogné contre la vitre en criant : « Sur le deuxième rayon de la bibliothèque à gauche ! » Alors Molotov a récupéré son lorgnon, il a pris le temps de l'ajuster et à son tour il a lancé : « Merci mille fois, camarade ! » C'est te dire si on le connaît !

— Et Staline ? s'enquit Ivanov d'une voix candide. On a aussi une chance de l'apercevoir ?

— Rarement. Mais c'est tout de même arrivé trois fois. Moi personnellement je n'ai pas eu cette chance. Mais le camarade Wischnovskij, il te le racontera, l'a vu comme je te vois. Il en était si bouleversé qu'il a failli se trouver mal. Tu te rends compte ? Etre séparé de Staline juste par une fenêtre !

Et Lumjanov de taper sur l'épaule d'Ivanov :

— Tout cela pour te dire que chez nous il faut avoir les nerfs solides !

— Avec moi vous ne serez pas déçus, affirma vigoureusement Ivanov, sans que son interlocuteur pût soupçonner le sens caché d'une telle promesse. Si jamais j'ai le privilège d'apercevoir Staline, je vous promets que je n'en tomberai pas à la renverse !

Ce jour-là ils édifièrent un échafaudage devant les fenêtres du secrétariat. La plupart des hommes en profitèrent pour faire la roue, vaniteux comme des paons devant les filles qui, de leur côté, virevoltaient et caquetaient telles des poules effarouchées. Ivanov travailla avec zèle, mais non sans inspecter du coin de l'œil certaines pièces où des hommes s'activaient avec des mines importantes et affairées. Dans une immense salle, une conférence était en cours. Au mur, une grande carte devant laquelle se tenait un général visiblement en train de fournir des explications aux officiers présents.

La carte retint l'intérêt d'Ivanov. Elle représentait la région comprise entre Polotsk et Gomel. Des cercles, des traits et des flèches y étaient tracés en rouge.

Le cœur du front allemand, réalisa Ivanov. Tous les signes inscrits sur cette carte correspondent à l'offensive des armées soviétiques, aux avancées des divisions blindées. Ils représentent l'étau qui doit rapidement se refermer sur les divisions allemandes et les paralyser. Cette formidable et impitoyable tenaille refermée, plus de retraite possible pour les armées placées sous le haut commandement du feld-maréchal Busch. La première cible était donc déterminée. Le cercle se refermait derrière Minsk, tandis que l'avancée se poursuivait au nord en direction de Litauen, au sud à travers les marais de Pripet en direction de Brest-Litovsk.

En étudiant discrètement la carte, Ivanov sentit peu à peu sa gorge se nouer. Il distingua trois chiffres : 33, 49, 50, soit, sans nul doute, trois armées entières pour la seule région de Moghilev. Il eut alors une pensée pour l'hôpital de Moghilev où il avait reçu sa convocation pour Eberswalde. Il revit Elfriede arrachant des poignées d'herbe tandis qu'il lui faisait l'amour sur la rive du Dniepr, Elfriede portant une de ses boucles blondes dans un médaillon dont elle ne se séparait jamais. Disparue, Elfriede ! Et avec elle tous les anciens camarades ! Rayés de la surface du globe ! Partez, partez tous pendant qu'il en est encore temps ! Fuyez, inconscients que vous êtes !

Le contremaître Lumjanov approcha et jeta un coup d'œil par-dessus l'épaule d'Ivanov.

— Une conférence, constata-t-il placidement. Bizarre. Autrefois ces pièces-là servaient de musée. Même les secrétaires sont nouvelles.

— Il y a combien de temps que tu fais partie des brigades attachées au Kremlin ?

— Plus de dix ans.

Lumjanov en tirait une légitime fierté. Alors que la composition des brigades était perpétuellement modifiée, lui, le contremaître, n'avait jamais été déplacé.

— Staline assiste aux conférences ?

— Pas celles-là en tout cas ! Pas ici ! Ses bureaux sont installés dans le bâtiment réservé au Prœsidium du Soviet

Suprême. Ce matin en arrivant nous sommes passés tout près.

Ivanov avait parfaitement en tête le plan du bâtiment. Comme pour le Grand Palais, il en connaissait les moindres détails. Il savait exactement où se trouvait le cabinet de travail de Staline. Pourtant si certaines pièces avaient été reconverties, il se pouvait que le bureau de Staline ait également changé ?

— Il ne quitte jamais le bâtiment, n'est-ce pas ?

— Pratiquement jamais.

Et Lumjanov d'ajouter avec un grand rire :

— Tu voudrais le voir, hein ? Tu en crèves d'envie ! Eh bien, peut-être dans deux semaines.

— Pourquoi ? s'enquit avidement Ivanov. Qu'est-ce qui doit se passer dans deux semaines ?

— Il y aura sept cheminées à retaper. C'est nous qui devons construire les échafaudages. Il faudra aussi consolider une corniche, sur quatorze mètres de long. Justement à proximité de son cabinet.

Lumjanov poursuivit alors, sans transition :

— Tu as l'intention de te marier avec Wanda Semjonovna ?

— Ma foi... Nous n'en avons pas encore parlé.

— Mais tu habites chez elle ?, répliqua Lumjanov en clouant vigoureusement une planche de l'échafaudage. Moi aussi, je l'aurais bien épousée...

— Toi ?

— Je suis veuf. Sans enfant. A quarante-neuf ans, est-ce qu'on est trop vieux pour rendre heureuse une femme de vingt-trois ans ? J'ai de la santé et deux mains pour gagner mon pain.

— Qu'est-ce qu'en pense Wanda Semjonovna ?

— Elle n'est même pas au courant ! C'était juste une idée qui m'a trotté par la tête. A l'occasion...

Lumjanov se gratta le crâne, songeur.

— En fait, j'attendais que les circonstances soient plus favorables à ma demande. On ne parle pas de ce genre de choses entre des sacs de ciment et des bétonnières. Alors je voulais l'inviter à faire une promenade, histoire de parler plus détendus et dans l'intimité. Seulement voilà que tout à coup elle te rencontre et elle te fait embaucher dans la brigade...

— Ce que tu me racontes me peine sincèrement, Lumjanov. Moi qui croyais que nous allions devenir amis...

— Mais nous sommes amis, Fedja !

Comme pour appuyer cette solennelle déclaration, le contremaître prit Ivanov dans ses bras pour un baiser fraternel.

— Sache seulement une bonne chose, ajouta-t-il. Si jamais Wanduschka n'est pas heureuse avec toi, je serais capable de te poursuivre jusqu'en Sibérie pour te tordre le cou ! Tu m'as bien compris ?

— Je te promets que tu n'auras pas à te faire des cors aux pieds, répondit Ivanov en s'esclaffant.

Fort de cette promesse, Lumjanov descendit de l'échafaudage. Dans deux semaines, songea Ivanov, tout en le suivant des yeux. Camarades, il va falloir modifier nos plans. Impossible d'attendre que nous nous retrouvions tous chez Milda Ifanovna. En ce qui me concerne, il faut que je me manifeste sans tarder. Il faut que dans deux semaines je me trouve en possession d'un pistolet, d'une grenade et d'une charge d'explosifs. Parce que moi, camarades, j'ai réussi à m'introduire au Kremlin ! Parce que je vais obligatoirement me trouver pour ainsi dire face à face avec Staline ! Voilà qui change tout. Voilà qui n'était pas prévu, car même emporté par l'imagination la plus débridée, qui aurait envisagé pareille opportunité ?

Une camionnette s'arrêta au pied de l'échafaudage. Wanda Semjonovna en descendit. Elle portait ses vêtements de travail. Ivanov vit le contremaître se précipiter à sa rencontre. Sur un signe de lui, elle leva la tête, puis agita les bras.

— Descends, Fedja ! cria-t-elle. Je t'ai apporté quelque chose ! Des champignons ! Un plein bol ! Descends vite !

Je l'aime, pensa Ivanov en descendant les échelles à la hâte. Je l'aime vraiment. Avec elle il ne s'agit plus d'une simple aventure. Ce n'est pas comme avec Elfriede, Erna, Monika ou Lotte. Je l'aime tant que je commence à avoir peur de mourir. Je donnerais tout pour ne jamais voir Staline ! Douce Wanduschka, mon amour, profitons de chaque minute ! Il nous reste peu de temps... si peu...

***

Ce fut le 22 juin 1944 que l'ouragan dévastateur se déchaîna. Une avalanche qui s'abattit sur 560 kilomètres, ravageant les lignes allemandes. Trois fronts russes, placés sous le haut commandement du maréchal Joukov déferlèrent sur les armées allemandes déjà excessivement affaiblies. Quelque 250 canons par kilomètre crachèrent leur feu, des milliers de chars traversèrent les tranchées allemandes. Le ciel grouilla de chasseurs soviétiques. Une gigantesque et formidable tenaille se referma, pour anéantir lentement mais inexorablement l'ennemi allemand.

Pour affronter la IIIe armée allemande déjà considérablement décimée, pas moins de cinq armées soviétiques ! De même en face de la IVe armée allemande, trois armées composées de corps d'élite. Décimant le flanc allemand, saccageant tout sur son passage, le 1er front russe marcha sur Minsk et poursuivit son avance dévastatrice en direction de Brest-Litovsk.

En ce 22 juin 1944, pas moins de dix-huit armées russes déferlèrent sur les forces ennemies réduites et affaiblies. Seul commentaire de Hitler sur cet indéniable et fatal déséquilibre des forces en présence : « Un soldat allemand vaut dix soldats russes ! »

La grande offensive se déchaîna, dévastatrice. Un ravage impitoyable, un massacre sans merci.

La radio soviétique transmettait continuellement des nouvelles du front. Les bulletins d'informations n'étaient interrompus que par la diffusion de musiques militaires ou de chants populaires.

Tous, installés devant les récepteurs, écoutaient en silence, les uns enfiévrés... les autres profondément abattus : Larissa Alexandrovna et Petrovski, Lyra Pavlovna et Boranov, lequel réprimait à grand-peine un tressaillement douloureux chaque fois que Pavlov Sharenkov levait triomphalement son verre de thé agrémenté de citronnade synthétique en clamant avec force « Honneur à nos valeureux soldats ! ». De son côté sa femme pleurait de joie. De même Anja Ivanovna, la doctoresse chez qui Duskov s'était installé, ne s'éloignait guère du poste de radio. Lorsque Sepkin entendit les nouvelles diffusées, Jelena se trouvait près de lui, la tête tendrement posée sur son épaule, tandis que son père, Luka Antipovitch, leur préparait des tartines. Etre infirmier en 1944 était en effet une position enviable, permettant au moins de subsister honorablement et de manger à satiété : Quels patients, ou parents de malades, n'avaient eu à solliciter les faveurs de l'infirmier Puschkin ? Qui n'aurait sacrifié quelque précieuse denrée pour gagner ses bonnes grâces ? Faute de quoi, on en était réduit à attendre son tour, ce qui impliquait alors de patienter longtemps, quitte à endurer vaille que vaille d'intolérables souffrances.

Quand la radio commença à transmettre les premiers communiqués triomphants, le jeune Plejin était couché dans le plus simple appareil. Il n'avait pas quitté le lit de Ljudmila Dragonovna, laquelle, sa fureur amoureuse provisoirement assouvie, était en train de préparer une grillade de porc provenant d'une razzia dans un abattoir clandestin.

Du seuil de la cuisine, elle lança :

— Nous y voilà, je te l'avais bien dit ! Nous allons écraser ces Allemands comme de la vermine ! Ouvre grand tes oreilles : l'heure est venue pour la Russie d'enrayer la décadence de l'Occident !

Autour de la table de la cuisine, Ivanov et la famille Haller avaient entamé un repas composé de pommes de terre et de fromage blanc, quand leur parvinrent les commentaires de la radio. Aussitôt Semjon Tichonovitch bondit et s'empara d'une carte arrachée à un livre scolaire, sur laquelle, au fil des informations, il désigna du bout de sa fourchette les localités tour à tour citées.

— Les Allemands n'ont même plus la possibilité de battre en retraite ! Pour nous une victoire écrasante, pour eux une défaite impitoyable ! Dès aujourd'hui ils ont définitivement perdu la guerre !

Tous restèrent l'oreille collée au poste jusqu'à la fin des émissions. Ce fut dans la famille Puschkin que l'événement fut célébré le plus joyeusement. Luka Antipovitch sacrifia pour la circonstance un demi-litre de vodka. L'effet de l'alcool se révéla si puissant que Puschkin s'endormit dans son fauteuil avant la fin du programme. Ce fut cette nuit-là que pour la première fois Jelena Lukanovna put enfin se glisser dans le lit de Sepkin.

***

Les jours passèrent...

Ivanov continua à édifier des échafaudages, tout en guettant l'apparition de Staline.

Le jeune Plejin profitait des absences de la Tscherskassja pour récupérer en dormant tout son soûl, et se mettre en condition pour son unique activité : assouvir les sens exaltés de Ljudmila jusqu'à ce que d'elle-même elle s'avoue à bout de forces et comblée.

En compagnie du contremaître de l'atelier de montage I, Bogdan Filofejevitch Isvarin, Petrovski s'était présenté au chef du personnel. A l'issue de cette entrevue, il avait bel et bien obtenu une place de chauffeur-livreur. Ainsi il fut intégré dans l'équipe de Larissa Alexandrovna, de sorte que l'un et l'autre ne se quittèrent plus. A la fin de sa troisième journée de travail, il accompagna Larissa à l'hôpital où elle rendit visite à sa collègue victime d'une fausse couche. Il en profita pour revoir le docteur Speschnikov. Il le trouva dans son bureau, installé devant un échiquier. Légèrement éméché, le médecin leva sur son visiteur un œil passablement morose et larmoyant.

— Plus fidèle qu'un chien ! marmonna-t-il, la langue pâteuse. Qu'est-ce que vous me voulez encore ?

— J'avais juste envie de vous revoir, Docteur Speschnikov, et par la même occasion de me confondre en remerciements...

— Pourquoi ? Votre ulcère vous est monté au cerveau ?

— Je suis amoureux !

— Cela se soigne.

— Ne plaisantez pas, je suis sérieux ! Elle s'appelle Larissa Alexandrovna. Elle essaie des tracteurs... C'est son métier.

— Dans ce cas elle doit avoir les reins solides, cela tombe bien. A part cela, qu'est-ce que vous penseriez d'envoyer vos radios à Rome ? Vous êtes un miraculé, le cas mérite d'être signalé. Pas la moindre trace d'ulcère !

— Restent les rapports des médecins de l'armée...

— A n'y rien comprendre ! A se demander surtout avec quoi ils vous ont radiographié...

— Dans le fond... Vous, Docteur, vous êtes gynécologue...

— Et alors ? Cela m'empêcherait de diagnostiquer un ulcère ? J'ai beau avoir choisi une autre spécialité, je sais examiner une radio, figurez-vous ! Et je peux vous affirmer que vous avez un estomac en parfait état !

— Mais dans ce cas comment expliquer mes nausées ? Et mes renvois ! J'ai même honte d'en parler ! C'est tellement ignoble, vous n'imaginez pas ! Une haleine tue-mouches, de quoi tomber raide mort ! Et le pire est que ça me prend à n'importe quel moment. Y compris dans l'intimité, si vous voyez ce que je veux dire... L'autre nuit, avec Larissa, je m'en suis sorti de justesse en mordant le drap mine de rien. La pauvre, il y aurait eu de quoi l'asphyxier !

Ce disant, Petrovski s'assit devant le bureau, examina l'échiquier et déplaça une pièce.

— Echec !

Puis, sans transition :

— D'où cela peut venir, je vous le demande !

— Echec, admit le docteur Speschnikov en hochant la tête.

Ayant balayé toutes les pièces de l'échiquier du revers de la main, il tendit une bouteille à Petrovski.

— Cela vous tente ?

— Qu'est-ce que c'est ?

— Samachonka...

— Aïe ! Autant se cogner directement sur le crâne avec la bouteille !

— Gros malin ! Vous avez mieux à offrir ? Alors ! Maintenant si vous préférez boire de l'eau insipide, à votre aise.

Petrovski avala prudemment une gorgée, après quoi il retint son souffle, bouche bée.

— Qu'est-ce qui vous prend ?

— Reculez, je sens que je vais cracher des flammes !

— Si vous aviez réellement un ulcère de l'estomac... vous en voilà débarrassé !

Le médecin but une longue gorgée au goulot et reposa la bouteille sur l'échiquier.

— Bon ! Qu'est-ce qu'on fait ?

— Pour moi la question ne se pose pas : Larissa m'attend.

— C'est pour moi qu'elle se pose, abruti ! Vis-à-vis de vous, de votre CAS ! Qu'est-ce que j'inscris dans mon rapport ? Rien à signaler ? Autrement dit, on vous renvoie immédiatement au front. Surtout maintenant que la grande offensive a démarré. Vous tenez à ce qu'on vous réexpédie là-bas ?

— Je suis un honnête citoyen russe, Docteur.

— Vous aimez la vie ?

— Et comment ! Surtout depuis que j'ai rencontré Larissa... et que je me suis déniché un boulot sympa !

De plus en plus éméché, le médecin faillit glisser de son fauteuil, et il serait tombé sans la prompte intervention de Petrovski.

— D'accord, marmonna-t-il d'une voix pâteuse. Je vais inscrire tout simplement : Rien à ajouter aux observations des médecins militaires.

— Génial, Docteur ! Sincèrement j'espère qu'un jour j'aurai l'occasion de vous remercier !

— Vous n'êtes jamais qu'un pauvre type comme les autres, un vulgaire crétin... Cela dit, est-ce que je vous reverrai ?

— Si cela vous fait plaisir.

— Je vous poserais la question, sinon ? Je suis curieux de savoir ce que peut devenir un type dans votre genre. Parce que vous avez vraiment un culot inouï ! Vous n'avez jamais été malade, Luka Ivanovitch. Vous êtes même en pleine forme. Et malgré cela, vous avez réussi à vous faire libérer ! Je vous aime bien, Luka Ivanovitch...

— Vous vous trompez, dit Petrovski. Je suis vraiment malade. Pour ne rien vous cacher, cela me chagrine, et cela me tracasse que les médecins n'arrivent pas à se mettre d'accord sur mon cas. Après cela, comment voulez-vous leur faire confiance ?

Speschnikov, en dépit de son ébriété, parvint à esquisser un sourire indulgent.

— Va, l'ami, va retrouver ta chère et tendre Larissa ! Et passe de temps en temps me donner de tes nouvelles. Si jamais Larissa se retrouve enceinte et que je suis encore de ce monde… pense à moi pour l'accouchement ! Encore un petit coup de Samachonka ?

Petrovski secoua la tête tristement.

— Docteur… pourquoi ce besoin de vous soûler à mort ?

— Parce que nous allons gagner la guerre, ami, répondit le médecin en dodelinant de la tête. Le monde ne se doute pas de ce que signifie la victoire des bolchevistes. Les peuples sont aveugles et on les maintient dans l'abrutissement !

— Vous, vous le savez ?

— Moi, l'ami, j'ai passé douze ans dans un camp de travail… Alors je veux bien lever ma bouteille à la victoire de l'Armée Rouge… si c'est pour me soûler à en crever !

***

Faire embaucher Sepkin à l'hôpital ne fut pas sans soulever certaines difficultés que même Luka Antipovitch Puschkin n'avait pas prévues. Certes il exerçait une influence incontestable sur les patients, mais vis-à-vis des fonctionnaires de l'administration il n'était jamais qu'un infirmier répertorié dans les dossiers sous le numéro 369.

Très sûr de lui, il présenta son futur gendre en ces termes :

— Voici le nouvel employé du crématorium, camarade ! J'ai entendu dire qu'il y avait un poste vacant. Il y sera parfaitement compétent !

Le chef du crématorium était visiblement un homme aigri et acariâtre. Il souffrait par-dessus tout de ce que l'ensemble du personnel hospitalier manquât de considération à son égard.

Aussi fallut-il toute la diplomatie de Puschkin et Sepkin réunis, pour quelque peu l'amadouer. Après avoir opposé un refus catégorique en prétendant que le poste était déjà occupé, il consentit finalement à faire machine arrière pour demander d'un ton cassant :

— Quel est votre nom et d'où sortez-vous ?

Sepkin fournit les renseignements exigés avec une précision et une rigueur toutes militaires. L'autre l'écouta en silence, la mine renfrognée.

— Ainsi vous arrivez du front ! commenta-t-il. Avec un

poumon endommagé ! Dans ce cas pourquoi pensez-vous avoir la compétence nécessaire pour travailler dans un crématorium ?

— Je me suis dit que là au moins mes quintes de toux ne dérangeraient personne, répondit humblement Sepkin.

A ce stade de l'entretien Puschkin jugea opportun de brosser un portrait élogieux de son futur gendre. Alors le chef de toiser longuement Sepkin avant de conclure :

— Il manque effectivement un employé au four I.

— Merveilleux ! s'exclama Puschkin.

— Je n'ai rien promis, répliqua l'autre, maussade. Je le prends une semaine à l'essai, après on verra.

Sur ces mots, il jeta à Sepkin comme il eût lancé un os à un chien :

— Vous pouvez commencer tout de suite ! Je vais avertir le département du personnel. Présentez-vous au camarade Zischlov !

Beau-père et futur gendre s'étant longuement congratulés dans le couloir, Sepkin fit comme il lui avait été ordonné : il alla se présenter au contremaître Gavril Kusmanovitch Zischlov. Les murs de son bureau minuscule étaient couverts de poussière de charbon.

— Enfin un remplaçant pour le four I ! dit Zischlov. Pour le moment c'est moi qui m'en charge, mais je crois bien que je ne m'y ferai jamais. Je n'y peux rien, j'en ai l'estomac tout retourné. Ce genre de boulot, il faut être taillé pour !

Là-dessus il scruta Sepkin et s'enquit :

— Tu as déjà vu une jambe coupée ? Ou un paquet de boyaux ?

— J'arrive du front, répondit innocemment Sepkin. Là, j'en ai vu d'autres !

— Hier tu sais ce qu'il aurait fallu que je brûle ? Le bras d'un enfant ! Un pauvre gosse qui ne doit guère être plus âgé que ma fille. Moi, j'ai trois enfants, Piotr Mironovitch. Eh bien, j'ai craqué. Quand j'ai vu le contenu du seau, j'ai pris mes jambes à mon cou. Moi je suis chauffeur, mon boulot c'est d'entretenir les chaudières... Le four I, je ne veux pas m'en occuper. Bref je suis content que tu sois là. Tu as les nerfs solides au moins ?

— J'espère, camarade, dit Sepkin.

Luka Antipovitch, pensa-t-il, ne t'imagine pas que je vais moisir longtemps ici. Maintenant que je suis dans la place, à moi de me débrouiller. Pas question que je croupisse devant un four à brûler des membres amputés. J'ai besoin de circuler librement à travers Moscou. Pour cela il faudra que je réussisse à me faire embaucher comme ambulancier...

Zischlov désigna une patère.

— Là-bas tu trouveras un tablier et des gants de caoutchouc. Ce n'est pas le boulot qui manque. Ici il y a douze salles d'opération occupées en permanence.

Et il ajouta en tapant sur l'épaule de Sepkin :

— On s'y habitue, tu verras. Moi je ne pourrai jamais m'y faire, mais je ne suis pas une référence.

***

La famille Sharenkov ayant tenu conseil, et Pavlov Ignatovitch ayant vigoureusement affirmé que les compétences d'un biologiste particulièrement versé dans la botanique n'avaient aucune chance de trouver une utilisation pratique en ces temps troublés, on résolut de présenter Boranov au directeur des tramways moscovites.

Le camarade directeur Afonasev était un homme aux cheveux blancs dont la personnalité dégageait une grande distinction. Il possédait, comme le père de Lyra, l'allure d'un aristocrate. Il reçut la jeune fille, accompagnée de Boranov, avec la cordialité que l'on réserve à de vieilles connaissances. Lors d'un entretien préalable, Lyra l'avait déjà mis au courant de la situation.

En serrant la main de Boranov, il le félicita d'avoir accompli courageusement son devoir de patriote.

— Dommage que cette balle se soit si malencontreusement logée, commenta-t-il. Alors qu'à l'heure actuelle vous pourriez être d'une si grande utilité sur le front ! Alors que nous marchons enfin sur Berlin ! J'espère au moins que vous ne souffrez pas trop ?

— Quand cela m'arrive, je m'efforce de faire taire ma douleur, camarade, répliqua dignement Boranov. Quoi qu'il en soit, mon unique désir, même ici à Moscou, est de continuer à servir ma patrie.

— En travaillant pour le réseau de tramway...

— J'ai été contraint de quitter l'uniforme de l'Armée Rouge... Mais si je puis au moins le troquer contre un uniforme municipal...

Boranov s'interrompit comme si l'émotion l'étranglait.

Favorablement impressionné, le camarade Afonasev éprouva une sympathie spontanée envers ce Kyrill Semjonovitch Boranov, à qui une balle ennemie avait barré le chemin de l'héroïsme. De plus n'était-il pas, comme lui, un intellectuel distingué ?

Certes un obstacle se dressait, mais non pas insurmontable. Problème : il n'existait pour l'heure aucun poste vacant. Or, dans cette administration comme dans toute autre, on était submergé par les demandes d'emploi émanant pour la plupart de candidats chaudement « recommandés ».

Néanmoins Afonasev, en sa qualité de directeur général, put se permettre de proposer une solution envisageable. Il n'existait en fait pas d'autre issue que de créer un nouveau poste à l'intention de Boranov, celui de contrôleur général spécialement chargé de veiller au bon état du matériel.

En réalité le travail de Boranov se borna pour l'essentiel à contrôler la propreté des wagons, entretenue par une brigade de femmes de ménage.

Savoir Boranov dans cet entourage féminin déplaisait d'ailleurs fortement à Lyra Pavlovna, car elle savait les tentations inévitables même chez un homme possédant un caractère aussi affirmé que Boranov.

Il ne restait pas non plus d'uniforme complet disponible. L'administration remit seulement une veste à Boranov, mais Sharenkov, toujours secourable, lui procura un pantalon de couleur sombre ainsi qu'une chemise blanche.

— Il importe qu'un contrôleur inspire le respect, affirma-t-il à juste titre. Il faut qu'en l'apercevant de loin, on se dise : Ah, voilà un homme qui a son mot à dire ! La notion de respect constitue le fondement de toute vie communautaire.

Sharenkov gardait ainsi en réserve de nombreux préceptes qu'il énonçait gravement chaque fois que les circonstances l'exigeaient. Après quoi, satisfait, il se roulait une cigarette qu'il fumait avec la mine d'un homme repu.

Boranov, pour sa part, apprécia sa nouvelle situation.

Dès le premier jour, après avoir salué sa brigade de femmes de ménage — en constatant non sans quelque appréhension que l'équipe se composait en majorité de jeunes et jolies filles —, il parcourut Moscou en tous sens, visita trois dépôts du réseau et eut tout loisir de constater quelle protection lui offrait le simple port de l'uniforme.

En bref, en tant que contrôleur il se retrouvait lui-même à l'abri de tout contrôle.

— Je n'aurais jamais espéré une telle chance, déclara-t-il à la veillée, quand toute la famille se trouva de nouveau réunie devant le poste de radio et que la soupe fut servie.

Maria Ivanovna rétorqua, l'œil brillant :

— Quand le destin vous est favorable, le tout est de savoir saisir la chance qui s'offre soudainement. Cette chance, il faut la reconnaître. Certains y sont aveugles. Encore une louche, Kyrill Semjonovitch ?

A ce moment Boranov n'aurait su dire qui il appréciait le plus de la mère ou de sa fille, Lyra Pavlovna.

***

L'hôpital Botkin constitue en lui-même une véritable cité. On raconte qu'un paysan sourd-muet aurait erré cinq jours durant à travers les différents bâtiments et les interminables dédales de couloirs avant de s'effondrer, à bout de forces, dans un coin du service d'oto-rhino-laryngologie, alors qu'il était venu pour une simple analyse d'urine.

Paradoxalement, dans cet univers gigantesque et grouillant de monde, cette ville en soi où régnait partout une activité frénétique, la doctoresse Anja Ivanovna Pleskina était connue de tous.

Sa beauté exceptionnelle n'en était pas la seule raison. Sa célébrité tenait également de sa réputation de chirurgien. Son nom était fréquemment évoqué. On se le chuchotait de bouche à oreille : « La Pleskina vient encore de réussir une opération impossible. Alors que le patron déclinait toute responsabilité, elle, en revanche, a accepté de courir le risque. Résultat : encore un patient qui lui doit la vie ! C'est quelqu'un, cette femme-là ! »

Dans ces conditions, rien d'étonnant à ce que Leonid

Germanovitch Duskov, bénéficiant d'une telle introduction, ait été embauché sur-le-champ. Faisant valoir des considérations humanitaires et tenant compte du passé de Duskov, la doctoresse réussit même à convaincre l'administration de créer un poste nouveau : Duskov ne fut pas recruté en tant que simple aide-soignant. On l'engagea à la morgue à titre d'assistant social, chargé d'organiser les cérémonies funèbres et d'en assumer ni plus ni moins la « mise en scène ».

Certes les grands pontes de l'hôpital comprirent mal la nécessité d'une telle innovation. A leurs yeux un cadavre n'était jamais qu'une chose inerte dont il convenait de se débarrasser sans vaine formalité. Cependant la Pleskina sut plaider la cause avec une telle noblesse qu'il ne resta plus qu'à s'incliner platement devant ses arguments humanitaires.

Ainsi, dès le deuxième jour, le service innové par Duskov s'éleva au rang d'institution. Quelqu'un était là pour accueillir les parents du défunt, un véritable spécialiste sachant tenir le langage qui convenait, et soulager les cœurs affligés avec compassion et dignité.

Anja Ivanovna ne regagnait son domicile qu'à une heure tardive, ses dernières visites achevées. Un soir, rentré plus tôt, Duskov réussit à préparer un dîner raffiné avec les ingrédients dont il disposait. Il dressa la table avec soin, alluma des bougies et composa un ravissant bouquet avec les roses cueillies subrepticement dans les jardins de l'hôpital.

— Leonid Germanovitch, déclara Anja Ivanovna à son retour, vous êtes décidément un individu extraordinairement doué ! Non seulement je vois que vous avez du goût, mais je découvre que vous savez même vous débrouiller en cuisine. Vous savez réparer des chaussures, jouer du piano, vous avez des connaissances en médecine, et les moteurs n'ont pas de secret pour vous. Je sais également que vous êtes un fieffé menteur ! Ce soir par exemple, qu'allez-vous encore inventer pour m'expliquer où vous avez appris à faire la cuisine ?

— Vous n'allez pas me croire, Anja Ivanovna, soupira Duskov avec résignation. L'ordonnateur des pompes funèbres de Kazan exploitait aussi un restaurant. Le bistro en question se trouvait juste à côté du magasin de cercueils ! Bref, on venait choisir un beau cercueil, on poussait la porte à côté, et il ne restait plus qu'à se mettre à table histoire de se réconforter. Le patron offrait sa tournée. On levait son verre au repos éternel du défunt. Le pauvre cher homme aurait-il vu aucun mal à cela, lui qui appréciait tant les plaisirs de la vie ? !

— Cela suffit, Duskov ! J'en ai assez de vos histoires délirantes !

Anja Ivanovna rejeta ses cheveux en arrière, tandis qu'un éclat de colère luisait dans ses yeux sombres. Le courroux la rendait encore plus irrésistiblement séduisante.

— Vous êtes donc incapable d'être sérieux ?

— C'est que je n'y tiens pas, admit Duskov en fixant la flamme vacillante d'une bougie.

Comment tant de beauté parvenait-elle à ne pas paraître quasi inhumaine ? Ce mystère lui sembla tout à fait insoluble.

— Comment cela, vous n'y tenez pas ? Où voulez-vous en venir, à la fin ? !

Duskov se leva et passa de l'autre côté de la table.

— Je vous remercie sincèrement pour toute l'aide que vous m'avez apportée, Anja Ivanovna. Dès demain je vais chercher un logement. Je ne peux pas rester ici.

— Pour quelle raison ? répliqua-t-elle, et une lueur d'anxiété passa dans son regard. Qu'est-ce qui vous déplaît ?

— Je vous aime...

Brusquement il la prit dans ses bras, la souleva et l'étreignit, s'étonnant lui-même qu'elle ne le repousse pas avec violence.

— Comprenez-vous cela ? dit-il d'une voix rauque. Je vous aime. Il suffit que je vous voie pour qu'aussitôt j'ai l'impression de m'enflammer. Je vous aime à en devenir fou ! Moi qui ne suis rien qu'un minable soldat libéré avec un trou dans la hanche ! Moi, le moins-que-rien, je suis amoureux de la grande, de la sublime Anja Ivanovna Pleskina ! En m'accusant d'être déraisonnable, vous êtes encore loin de la vérité ! Il faut que je parte, que je prenne la fuite, et vite ! Sinon je ne sais pas de quoi je serais capable...

— Peut-être de choses merveilleuses, dit-elle de sa voix grave et mélodieuse.

Les bras noués autour de son cou, elle ajouta rêveusement :

— Enfin laisser parler son cœur et non plus sa tête...

— Anja, je te préviens..., balbutia Duskov, la gorge nouée.

— Me prévenir de quoi ? Tu ne comprends donc pas que je passe mon temps à côtoyer la mort. Que j'ai soif de vivre !

Alors Duskov la prit dans ses bras et la transporta dans la chambre, couvrant déjà ses épaules et son cou de baisers avides et fougueux.

Plus tard, beaucoup plus tard, main dans la main, ils burent dans le même verre du thé froid agrémenté de quelques gouttes de vodka, tout en écoutant le bulletin d'informations de la radio.

— Tu te rends compte ? dit-elle. Entendre les nouvelles du front quand on vient de faire l'amour !

Elle posa la tête sur son épaule, ses longs cheveux bruns couvrant sa poitrine, tel un châle infiniment soyeux.

— Tu comprends l'allemand ? demanda-t-elle soudain.

A ces mots, Duskov ressentit malgré lui une frayeur inconnue. Il eut peine à se contrôler.

— Non, dit-il, chez nous cela ne faisait pas partie de l'enseignement. Toi, tu connais l'allemand ?

— Un peu. De temps en temps j'écoute les radios étrangères... On finit par ne plus savoir qui dit la vérité.

— Avec ce poste, tu arrives à capter les émissions allemandes ? interrogea Duskov d'un ton distrait.

— Tu veux que j'essaie ?

— Si cela te fait plaisir. Moi, de toute façon, je n'y comprends rien...

— Tu vas voir, cela ne manque pas d'intérêt. Je te traduirai...

Entièrement nue, sans fausse pudeur, elle manipula le bouton de recherche des stations. Elle n'obtint d'abord qu'une cacophonie de sifflements et chuintements divers, dont elle s'excusa d'un sourire. Près du poste de radio, seule une bougie était allumée, dont la flamme vacillante jetait sur son corps splendide des reflets dansants.

Une femme unique, pensa Duskov. Un prodige que

n'accomplira jamais plus la nature. Anjuschka, ne gaspillons pas le peu de temps qui nous reste. Tu ne te doutes pas que tu viens de faire l'amour avec un condamné. Mon Dieu, qu'au moins elle n'apprenne jamais qui je suis...

Duskov prit une cigarette dans un étui en argent et l'alluma.

— Ecoute !

La musique s'interrompit, relayée par la diffusion d'un bulletin d'informations. En allemand.

Les nouvelles étaient à peu près identiques à celles transmises par la radio soviétique : l'émission captée provenait en réalité de Londres où s'était réfugié le journaliste allemand dont la voix leur parvenait.

Au fur et à mesure qu'elle écouta, le visage d'Anja s'éclaira.

— La fin est proche pour l'ennemi ! exulta-t-elle. La Russie et d'ores et déjà victorieuse ! Es-tu aussi heureux que moi ?

— Un triomphe ! dit Duskov d'une voix sourde. Mets de la musique, Anjuschka...

Elle regarda l'heure.

— On peut encore entendre les informations allemandes. Tu veux ?

— Pas la peine...

Duskov ferma les yeux. Il est urgent de modifier fondamentalement notre plan ! Nous ne pouvons plus attendre. A quoi bon assassiner Staline si l'Armée Rouge marche déjà sur Berlin ! Pourvu que les autres aient entendu les informations et se tiennent le même raisonnement...

Les autres... Qui retrouverait-il chez Milda Ifanovna ?

— Voilà, annonça Anja. Ecoute...

— Je ne comprends pas un mot d'allemand, soupira Duskov.

Anja Ivanovna, concentrée, écouta jusqu'au bout le communiqué.

— Ils mentent honteusement ! conclut-elle en serrant les poings. Tu ne peux pas comprendre... mais, crois-moi, ces Allemands sont les plus grands imposteurs du monde !

— Eteins la radio ! jeta Duskov. Je t'en prie, Anjuschka.

Si tu ne l'éteins pas immédiatement, je suis capable de balancer ce maudit poste contre le mur !

Impressionnée, elle obtempéra.

C'était le 24 juin 1944.

Ce soir-là, Duskov se demanda si l'opération « Oies Sauvages » avait encore un sens.

— Viens, Anjuschka ! Viens près de moi ! Essayons d'oublier dans quels temps de barbarie nous vivons...

***

En compagnie de l'assistant en salle d'opération Radolov, Piotr Mironovitch Sepkin était installé dans le réduit où aboutissaient les « déchets humains » à l'issue des interventions chirurgicales — amputations de membres et ablations d'organes. C'était là qu'ils étaient rassemblés avant d'être confiés aux bons soins de Sepkin, responsable du four crématoire I. Radolov et Sepkin s'étaient rapidement liés d'amitié, rapprochés par leurs fonctions spécialement ingrates.

Dans son réduit, Radolov disposait d'un poste de radio, et de temps en temps Sepkin montait se détendre en écoutant de la musique, sans oublier les victorieuses nouvelles du front.

28 juin 1944.

— Ils ont déjà conquis Witebsk et Orcha ! exulta Radolov en se frottant les mains. Tout cela en quatre jours ! Les Allemands doivent détaler comme des lapins ! Mais ils n'ont aucune chance ! On les aura, on les aura ! Jusqu'au dernier ! Piotr Mironovitch, tu es un ami, et je sais que je peux compter sur ta discrétion. Figure-toi que j'ai justement une petite bouteille en réserve...

Il sortit de sa cachette un flacon renfermant un liquide de couleur pourpre. La radio diffusait à nouveau des marches militaires.

— Du bon ! assura Radolov. De l'alcool de baies de sureau !

Faisant passer la bouteille sous le nez de Sepkin, il précisa, finaud :

— Fabrication maison ! A toi, l'honneur !

Ce soir-là Sepkin résolut de se manifester chez Milda Ifanovna dès le lendemain.

5

Le colonel Igor Vladimirovitch Smolka, chef de la section « défense intérieure » du N.K.V.D., s'apprêtait à vivre des heures mouvementées.

Après qu'on eut démasqué le commandant von Labitz alors qu'il cherchait à s'introduire en tant qu'ingénieur, sous le nom de Pavel Fedorovitch Sassonov, au sein des aciéries de Perowo, après aussi sa mort en héros, une sourde anxiété n'avait cessé de tourmenter Smolka. Il lisait et relisait les rapports, réécoutait les enregistrements des interrogatoires, considérait avec méfiance l'émetteur miniaturisé mais puissant découvert dans une chaussure de Sassonov, tout cela sans parvenir à se persuader que cet officier allemand avait été largué seul en Russie.

Bien qu'il ait rédigé un rapport circonstancié, le colonel Smolka s'était gardé de le transmettre immédiatement au chef du N.K.V.D. Il estimait n'en avoir pas terminé personnellement avec le « cas Sassonov-von Labitz ». Des perquisitions avaient été effectuées chez tous les employés des aciéries de Perowo, d'innombrables interrogatoires menés. En vain.

Aussi Smolka reçut-il comme un coup de massue le rapport émanant du bureau local du N.K.V.D. à Kalinine, d'autant que cette dépêche arriva accompagnée de... deux cadavres. Les cercueils plombés avaient été placés sous la garde de quatre miliciens. Ce ne fut pas tout : un compte rendu émanant de la gare de marchandises atterrit quasi simultanément sur le bureau du colonel Smolka. Comme en témoignaient les cachets et signatures, le dossier était déjà passé par sept bureaux différents avant qu'un fonctionnaire ait l'idée de transmettre le tout au N.K.V.D.

Le premier cadavre expédié par les camarades de Kalinine avait eu pour nom Ivan Petrovitch Bunurian. L'homme avait été découvert dans la forêt de Maximovo par un groupe de bûcherons qui l'avaient massacré à coups de gourdin. Dans les parages on avait également découvert un parachute — de provenance soviétique. Or le dénommé Bunurian avait la cheville fracturée.

En le fouillant, les bûcherons avaient mis la main sur une boîte de tabac dissimulant dans un double fond un émetteur miniaturisé. Les camarades du N.K.V.D. de Kalinine avaient emmené le cadavre après avoir entendu les témoignages des bûcherons de Maximovo.

Il n'aurait pas semblé nécessaire de transmettre l'affaire à Moscou, et l'on aurait assumé la responsabilité de l'enquête, si, à la stupeur générale, un second cadavre n'avait soudainement atterri à Kalinine. Le corps avait été amené de Wolokolamsk — village perdu s'il en était !

Là-bas une patrouille de trois miliciens avait « interpellé » un homme qui prétendait vouloir rendre visite à son oncle, un dénommé Dementi Russlanovitch Koseboschkin, demeurant à Wolokolamsk. En fait nul camarade, portant ce patronyme n'habitait le village. Se voyant démasqué, le suspect, Sergeij Andrejevitch Tarski, avala une capsule de cyanure, et sa mort fut instantanée. Ses papiers étaient parfaitement en règle et il n'en manquait aucun. Toutefois, dans le talon de sa chaussure gauche, on avait découvert un émetteur miniaturisé de provenance indéterminée.

Les deux cercueils avaient été entreposés dans la cave V.

— Hallucinant ! commenta le colonel Smolka lorsqu'il eut achevé la lecture des rapports.

Sur son bureau, toutes les différentes pièces à conviction. Dans deux sacs, les vêtements des morts. Il était superflu d'en examiner le contenu. Sans nul doute on n'y découvrirait que des vêtements parfaitement banals, tous de fabrication soviétique.

Pour le colonel Smolka une certitude s'imposa : une bombe d'une puissance encore incalculable venait d'atterrir sur son bureau.

Avant même que Smolka ait eu le temps de réunir son

état-major personnel, un envoyé de la milice vint remettre un paquet contenant : des papiers d'identité, un ordre de libération, des certificats médicaux — le tout rendu presque illisible par des taches de sang. S'y ajoutaient un enchevêtrement de fils électriques et pièces métalliques diverses, ainsi que le talon d'une chaussure en piteux état.

Le rapport de la milice joint au paquet était bref. Dans un wagon à bestiaux, une femme de ménage, appartenant à la brigade de nettoyage, avait découvert la dépouille d'un être humain totalement réduit en charpie. Tout donnait à penser que l'homme n'avait pu s'introduire dans le wagon qu'à la gare de Stupino, afin de gagner Moscou clandestinement. L'enchevêtrement de fils s'échappant du talon démonté de sa chaussure avait éveillé la suspicion. Identité du cadavre : Alexander Nikolajevitch Kraskin. La dépouille avait été transportée à la morgue de l'institut médico-légal II.

Ayant pris connaissance de ce dernier rapport, le colonel Smolka s'était immédiatement procuré une immense carte de Moscou et ses environs, qu'il avait accrochée au mur, sacrifiant du même coup le portrait de Lénine. Il avait entouré d'un cercle rouge les noms des lieux cités : Stupino — Wolokolamsk — Perowo — Maximovo.

Au vu du résultat, il se sentit ni plus ni moins électrisé...

Les points marqués formaient un demi-cercle autour de Moscou, dans un rayon de 50 à 80 verstes. Quatre points d'atterrissage déterminés avec précision, quatre objectifs atteints avec une exactitude qui relevait, selon l'expression même de Smolka, d'une « perfection toute prussienne ».

Il garda les yeux fixés sur la carte jusqu'à ce que son état-major de conseillers soit réuni au grand complet. Après qu'un officier eut donné lecture des différents rapports, le colonel Smolka désigna la carte.

— Qu'est-ce qui vous apparaît de toute évidence ? Permettez-moi de vous fournir moi-même la réponse : Un commando d'officiers allemands a été largué de nuit en parachutes autour de Moscou. Les points indiqués en rouge représentent un demi-cercle. Question : Pourquoi pas un cercle entier ? Pourquoi des officiers allemands n'auraient-ils pas atterri également au nord et à l'est ? Car dans tous les cas, nous avons affaire, sans nul doute possible, à des officiers allemands. Papiers fabriqués par le même faussaire, mêmes émetteurs, même cible : de toute évidence Moscou ! Il s'agit donc d'une opération de commando, investi d'une mission — probablement d'une importance capitale — dans la région de Moscou. Si nous partons du principe que les quatre officiers découverts ne formaient qu'une partie du commando, il nous faut admettre que les autres officiers engagés dans l'opération ont réussi à atteindre Moscou.

Le colonel Smolka marqua une longue pause sous le regard médusé de ses conseillers, avant de poursuivre solennellement :

— Il m'appartient d'en entretenir personnellement le camarade généralissime Staline. Il serait en effet criminel de passer de tels événements sous silence. Par où commencer ? Dans quelle direction enquêter ? Qui doit être protégé ? Qui est menacé, ou quoi ? Vous vous taisez, camarades, faute de réponses à ces questions ! Moi-même je suis contraint au silence. Nous allons tâtonner en plein brouillard. Nous ignorons tout et nous ne disposons d'aucune base solide. Nous savons seulement que des officiers allemands se sont infiltrés dans Moscou pour y exécuter une mission. Il faudra nous contenter de ces maigres éléments... Je vous remercie, camarades...

***

Ainsi que Smolka s'y attendait logiquement, il ne fut pas introduit auprès de Staline. Pour rencontrer le Chef Suprême, il fallait être porteur d'une nouvelle encore infiniment plus grave que celle dont Smolka détenait le secret. Toutefois être admis dans l'entourage immédiat du généralissime représentait déjà pour le colonel Smolka un honneur et un privilège exceptionnels.

Il fut reçu par le général Jefim Grigorjevitch Radovski. Or l'on murmurait que ce dernier figurait parmi les rares familiers de Staline, auquel le Chef Suprême accordât toute confiance. La méfiance de Staline était en effet légendaire ; sa phobie de la traîtrise lui avait valu un surnom : on l'appelait le « solitaire du Kremlin ». Vivant replié sur lui-même, il recevait rarement ses fils, plus rarement encore sa fille Svetlana. La chaleur mêlée de familiarité qu'il témoignait au général Radovski était donc d'autant plus frappante, et valait à ce dernier d'être abordé par son entourage avec une sorte de crainte respectueuse.

Ce jour-là le général Radovski était d'excellente humeur. La grande offensive laissait prévoir une victoire plus éclatante et rapide que l'Etat-Major suprême ne l'avait espéré. Partout la faiblesse des armées allemandes se révélait à l'évidence.

— Qu'est-ce que j'entends, Igor Vladimirovitch ! s'écria Radovski en accueillant le colonel Smolka, mains tendues.

Même s'il connaissait peu ses interlocuteurs, Radovski donnait volontiers dans une cordialité exubérante.

— Un commando d'officiers allemands serait en route pour Moscou ? reprit-il. S'ils veulent s'emparer du drapeau rouge, il serait temps qu'ils se pressent ! Avez-vous entendu les dernières nouvelles du front ?

Smolka demeura sur la réserve.

— Puis-je vous exposer les faits ? demanda-t-il sans vain préambule.

Radovski acquiesça.

— Je vous écoute, dit-il, les yeux fixés sur le colonel.

Lentement, calmement, Smolka rapporta les événements en cause, pour conclure sobrement :

— Il s'agit donc sans aucun doute d'officiers allemands.

Son exposé terminé, il déplia la carte qu'il avait pris soin d'apporter, et la tendit au général Radovski. Les cercles rouges qui y étaient tracés retenaient immédiatement l'attention.

— C'est là qu'on les a découverts ? interrogea Radovski.

— Tous dans un rayon de 50 à 80 verstes autour de Moscou ! Mais pourquoi ce demi-cercle ?

Le général hocha la tête en silence.

— Imaginons, poursuivit Smolka, que trente à quarante hommes, je cite évidemment ces chiffres au hasard, aient été largués tout autour de Moscou. Avec les papiers que nous avons trouvés, ils ont assurément la possibilité de gagner Moscou sans grande difficulté. Ils ont même une chance d'y trouver du travail. Ils sont catalogués comme anciens combattants, donc héros nationaux qui ont souffert pour leur patrie. En possession de tels documents, ils courent peu de risques d'éveiller la suspicion.

Radovski acquiesça derechef et replia la carte.

— A supposer que vous ayez raison et que des officiers allemands se soient effectivement infiltrés dans Moscou... que pouvons-nous faire ? Strictement rien ! Impossible d'interroger tous les hommes qui se sont présentés dans les différents bureaux d'emploi depuis plusieurs jours. Impossible de contrôler tous les soldats traités dans les hôpitaux. La question essentielle est donc la suivante : *En quoi* consiste la mission de ces officiers allemands à Moscou ? Car il s'agit d'une mission importante, ce commando a été préparé avec trop de soin...

Smolka se contenta d'acquiescer. De lui-même le général approchait de la conclusion sidérante qui paraissait néanmoins s'imposer.

— Que peuvent-ils ? Commettre des attentats ? Absurde. Dans la situation actuelle, cela ne ferait pas reculer d'un pouce l'avancée des armées russes. Alors quoi, mon cher Smolka ?

Comme s'il se jetait à l'eau, Smolka lança :

— Leur but ? L'assassinat de Staline !

La riposte du général Radovski ne se fit pas attendre :

— Vous perdez la tête, Igor Vladimirovitch !

Smolka se tortilla nerveusement sur sa chaise.

— Je le craindrais effectivement, répliqua-t-il, si vous-même n'aviez souligné la question fondamentale : A quoi bon à l'heure actuelle parachuter un commando d'officiers allemands à Moscou ? Qu'est-ce qui pourrait encore compromettre l'avance inexorable de l'Armée Rouge ? Je ne vois qu'une seule réponse...

— Dans ce cas, des mesures immédiates s'imposent, trancha calmement Radovski. Il faut renforcer les mesures de protection, tout mettre en œuvre pour assurer l'invulnérabilité de Staline.

— Ce qui implique... ?

— Au moins une précaution fondamentale : faire en sorte que Staline lui-même ne s'en rende pas compte. Nul n'ignore sa méfiance farouche. S'il apprenait que des officiers allemands ont été parachutés à Moscou avec pour mission de l'assassiner, plus rien ne pourrait le décider à sortir du Kremlin. Il ne recevrait plus personne, pas même moi, en qui il a pourtant confiance. Résultat : une véritable paralysie ! Cela au moment où la victoire se rapprochant d'heure en heure, il appartient et se doit à son peuple. Loin de se barricader, il doit se montrer partout en triomphateur !

— Exclu ! riposta Smolka, incapable maintenant de contrôler le tremblement de ses mains. C'est précisément ce qu'attendent nos ennemis. Ils agiront à la première occasion. N'oublions pas que ces officiers sont de toute évidence résignés au sacrifice de leur propre vie !

— A nous par conséquent d'assurer la protection de Staline, conclut Radovski en se levant. Mon cher Igor Vladimirovitch, nous vous sommes très obligés et nous vous devons de sincères remerciements.

— Je n'ai fait que mon devoir.

Ayant chaleureusement serré la main du colonel Smolka et l'ayant raccompagné jusqu'à la porte, Radovski se mit à faire les cent pas à travers son bureau. Puis il reprit place dans son fauteuil et parut s'absorber dans la contemplation de ses mains.

Il lui revint en mémoire un plan conçu dès le début de la guerre pour assurer la sécurité de Staline et qu'il avait écarté en le jugeant alors inapplicable. Or actuellement le même plan pouvait se révéler une garantie quasi totale de survie. Radovski n'avait jamais perdu de vue les divers participants à l'élaboration de ce plan. A l'époque tous les tests s'étaient déroulés à la perfection. Le beau-frère de Radovski, un chimiste célèbre, chez qui ces tests avaient été effectués, avait finalement déclaré :

— C'est ta tête qui risque de tomber, Jefim Grigorjevitch ! Et vous serez tous liquidés ! Staline n'acceptera jamais. Au contraire : dans ce plan il verra plutôt une menace. Je t'en supplie : Brûle tous les documents ! Je ne donnerais pas cher de vos têtes si jamais leur contenu était révélé !

Loin de brûler les documents, Radovski s'était contenté de les entreposer en lieu sûr. De temps en temps il prenait des nouvelles de ses « partenaires », s'assurait qu'ils étaient toujours en bonne santé. Pourtant, jusqu'à ce jour, Radovski avait admis que le plan conçu risquait de demeurer impraticable. Ce jour-là, en revanche, il lui parut représenter l'unique possibilité de protéger la vie de Staline.

Alors il décrocha le téléphone et composa le numéro qui permettait d'entrer en liaison directe avec les appartements privés du Chef Suprême.

***

Eperdument amoureux de Milda Ifanovna, le commandant Volonov remplissait ses fonctions au Kremlin comme un automate, et il ne recommençait à vivre qu'à la fin de la journée lorsqu'il retrouvait enfin l'unique objet de ses pensées. Et de déverser innocemment les confidences sur l'oreiller. Et de raconter par le menu tous les événements qui se déroulaient au Kremlin. Que n'aurait-il fait pour plaire à Milda, retenir son intérêt, mériter ses caresses ? Et comment, aveuglé par la passion, aurait-il soupçonné que Milda Ifanovna s'empressait de transmettre à son contact tous les renseignements fournis ?

De ce « contact », elle ignorait tout, à commencer par son nom. Elle ne connaissait que le code nécessaire et la longueur d'onde à utiliser.

Parallèlement, au G.Q.G. et dans l'entourage de l'amiral Canaris, l'heure était à la perplexité. Nul ne pouvait l'ignorer, l'opération « Oies Sauvages » devenait de plus en plus aléatoire. Le colonel von Renneberg eut un entretien à ce sujet avec Keitel. Il se rendit donc à nouveau au quartier général du Führer où il eut le privilège d'être introduit.

— Ce projet n'a jamais soulevé mon enthousiasme, déclara Keitel. Cependant, de votre côté, vous l'avez présenté comme notre dernière arme secrète, et la plus offensive. Sans doute serait-il temps de faire amende honorable. Je vous suggère d'oublier tout simplement ce plan insensé.

— Les dix membres du commando ont d'ores et déjà atterri en Russie, répliqua Renneberg d'une voix oppressée.

— Ce qui signifie ?

— Que l'opération est déclenchée.

— Pour eux la guerre est déjà finie, commenta Keitel, sarcastique. Je suppose qu'ils sont portés disparus ?

— Officiellement oui. Les autorités concernées en ont

déjà été averties... Puis-je me permettre une question... embarrassante ?

Keitel soupira.

— Venant de vous, Renneberg...

— Pouvons-nous résister à l'offensive de l'armée russe ?

— Le Führer peut tout !

— Comprenons-nous : L'assassinat de Staline n'aurait aucun sens si le drapeau rouge flotte déjà sur la chancellerie !

— Vous avez qualifié votre question d' « embarrassante »... Pour ma part, j'y verrais plutôt une certaine démoralisation.

— Je me suis sans doute mal exprimé...

— Sachez-le, Renneberg : Nous arrêterons l'Armée Rouge au plus tard sur la Vistule. C'est là que notre système de défense va fonctionner dans toute sa puissance. Tous nos efforts se concentrent actuellement sur ce point. Bien que je m'obstine à considérer votre projet irréalisable... l'assassinat de Staline demeure opportun quelle qu'en soit la date.

Dès son retour à Berlin, Renneberg fut reçu par l'amiral Canaris.

— Alors ? interrogea-t-il d'emblée.

— Simple, soupira le colonel von Renneberg. Selon les propres déclarations de Keitel, « le Führer peut tout ! ».

— A se demander s'il s'est jamais penché sur les chiffres, en particulier ceux qui se rapportent à nos pertes en hommes. En quelques jours, depuis le début de l'offensive : 140 000 morts, 46 000 prisonniers. Or j'ai sous les yeux des rapports où tout indique que nous allons droit au massacre le plus sanglant de l'histoire. Tout ce que j'avais annoncé au Führer se confirme : il en va du front de l'est comme du front de l'Atlantique. Réponse : le Führer peut tout !

Subitement Canaris, qui n'avait cessé d'aller et venir à travers le bureau, s'arrêta devant Renneberg.

— Existe-t-il une possibilité d'avertir les dix hommes du commando ?

— Aucune.

— Aucun moyen de les atteindre ?

— Non.

— Pourtant ils ont un contact à Moscou... Cette... comment s'appelle-t-elle déjà ?

— Milda Ifanovna.

— A-t-elle des instructions précises ?

Renneberg haussa les épaules avec une lassitude résignée.

— Les dix hommes du commando ont pour mission de se manifester au bout de quatre semaines à dater du jour de leur atterrissage. Une fois qu'ils auront réussi à s'intégrer dans leur nouvel environnement.

— Ce qui nous mènerait à la mi-juillet.

— Au plus tôt.

— Vous doutez-vous de ce que cela implique, Renneberg ?

Renneberg hocha la tête, accablé.

— Nous n'avions pas compté avec cette formidable et si soudaine offensive, convint-il.

Canaris alla se poster près de la fenêtre derrière son bureau, tournant le dos à son interlocuteur.

— Connaissez-vous Stauffenberg ? demanda-t-il abruptement.

— De nom seulement.

— Dans ce cas voudriez-vous le rencontrer ?

— Si c'est nécessaire...

— En effet. Il serait bon que vous ayez un entretien avec lui, Renneberg. En privé, d'homme à homme. Cet entretien pourrait se révéler fort instructif...

Ayant regagné son domicile à Charlottenburg, Renneberg commença par s'octroyer coup sur coup deux verres d'excellent cognac français. Ayant récapitulé ses différents entretiens, il comprit qu'il n'y avait aucun secours à attendre ni de Keitel ni de Canaris. Un seul espoir subsistait : il se pouvait que, considérant les dernières informations, les membres du commando sachent d'eux-mêmes apprécier la situation et décident par conséquent de se manifester avant la date prévue. Mais le temps pressait, impérativement. Le temps n'était pas en faveur des Allemands. En revanche, il servait la cause soviétique.

Absorbé dans ses réflexions, le colonel von Renneberg oublia la suggestion de Canaris quant à l'opportunité d'une rencontre avec Stauffenberg. Il ne se doutait pas que celà devait ultérieurement lui sauver la vie.

Pendant ce temps, à Moscou, Milda Ifanovna continuait d'entretenir la brûlante passion de Volonov et sa propension aux confidences.

Le 30 juin 1944, alors qu'ils partageaient une dînette d'amoureux — non seulement Volonov représentait une source de renseignements exceptionnellement précieuse, mais il rapportait du Kremlin les mets les plus délicats —, ce soir-là donc on frappa à la porte de Milda. Aussitôt Volonov, dont la jalousie était farouche, soupçonna une visite masculine.

Il ne se trompait pas. L'homme qui se tenait sur le seuil se présenta avec ce qui parut à Volonov un sang-gêne révoltant :

— Je suis Piotr Mironovitch Sepkin...

***

En dépit des efforts désespérés de Milda, le face à face Sepkin-Volonov tourna rapidement à l'aigre. Rapporter les détails serait ici superflu.

Le ton ne cessant de monter, un moment fatal arriva : celui où Volonov, ivre de fureur, braqua son revolver sur le prétendu ami d'enfance de Milda. Sous la menace, avec toute la souplesse et la formidable puissance d'un tigre, Sepkin bondit... et frappa. Du revers de la main, il porta seulement deux coups, mais d'une force et d'une précision hallucinantes.

Volonov s'effondra.

A ce spectacle Milda sut conserver son sang-froid. Elle considéra le corps de Volonov, puis se contenta d'interroger Sepkin du regard.

Ce dernier acquiesça.

— Oui. Il s'appelait Janis Michailovitch Volonov.

Sur ces mots, il gagna la cuisine, où il passa sous l'eau froide sa main rougie qui commençait déjà à enfler. Milda le suivit.

— Cet officier était votre amant ? demanda froidement Sepkin.

— Oui. Il s'appelait Janis Michailovitch Volonov.

— Votre aversion envers les bolchevistes serait-elle de nature purement intellectuelle ?

— Je vous aurais cru plus fin et plus courtois, Piotr Mironovitch ! répliqua Milda. Volonov appartenait à l'état-major du Kremlin !

— Vous m'en direz tant... !

Sepkin ferma le robinet.

— Il assistait aux conférences et approchait fréquemment Staline, précisa Milda.

— Bravo...

— Je me passe de votre approbation, Sepkin ! Maintenant je vous écoute : Qu'est-ce que vous faites ici ? Selon les ordres...

— Est-ce que vous passez votre temps à dormir ou est-ce que vous avez les oreilles bouchées, Milda Ifanovna ? Les armées soviétiques ont déjà conquis Borissov. Les forces allemandes s'affaiblissent de jour en jour. On se croirait à une répétition de la Bérézina ! En conséquence c'est tout notre plan qui doit être modifié d'urgence. Il n'est plus question d'attendre. Il faut absolument trouver l'occasion d'approcher Staline au plus vite !

— C'est pour cela que vous vous entraînez à l'assassinat ?

— Modérez vos expressions, Milda...

— Vous n'avez pas tué Volonov, peut-être ? Par ce canal je recueillais des informations de première main ! Nous aurions été tenu au courant des démarches de Staline au jour le jour, nous l'aurions suivi pas à pas ! Maintenant grâce à votre intervention, terminé !

— Vous auriez préféré que je me laisse coller une balle dans la peau ?

— Il y avait moyen de calmer Volonov et de le neutraliser !

— Pas évident...

— Moi, j'y serais parvenue ! Il était en adoration devant moi.

— On le comprend...

La main toujours en feu, Sepkin regagna la salle de séjour.

— Aucun de nous ne s'est déjà manifesté ?

— Vous êtes le premier, Piotr Mironovitch. Le problème est que vous êtes arrivé trop tôt.

— Il aurait toujours été trop tôt. Le regretté commandant avait ses entrées dans la maison, non ?

— Exclusivement la nuit ! répliqua Milda sans fausse pudeur.

— D'accord, Milda, admit Sepkin, j'ai commis un faux pas. Je ne pouvais pas me douter non plus... Cela dit, il est trop tard pour battre sa coulpe. Venons-en aux faits. Je commence par vous résumer ma situation : Primo je suis tombé amoureux d'une fille merveilleuse. La charmante enfant s'appelle Jelena Lukanovna...

— Félicitations ! Mais, soit dit en passant, vos affaires de cœur ne me passionnent pas.

— Laissez-moi terminer, Milda Ifanovna. J'habite chez son père, un fort respectable citoyen nommé Puschkin, infirmier de son état. Je travaille dans le même hôpital. Employé au four crématoire. Mon boulot consiste à brûler tous les déchets qui proviennent des salles d'opérations, membres amputés et autres...

— Charmant, apprécia Milda.

— Je vous en parle uniquement pour vous donner une idée de ma situation. Maintenant l'essentiel : Vous aviez le commandant, moi j'ai Jelena Lukanovna... Elle est secrétaire au Kremlin ! Qu'est-ce que vous en dites ? Il est vrai que cette rencontre fortuite a coûté deux vies humaines...

— Une spécialité, on dirait ! Ou bien cela devient une manie ?

Milda s'assit à la table, en prenant soin de tourner le dos au cadavre de Volonov.

— Cette fameuse Jelena peut-elle vous aider ?

— Je l'espère. Bien sûr elle n'a pas l'honneur de l'approcher comme votre major, mais même au Kremlin... les murs ont des oreilles. On en apprend des choses ! Par exemple, vous saviez que Staline s'adonne volontiers à la boisson ?

— Non...

— C'est pourtant le cas. Il noie sa méfiance dans l'alcool. Genre colosse aux pieds d'argile...

— Avec ce genre de renseignement vous êtes bien avancé ! riposta sèchement Milda. Aucun peuple n'a jamais vénéré son dirigeant comme le peuple russe vénère Staline ! Plus la victoire est proche, plus Staline est considéré comme un dieu ! Alors qu'importe l'alcool qu'il serait censé ingurgiter dans l'intimité ?

Comme Sepkin s'apprêtait à répliquer, elle le fit taire du geste et pointa le pouce par-dessus son épaule.

— Question urgente : avez-vous une idée de ce que nous allons faire de lui ? En ce qui me concerne, je n'ai pas l'expérience des cadavres.

— Il faut le faire disparaître.

— Je m'incline devant une telle perspicacité ! Si je comprends bien vous le prenez par les épaules, moi par les jambes, nous traversons Moscou et nous le balançons par-dessus le mur du Kremlin ?

Sepkin s'agenouilla près de Volonov, entreprit de fouiller systématiquement ses poches, puis remit le revolver dans son étui.

— Je suppose que vous allez me réclamer une couverture, suggéra Milda.

— Vous manquez peut-être d'entraînement, mais vous apprenez vite...

— Nous risquons notre peau...

— Encore davantage si nous ne nous débarrassons pas de son cadavre.

***

Tard dans la nuit, Milda Ifanovna et Sepkin descendirent le boulevard Grusinskaja avec une petite charrette à bras. Celle-ci appartenait à un voisin qui l'avait entreposée dans une cave. Il ne devait jamais apprendre que sa charrette avait servi à transporter le cadavre d'un officier.

Le singulier convoi se rendit à destination, en l'occurrence le Jardin Zoologique. Là Milda et Sepkin, ayant déroulé la couverture qui enveloppait le corps, déposèrent le cadavre entre des buissons. Il serait découvert dès le lendemain, peut-être par des enfants en train de jouer. Personne ne leur prêta attention. Une patrouille de la milice les croisa sans même leur accorder un regard. Quel spectacle plus familier en ces temps de guerre que deux camarades poussant une charrette à bras ?

— Il est temps de lancer l'appel et de nous réunir, dit Sepkin lorsqu'ils furent de retour à l'appartement de Milda. A part cela, dans l'immédiat, j'ai besoin de vodka. Il faut que je me soûle. Ce sera la seule explication susceptible de rassurer Jelena. Bref, avez-vous une bouteille en réserve ?

— Cela tombe mal, Volonov n'en a pas apporté aujourd'hui. En revanche j'ai du vin de Crimée.

— Non... Il faut que j'empeste l'alcool. Qu'il n'y ait aucun doute possible sur mon état.

Sepkin resta chez Milda jusqu'à l'aube, discutant des prochaines étapes de l'opération.

Milda découvrit tout de même un fond de vodka. Il en but deux verres et se versa le troisième sur la tête afin que l'odeur l'en imprègne. Lorsqu'on empeste l'alcool, on n'a pas à fournir d'explications superflues.

Lorsque Sepkin rentra, Jelena, comme prévu, l'attendait, à la fois angoissée et furieuse. Dès lors il se jeta sur le divan, jouant à la perfection son rôle d'ivrogne. Et de fournir d'une voix pâteuse des détails écœurants sur l'emploi du temps de sa journée. Il ne recula devant aucune précision sordide. Ces paquets de boyaux, ces membres humains qui lui arrivaient par seaux entiers avant d'aboutir dans le four crématoire...

L'abandonnant à ses jérémiades d'ivrogne, Jelena alla réveiller son père.

— Il est là ! dit-elle, les larmes aux yeux, se libérant enfin de la tension nerveuse accumulée.

— Eh bien, tu vois..., marmonna Puschkin. Qu'est-ce que je te disais !

— Papuschka... Il est ivre mort !

— Allons bon...

Puschkin se redressa. Toute allusion à la vodka avait le don de l'émoustiller.

Dans la pièce voisine, Sepkin chantait à tue-tête. Du coup, Puschkin se leva. Il fallait qu'il se rende compte par lui-même. Et en vérité ce fut non sans une certaine fierté qu'il constata :

— Ma parole, à croire qu'il est tombé dans un tonneau de vodka !

— Comment peut-on se soûler à ce point-là ? gémit Jelena.

— Ma petite fille, il n'y a pas de quoi dramatiser. C'est un bon garçon, tu sais. Crois-moi, il tient sûrement beaucoup à nous, j'en suis certain...

***

Dès le lendemain, Milda Ifanovna fit insérer une petite annonce dans la *Pravda*. Juste deux lignes, dont le texte était ainsi libellé :

Mamuschka est décédée.

Venez tous partager mon deuil.

Duskov lut l'annonce entre deux cérémonies funèbres ordonnées par ses soins. Petrovski, parti livrer un tracteur, s'arrêta en route pour acheter la *Pravda*. Le jeune Plejin éplucha les petites annonces à table, vêtu qu'il était d'un peignoir de soie que lui avait procuré la Tscherskassja. Pendant la pause sur le chantier, Ivanov se fit prêter le journal par son contremaître, qui en avait du reste arraché un bout pour se rouler une cigarette. Ce fut dans un de ses wagons, reluisant de propreté, que Boranov prit connaissance du « faire-part ». Quant à Sepkin, il bondit de joie en découvrant l'annonce attendue, et il s'en alla aussitôt fêter l'événement avec son nouvel ami Radolov, histoire de trinquer à la victoire que proclamaient nettement toutes les informations sur l'avance irrésistible de l'Armée Rouge.

A tous les appels radio qui lui parvinrent en un laps de temps restreint, Milda n'apporta qu'une seule réponse lapidaire : 11. Le message était clair : Demain matin à 11 heures chez moi.

Toute la nuit, Milda Ifanovna s'interrogea avec angoisse sur le sort des autres : ceux qui ne s'étaient pas manifestés...

***

Le colonel Smolka n'était pas resté inactif. Aussi, peu de temps après leur entrevue au Kremlin, dut-il téléphoner au général Radovski.

— Avez-vous parlé au camarade Staline ? s'enquit-il.

— Une nuit entière. Jusqu'à ce que nous soyons enveloppés dans les brumes de l'alcool, sans parler des nuages de fumée !

— Lui avez-vous exposé nos graves soupçons ?

— A vrai dire, comme à l'ordinaire, c'est surtout lui qui a parlé. Fulminant... comme d'habitude ! Prétendant qu'il n'était entouré que de traîtres ! Cela dit, j'ai l'impression que vous avez quelque chose à m'annoncer et que vous me faites du suspense. Exact ?

— Effectivement, répondit Smolka.

— La nuit a été longue, soupira Radovski. A un moment donné, Staline m'a promis de me faire fusiller le lendemain même... autrement dit aujourd'hui ! Une demi-heure plus tard, il était question de me décerner une nouvelle décoration. Bref, il ne m'a pas laissé placer un mot. Je tâcherai de rattraper ça à la prochaine occasion.

Le colonel Smolka marqua délibérément un long silence avant de suggérer :

— Camarade général, auriez-vous le temps de passer à mon bureau après le déjeuner ?

— Si vous promettez de ne pas m'offrir un verre..., soupira dramatiquement Radovski.

— Je crois avoir beaucoup mieux à vous offrir, répliqua Smolka toujours soucieux de ménager ses effets.

— Le N.K.V.D. aurait-il à nouveau découvert un nid d'espions ? — Radovski enraya une quinte de toux, puis ajouta : — A quelle heure voudriez-vous, Smolka ?

— Est-ce qu'à trois heures cet après-midi, cela vous conviendrait, camarade général ?

— Je ferai mon possible, mais n'y comptez pas trop.

En réalité, bien évidemment, le général fut ponctuel. A trois heures précises, sa voiture s'arrêta devant le siège central du N.K.V.D., ce sinistre bâtiment où tant d'individus étaient entrés pour n'en jamais plus ressortir. En y pénétrant, même un officier aussi aguerri que le général Radovski ressentit un irrépressible frisson.

Il était attendu. Un commandant l'accueillit, qui le conduisit jusqu'à l'ascenseur. Averti entre-temps, le colonel Smolka reçut Radovski sur le palier.

— Avez-vous déjà assisté à une représentation de « Faust » ? demanda le général en lui serrant la main.

Smolka acquiesça.

— Plusieurs fois, camarade général.

— En regardant Faust signer le pacte, Méphisto a souri exactement comme vous en ce moment !

Smolka s'abstint de commentaire. Il nota avec une secrète satisfaction la tension perceptible chez le général.

Il ouvrit une porte, puis, lui-même et Radovski entrés, il s'empressa de refermer à clé.

— Qu'est-ce que cela signifie ? interrogea aussitôt Radovski sur la défensive. Etes-vous absolument contraint de vous boucler ? Qui cherche-t-on à assassiner... Staline ou le colonel Smolka ?

— C'est bien la sécurité de Staline qui est en question, répondit évasivement Smolka.

— Vous avez le sens de la mise en scène, commenta Radovski. A se demander si l'on n'a pas méconnu vos compétences. On devrait vous confier la direction du Bolchoï. Quelle pièce joue-t-on aujourd'hui ?

— La survie de Staline.

— Une pièce difficile !

— Question de maîtrise.

— Levez le rideau, mon cher !

— Peut-être conviendrait-il d'abord de fournir quelques explications, camarade général !

Radovski leva la main en signe de refus.

— Quand une pièce nécessite des explications, c'est qu'elle est mauvaise ! Alors que le spectacle commence !

— Comme vous voudrez...

Smolka ajouta cependant, tout en se dirigeant à pas lents vers une porte de la pièce voisine :

— Ne vous plaignez pas ensuite du choc que vous risquez de subir...

— Est-ce que vous vous apprêtez à lâcher tous les démons de l'enfer ? ironisa Radovski.

Smolka ne partagea pas l'hilarité de Radovski.

— Question d'appréciation personnelle, murmura-t-il.

Il poussa la porte et adressa un signe de tête. Puis il s'écarta, laissant le passage.

Un homme entra.

Radovski, qui s'apprêtait à lancer une remarque sarcastique, regarda le nouvel arrivant, médusé. Sa stupeur ne dura qu'une seconde. Ensuite il se leva d'un bond et se figea. Puis, dans le silence général, il balbutia :

— Camarade généralissime... Je ne m'attendais réellement pas à une telle surprise...

Radovski pâlit, la sueur ruissela sur son visage. Il eut l'impression que son crâne allait éclater.

Un deuxième homme entra et prit place en silence à côté du premier.

Ce ne fut pas tout.

Sur un signe du colonel Smolka, un troisième arrivant pénétra dans la pièce. Il s'aligna à côté des précédents.

Les yeux exorbités, le souffle court, Radovski se laissa tomber dans son fauteuil et prit une cigarette d'une main tremblante. Ayant tiré la première bouffée, il ferma les yeux avec un rictus de douleur, comme s'il venait d'inhaler du poison.

— Monstrueux ! dit-il d'une voix sourde. Igor Vladimirovitch, votre façon d'agir est tout simplement criminelle ! Un homme moins solide que moi n'aurait pas résisté à un tel choc ! Vous êtes fou, mon cher, permettez-moi de vous le dire.

— Voilà pourquoi je vous avais proposé de vous fournir des explications préalables, répliqua Smolka, paisiblement adossé au mur.

Radovski rouvrit les yeux et ne put en douter : la pièce à laquelle il assistait se jouait bel et bien dans la réalité. Les trois hommes qui se tenaient devant lui étaient les sosies fidèles de Staline. Ils en possédaient non seulement le physique, mais jusqu'au célèbre sourire.

— Vous êtes le diable, Smolka, j'avais raison, dit Radovski d'une voix rauque.

— Il n'a même pas été nécessaire d'avoir recours à des perruques ni à des astuces de maquillage, précisa Smolka en souriant.

— Hallucinant !

Encore sous le choc, Radovski eut peine à se lever. Quand il alla d'un Staline à l'autre, il sembla que ses jambes le portaient difficilement. Il dévisagea tour à tour les trois figurants, les toisa attentivement, après quoi il retourna s'asseoir en secouant la tête.

— Hallucinant ! répéta-t-il.

Sur une table se trouvait un samovar. Souriant, Smolka remplit cinq tasses d'un thé vert pâle délicieusement parfumé. Tout en les distribuant, il présenta les trois Staline.

— Voici Vladimir Leontinovitch Plesikovski. Menuisier à Temir-Taou dans le Kazakhstan. Toutes les statues de

Staline dans toutes les villes et tous les villages de la région le représentent. C'est lui qui a posé pour les sculpteurs.

Radovski acquiesça. Alors Plesikovski lui adressa un sourire bienveillant tout en glissant le pouce droit dans la boutonnière de son uniforme.

Même ce geste est calqué, réalisa Radovski. Et ce sourire...

— Nikolai Iljitsch Tabun, poursuivit Smolka. Voiturier. Habite à Osa au sud de Perm. Sa photo a servi à réaliser les affiches pour la grande fête de la révolution d'octobre en 1943. Simplement parce qu'on ne possédait pas de photo du Chef Suprême levant les deux bras pour saluer le peuple. On le voit toujours la main droite levée à la hauteur du front.

— Exact, confirma Radovski.

— Et voici enfin Anton Wasiljevitch Nuraschvili... Médecin à Achalkanski, au sud de Tiflis. Ses patients s'imaginent avoir été traités par Staline en personne. De là des cohortes entières de miraculés.

Sur un signe de Smolka, les trois Staline se retirèrent en emportant leur tasse de thé. Quand la porte se fut refermée derrière eux, Radovski desserra son nœud de cravate.

— Igor Vladimirovitch, êtes-vous parfaitement conscient de la situation ? J'admire votre courage. Si Staline vient à apprendre l'existence de ces trois sosies...

— J'aimerais précisément les lui présenter, camarade général...

— Exclu ! Imaginez la réaction d'un homme ombrageux, perpétuellement sur le qui-vive, soupçonnant partout la traîtrise, à qui l'on présenterait trois sosies parfaits, autrement dit susceptibles de le remplacer au pied levé ? Autant signer tout de suite notre arrêt de mort, Smolka !

— Il n'en demeure pas moins que ces trois hommes sont susceptibles d'assurer la meilleure protection possible !

Radovski s'absorba dans une longue méditation, puis tout à coup il se leva d'un bond. Aussitôt Smolka l'imita.

— D'après vous, comment serais-je censé préparer Staline à cette rencontre ?

— Dites-lui tout simplement la vérité, trancha Smolka.

— Réponse typique d'un officier du N.K.V.D., ironisa Radovski. Un bon conseil, colonel : ne sombrez pas dans l'hystérie ! Dites-vous bien que ces officiers allemands ne sont que de sinistres abrutis... avec cet avantage qu'ils ont au moins une chance de survivre à la guerre.

Ayant raccompagné le général, Smolka rejoignit « ses » trois sosies.

— Quelque chose me dit, annonça-t-il, que cette première a été couronnée de succès. Le général Radovski est un ami intime du camarade Staline. Or j'ai bien l'impression que nous avons réussi à le convaincre.

Sur ces mots, il remit en marche l'appareil de projection. Des images de Staline apparurent sur l'écran...

***

Milda Ifanovna tressaillit quand, d'un même mouvement, les six hommes, qui se présentèrent ponctuellement à son domicile, claquèrent les talons. Et tous se mirent au garde-à-vous comme à la parade. Une parade funèbre, en hommage à leurs compagnons absents. Un adieu solennel...

Disparus :

Le commandant Bodo von Labitz.

Le lieutenant Berno von Ranowski.

Le lieutenant Detlev Adler.

Le sous-lieutenant Dietrich Semper.

***

Comme prévu, ce furent deux enfants en train de jouer qui découvrirent le cadavre de Volonov.

Cette fois la milice fut prompte à réagir.

De même, le colonel Smolka.

L'événement donna lieu à un nouvel entretien téléphonique avec le général Radovski.

— On est en train de fouiller la vie privée du commandant Volonov, annonça Smolka. Il habitait seul chez une veuve. Un homme courtois, tranquille. Pas d'aventures, pas de visites féminines. Apparemment aucune liaison amoureuse. Cependant il a rarement passé la nuit chez lui ces derniers temps.

— Bref, qu'avez-vous l'intention de faire ? coupa Radovski, sarcastique. Publier sa photo dans tous les journaux ?

— Au contraire, rétorqua paisiblement Smolka, nous allons étouffer l'affaire. Notre silence va les obliger à se poser des questions. Ils ne savent pas ce que nous savons...

— Et que savez-vous ?

— Rien !

— Excellent point de départ ! ironisa Radovski. Pourquoi vos officiers allemands auraient-ils abattu le commandant Volonov ?

— Un hasard, camarade général. Il se peut que Volonov ait découvert par hasard une piste compromettante. Une piste qui l'a mené à ses meurtriers.

— Un peu tortueux, ne trouvez-vous pas, mon cher Smolka ? J'en viens à me demander si vous n'avez pas l'esprit légèrement compliqué. La manie de la persécution vous guette.

Le colonel Smolka remercia Radovski de l'avoir écouté avec une telle patience, et il raccrocha. Toute discussion avec Radovski se révélait stérile. De son côté le général se trouvait confronté à un problème épineux : son amitié avec Staline. Quand l'ours te prend dans ses bras, il faut danser avec lui, disait un proverbe russe.

Radovski y songeait-il parfois ?

***

Après force tapes sur l'épaule et accolades, chacun quitta séparément le domicile de Milda Ifanovna.

La première réunion n'avait apporté que de maigres résultats. Les perspectives ne s'étaient guère élargies. Finalement il avait été décidé de confier des armes — un pistolet et trois grenades — au seul Ivanov, compte tenu de sa position privilégiée sur le chantier du Kremlin. En outre, il avait été convenu de rester dorénavant en contact permanent par l'intermédiaire de Milda. Si cette dernière prononçait trois fois de suite un même chiffre, on saurait qu'il fallait immédiatement accourir.

Le soir, tous se retrouvèrent auprès de leurs « fiancées » respectives.

Par une méthode qu'il se garda bien de révéler, Semjon Tichonovitch Haller avait réussi à se procurer un superbe morceau de viande. Débordante de gratitude sa femme,

Antonia Nikitajevna, lui sauta au cou, tandis que Wanda Semjonovna observait avec une légitime fierté :

— On ne peut pas dire le contraire, papa a de la ressource !

La soirée fut des plus réussies. Le rôti s'accompagna de pommes de terre, et le tout fut dévoré avec délectation.

Après le dîner, Wanda et Ivanov s'installèrent sur le sofa, main dans la main. Au début le père réprimandait sévèrement sa fille lorsque sa tenue lui paraissait inconvenante. L'habitude aidant, il avait admis pour les amoureux le droit de s'embrasser, et dans ces cas-là il se contentait à présent de détourner pudiquement les yeux.

Dans la famille Sharenkov on se montra tout de suite beaucoup plus libéral. L'architecte Pavlov Ignatovitch professait, en ce domaine comme en tout autre, des idées avancées. Une fois seulement, alors que Boranov était en retard car il avait dû faire des heures supplémentaires, père et mère s'étaient permis de questionner leur fille.

— Avez-vous l'intention de vous marier ? s'enquit Sharenkov sur le ton d'un magistrat.

— Oui ! affirma Lyra Pavlovna.

— Pourquoi ?

— Je ne peux plus imaginer de vivre sans lui.

— Bonne réponse, commenta Maria Ivanovna. Exactement ce que j'ai répondu à mon père il y a vingt-deux ans.

— Les temps ont pourtant changé ! remarqua rêveusement Sharenkov.

— Mais pas l'amour !

De son côté Boranov s'acquittait de ses fonctions sans rechigner. Le soir, il conversait avec Pavlov Ignatovitch. Ensemble ils observaient sur la carte accrochée au mur la progression irrésistible de l'Armée Rouge. Parfois aussi il emmenait Lyra se promener. Comme tous les amoureux ils allaient s'asseoir sur un banc du Jardin Botanique. Ce fut là par un doux soir d'été que Lyra Pavlovna murmura à l'oreille de Boranov :

— Qui pourrait comprendre une chose pareille ? Je t'aime ! Comment peut-on aimer un homme comme toi ?

— A n'y rien comprendre, c'est bien vrai.

Ils s'embrassèrent, et, lorsque la main de Boranov

s'aventura doucement sous son chemisier, Lyra se mit à trembler... de désir et d'anxiété.

— Je t'aime, balbutia-t-elle. Kyrill, si nous pouvions être seuls... Cherche-toi une chambre... Il faudrait que nous ayons un endroit à nous...

— Des milliers de gens sont à la recherche d'un logement.

Elle repoussa vivement la main de Boranov, tout en couvrant son visage de baisers comme pour lui en demander pardon.

— Si nous nous marions, dit-elle, nous trouverons une chambre. Papa s'en occupera. Parce que nous allons nous marier, n'est-ce pas ?

— Oui, dit Boranov. Oui... si l'avenir nous sourit.

L'avenir ? Ivanov avait promis d'essayer au moins de faire embaucher Boranov sur le chantier...

***

La Tscherskassja tint parole : elle rapporta un uniforme de la milice subrepticement « emprunté » au vestiaire. Elle le déplia sur le lit, après quoi elle se jeta dans les bras de Plejin en arrachant déjà ses vêtements.

Une fois son ardeur dévorante apaisée, Plejin put essayer l'uniforme de sergent. Il se révéla un peu trop grand, mais il fut aisé de remédier à ce défaut par quelques retouches. Celles-ci exécutées, l'image de Plejin changea du tout au tout.

Il s'examina dans la glace et se contraignit à sourire quand la Tscherskassja apparut derrière lui entièrement nue et l'enlaça.

— Maintenant tu n'as plus rien à craindre de personne, dit-elle de sa voix rauque. Personne n'osera jamais t'arrêter et te poser des questions. Avec cet uniforme tu peux aller partout sans risque. Es-tu content, mon amour ?

La gorge serrée, Plejin se contenta de hocher la tête. En un éclair il entrevit les innombrables possibilités qui s'offraient désormais. Par exemple il pourrait s'immiscer dans les patrouilles assurant la protection de Staline lorsqu'il quitterait le Kremlin...

La Tscherskassja l'embrassa doucement dans le cou tout en le couvrant de caresses.

— Tu veux vérifier l'effet produit ? Tu veux que nous tentions l'expérience ?

Plejin accepta. Il lui fallait sans plus attendre vaincre son ultime et sournoise appréhension.

Comme ils déambulaient sur les trottoirs à travers des rues fréquentées, Ljudmila Dragonovna, sentant son compagnon tendu et guindé, suggéra :

— Essaie d'entrer dans ton rôle ! Tu es un sergent. Tu les domines tous...

Alors Plejin se jeta à l'eau. Il se posta à un carrefour et leva la main. Résultat : les automobilistes freinèrent et attendirent patiemment. Peu à peu une longue file de voitures se forma, mais nul ne klaxonna, nul ne posa de questions...

Si un sergent de la milice bloquait la circulation, c'était qu'il avait une bonne raison d'agir ainsi.

Plejin baissa le bras et effectua un demi-tour sur place. Une fois que le trafic eut repris son cours normal, il rejoignit la Tscherskassja.

— Tu as eu peur ? demanda-t-elle, les yeux étincelants.

— Non, dit Plejin, cela a été un instant merveilleux !

***

Ce soir-là Petrovski ne rentra pas directement. Lui, la « grande gueule » ayant toujours réponse à tout, souffrit d'une sournoise dépression dont il ne pouvait expliquer le motif à Larissa Alexandrovna.

Comme d'habitude, à la fin du travail, ils avaient quitté ensemble la fabrique de tracteurs. Seulement l'humeur n'y était pas. Tout l'après-midi Petrovski n'avait cessé de ruminer, se rappelant la gaieté de Tarski, la passion pour la musique de Kraskin, évoquant leurs joyeuses soirées, leurs adieux avant le départ.

— Ce soir, si tu veux bien, nous allons rendre visite à un ami, proposa Petrovski alors qu'ils attendaient le métro. Passons voir le docteur Speschnikov, d'accord ?

— Tu es malade ? répondit aussitôt Larissa avec une

appréhension teintée d'incrédulité. Luka... Tu souffres à nouveau de cet ulcus ?

Il secoua la tête.

— Non. J'ai besoin de le voir, c'est tout.

— Alors, tu es malade ? Ne le nie pas ! Vous, les hommes, quand vous êtes malades, vous ne voulez jamais le reconnaître. Tu souffres beaucoup, dis ?

— Je me porte comme un charme, affirma Petrovski. Tu peux me croire, Larissa, je te le jure.

— Tu as tout de même un ulcus...

— Il y a longtemps que je suis guéri ! Est-ce que tu as l'impression de vivre avec un malade ?

— Non...

— Alors !

Petrovski prit Larissa par les épaules et sentit, non sans en éprouver une joie sournoise, qu'elle tremblait. Naïve et tendre Larissa, elle avait peur pour lui ! Peur aussi de voir s'écrouler tous les projets d'avenir qu'elle avait déjà échafaudés. Pour eux et leurs enfants...

— Le docteur Speschnikov est un ami. Il est très seul et il en souffre. Alors si on peut lui apporter une petite note de gaieté de temps en temps... Et puis nous lui devons beaucoup. Sans lui nous ne nous serions jamais rencontrés.

A l'hôpital n° 13, boulevard Petrovski, il fallut négocier avec le gardien avant qu'il ne consente à leur laisser la voie libre.

Ensuite Petrovski dut frapper plusieurs fois à la porte du bureau et secouer violemment la poignée, avant que la voix du docteur Speschnikov se fasse entendre.

— Qu'on ne me dérange pas ! vociféra-t-il.

— Ouvrez, docteur ! cria à son tour Petrovski. C'est une visite personnelle !

Bruit de chaise renversée. Petrovski sourit. Le médecin avait encore abusé de la vodka ou autre alcool d'origine suspecte.

— Aujourd'hui, mon cher Speschnikov, nous allons trinquer ! Moi aussi, j'ai envie de me soûler ! Tant de chagrins à noyer...

— Qui est là ? hurla le médecin.

— L'ulcus ventriculi...

— Pas possible ! C'est la voix des anges que j'entends !

La porte s'ouvrit à la volée. Jambes vacillantes, le docteur Speschnikov tendit les bras. Il paraissait terriblement vieilli et accablé.

— Heureux de te voir, maudite canaille ! J'ai souvent pensé à toi...

***

Duskov, penché en avant, était assis dans un fauteuil, et il écoutait les informations allemandes. Des bruits de vaisselle remuée provenaient de la cuisine, où Anja Ivanovna mijotait un plat savoureux dont elle avait le secret.

— Qu'est-ce qu'ils disent ? lança-t-elle.

En même temps elle sortit de la cuisine, une cuillère en bois à la main qu'elle lécha consciencieusement. Elle goûtait si souvent les plats avant de servir qu'une fois à table elle n'avait généralement plus faim, et elle se contentait de regarder Leonid Germanovitch, heureuse de le voir apprécier ses talents culinaires.

De Berlin parvenait une voix agréable, une voix qui captait spontanément l'attention. Elle donnait lecture d'un article sur la situation générale, et proclamait la volonté inébranlable du Führer de surmonter l'épreuve passagère, si rude fût-elle, puisque, ce pas franchi, l'armée allemande volerait irrésistiblement vers la victoire la plus glorieuse. Et de réaffirmer la force inébranlable d'une armée assurément capable de résister à l'ouragan soviétique, une armée dont les valeureux soldats s'apprêtaient à anéantir le bolchevisme.

La voix de Hans Fritzsche, reconnut Duskov. Nous l'écoutions chaque samedi lorsqu'il lisait les communiqués de Goebbels à la nation. Chaque samedi un peuple tombé en léthargie s'entendait répéter que le Führer pensait pour lui.

Duskov affecta un ennui de bon aloi. Tout en écoutant attentivement Hans Fritzsche, il feuilleta distraitement le journal, puis leva sur Anja Ivanovna un regard implorant.

— Effroyable ! gémit-il. Un coup à vous bousiller les tympans ! L'allemand est vraiment une langue barbare !

— Peut-être, mais si tu comprenais...

Elle vint s'asseoir près de lui sur l'accoudoir du fauteuil et désigna la radio du bout de sa cuillère en bois.

— Il est en train de raconter que l'Allemagne est presque sur le point de vaincre la Russie ! Il faut entendre ça ! Pour un peu on en aurait pitié, de ces abrutis d'Allemands !

Le bulletin d'informations s'acheva. Un speaker prit le relai, qui annonça : « C'étaient les commentaires de Hans Fritzsche. » Je ne m'étais donc pas trompé, pensa Duskov. Troublant d'avoir entendu sa voix à Moscou aux côtés de la plus belle femme du monde.

— Pourquoi pitié ? demanda-t-il distraitement.

— Parce que les Allemands avalent tous ces infâmes boniments ! Ils écoutent ça et ils croient dur comme fer qu'ils peuvent remporter la victoire !

Duskov brancha le poste sur Radio-Moscou et baissa légèrement le son. Une marche militaire retentit.

— Leur crédulité va leur coûter cher !

— Qu'est-ce que cela peut nous faire ? soupira Duskov. On ne va tout de même pas se tracasser pour les Allemands ! Tu ne ferais pas mieux d'aller jeter un coup d'œil à la cuisine ?

Après le dîner ils écoutèrent des disques de Wagner, « Lohengrin » et « Tannhäuser », sous la direction de Furtwängler et Toscanini.

Assise par terre aux pieds de Duskov, Anja Ivanovna murmura soudain :

— Et dire que les Allemands ont possédé de tels musiciens...

Duskov ne répondit pas. Si seulement je pouvais hurler, songea-t-il. Si je pouvais me déchaîner, briser n'importe quoi. Si je pouvais me défouler, me libérer de ce fardeau, de cette angoisse qui m'oppresse...

— Arrête le disque ! S'il te plaît, Anjuschka, éteins tout ! Ou alors mets une valse, une opérette, ce que tu veux... tout mais pas cette musique. Pas aujourd'hui... Je t'en prie, Anjuschka !

Elle obtempéra sans hésiter puis se blottit contre lui.

— Tu es fatigué, dit-elle en effleurant doucement son visage. Allons dormir.

Elle le couvrit de baisers, légers, emplis de tendresse.

— Si tu savais comme je t'aime, murmura-t-elle. Il n'y a pas de mots pour l'exprimer...

— Si je pouvais ne plus jamais entendre parler de la guerre, ne plus jamais y penser. — Il la serra contre lui à l'étouffer. — Anjuschka, ce serait merveilleux...

***

Au cours de la nuit, l'émetteur-récepteur de Milda Ifanovna grésilla. Il ne fut prononcé aucun mot, mais exclusivement les chiffres convenus.

Duskov, Plejin et Sepkin se retirèrent dans les toilettes pour démonter leur talon de chaussures à l'abri de tout regard.

De service de nuit, Boranov attendit que le dernier tramway ait déversé ses usagers, après quoi il s'installa en toute tranquillité dans un wagon dépeuplé.

Petrovski et Ivanov furent les premiers à se manifester à la fin de leur journée de travail. Ivanov s'accroupit tout simplement derrière une pile de planches. Il fut le premier surpris par sa propre audace : oser émettre du Kremlin ! Petrovski, de son côté, trouva un abri relativement sûr dans l'entrepôt II de la fabrique de tracteurs.

Seule réponse lapidaire transmise à chacun par Milda Ifanovna : « Zéro ».

Zéro, cela signifiait : toujours rien... Attendre !

Attendre Staline...

***

Obtenir un entretien en privé avec Staline était une faveur rare.

Quelle subtilité diplomatique le général Radovski dut-il mettre en œuvre pour exposer à cet homme, confiné dans un univers de suspicion haineuse, le monstrueux secret détenu par le colonel Smolka... voilà qui demeurera à jamais une énigme.

Quoi qu'il en fût, le colonel Smolka se sentit tout à coup les mains moites quand le général Radovski l'appela, pour lui annoncer avec une feinte indifférence quasi perverse :

— Demain à 23 heures. Je vous attendrai.

— A 23 heures ? répéta machinalement Smolka.
— La garde aura l'ordre de vous laisser passer.
— Moi et mes trois sosies ?
— La question est réglée, éluda Radovski.

Le soir, ce fut Smolka qui rappela Radovski.

— Quels vêtements portera Staline ? S'enquit-il. Il serait important de le savoir.
— Sa veste d'uniforme habituelle.
— Il est préparé à tout ?
— Quand j'aurai atteint l'âge de la retraite, je ne détesterais pas me retirer à la campagne. Par là ce n'est pas à la Sibérie que je fais allusion...

***

Tout se déroula comme dans une cérémonie parfaitement réglée.

Dans la pièce où entra le groupe, tous les volets étaient fermés. La première chose qui frappa le colonel Smolka fut l'odeur de tabac qui flottait dans l'atmosphère.

Staline fumait la pipe, ne le savait-on pas ?

Les trois sosies regardèrent autour d'eux sans la moindre gêne, complètement entrés dans leur rôle. Smolka se mordit la lèvre inférieure quand il vit Radovski se diriger vers un téléphone et décrocher le combiné. Il actionna une seule fois le cadran. Quelque part une sonnerie allait retentir, le signal qu'attendait Staline.

Les trois sosies retirèrent leur casquette. Et de fixer la porte, sourcils froncés. Hallucinant, se répéta Radovski. Exactement le regard que Staline pose sur ses visiteurs lorsqu'il est d'humeur maussade. Un regard qui vous hypnotise...

Durant cinq minutes, Smolka eut l'impression de subir l'épreuve la plus redoutable de sa vie. Cinq interminables minutes le soir du 4 juillet 1944.

La porte s'ouvrit à la volée. Et Staline apparut, vêtu, comme l'avait annoncé Radovski, de sa veste d'uniforme, les mains dans le dos, sa célèbre pipe aux lèvres. Il leva le menton et accorda juste un coup d'œil indifférent à Smolka, qui se figea au garde-à-vous, terrifié à l'idée que chacun pouvait entendre les battements de son cœur.

Parfaitement entraînés, les trois sosies réagirent promptement. Ils sortirent chacun une pipe de leur poche et se la glissèrent à la commissure des lèvres. Devant ce spectacle, Radovski retint un soupir d'admiration.

Staline avança de deux pas, et, sans un mot, toisa ses propres doubles.

Devant la fenêtre de gauche, Staline, pipe aux lèvres, fixait sur lui un regard impatient et courroucé.

Au milieu du groupe, près de la table ronde, Staline, pipe aux lèvres, lui dédia un coup d'œil qui ne présageait rien de bon.

A droite, à côté du colonel toujours figé au garde-à-vous, Staline, pipe aux lèvres, affichait la mine d'un homme écœuré par le monde entier.

— Celui du milieu pèse au moins cinq kilos de trop ! trancha le Chef Suprême en désignant Plesikovski.

Alors ce dernier de riposter sur le même ton :

— Même silhouette pourtant !

— Cinq kilos de trop ! aboya Staline. Je suis bien placé pour le savoir !

Tournant les talons, il approcha de la fenêtre et considéra le deuxième sosie comme il l'eût fait pour une sculpture. En même temps, du pouce il bourra sa pipe, aussitôt imité par son double.

— Celui-là, conclut-il, a l'œil bovin !

Smolka se sentit la tête et la poitrine en feu. Hébété, il ne chercha pas même à interpréter le signe que lui adressa subrepticement Radovski.

Staline passa devant lui sans lui accorder plus d'attention qu'à un banal bibelot, et il s'arrêta devant le troisième sosie. De nouveau il tassa le tabac dans le fourneau de sa pipe, de nouveau son double s'empressa de l'imiter. Même manège lorsqu'il haussa les sourcils.

— Celui-là a un nez épouvantable ! Regardez-moi ces poils qui lui sortent des narines ! J'aurais le même nez ?

— Oui ! riposta vivement le sosie. Il suffit de voir les photos de la dernière parade d'octobre... Les poils, encore... mais la goutte au nez !

Radovski se recroquevilla. Smolka, au supplice, ferma les yeux. Pourtant, se dit-il, l'autre a raison. Ce détail apparaît très nettement sur les agrandissements. Mais était-il absolument nécessaire de le souligner aussi crûment ?

Staline resta une seconde interdit avant de répliquer :

— Il faisait froid ! Glacial ! Moi j'ai peut-être eu la goutte au nez, mais toi, c'est un ruisseau qui se serait écoulé de tes narines !

Sur ces mots, il porta la main gauche à son nez, en tâta les poils, puis se glissa de nouveau la pipe au coin des lèvres. Les trois sosies l'imitèrent. Alors quatre Staline s'observèrent en silence.

Radovski jugea bon d'intervenir.

— Camarade généralissime, dit-il avec une feinte décontraction, je vous présente le colonel Igor Vladimirovitch Smolka du N.K.V.D.

— Ah...

Staline toisa Smolka, les sourcils froncés.

— Cette idée vient de vous ?

— Oui, répondit Smolka d'une voix rauque.

— Pourquoi Beria ne m'en a-t-il jamais parlé ?

— Le camarade Beria n'est pas au courant...

Un instant, Smolka eut l'impression qu'il venait de cracher au visage du Chef Suprême.

Puis tout à coup le visage de Staline s'éclaira et il éclata d'un rire tonitruant.

— Il ne sait rien ! Beria, cette face de rat, n'est pas au courant ! Me voilà reproduit en trois exemplaires et Beria dort sur ses deux oreilles !

Staline partit à nouveau d'un rire homérique, et tapa du poing contre la poitrine de Smolka.

— Igor... comment déjà... ?

— Vladimirovitch...

— Igor Vladimirovitch, vous me plaisez ! Les hommes qui ont des idées ne se rencontrent pas à tous les coins de rues ! On ne voit partout que des moutons bêlants. Des troupeaux entiers de veaux, incapables de voir plus loin que le bout de leurs naseaux ! C'est par manque d'idées que notre monde dépérit ! Où coulait une eau limpide ne subsiste qu'un sol fangeux. Je suis le seul ici qui se donne encore la peine de penser ! Autour de moi, rien que des têtes qui sonnent le creux !

Dans le dos de Staline, Radovski adressa un clin d'œil à

Smolka. Prière d'écouter sans se démonter ! Il a déjà bu deux ou trois verres, je vous avais prévenu ! Dans ces cas-là il monologue. Il continue à s'enivrer de ses propres paroles. Il en profite pour attaquer tous ceux qui ne sont pas là pour se défendre. Laissez-le dire, Smolka...

Staline s'interrompit abruptement. Puis, pointant le tuyau de sa pipe vers la poitrine de Smolka, il déclara d'un ton plus modéré :

— Nous allons voir, Igor Vladimirovitch. Seules sont bonnes les idées que l'on peut mettre en pratique.

Sur ces mots, il fit signe aux trois Staline de le suivre, et tous se retirèrent dans la pièce voisine.

Alors seulement Smolka commença à se décrisper.

— Cela devrait marcher, commenta Radovski en se frottant pensivement le nez.

— Où est-il allé ? D'après vous, camarade général, quelles sont ses intentions ?

— Ici, on ne croit rien. On se contente d'attendre. Comme des moutons bêlants...

De nouveau la porte s'ouvrit à la volée, et les quatre Staline firent leur entrée. Tous affichaient le célèbre et rayonnant sourire qui avait le don de réchauffer les cœurs. Les ayant longuement observés, le colonel Smolka capitula.

— Qui est le bon ? demanda l'un des quatre Staline. Jefim Grigorjevitch, tu devrais le reconnaître sans difficulté !

Cette voix ! A ne pas s'y méprendre ! On est toujours trahi par sa voix, certaines intonations inimitables ! Camarade généralissime, tu as commis une erreur, pensa Radovski. Tu aurais dû laisser un autre s'exprimer à ta place...

— Vous-même, camarade généralissime ! déclara résolument Radovski.

Staline se tourna vers Smolka.

— Igor Vladimirovitch ? A vous de faire votre choix.

Smolka ne montra pas l'assurance de Radovski. Il observa de près les quatre sosies. En vain. Ce fut au hasard qu'il se décida pour celui de gauche.

Le Staline désigné par Radovski enfonça les mains dans ses poches, adoptant spontanément l'une des attitudes familières au Chef Suprême.

Radovski jubilait intérieurement. C'est bien lui, je ne me

suis pas trompé. Comment aurais-je pu, le connaissant comme je le connais !

— Je suis Nikolai Iljitsch Tabun...

Radovski leva les bras au ciel.

— Je capitule ! proclama-t-il sur un ton dramatique.

Smolka interrogea du regard le sosie désigné.

— Je suis Anton Vsiljevitch Nuraschwili, annonça ce dernier.

Alors Smolka se décerna mentalement la palme qui lui revenait en récompense de ses efforts méritoires.

Le véritable Staline sortit du rang et, d'un pas vigoureux, alla s'asseoir dans un fauteuil.

— Je suis d'accord ! dit-il. Si vous-même ne me reconnaissez pas, à commencer par toi, Jefim Grigorjevitch, comment les autres en seraient-ils capables ? Colonel Smolka, votre plan est d'une ingéniosité remarquable ! Qu'y a-t-il, Radovski ?

Radovski, soudain décomposé :

— Eh bien... Qui me dit que vous êtes bien le véritable Staline ?

— Demande aux autres !

— Ils vont approuver et je ne serai pas plus avancé. A vrai dire, je crains... que nous ne soyons en train de jouer à un jeu dangereux.

— Smolka, dit Staline, vous venez de me prouver que l'on peut me remplacer au pied levé sans éveiller le moindre soupçon. Pensez-vous réellement que je puisse l'accepter sans broncher ?

Alors Radovski sut que celui qui venait de s'exprimer ainsi était bien Staline. Le Staline cultivant la phobie de la traîtrise, à qui l'on venait de prouver que même derrière les murs du Kremlin sa vie pouvait être menacée.

***

Sharenkov apprit le grand événement trois jours avant qu'il fût annoncé dans les journaux et que la radio eût diffusé le discours que Staline avait prononcé au Kremlin devant les membres du conseil.

Aussi Sharenkov rentra-t-il un soir dans un état de

surexcitation intense. A l'heure du dîner, il s'assit à sa place habituelle, l'œil étincelant.

— Quelle nouvelle ! proclama-t-il d'une voix fébrile. Si elle est authentique, et nous n'avons aucune raison d'en douter, le 17 juillet sera un jour à marquer d'une croix blanche, dont le souvenir restera à jamais dans nos cœurs et que nous envieront les générations futures.

Maria Ivanovna, qui s'apprêtait à servir la soupe, demanda sans se départir de sa douceur et de son flegme habituels :

— Est-ce que par hasard on aurait accepté ton projet d'arc de triomphe ?

Sharenkov balaya du geste cette idée, comme si elle lui paraissait tout à coup saugrenue.

— Ce ne serait rien à côté de ce qui nous attend !

Et, fixant un regard exalté sur Boranov en train de couper quatre tranches de pain sur une planche en bois, il annonça triomphalement :

— Kyrill Semjonovitch, tous les héros de la guerre à ton image vont en frémir : Pendant toute la journée du 17 juillet, des milliers de prisonniers allemands vont défiler à travers les rues de Moscou ! Ils arrivent en ce moment par des camions et des trains de marchandises. Des camps gigantesques ont été établis dans les forêts de Boronki et de Chimki. Je les vois déjà marchant dans Moscou, la tête basse. Ah... l'émotion me coupe la voix ! J'en suis muet ! Je vois que vous aussi, vous en frémissez par avance. On parle de quarante mille Allemands ! Quarante mille pouilleux de prisonniers allemands !

Les informations de Sharenkov se confirmèrent. Le 16 juillet on ne parla plus dans Moscou que du défilé annoncé, qui allait saper définitivement les ultimes et piètres mensonges allemands. La vérité allait apparaître au grand jour, éclater dans toute son évidence aveuglante !

Cependant, à tous les appels lancés, Milda Ifanovna se contenta encore de cette réponse lapidaire :

— Zéro...

***

Le 17 juillet 1944, Moscou ressembla à une ville morte. Magasins, bureaux, entreprises, tout était fermé. Des régiments de gardes rouges barraient les rues où devait défiler le cortège de prisonniers.

La foule était massée sur les trottoirs. Des haut-parleurs diffusaient des marches militaires. Des caméras, installées sur le toit de camions spécialement aménagés, filmaient la foule extraordinairement dense et agitée qui se pressait tout au long des rues.

Un cortège de camions militaires et de limousines transportant dignitaires et officiers de haut rang ouvrit le défilé. Suivait un régiment de cavalerie. Les cosaques adressèrent à la foule des sourires de fierté.

Inévitablement des incidents commencèrent à se produire au sein des masses survoltées. Sharenkov lui-même, d'ordinaire parfaitement civil et courtois, faillit en venir aux mains avec un vieillard qui prétendait passer devant lui. Il ne se calma qu'avec le défilé des cosaques, annonçant la marche des prisonniers.

— Les voilà ! vociféra-t-il en levant les bras au ciel. Quel spectacle ! Quel spectacle !

L'interminable colonne approchait. Les prisonniers défilaient en rang par trois. Pas rasés, visages hâves, uniformes débraillés couverts de boue. Ils symbolisaient effectivement la défaite de l'Allemagne et le déclin de l'Occident.

Rien pourtant d'un défilé de pénitents. Les prisonniers marchaient la tête haute et d'un pas aussi ferme que le leur permettaient leur épuisement physique et leur désespoir. Ils avançaient sans crainte, le regard droit et portant haut le front. Le sol vibrait sous leurs pas.

Des patrouilles de gardes rouges armés de mitraillettes étaient postées tous les dix mètres. Surveillance toute symbolique destinée à la parade devant les caméras.

Interminable défilé. Quand par hasard leur regard se tournait vers la foule massée sur les trottoirs, les prisonniers lisaient tantôt la haine, tantôt la menace, tantôt la compassion, la pitié, la curiosité, le sarcasme... jamais l'indifférence. Ils étaient cinquante-sept mille à témoigner de la victoire écrasante de l'Armée Rouge, cinquante-sept mille soldats allemands écrasés, inexorablement vaincus, et capables pourtant de garder la tête haute et le regard fier.

Longue marche d'un inépuisable troupeau. En dépit de

la chaleur torride, les hommes, transpirant sous leur uniforme, continuaient à avancer sans traîner le pas ni courber le dos, décidés à ne pas offrir au monde l'image d'une armée de vaincus. Parmi eux, des adolescents de dix-huit ans, s'efforçant d'oublier vers quel destin ils marchaient ainsi, et foulant le sol russe d'un pas assuré. Des kilomètres de marche, d'interminables heures tout au long desquelles cinquante-sept mille vaincus restèrent unis par la volonté farouche de garder à tout moment la tête haute.

Interminablement leurs pas résonnèrent dans les rues de Moscou où ils défilèrent, le regard droit, sous les huées de la foule survoltée.

***

Le 18 juillet, pour la première fois, Ivanov aperçut Staline d'assez près.

Il poussait une charrette sur laquelle des planches étaient empilées, lorsqu'il vit Staline se promener dans le jardin Alexander dont l'accès était strictement interdit au personnel du Kremlin. Ce jour-là encore il régnait une chaleur étouffante. Staline avait retiré sa veste et déambulait sous les ombrages, tout en s'entretenant avec un général. A ce spectacle, Ivanov se pétrifia. Il n'en pouvait croire ses yeux. Et pourtant, sans nul doute, l'homme qu'il apercevait était bien Staline. Impossible de confondre s'agissant de LUI.

Trop loin, pensa Ivanov. Beaucoup trop loin. Il faudrait que j'aie un fusil équipé d'un viseur. A cette distance, rien à tenter avec un pistolet. Une grenade ? Pas mieux. Impossible également d'accéder discrètement au jardin. Le pont qui l'en séparait était trop haut. Evidemment à deux ou à trois, il en irait différemment. Seulement le camarade chef de chantier, Skamejkin avait répondu à Ivanov :

— Encore deux soldats libérés ? Je dirige un chantier, pas une infirmerie ! Sans compter que toutes les brigades sont au complet. Je ne vois pas à quoi on pourrait employer ces gars-là. Non décidément, moi, Fedja, je ne peux rien pour ces pauvres types !

Ivanov eut beau plaider, rien n'y fit. Au vrai, le camarade Skamejkin préférait embaucher des ouvrières qui, elles au moins, avaient la possibilité de prouver leur gratitude. Et le chef de chantier ne se privait pas de le leur demander.

Staline s'arrêta à deux reprises et leva même les yeux vers le pont. Mais il ne vit pas Ivanov, caché derrière sa charrette.

Le même jour, Ivanov aperçut Staline pour la seconde fois.

Staline était en voiture, et la voiture se dirigeait vers le bâtiment du Soviet Suprême. De son côté, la vitre était baissée. Ebahi, Ivanov ne réagit qu'une fois la limousine passée. Il s'arrêta, s'appuya sur la planche qu'il était en train de transporter, et, s'étant accordé un instant de réflexion, il résolut de ne jamais faire allusion à cette seconde rencontre. Duskov et les autres l'accableraient de reproches. Pourtant qui aurait pu se douter que la voiture surgie à l'improviste ne transportait nul autre passager que Staline, et cela vitre baissée ?

Qui aurait pu prévoir cette occasion propice ? Il aurait suffi de lancer une grenade au moment précis où...

Tout le restant de la journée Ivanov n'eut guère le cœur au travail. Il se défoula en insultant les clous. Du reste tout son entourage fut victime de son humeur maussade au point que, jusqu'à la fin du travail, chacun prit soin de l'éviter. Ivanov avait la rage, mieux valait le fuir comme un pestiféré !

Le soir il alla au cinéma en compagnie de Wanda Semjonovna et de ses futurs beaux-parents. Un film hautement édifiant, avait entendu dire Semjon Tichonovitch Haller.

— Tu as l'air triste, murmura Wanda quand la lumière s'éteignit dans la salle. Quelque chose te contrarie ? C'est à cause de moi ?

— Mais non, Wanduschka, ce n'est rien, chuchota Ivanov, tandis que sa main s'aventurait sur la cuisse de sa compagne.

***

Ce soir-là le colonel Smolka eut encore un entretien téléphonique avec le général Radovski, lequel prenait quotidiennement des nouvelles de ses trois Staline.

— J'ai une idée, annonça Smolka.

— Oh, non ! gémit Radovski. Que le diable vous emporte, vous et vos idées ! Cela au moins, ce serait une bonne idée ! La seule !

— Oublieriez-vous la présence de ces officiers allemands à Moscou ?

— Et vous, n'oublieriez-vous pas certains chiffres ? Pas plus tard qu'hier, parmi les cinquante-sept mille prisonniers qui ont défilé à travers la ville, figuraient exactement quatre mille neuf cent soixante-sept officiers allemands ! Alors ce n'est pas parce qu'il en existe une poignée...

— Ceux-là sont investis d'une mission redoutable ! coupa Smolka.

— Tant et si bien que, grâce au colonel Smolka, nous nous retrouvons en possession de quatre Staline !

— Cela justement, les Allemands ne le savent pas.

— Igor Vladimirovitch, auriez-vous l'intention de faire les présentations ? Décidément votre extravagance ne connaît plus de limites !

— Il le faut ! C'est le seul moyen de leur faire comprendre la stérilité de leur projet. Donc le seul moyen d'éliminer toute menace. Du reste les circonstances ne semblent-elles pas extraordinairement propices ? Cinquante-sept mille prisonniers allemands ont défilé dans les rues de Moscou. Quelle démonstration triomphale, quelle gifle pour les Allemands ! Eux qui prétendaient conquérir Moscou ! A présent, camarade général, le peuple serait prêt à se prosterner devant Staline. Il suffirait qu'il se montre à la foule... au stadium par exemple.

— Impossible ! Smolka, je vous conseillerais de vous passer la tête sous l'eau froide. Cela vous fera peut-être oublier vos prétendues « idées ».

— Quatre Staline, camarade général ! Et il n'y aurait pas de quoi décourager le terroriste le plus déterminé ? Juste une fois, et le problème serait réglé ! Je vous en supplie, Jefim Grigorjevitch, et là c'est l'ami qui vous parle. Débrouillez-vous pour organiser cela ! Ce serait le deuxième triomphe de Staline, mais celui-là serait discret et resterait entouré de mystère. Pourquoi refusez-vous de l'admettre ?

— Avez-vous si peur de ces officiers allemands ?

— C'est pour Staline que j'ai peur. Admettez que par hasard ce soit lui qui succombe à l'attentat...

Radovski s'accorda un instant de réflexion avant de conclure :

— Je vais en parler à Joukov. Mais ne vous faites pas trop d'illusions, Igor Vladimirovitch. Je crains que vous n'ayez gaspillé beaucoup d'énergie.

Ayant raccroché, Smolka s'installa dans son fauteuil et brancha la radio.

On ne parlait plus que du défilé des prisonniers. On diffusa des interviews d'officiers allemands, reconnaissant à présent qu'on n'avait cessé de leur mentir.

Confortablement installé, le colonel Smolka suivit rêveusement des yeux la fumée de sa cigarette composée d'un mélange de tabacs d'Orient. Ce grand jour méritant d'être célébré comme il convenait, il s'accorda un verre de vin de Crimée.

Sur le front, vingt-huit divisions allemandes venaient encore de capituler devant l'ennemi.

***

Duskov, lui aussi, entendit les informations. De la cantine de l'hôpital Botkin, Anja Ivanovna, en tant que chirurgien, venait de recevoir son allocation spéciale : deux livres de farine, trois œufs, une petite motte de margarine et une boîte de goulasch. Le soir même, pour fêter l'événement, elle décida de préparer des blinis.

Duskov, lorsqu'il entra dans la cuisine, se jeta sur elle et, sans un mot, l'étreignit passionnément.

Il agit avec une telle brusquerie et une telle fougue qu'elle s'en effraya.

— Mais qu'y a-t-il ? Leonid, tu vas m'étouffer !

Néanmoins elle abandonna spontanément ses ustensiles et se prêta à ses étreintes frénétiques.

Avec un soupir déchirant, Duskov enfouit son visage dans les cheveux d'Anja. Il ne fallait pas qu'elle le voie retenir ses larmes, il ne fallait pas qu'elle voie ses lèvres trembler.

— Mon amour, murmura Anja Ivanovna. Mon amour...

mon seul amour. Serre-moi dans tes bras, serre-moi, même si tu dois m'étouffer, même si tu dois m'étrangler...

Duskov concentra toute sa volonté pour ne pas éclater en sanglots.

Puis ce fut Anja qui le repoussa doucement.

— Les blinis vont brûler, dit-elle d'un ton si léger qu'il devint affecté.

Il acquiesça et quitta la cuisine sans un mot. Il gagna la chambre d'un pas chancelant et se jeta sur le lit.

7

Le soir du 26 juillet 1944, Jelena Lukanovna rentra à la maison, les yeux brillants et les joues enfiévrées. Toute l'attention de Puschkin et de Sepkin était concentrée sur l'échiquier et la partie entamée, de sorte qu'ils se contentèrent de répondre par un vague grognement à l'exclamation qu'elle lança :

— Mes chéris, j'ai une grande nouvelle à vous annoncer !

— Si tu veux nous dire qu'il ne reste pratiquement plus de pain, nous le savons déjà, maugréa Puschkin. Cela dit, la casserole est sur le feu. Mais ce n'est pas le moment de déranger Piotr, dans deux coups il a perdu, j'en donnerais mes deux mains à couper !

— Staline va se montrer en public !

Jelena tressaillit quand subitement Sepkin renversa la pièce qu'il s'apprêtait à déplacer, et regarda Puschkin comme si un spectre venait de lui apparaître.

— Facile ! s'exclama Puschkin. On simule la maladresse, et après on conteste les coups ! Avoue-le : je t'ai encore battu !

— Qui prétend cela ? demanda Sepkin d'une voix mal assurée.

— Moi ! exulta Puschkin. J'ai gagné, tu ne peux pas le contester !

— Je voulais dire... à propos de Staline ?

— Il va se rendre au stadium, où il prononcera un grand discours !

Dans son enthousiasme, Jelena Lukanovna se mit à danser d'un pied sur l'autre. Et de voltiger, et de papillonner !

— Ta revanche, Piotr Mironovitch ? suggéra Puschkin.

Sepkin s'efforça de contrôler sa respiration. Il se reprocha de ne s'être pas mieux maîtrisé. Il interpréta sa réaction comme un signal d'alarme. Subrepticement, sans qu'il s'en soit rendu compte, sa vie avait déjà changé. Le soir, quand il quittait son four crématoire pour rentrer à la maison, au moment où il montait l'escalier il se sentait déjà chez lui. Il se jetait dans les bras de Jelena, et, quand Puschkin était de service de nuit, ils s'empressaient de verrouiller la porte afin de jouir tout à loisir de leurs rares moments de parfaite intimité. Ainsi, au fil des jours, il avait eu de plus en plus tendance à s'acclimater à son nouveau et paisible foyer, du même coup à perdre de vue sa mission. De plus, après le sinistre défilé des prisonniers, une question s'était imposée : désormais à quoi bon supprimer Staline ?

Or voilà qu'il l'apprenait : Staline allait sortir du Kremlin !

Sepkin prit Jelena par la main et l'attira sur ses genoux.

— Pour quand est prévu le grand événement ?

— Le 28 juillet ! Après-demain !

L'heure X avait donc sonné...

Jelenuschka, mon amour, notre aventure va se terminer. Pardonne-moi si tu le peux. Pardonne-moi mon silence, pardonne-moi de ne t'avoir donné qu'une illusion de bonheur...

Il l'embrassa doucement en s'efforçant de refréner cet accès de sentimentalité dont il fut le premier surpris. Dorénavant, vous ne vivez plus que dans un seul but, leur avait seriné le colonel von Renneberg. L'avenir du monde repose entre vos mains.

***

Trois jours après le défilé des prisonniers, un autre événement — d'une portée incalculable s'il se révélait exact — avait ébranlé singulièrement les six conjurés : on avait annoncé que le quartier général du Führer, où était barricadé Hitler, aurait sauté.

Une réunion fut décidée chez Milda Ifanovna. Les réactions furent assez inattendues. Nulle tristesse, nul abattement, nulle indignation. Duskov résuma l'opinion générale en déclarant :

— Avec la mort du Führer, notre mission s'achève. Quant à notre avenir, il se décidera au cours des jours prochains.

Ainsi, tout au long du jour suivant, les heures s'égrénèrent lentement. Finalement la radio de Moscou annonça que l'attentat contre le Führer avait échoué, que Hitler était toujours en vie, que terroristes et conjurés avaient été fusillés le jour même.

Un démenti analogue — seul le ton changea — fut apporté par la radio allemande. Goebbels y alla d'un discours pompeux, remerciant le Tout-Puissant d'avoir sauvé le Führer. Résultat : le pouvoir des S.S. fut encore renforcé.

— Bref, pour nous rien de changé ! conclut Duskov au terme d'une réunion nocturne. Il faut que nous menions à bien notre mission — Et d'ajouter pour apporter la note d'ironie qui s'imposait : — Dans l'immédiat, le problème est d'expliquer à nos charmantes « fiancées » pourquoi nous rentrons au bercail à une heure aussi tardive !

***

Trois jours durant, heure par heure, Milda Ifanovna essaya d'entrer en contact avec son correspondant inconnu. En vain. Toute liaison entre Moscou et Berlin était interrompue. Coupé le cordon ombilical. Les six conjurés s'en trouvaient remis à eux-mêmes.

La mission à accomplir demeurait. Au programme, l'assassinat de Staline.

28 juillet 1944.

Sepkin se réfugia dans les toilettes, dévissa le talon de sa chaussure, puis établit la liaison avec Milda Ifanovna. Il savait que chez elle, sur son propre appareil, un minuscule point rouge allait s'allumer, trop discret pour attirer l'attention d'éventuels invités.

Milda Ifanovna annonça presque immédiatement son numéro de code :

— 12. X.

Sepkin :

— 28. 7.

A cette seconde précise l'opération était lancée.

Quand les membres du commando se réunirent, ce fut pour essayer leurs armes et chronométrer leurs temps.

***

A 10 h 20, lorsqu'il se trouva en face du général Radovski, le colonel Smolka éprouva une angoisse comme il n'en avait encore jamais ressentie.

Dans la pièce voisine, Staline parlait au téléphone. Ils perçurent distinctement sa voix grave au timbre caractéristique. Il s'entretenait avec le maréchal Koniev, commandant la XIIIe et la ILe armées, qui poursuivaient leur avance irrésistible sur Lemberg.

A sa voix, il était aisé de deviner à quel point Staline jubilait. Il ne manqua pas de complimenter Koniev, allant jusqu'à lui donner du « vieux frère ».

— Une chance inespérée, commenta Radovski. Staline est dans un de ses bons jours. Pour un peu je serais tenté de croire aux miracles. Si jamais vous tenez un journal, n'oubliez pas de noter : « 28 juillet 1944. Je suis le premier et resterai le seul au monde à avoir réussi à engager Staline comme acteur ! » Si votre plan extravagant échoue, ce sera votre unique consolation...

A dix heures et demi, la relève de la garde vint se poster à la porte Spasskij. La foule se pressait devant les grilles où s'alignaient miliciens et gardes rouges. Cependant il n'y avait là guère plus de quelques centaines de curieux. Le plus gros de la masse s'était rassemblé aux alentours du parc Gorki afin d'assister à la parade.

Le jeune Plejin porta son émetteur à ses lèvres. Lui s'était posté devant le mausolée de Lénine, d'où il pouvait observer le départ du cortège. Quand Staline apparaîtrait, il pourrait l'apercevoir, mais de trop loin pour l'atteindre.

— La garde est en place ! annonça-t-il à voix basse.

Il portait évidemment son uniforme de milicien, de sorte que nul ne s'étonnerait de le voir parler dans un tel appareil. Il était normal d'assurer la liaison entre les autorités officielles.

En conséquence, Plejin bénéficiait du rôle le plus facile à assumer. Lui pouvait opérer en toute sécurité.

Lui, était presque assuré de survivre.

— Ivanov ? lança Duskov.

— Prêt.

— Petrovski ?

— Suis déjà en selle !

— Pas de risques inutiles, Luka !

— Je ne suis pas un dégonflé !

A nouveau Plejin :

— Trois commandos ! Des voitures décapotées ! A leur bord des tireurs d'élite ! Six motards...

— Compris, dit Petrovski.

Duskov, Boranov et Sepkin s'étaient postés sur le pont de Crimée, à l'abri d'un panneau de propagande, où Staline apparaissait, arborant un sourire rayonnant comme il seyait au « Père » du peuple russe. Quand il passerait au ralenti devant sa propre image, trois tireurs seraient prêts à ouvrir le feu sur lui.

— Il arrive.

La nouvelle fut annoncée par Plejin d'un ton si détaché que Duskov et Boranov échangèrent un coup d'œil stupéfait. Sepkin, parfaitement paisible et concentré, vérifia une dernière fois la culasse de son fusil.

— Sa voiture est décapotée et toutes les vitres baissées ! annonça Plejin. Je le vois très nettement. Il sourit...

Quelques secondes s'écoulèrent, puis de nouveau la voix de Plejin :

— La voiture tourne à droite, en direction de la cathédrale.

— Je le vois arriver, annonça Ivanov.

Tout à coup un léger cri retentit, aussi subit et imprévu qu'une décharge électrique.

Voix de Plejin — une voix d'enfant, tremblante, à la fois humble, stupéfaite et implorante :

— Ce n'est pas possible... Ce n'est pas vrai... Mon Dieu...

— Qu'est-ce qui se passe, Plejin ? hurla Duskov. Plejin, Kolka... parle, nom d'un chien !

Une deuxième voiture identique passa devant la porte Spasskij, une limousine noire aux vitres baissées, dans laquelle était installé... Staline !

— Un deuxième Staline... balbutia Plejin.

— Kolka ! hurla Duskov. Kolka, nom de Dieu, ressaisis-toi !

Troisième voiture ! Même modèle. Et un troisième Staline qui salua la garde avec un large sourire !

— Un troisième Staline, marmonna Plejin, déconfit. Ne tirez pas ! Surtout ne tirez pas ! Je vous jure que je ne suis pas fou !

— Bordel de merde ! hurla Petrovski. Duskov, le petit en chie dans son froc, c'est tout !

— Le troisième Staline tourne à gauche, annonça Plejin d'une voix chevrotante. Il arrive dans ma direction... il passe devant moi... il me salue...

— Feu, Kolka ! vociféra Petrovski.

— ... le... le troisième Staline... Ce n'est pas possible ! En voilà un quatrième ! Pareil... tourne dans ma direction... Nous avons... nous avons quatre Staline !

— Merde, merde, merde, fit la voix de Petrovski. Il est complètement louftingue !

Avant que Duskov ait eu le temps de réagir, la voix d'Ivanov s'éleva :

— Je vois arriver deux voitures. Trop loin pour que je puisse agir... Nom de Dieu, Kolka a raison : il y a bien deux Staline ! Je les vois passer. De mes propres yeux ! Duskov, il y en a réellement deux !

La voix souffreteuse de Plejin parvint à nouveau de la Place rouge :

— Les deux autres Staline se dirigent vers la rue Gorki. Surtout ne tirez pas ! Impossible de distinguer lequel est le bon !

— Bordel de merde ! hurla Petrovski. C'est ma foi vrai !

Duskov, tu ne vas plus tarder à t'en rendre compte par toi-même. Putain de saloperie !

Duskov baissa la tête. Un des plus grands épisodes de l'histoire mondiale tournait à la farce. Les « Oies sauvages » n'étaient plus que vulgaires volatiles de basse-cour. L'histoire leur adressait un pied-de-nez dérisoire. Quatre Staline roulaient à présent dans des directions opposées...

— Ce soir, murmura Duskov, il ne faudra pas oublier d'apporter des fleurs à nos fiancées. Ce sont elles qui ont gagné...

***

Le 2 octobre 1944, Ivanov se trouva subitement en face de Staline.

Comme précédemment, cette rencontre fortuite eut lieu dans le jardin Alexander non loin de la tour de l'Arsenal, où Ivanov travaillait à la construction d'un échafaudage. Il était midi et Ivanov se trouvait seul en compagnie d'un ouvrier nommé Beljajew. Les deux hommes avaient profité de la pause pour s'installer à l'ombre, et se détendre en discutant de menus problèmes quotidiens.

Et subitement Staline fut là devant eux.

Le brave Beljajew bondit, et il se mit au garde-à-vous, le cœur battant.

Ivanov, lui, loin de se pétrifier, s'élança. Il ne réfléchit pas. Il agit par pur réflexe, un réflexe cent fois éprouvé. Il n'était plus qu'un automate qu'il suffisait de déclencher.

Le choc fut trop fulgurant pour Staline. Il ne put rien tenter pour échapper à son adversaire.

Le bruit de l'explosion se répercuta, quasi insolite en cette paisible journée ensoleillée, au milieu de la torpeur régnante.

Beljajew se jeta à terre. Quand il leva les yeux, il ne vit que membres mutilés éparpillés, chair réduite en charpie.

***

— Secret absolu ! déclara une demi-heure plus tard le colonel Smolka.

Les restes de Staline et d'Ivanov furent transportés sous

ses yeux dans des cercueils en zinc. Radovski se tenait légèrement en retrait, un mouchoir devant la bouche. Lui aussi avait examiné les « débris » humains.

Seuls les deux visages étaient restés intacts.

— A présent croyez-vous enfin à mes officiers allemands ? interrogea Smolka.

— Qu'est-ce que vous cherchez ? A vous faire encenser ? Radovski désigna les cercueils d'un signe de tête.

— Qui était-ce ?

— Nikolai Iljitsch Tabun...

— Et le témoin, ce charpentier ? Que je sache, il n'a été que légèrement blessé...

— Il a été transporté dans une excellente clinique spécialisée. A Omsk.

Omsk était situé en deçà de l'Oural. En Sibérie...

***

Milda Ifanovna avait trouvé un emploi de secrétaire et n'avait pas changé d'adresse. Peu à peu la vie avait repris son cours normal.

Ce fut cependant beaucoup plus tard, en septembre 1946, que Milda réunit ses anciens compagnons. Quand, fidèles au rendez-vous, Duskov, Boranov et Petrovski arrivèrent, ils la trouvèrent en larmes sur le sofa, son poète « attitré » s'efforçant en vain de la consoler.

— C'est horrible ! gémit-elle. Monstrueux ! Il y a à peine une heure que Sepkin me l'a annoncé de l'hôpital. On les a apportés tous les trois dans des sacs... Il ne fallait pas que l'affaire s'ébruite. Sepkin affirme qu'elle vivait encore et qu'elle est morte sous ses yeux !

— Mais qui ? De qui s'agit-il ? s'écria Duskov.

— Ljudmila Dragonovna Tscherskassja...

Tous se figèrent, passablement hébétés.

— Ce n'est pas possible, dit Boranov d'une voix sourde. Qu'est-ce qui s'est passé ? Et qui sont les deux autres ?

— Kolka...

— Notre petit Plejin ? bredouilla Petrovski, en se laissant tomber sur une chaise.

— Mais qu'est-ce qui s'est passé ? Un accident ?

Milda Ifanovna ravala convulsivement ses larmes, consentit à boire une gorgée de cognac et s'essuya les joues.

— Elle l'a abattu... elle a tiré quatre balles. Et elle a aussi tué l'autre. Elle s'est réservée la dernière balle. En plein cœur.

— L'autre ? interrogea Boranov d'une voix blanche. Quel autre ?

— Une fille. Une serveuse. Ljudmila Dragonovna les a surpris en train de... enfin bref. Elle devait les épier depuis longtemps et un jour elle les a suivis. Elle n'a pas hésité à tirer...

— Insensé !

Duskov s'empara de la bouteille et, sans nul souci de vaine élégance, but directement au goulot.

— Il fallait que le petit ait complètement perdu les pédales ! dit-il. Tromper une femme comme la Tscherskassja !

— Elle avait neuf ans de plus que lui, dit Milda d'une voix altérée. C'est effroyable, monstrueux. Mais au fond je comprends assez bien la réaction de cette femme.

Ce fut un enterrement discret. Tous y assistèrent, accompagnés de leurs femmes qui désormais *savaient.* Il n'y eut pas de cérémonie. Ils se contentèrent chacun à leur tour de jeter des fleurs sur les corps avant que les fossoyeurs referment les cercueils. Dans le silence Duskov murmura :

— Le petit avait toujours rêvé de rentrer un jour en Allemagne. Il me l'a souvent répété...

Dans l'immense cimetière, ils se rassemblèrent à l'ombre d'un groupe de marronniers. Déjà les fossoyeurs avaient retiré leur veste et s'activaient. En cette douce journée d'automne la nature déployait une palette de subtiles couleurs.

— Tout à l'heure, Leonid Germanovitch, dit Boranov d'une voix sourde, tu nous as confié que le petit avait le mal du pays et qu'il avait fermement l'intention de retourner en Allemagne.

Tout en prononçant ces mots, Boranov prit Lyra Pavlovna par la taille et l'attira contre lui. Geste de pure tendresse, pour qu'elle n'oublie à aucun moment qu'elle seule comptait réellement dans sa vie.

— Il n'est pas trop tard pour en reparler, ajouta Boranov. Je pose juste la question : Avons-nous envie de retourner en Allemagne ? Peut-être pourrions-nous y réfléchir ensemble...

— Juste une question, commenta Sepkin, mais précisément celle que j'ai toujours redoutée.

— Nous sommes des officiers allemands...

— Nous l'étions, rétorqua Duskov. A présent nous sommes des camarades parfaitement intégrés à la vie russe. En ce qui me concerne, Anja a déposé une demande pour mon inscription au Parti. Quel honneur ! Je me sens dans la peau d'un prétendant au trône.

— Quant à moi j'ai enfin quitté les souterrains ! expliqua Sepkin. Au lieu de brûler les membres amputés, je suis maintenant admis à assister aux mutilations. Bref j'ai changé de titre. Me voilà assistant en salle d'opérations ! Du coup Jelenushka a décidé de s'offrir un manteau de fourrure. Justement j'ai entendu parler d'une bonne occasion au marché noir...

— Moi aussi, j'ai de l'avancement, proclama Petrovski. On a proposé ma candidature, et si tout va bien je serai chef d'atelier dans le service de contrôle de mon usine de tracteurs !

Et Petrovski de caresser affectueusement les cheveux de Larissa Alexandrovna.

— Et toi, Kyrill Semjonovitch ? s'enquit-il, jovial.

— Eh bien, moi, me voilà responsable de la ligne de tramway numéro 3. D'ici environ six mois, on m'a promis que je passerai contrôleur en chef. Le reste, je n'ai peut-être pas besoin de vous l'annoncer. Dans trois mois Lyranja va mettre au monde notre premier enfant...

— Et c'est toi qui poses une question aussi saugrenue ! commenta Duskov.

— Dans quelques années nous y repenserons peut-être, camarades...

Boranov écrasa sa cigarette avant d'ajouter :

— Le monde ne cesse d'évoluer... et nous de même ! Possible qu'un jour nous nous disions : Les amis, j'aurais tout de même bien envie de revoir la mère patrie. Ce jour-là nous déciderons de rentrer au pays avec notre femme et nos enfants. Ce n'est qu'une idée, une suggestion toute théorique. Mais rien n'est impossible...

Ils étaient dix... Un seul revint et raconta.

Les autres vivent quelque part dans Moscou. En paix. Ils ont pour nom :

Leonid Germanovitch Duskov.

Piotr Mironovitch Sepkin.

Luka Ivanovitch Petrovski.

Il serait vain de les rechercher.

Achevé d'imprimer en mars 1982
sur les presses de l'Imprimerie Bussière
à Saint-Amand (Cher)

Presses Pocket
8 rue Garancière
75006 Paris
tél. 329 12 80

— N° d'édit. 1854. — N° d'imp. 493. —
Dépôt légal : avril 1982
Imprimé en France